21世纪年度散文选
2018 散文

2018 散文

人民文学出版社编辑部 编

21世纪年度散文选

人民文学出版社

图书在版编目（CIP）数据

2018 散文/人民文学出版社编辑部编. —北京：人民文学出版社，2019
（21 世纪年度散文选）
ISBN 978-7-02-015039-7

I. ①2… Ⅱ. ①人… Ⅲ. ①散文集—中国—当代 Ⅳ. ①I267

中国版本图书馆 CIP 数据核字（2019）第 029614 号

责任编辑　杜　丽　薛子俊
装帧设计　李思安
责任印制　任　祎

出版发行　人民文学出版社
社　　址　北京市朝内大街 166 号
邮政编码　100705
网　　址　http://www.rw-cn.com

印　　刷　三河市宏盛印务有限公司
经　　销　全国新华书店等

字　　数　383 千字
开　　本　880 毫米×1230 毫米　1/32
印　　张　14.5　插页 2
印　　数　1—5000
版　　次　2019 年 5 月北京第 1 版
印　　次　2019 年 5 月第 1 次印刷

书　　号　978-7-02-015039-7
定　　价　46.00 元

如有印装质量问题，请与本社图书销售中心调换。电话：010-65233595

出 版 说 明

我社自 1980 年起,曾经编选和出版过《1980—1984 年散文选》《1985—1987 年散文选》《1988—1990 年散文选》和《1991—1993 年散文选》,受到文学界和广大读者的好评。1994 年后,这项工作一度中断。进入 21 世纪,散文创作仍然欣欣向荣、气象万千,成为义学园地一道亮丽的风景。为了及时总结年度散文创作的实绩,向读者集中推荐优秀的散文作品,进而为新世纪的文学积累做出我们的贡献,我社决定恢复年度散文的编选和出版工作。

恢复出版的散文年选总冠名为"21 世纪年度散文选",每年编选一册。编选范围为当年全国各报刊上发表的散文作品,入选篇目以发表时间顺序排列。此项工作得到了许多著名文学评论家和编辑家的支持和帮助,并且提出了很好的编选意见,我们在广泛阅读的基础上,充分参考专家们的意见,严格进行编选。在此,谨向诸位专家深表谢忱。

我们希望读者通过这个选本,不仅能了解本年度散文创作的总体概貌,而且能集中欣赏和阅读这一年里出现的最优秀的散文作品。我们的努力是否达到了这样的效果,真诚地期望得到文学界和读者的批评和建议。

人民文学出版社编辑部

目 录

古调独弹 …………………………… 孙　郁　1
跟着戏班去流浪 ……………………… 苏沧桑　25
当地名进入古诗 ……………………… 彭　程　74
最爱西湖行不足 ……………………… 潘向黎　87
海上手绘集 …………………………… 汪　漫　97
渐行渐逝的旷野之声 ………………… 蒋　殊　123
邱注《上元灯彩图》：关于一种历史剧的编撰（节选）
　　…………………………………… 邱志杰　148
拜访伊凡·克里玛先生 ……………… 苏　童　176
林地居民 ……………………………… 苏　莉　182
绵绵瓜瓞
　　——读《大雅·绵》……………… 黄德海　203
《燕山夜话》漫溯 …………………… 虞金星　222
绘画中的手 …………………………… 汪民安　233
最后的一幕 …………………………… 向　迅　246
手机文录 ……………………………… 石舒清　267
戴花 …………………………………… 杨　获　279
我有一棵树 …………………………… 陈　仓　286
界限 …………………………………… 鱼　禾　312
挖掘者 ………………………………… 绿　窗　337
我的树 ………………………………… 张丽萍　352
白露 …………………………………… 庞余亮　368

紫云归来常看云 ················· 石一宁 *377*
在庄里镇吃水盆 ················· 张晓东 *383*
潮湿的心 ····················· 陶丽群 *387*
牛车出动 ····················· 许　辉 *402*
中国文章 ····················· 胡竹峰 *405*
码头 ························ 连　亭 *427*
对岸的师父 ···················· 此　称 *446*

古调独弹

孙 郁

一

自从知道马一浮的名字,便开始留意他的各种遗迹。最初是在南方一家博物馆里看到他的手稿,古拙中幽思流传,起伏的墨迹间拽出一片灵光。那字很是自然,看不到匠气与俗气,在静穆里升起一股暖意。细看章法里透出的一切,仿佛也有佛音的缭绕,旧文脉悠然流动着。友人说沙孟海对他的书法评价很高,以"凝练高雅"视之,看得出来其修养之深。

江浙一带的文人欣赏马一浮的都是书斋气浓厚的人,丰子恺、叶圣陶、夏丏尊都写过关于他的文章。但这些文章只在一个很小的圈子里阅读,传播的范围有限。有一次遇见一位浙江老友,忽说起这个话题。他也觉得奇怪得很,虽有阅读马一浮的渴望,但却没有什么门径。马先生留下的一切,众人都很陌生。在他生命的最后时刻,那些纠缠着生存隐秘的语言,已经没有谁能够听懂了。

那个时候我也是如此,在杭州西湖边上,至今还流传着他的某些故事。有一次造访他的故居,所见不过几道痕迹,远去的人影,飘忽而朦胧。西湖边上的人,和我一样,很长时间未必懂得马一浮的价值。我们这一代人觉得这个人物太旧,与自己没有什么关系。在面临他的文字的时候,仿佛有什么挡住了自己的视线。

也许冥冥中的机缘,那次杭州之行后,我很快得到了一套马一浮的著作。有一个在邮局工作的小友,因为取稿费而得以认识,交往的时间也有十几年了。他懂得中医、研习佛学,业余时间多在北京广济寺里读书。他知道我从西湖归来不久,就劝,读读马一浮好,会让自己静下来。于是把自己珍藏的厚厚的三卷本《马一浮集》赠给了我。

小友没有读过大学,但真的学识很深,他在杂览中形成的学识,带出了一股仙气。比如对于新文化的认识,对于儒学和佛学的看法,都非流行的调子,好似也染有马一浮的气味。他不太看得起学院派的人们,以为真的学问不是操作出来的。我们聊天的时候,发现其思考的问题很深,谈及一些话题时,完全是另一套话语。

我后来想起此事,觉得有趣得很。不是学界的朋友推荐马一浮的书,竟是民间的读书人暗自传播马一浮的思想。这与马一浮本身的经历,似乎很是相似。章太炎说学在民间,真没说错。

而我身边的朋友,与我一样都是新文学的研究者,对于国学领域的一切知之甚少。马一浮一生所思所写,都不是时代流行的,与新文化不在一个层面上。说他是一个旧式人物也是不对的,因为他又是懂得西学的人。只是其目光不在今天的热闹的世界,在他那里,有着另一种梦想。

张中行对于马一浮的学识佩服得很。他在一篇文章里,大致勾勒其学问的特点,在诗文方面也有人所不及的地方。他认为马先生才气高,学识过人,又言行一致,走的与古人为伍的路子。这在当代是一个奇迹,在新文化席卷天下的时候,实在是特立独行的人。

我开始搜集他的相关资料后,发现了解他的困难。在我们被历史惯性驱使下前行的时候,他却反转着身子,走到清冷之地。那是鲜为人知的所在,问津者寥寥无几。可是马一浮坚定地认为,要疗救国人之病,自己的选择或许有些用处。

因了对于马一浮的补课式的阅读,我突然感到,研究新文化的人,如果不了解相对立的一些重要人物,那么对于现代中国的理解是片面的。当与其文字相遇的时候,完全是一个别样的世界。在古奥的词语间,历史空白深处的一片被忘却的绿地渐渐显现。我很快觉得,我们这一代人对他的隔膜,恰是对古老文明的源头的无知所致。马一浮对于我们而言,是打通古今的一座桥梁。

二

可惜他留下的资料太少,有时只能从有限的手稿与图书里猜测他的形影。他个子不高,身上有着南方人的特有的气质。因为留着美髯,言行中便有古风流转。面对所留下不多的著述,如果玩味起来,则非今人的哲学语言可以说清。

马一浮 1883 年生于四川成都,祖籍绍兴上虞,逝于 1967 年。他很小回到绍兴,在那里受到了良好的教育。1898 年在绍兴县应县试,他得了第一名,而鲁迅、周作人则名排其后较远的地方。他少时读书甚多,有许多知识是无师自通,后来渐渐有了大名。看相关的材料会发现，许多读书人见到他，都被那气质所吸引。李叔同、谢无量、宗白华对其颇为尊敬，且受到了他不小的影响。在杭州一带，他似一个传奇，以逆时风的方式，拽人们反身自望，在远世风的地方深味世风，留下不少的趣谈。

从年谱中知道，他在1899年赴上海，接触法文、英文、拉丁文。后来与谢无量、马君武等编辑《二十世纪翻译世界》，也算是睁开眼睛瞭望世界的人。1903年，他得到清政府驻美国使馆的信任，去圣路易斯留学生监督公署任中文文牍。此后去过英国、德国、日本，阅读西洋图书时的快慰，从字里行间均可感到。他的文字古朴有韵味，非细心留查者不能解之。而一旦会心一二，便发现其间不可言说的妙处。

但域外的生活经验并没有引其到西学的路上，反而对于国故有了更为亲切的感觉。与鲁迅完全不同，不是急于从译介中输入学理，促进国人的进化，反而意识到中国社会的问题在于古代文明的迷失。而重新唤回儒学与佛学的精神，对于现代国人而言，其重要意义并不亚于西化的选择。

这在那个时代是一个特例。我阅读他的日记，觉得在美国的日子里他的观念出现了变化。但也由于身体欠佳，衣食住行的不方便可能影响了他对该国文化的判断。他观察西方文明的路径时的一些思考，有着多维的思维方式，而个体生命的感受形成的西方文化印象，影响了他后来的道路选择。

马一浮去美国只有一年的时间，还担任过万国博览会中国馆的秘书，所以没有像胡适那样在校园里受到完整的教育。不过他的阅读却十分丰富，柏拉图《理想国》亚里士多德《政治学》赫胥黎的《天演论》康德的《纯粹理性批判》斯宾塞《伦理学原理》拜伦的诗集、马克思的《资本论》，各类精神线索悉入眼底。他在美国的时候，对于国人的看法有了深入之处。比如看见留学生对于皇权的暧昧，便深觉其间的奴性之深。回顾历史时，对于旧的儒生掩饰不住自己的失望:"宋明以来,腐儒满国。"他看不上历代文人对于世间生活的解释。而在根本层面上,"中国数千年来,被君权与儒教之轭,于是天赋高尚纯美勇猛之性,都消失无余,遂成奴隶种性,岂不哀哉!"这种看法,是大凡留学美国、日本的青年都有的,可以说是社会观、文明观的类似表现。我们对照鲁迅、钱玄同、胡适留学的感受,几乎没有多少差异。

但从日记上看,身体欠佳的马一浮,不都沉浸在外在理论的思考里,他对于生命本身的体悟,也带有玄学的意味。他的感怀亲人的文字,敏感而切肤,文人柔软的东西很多。而刺激他发现故国文明的,也是域外的某些思想。养生与养心的内在体察,在其意识里也有闪现。1903年11月12日的日记写道:

> 近日,英国某医士论曰:以历史上,社会上之观察,人长寿者,以悭俭之人为多。盖其性不衍欲,勤谨谋生活,作息有时……多怨恨则令人瘦,发热惊恐则伤脑,伤心,能令人痴,为害最速者,莫过于忧愁,多忧愁则肺血少,舌本强结语塞,而目生翳,久之必死。(《马一浮集》第二册,281页,浙江古籍出版社、浙江教育出版社1996年版)

日记心得与中医养生的理念类似,马一浮关注这类问题,就萌生了对于人生哲学的顿悟之意。这留下了其思想变化的伏笔。中国文明的问题,大约是心性偏差,走到伤脑、伤心的地步,而疗救此病,不得不从治心开始。

在国外一年的生活中,他受到的冲击是多方面的,从美国宗教活动里嗅出初民精神信仰的气味,忽然怀念起春秋时代中国文化的图腾意识。日俄战争前后的日本人的爱国意识,则使其意识到国人眼光狭小的可悲。也是那个时候,陈独秀在《安徽白话报》上对比中日国民性,也说过和马一浮类似的话。马一浮感慨社会的沉沦,连带出己身的悲哀。他不像陈独秀、胡适向外求索真理的冲动,其文字中内倾的因素甚多。生命感受有时候多于对社会生活的感受。正月二十八的日记写道:

> 人生之快乐有五:一曰"荣誉",二曰"优厚",三曰"健康",四曰"美丽",五曰"平和"。对于此快乐而生之痛苦亦有五:一曰"毁辱",二曰"贫穷",三曰"疾病",四曰"丑恶",五曰"争斗"。此二"五"者,殆与人类社会相始终乎?社会之中,快乐之量多,而痛苦之量少,则为幸福进步;多痛苦而少快乐,则为罪孽堕落。今日中国之社会,五痛苦备之社会也,社会堕落,个人未有不堕落者,故即个人之身能自营快乐,亦一刹那顷即消失不能保也。彼白种人能造快乐之社会,而自身亦享有社会之快乐。中国人不顾社会之苦痛,而唯知营自身之快乐。不知当为多量之苦痛所侵,终不得享有,岂不哀哉!(《马一浮集》第二册,306页)

感叹里对于国民性的失望一望而知。但这些没有激励其走向反抗之路,却从学术的角度出发,以为是国人的教育出现问题。在马一浮看来,中国的衰败,问题复杂,仅仅以西方的方式疗救社会,都是皮毛之见。中国未来的教育,尤其是人文的教育,不都是西学的引进,而是对于传统的回归,即中国不是急于模仿西方,而是回到自己过去良好的传统里。因为宋明以来,中国好的传统其实已经断送掉了。

那时候到域外留学的人,都希望引进外国的思想,以解决中国的问题。西方的历史有自己的逻辑点,但马一浮认为西化派的人只见其表,难解其里。而就哲学的层面上讲,东方思想与西洋文明在根底上亦有相似之处。英法的文学,流淌着希腊的乳汁,东方的艺术,与《诗经》的传统有关。"希腊古诗歌,洒然有

《风》《骚》之遗,英法诸家篇什所祖。德最晚起,制作斐备,尔雅深厚,乃在先唐之上。"(《马一浮集》第二册,350页)这是类似于西方古典学的感叹,在学理上可以说是一种灼见。从源头上思考文明的起伏之路,至少从教育理念上讲,是说到了问题的本质。

他虽翻译过一些域外的文学作品,但并没有模仿这些篇什去从事写作,也未沉浸在西洋艺术的美意之中,而是越发体味到传统诗文的好来。这从其诸多诗文可见一二。他并不想置换审美的元素,反而愈加感到远古的表达有纯然的美质。就那些文字的修养而言,非常人可及,精神越发带有六朝前的意味。在面对西学东渐的大潮的时候,他的选择也有很大的挑战性。

我们这一代对于他的转化很难理解。他由西学反观国故,回到传统文化的路径去,是不同于那些遗老遗少的。人格上,他非趋时之人;学识上,南学、北学尽在胸中。就文章气韵与格局看,马一浮的世界里其文也悠悠,其思也漫漫。多年过后,那些即使西学的成就很大的人,面对他也不得不持礼以待。

然而,能够在心灵层面与之交流的人还是太少了。

三

有一次阅读博物馆藏的《青年杂志》,意外发现了谢无量遥致马一浮的诗歌。其调颇为诚恳,挚意中流溢着仰慕之情。陈独秀刊载这首诗,也有对马一浮致意的意思。陈独秀当年在杭州的日子,与马一浮有过许多交往,对于其学问的欣赏是不难看出的。谢无量与陈独秀、马一浮都是朋友,他在杂志上透露出的信息,依稀让人想起民初文人间的特别的友情。

谢无量的才学不俗,他与马一浮有许多相近的地方,比如都懂儒学,对于先秦诸子的文本极熟,可说有许多心心相印的地方。他们一同在上海从事翻译工作的时候,彼此颇为相通,内心互感的地方殊多。大约在1904年,两人在日本再次见面,他们之间对于学问的感觉,都在交流里彼此分享过。如一起言及佛学,都是在儒家的语义中思考问题,以儒入佛是一致的。而面对儒家哲学时,思路也有重叠的地方。马一浮谈论国故,从整体上言之,大处着眼,微观落笔。讨厌近代以来"私智小慧",所以常常见出天地之气。谢无量无论讲哲学还是文学史,也是纵横捭阖,洋洋兮有阔大的情怀。而他们于古诗文和书法上的心得,也彼此映照,各得妙处。今人研究马一浮,不得不读其写给谢无量的信札,其间流露的思想很多,民国学术的另一景观,于此可以透视点滴。

谢无量与马一浮聚少散多,对于老友牵挂很深,这实则是学术境界接近的缘故。他们对于历朝诗文的见解,尤其对于文化走向的思索,多在陈独秀、胡适这些人的话语逻辑之外。新文化人引西学入中国,乃是填补国故的不足,比如对于科学思想的引介,对于民俗学、人类学的翻译,都填补了空白。但马一浮与谢无量,是在寻找传统失落的东西。传统的衰败,乃外因、内因交织的结果,但传统美好的一面,其实与古希腊文化庶几近之,只是没有被发现罢了。马一浮要做的是,重新发现儒道释内在的伟力,并于荒漠之地唤出远古的灵思,给我们心灵以可以栖息的地方。

有趣的是,我所在的中文系,曾是谢无量工作的地方,冯其庸回忆青年时代与谢无量的接触,感到其身上的奇气。在研究谢无量时,不能不提与马一浮的关系。由谢无量推及马一浮,那代学人的品位,当能够浮现很多。马一浮一生写给谢无量的信件最多,留下的有一百一十一封。他们间的诗文唱和精神对接,颇多温情。这和一般的旧文人的互往很像,但又多了近代人才有的开阔的视野。1908年的一封信中写道:

瘗影陋巷,忽荷赐诗。耀灵惊天,九幽以烛。何期候虫之鸣,仰承河岳之应。其文则茆,其志则圣。曹刘有所未能,无论晋宋。向妄以三谢为比,吾知过矣。杨雄岂唯西道孔子,直是汉兴一人,非今日无量之谓而谁谓乎。(《马一浮集》第二册,352页)

　　这是对于朋友的夸赞,都非溢美之词,就学问的深与辞章的雅而言,谢无量的成就,在彼时确高人一头。他的《中国大文学史》也是鲁迅研究文学的参考书,至于《中国哲学史》《中国妇女文学史》《佛学大纲》开创性研究,也是引领风气的。

　　那信的最后,马一浮谈到了自己的状况:

　　索居累载,望道如雾,思退就北面,讲问所业。奉令德之之薰闻,窃余光以自照。(《马一浮集》第二册,352页)

　　看得出马一浮在朋友面前的谦逊与坦诚,谢无量以世界眼光治国学,境界与情怀均大,让自己内省者多多。不过谢先生虽学识过人,但哲思方面,没有马一浮深切,即对于历史与哲学没有整体性的独特的思考。马一浮虽然著述不多,但心绪里有广远之气,站在了孔子、释迦牟尼、老子的层面,以原初式的生命体验与智慧表达,重塑着衰败的民族里的文明。真是"深之以玩索,通之以博喻"。

　　其实对于谢无量而言,马　浮比自己更有分量,因为其思想与人生态度,乃世间罕有的存在。在他眼里,中国学术的中兴,非有这样的人物不能为之。他们之间探索的问题,各有特点,而马一浮的凸显的价值,谢无量是深味一二的。

　　《青年杂志》后来更名《新青年》,编辑的思路,与最初有很大的不同,谢无量也不再给陈独秀投稿。至于马一浮,始终没有在这个平台出现过。本来,蔡元培欲请马一浮来北大主持文科工作,不料遭到拒绝,陈独秀后来上位,带出新文化运动来。马一浮虽然与陈氏亦有交往,但对于陈的选择,颇多保留。这本杂志成了新文人的园地,未能听到马一浮式的声音,说起来也是大大的遗憾。

当胡适、陈独秀、鲁迅这些人轰轰烈烈开展着新文化运动的时候,马一浮却在故土的小屋里独自徘徊于古人的诗文之间。他认为外面进行的世界在远离圣人之思,文明之树的枝枝叶叶,都与根本有关,而自己要叩问的是人类最为本然的存在。本然缺失,乃无根的漂泊,而那时候的中国,正在这样的漂泊之中。至少在他的眼里,迷路的人所依靠的参照,还是过于简单。

四

我注意到,叶圣陶曾与马一浮有过一点交往,赞佩之余,也觉得有不可思议的地方。这代表了许多新文化人的看法。民国建立初期,马一浮曾应邀到教育部工作过,细想起来,当与鲁迅在同一时期入职,彼此都是知道的。但马一浮很快辞职,他突然发现,教育部并不是适合自己工作的地方,时代的话语与自己的差异太大,而理想又不在一个空间。后来蔡元培又希望他到北京加入北大行列做文科学长,他也拒绝了。

这个选择看出他的性格的独异,如此有学识的人却隐居起来,自然有很深的缘由。马一浮不愿意到热闹的地方,觉得中国最需要的可能不是蔡元培眼里的事业。在他眼里,无论教育部还是北大,都在按照西洋的理念在改造中国,而不是激发国故中最重要的遗产。后者才是他最看重的事业。

新式学堂的逻辑,能否解决人的灵魂问题,在他看来是一个问题。几年后,北大卷起新文化运动风云,白话文渐渐取代了文言文,西学开始置换古老的国粹。马一浮看见这些,有点不以为然。他知道社会的变化常常从流行的观念中出发,可能还在表层结构里。他没有意识到,无论蔡元培还是陈独秀、胡适、鲁迅,都非一般的学人,他们的学术之梦,都在催促更为健康的文明。从教育和文学领域,拉起启蒙大旗,对于国人是一种新的引领。而马一浮的隐居思索,多在修身的层面,能够辐射到社会的机会,还是有限的。

不过那些喜欢清静和独思的人,倒是十分欣赏马一浮的姿态。李叔同就从其身上得到一股澄明之气,他出家的前后,也有一点马一浮的影响。而丰子恺的创作也得到了马一浮的点拨,对于其文笔与思想,多有垂恩之见。这些朋友,都懂一点域外的文学知识,又带有佛门的清音。李叔同出家后,时常感怀的就有马一浮,至于与丰子恺的友谊,已成美谈。他在朋友的行迹里,感到自己期许的某些东西,这些被其肯定者多多。在为丰子恺《护生画集》写序的时候,流露出很深的感触。他由佛理进入人心,从构图看出爱意,念及佛学里的自我净化和超脱之思,自乐于修身者的审美静观的美意。他从丰子恺的童心看出人性未得污染的可贵,又从李叔同的真挚选择中体察到中国人心性自洁的可能。推及此类风尚,马一浮觉得文化终究还有希望。中国民间的类似的存在如果多了起来,复兴文化旧业当并非空梦。

在马一浮眼里,现代教育不太容易造就心性完美的人格,反而是传统书院的方式可能通往圣人之路。1930年代,浙江大学多次递去橄榄枝,希望他能够到该校任教。起初他并没有答应。可是后来日本人侵略中国,山河破碎,他的济世之情开始萌动起来。1938年,他终于接受竺可桢的邀请,出任浙江大学教职。

但这个选择是有一些条件的,即试图从事另类的教育尝试。战乱时期,浙大辗转外省,生活很苦。这些并没有影响他的教学热情。起初他随学校迁移到江西泰和,不久,又与师生们到了广西宜山。此间为学生讲述古代经典,所用方式不同于那些新式学人,带有书院的某些遗风。而能够像传统学人那样授课,是他的一个梦想。这期间书院教育的念头便强化起来。1939年,教育部邀请他赴四川讲学,他关于书院办学的理念被官方接受。不久,复性书院正式创办,地址选在乐山县乌尤山的乌尤寺。

书院在风景如此美丽的地方出现,看得出创办人的浪漫之思。这个地方"方志以为汉犍为舍人注《尔雅》处"。与新式学堂不同的地方在于,一切都与古风接近,课程设计和授课方式,不求功利,乃纯粹的精神冥思之所。我看到所邀请的学者名单与授课内容,暗自觉得这是逆时风的一种选择。随着熊十力、钱穆等人的到来,书院有了活力。西学所漠视的,被其所重。对于蔡元培式的教学理念而言,马一浮做了一次痛快的反动。

那个时候他的许多思想,都表现在《泰和宜山会语》《尔雅台答问》里。了解这两本小册子,其基本的精神都尽在眼中。不过要吃透他的思想,并非易事,他的学识与考辨,我们需细细体味方可悟明。

他认为要治国学,需先明四点:

一、此学不是零碎断片的知识,是有体系的,不可当成杂货;

二、此学不是陈旧呆板的物事,是活泼泼的,不可目为骨董;

三、此学不是勉强安排出来的道理,是自然流出的,不可同于机械;

四、此学不是凭藉外缘的产物,是自心本具的,不可视为分外。

由明于第一点,应知道本一贯,故当见其全体,不可守

于一曲;

由明于第二点,应知妙用无方,故当温故知新,不可食古不化;

由明于第三点,应知法象本然,故当如量而说,不可私意造作,穿凿附会;

由明于第四点,应知性德具足,故当向内体究,不可徇物忘己,向外驰求。(《马一浮集》第一册5页)

开篇的几句话,乃治学态度的表述,当可窥见其走进国学的内在心境。远古的一切,不都是沉睡的什物,与今人也是息息相关的遗存。人类进化,总要失去一些人性的光泽,而国学里保留了先民的诸多美好情思与诗意,倘能一一勾勒,变陈为新,深嵌于人性内部,则国民精神当能保持温润之色,不再枯槁干瘪。

马一浮引用张横渠先生的四句话,指出立志的重要。为天地立心,为生民立命,为往圣继绝学,为万世开太平,方为有大志向者的目标。这一切,不能不从国学中求之。那么,国学的基本框架如何?青年要掌握的精神要义是什么?马一浮认为,有一个可以统摄诸学的存在,那就是"六艺"。"六艺者,即是《诗》《书》《礼》《乐》《易》《春秋》也。此是孔子之教,吾国二千年余来普遍承认一切学术之原皆出于此,其余都是六艺之支流。"(《马一浮集》第一册,10页)在讨论"六艺"的时候,马一浮目光四射,好似被远方的神圣之音所唤,内心萦绕着无边的爱意。他在阐释以"六艺"统摄诸子,以"六艺"统摄四部,以"六艺"贯通人心与西学思想时,不乏灼见,言他人所未言,谈古人所罕见。剔除了孔教的陈腐意识,仿佛还原了先儒的话语环境,让我们聆听了消失在时空里的远古圣音。

没有几个人对于先秦诸子的理解是这样的思路。在其述学的文字里,被凌迟的儒学丰满地显出姿容,而各个时期的思想的短板与瑕疵亦不被放过。在马一浮眼里,今人对于儒学与诸子百家的理解存在问题,不能明晰地见到古人的真意。而面对古人学说,倘不能优劣互见,高低悉明,总有一些问题。言及百家之学时,他曾说老子得《易》为多,而流于阴谋;庄子得之《乐》之意为多,而失于流荡。这些古说如不辨明,当存问题,可能被引入歧途。准确把握诸子思想,以"六艺"观照一切,当会有百家之思归一,殊途而同归的收获。

复性书院的开办方式与新式学堂不同,所学内容被看成老朽的存在,被新文化吸引的青年不免对于这种办学理念存在疑问。马一浮其实不断在回应各种质疑,特别是对于新文化运动诸君的选择,表述自己的看法。而他在讲学中也在阐述自己的思想与新学并非完全隔绝:

> 六艺之道是前进的,决不是倒退的,且勿误为开倒车;是日新的,决不是腐旧的,切勿误为重保守;是普遍的,是平民的,决不是独裁的,不是贵族的,切勿误为封建思想。(《马一浮集》第一册,23页)

他站在历史的高处呼唤旧影的重来,期待儒学的复苏,不能不说也有乌托邦之想。这些精神,青年一代要真正理解,其实需要时间。他明知此处的难处,但愿意帮助他们扫除障碍,用心之真,感化了多人。我们现在阅读《尔雅台答问》,彼时的情形,便可略知一二。

《尔雅台答问》中的文字,看出他对于青年的循循善诱,表达间多心血的倾注。学生们来书问询学理的难题,回答间温情流转,词语间大有孔子的暖意。他认为明清以来的学者对于儒学的看法近于狭窄,而西方社会学对于人生的阐释也多简单之处。学问的根本是求己,而非媚外。他说:

> 象山有言:"宇宙内事,即吾性分内事。吾性分内事,即宇宙内事。"此语简要可思。故不明自己性分,而徒以观物为能,万变俉陈于前,众惑交蔽于内,以影响揣度之谈,而自谓发天地万物之秘。执客既锢,封菭益深,未见其有当也。足下"唯欲"之说,或远为东原所误,近为西洋社会学家浅见所移。将来学如有进,必翻然悔之,望勿墨守以为独得也。(《马一浮集》第一册,517页)

此段陈述既有学理的阐释,也是其人生哲学的注解。一问一答中,阐远思之妙义,述己志于爱中。他对于儒道释的看法,与时风大为不同,在平淡中读出幽玄,于常态里梳理歧义。从词义的遗失间看出今人的短见,又能去蔽见明,得趣望道,把心学的隐秘一一道来,画出美丽的人文地图。这种书院里的交流和沉思,与都市里的学校的分科教育,真的有不同的意味。

我们想象一下,在蜀国的山林之地,细雨蒙蒙中,书香飘动。马一浮静谧的身影,以及学子们闭户读书的样子,一定是有趣的景象吧。他的不动声色的表情里,流动着远古的洪亮之音,孔子的率真之态与释迦牟尼的慈祥目光,都在其形影里折射出来。他那么虔诚地遥望远去的灵思,以招魂的方式,使懵懂的学子得以温情的沐浴。与新文化运动者和一些保守主义的文人比,他拥有的是不属于时代的、超越于左右的另一种境界。

五

但复性书院的命运多舛。开学不久,敌人投下的炸弹毁坏了许多房屋,有多人受伤。地方虽美,却并非世外桃源。马一浮文章里描述了乐山的地貌与水系,那些古朴美丽的精致蜀国风光,在战时多了忧戚之调。

抗战不久,国民政府颇为支持办学,所应允的条件,也使他有了信心。可后来发现,负责教育的官员还是老爷作风,对于办学的辅助力度渐渐减弱,而且倒是衍生出许多矛盾。先是教课人的理念与自己吻合的不多,教育人员的理念与其颇多差异。教育部还下令书院填报各种表格,上报材料,马一浮认为是干涉办学思想,影响精神自由,对于行政管理颇多怨语。时间一长,学生中能沉潜下来认真思考问题者又少,这使马一浮颇为伤心。还有一个是出现资金的紧张,为了刻书,不得不卖字筹款。一向崇尚纯粹精神的马一浮,无奈陷于俗务之中,现实的一切使自己感到,扰扰时风下并无清雅之地,欲救人于苦海的确大难。

最初的时候,他踌躇满志,在《告书院学人书》里,他说:"凡我书院同人,故不宜妄自菲薄,卒安于隘陋;亦不可汰然自许,有近于奢夸。"(《马一浮集》第一册,692页)而学问的长进,不是靠外力催促,而是自我的体味,学习主要是读书得间,在词语里玩味义理。所以他不求新式教育的知识的把握,而是心绪的安宁里的精神的完善。这在读书人间,已经不易做到。马一浮没有料到,自己的学生中能有自悟定力者,其实并不太多。他先前的设想,过于乐观了。

从给不同的人的信件中可以看出,他的工作极为认真,对于书院的设计和教学都有自己的逻辑。但周围人对于教学的理解与其相左,以至一些理念并不能都贯彻下去。在致钟泰信中,他写道:

> 弟意但欲得一二真正学子,伏处山谷,暗然自修,无声无臭,不涉丝毫功利之习,庶不失古人之用心。而友朋间持论往往不能尽同,独谣寡和,深有寂寥之感。乃知诚不能动物,学不能及人,过不自量,徒然犯手。将求闭门杜口,势又

未容遽毣,风雨飘摇中,不敢妄期久远。然一日存在,弟不能不竭一日之诚。(《马一浮集》第二册,714页)

他那么热情,为了书院几乎倾注了所有心血。我们今天阅读他与各类官员和学者通信的内容,当可见其用情之深。但不久,他很快意识到自己走到一片沼泽之中。在给谢无量的信里,他开始流露出不快的情绪,觉得自己所作所为,能够得到的回应甚少。"书院亦是不得已而后应,事至浅薄。且古调独弹,每为俗耳所诧。"(《马一浮集》第二册,361页)他坦然,入蜀之后,苦多乐少,办学中的苦楚一言难尽。"书院虽至浅薄,以浮之固陋,未足以继先儒素业,徒为时人訾,颇悔不遵括囊之训。"(《马一浮集》第二册,363页)从资料看,马一浮没有行政上的能力,或者说不善于教学管理。而与外界的交流亦非所长。这些都可忍受,但让他失望的是,学子中的俗音亦多,以功利之心来到书院,其实所得有限。他在给学生的信里一再强调与世俗的距离,但是在孤独的山中,他的表述随风而散,教学的隔膜之状,是他先前没有料到的吧。

最让其伤心的是好友熊十力与他的分歧,使书院计划蒙上暗影。早在多年前,熊十力到杭州拜访马一浮,两人遂成为朋友。熊氏那本《新唯识论》还是马一浮写的序言。他们在对于佛教与儒家思想的汇通,有相近的看法,彼此都有欣赏对方的地方。当复性书院创办的时候,他最早想起的教员便有熊十力。起初彼此甚欢,都在全力工作。但后来对于办学方式与教学方案,各自感想不同,矛盾渐渐显出。熊十力是个颇有个性的人,他对于马一浮的意见甚多,便告辞远去,使书院有了不小的震动。马一浮与朋友谈及此事,黯然神伤,这对于他都不能不说是一种打击。

马一浮的困苦在于,一方面以为学在民间,从自由的理念出发从事教育,另一方面不得不受到外力的援助,否则无立锥之地。但接受援助,则不得不做些妥协,可是自己又讨厌变为外在的附庸。那么自由的办学之梦,也便慢慢破碎了。在内忧外患的抗战时期,他的设计只能在幻影之中,现实出现的是另一个世界。他对此完全无能为力。

儒学的复杂,后人一直说不清楚。作为修身之学,自有可贵之处。一旦沦为强制性灌输的工具,则亦演变成为奴性之学。儒在民间,则思想自由的空间大,走到庙堂,情况就大不相同。马一浮自己身上民间的痕迹很浓,这与康有为提倡读经的出发点存在不小的差异。但是因为儒教的清理工作在那时候还没有完成,马一浮教学理念不免旧式的独断因素,当他不能包容异己的思想的时候,与周围环境的紧张便不可避免。

这个时候的他,精神的脆弱还是流露出来。他其实遇到了新文化人相近的困境。如果不解决陈独秀、胡适、鲁迅所直面的问题,国学的复兴也是很难的。新文化人要铲除的社会积弊,也是马一浮要克服的障碍。但他似乎没有《新青年》那批人的锐气,选择中未必没有困顿之苦。书信里透露的心境和其梳理国故时的心境不太相同,回到古人的辞章里的时候,比面对现实要惬意得多。

书院的不顺,没有影响其学识的进步,而辞章的表达日益精进。他的序跋与笔谈,文字古雅从容,见识都在逆俗之境里。而诗歌中忧患之思,显得比先前更为浓烈。外敌入境,炮火声中,杜甫式的悲慨流水般溢出。阅读他留下的文字,能够感到作为学者、诗人的马一浮清若林中之溪,明如夜幕之星。他在无趣里得到的有趣,也驱走了心头的缕缕愁云。

这是选择的代价,他所付出的心血,比起谢无量、陈独秀这些老友不差。与《新青年》那些作者比,他的挫折感,也同样强烈。

六

马一浮感动我的地方,除了儒学与佛学的造诣外,是他的文史修养里的境界。从他与弟子的交流里可以看到,晚清以来形成的史学观与文艺观,与他不在一个时空里。而对于新文化人的盲点,有时也持保留的态度。对于中外审美意识的差异,他颇为清楚,而理解历史,也非《新青年》诸人简单的思路。

就思想史而言,他觉得清代以来成就不大,唯顾炎武可驻足一观。章实斋《文史通义》开了不好的先河,"六经皆史"的思想,便使理学蒙羞,诱导后人对文化的理解出现偏差。他觉得章太炎、胡适都是走章实斋的路子,把经学的恒定的价值颠覆了。至于梁启超新史学中的理念,也是弱化了儒家的精神。到了顾颉刚那里,疑古之思漫溢而不得要领,就没什么价值了。现代文人,喜欢谈史,贬斥读经。马一浮认为,中国历史有自身逻辑,以西学的方式描绘当有问题。"今世自名为史学者,每以乱世夷狄之俗妄测古事,淆乱是非,不唯厚诬古人,亦深为心术之害。如以周公佐武王伐殷,拟于侵略,谓周人待殷人至残酷,周人为统治者,殷人则为被统治者,如此瞽说,不如不读古书之为愈。"(《马一浮集》第三册,975页)他所以抨击新史学的思想,可能与自己的理学意识的浓烈有关,看得出在基本文化走向上,他是逆晚清学术潮流而行的一个人。

马一浮谈诗学的时候,平和之中见出雅趣,其语不逊于王国维诸人,见识也在常人之上。他对于诗歌的法度颇为关注,汉语辞章的内在性因由烂熟于心,故能言他人未言之理,于神悟里敲开审美之门,微茫之间飞出妙谛。他阅读古人,点滴心得亦有奇处,不以古人是非为是非:

后山学少陵,极有功夫,亦失之于瘦。其生处可学,涩处不可学。山谷才大,有时造语生硬,亦病于涩。东坡亦才大,但多率易,则近滑。从宋诗入者,易犯二病。少陵虽有率句,却不滑;虽有拙句,却不涩。义山丽而近涩,香山易而近滑。此亦不可不知。(《马一浮集》第三册,989页)

先生对于古代诗歌的体悟,都来自内心的咀嚼,故行文里多的是生命的温度。对比王国维、顾随的文章,马一浮自有高处。或说与他们并驾齐驱也并非不对。他自己善写旧诗,五言、七言均有佳句,诗经的韵味与唐诗之调款款而至,成为难得的诗人。

在西方学术长驱直入的时候,教育与审美都渐渐脱离旧轨,新学术层出不穷。在马一浮看来,西学自有自己的长处,但西方人对于中华文明隔膜的地方殊多,也不能以他们的观点简单勾勒自己的历史。他说黑格尔赞佩中国的丧礼,但却无法深知《祭仪》这类典籍。伏尔泰欣赏《赵氏孤儿》,却不知其在中土并非一流之作。在他看来,西方学者关于中国文化的研究有时停留在浅显的结构上,同样,我们要真正理解西方,也不能从"流"开始,而应注重的是"源"。他说:

西人所译中国经典,或纰缪百出,或礼俗不堪。吾人如能自译,庶几此学可明于海外。顾此亦大难。中国学术固需通明,西洋文字尤贵畅达,能通希腊、拉丁文,则西文原字不敷用时,不妨自铸新词。中国人能为拉丁文者有马相伯,而年事过高。又于中国书阅读太少,亦难着手。林语堂等英文虽好,而见解错误,但足以欺西人耳。(《马一浮集》第三册,1043页)

可以说，在文化转型的现代，马一浮面对滚滚潮流，岿然不动于江心孤岛，看风云流散，帆影隐没，孤身回望远祖遗绪，心系儒、释遗风。泼墨为文时，其语也诚诚，其意也深深。在国学日渐衰微之时，自成曲调，如幽林微火，给肃杀的时代以希望之光。如今阅读他的遗文，更能够感到在学术的层面，他的思想走在了许多人的前面。

近几年国内许多学校开办古典学专业，西方古典学与中国古典学并行，有些思路就是马一浮思想的延伸。他提倡的学问，如今被许多人所认同。据说浙江大学已经成立了马一浮研究院，那也是学术生长的必然。在面对传统的时候，我们现在已经找不到这样的人物了。

遥想胡适、鲁迅、傅斯年、江绍原当年的国故研究，走的是逆传统的路径。他们多做社会学与民俗学的思考，或者引进考古学的思路，搜寻的是非正宗文化里的因子，以弥补旧文明之不足。那些学人在旁门左道里亦有心得，填补了文化研究的空白。但马一浮以为正音失之，旁门不通。需要的是雅音的建立。新文人的癫狂与诙谐之言，其实也是亵渎假正经的文化流脉，要恢复的也是古人的真音。彼此道路不同，内心有交叉之处。我们过于看到彼此的对立，而不知"道通于一"的道理，也不能不说是认知上的偏差。我爱鲁迅，但不拒绝马一浮。互补的精神，才可能避免独断主义。马一浮的精神所具有的"纠错"隐喻，今人其实已经看到了。

七

用一个不恰当的比喻来说，他在许多地方像恪守经典的犹太人，内心有一个不变的经文。我的这种感受来自一次以色列之行。大约七年前，因事造访了耶路撒冷。到哭墙下参观的时候,天色已晚。朦胧的灯光下,戴着小帽的犹太教徒在那里默默诵经,有的热泪盈眶,不时见到目光虔诚的青年闭目沉思,好像在与远去的灵魂对白。这时候,我想起中国的儒学大师们,那些稍有一点原教旨意味的人,也是如此吧。马一浮的形影也在那一瞬间出来。每个民族,都有为古代经典殉道的人,只是我们中国,现代以来少了许多。

大凡希望以古典学资源激活人类现代生活的人,多少是个乌托邦之人。传教士是这一种类型人物,书斋里的一些学人也是这类人物。不过有人从雅正的方面出发为之,有的则从非正宗的路径里,壮大思想的道路。但其间不免流血、受难,或者遭遇难忍之苦。走在这条路上的人少,原因也可想而知。

恪守元典的人的可爱与悲壮是并行的时候居多。他们有时看对了目标,却走错了道路;或者颠簸在苦路之上。韩愈于平庸之世期冀儒家道统的再生,柳宗元在妥协里也不忘古训的吟哦。他们能够于流放、受难里保持心性的自然之态,实在是内心有着古代圣者的精神的召唤在。为之而不失儒者的本态,乃中国脊梁们的伟岸之处。

我有时候想,马一浮一生隐居于世,不与他人为伍,抗战时的那次出山,却以失败告终,那是一种宿命吗?李叔同先生说,失败与不圆满,才有自新的动力,以便更好地改过迁善。马一浮不因挫折而气馁,由此而更为精进,颇多远思,眼光在云雾之外,可谓定慧之人。但他的缺失,也带了一些启示,比如:为什么儒学无法在今天复兴起来?

先生对于儒学的态度,与孔教的维护者不同,不肯用后世的词语描述孔学,是看到思想的本源。但他没有料到,每个时代的表述都有自己的特点,模仿古人,未必得到真纯之意,反倒影响了传播。与胡适、陈独秀、鲁迅比,精神上未必没有暗区。这从反面证明了中国文化为何与犹太文化不同。我们一直在失去过去的错位中延伸自己的历史。

　　胡适、陈独秀、鲁迅对于传统的态度固然有偏激的地方,但他们在面对儒教时,与马一浮的看法很近。只是不是回到孔子那里去,而是走出儒家的语境,创造出一个新的天地。在面对传统的时候,许多新学人的研究值得关注。比如鲁迅以佛经语言与尼采辞章重塑汉语,对于华夏文明的表述亦有内力,发展了孔学的表达。徐梵澄的《孔学古微》,是在基督教、佛教、印度教和德国哲学的维度里重新审视,就多了浑厚气,儒家的美质也飘然而至。马一浮的恪守家法,因与时代过于隔膜,不被青年接受,自然是一大损失。而五四新文化人在思想上的古今衔接、中外悉通,其要义他没有看到。

　　每每想到此点,都不能不为之感叹再三。不过,马一浮的目光,往往落在时代之外,的确也映出时代的暗影。由于战乱而衍生的思想意识,在他看来可能都偏离了心性的中道,滑落于深谷之中。今天越来越多的人喜谈马一浮、熊十力、梁漱溟,可能是那身上不变的儒者的气质,恰是今人缺少的存在。学者刘梦溪在《马一浮与国学》一书里称赞这位思想家,是一个"儒之圣者"。其一是有超越性的光泽,其二有"内在精神的净化"。这两点十分重要,可说谈到了其精神的根本。

　　经历了百年的风风雨雨,我们走了那么多弯路,猛然回首,发现那个独自隐去的学人,早已说出了生活的某些谶语。脱离时代语境的人,可能更切中时代病脉。如此说来,他也是先知先觉的思想者吧。

　　我后来才觉得,一味喧哗者,有时不知思想何为。默默独行的人,却有明辨歧途的眼光,虽然他也有滑入歧途的危险。国人曾经那么钟情于现代性的道路,而马一浮的逆向而行的非现代性的沉思,却拧痛了现代性生长过程中病态的神经。他活着的时候,人们听不懂他,尚可原谅,因为黎明前里的人们看不到已身。今天的我们,终于从其飘逝的影子里看到那些失去的光泽。历史的前行,不免要遗漏珍贵的东西,马一浮就是那历史的拾遗者。他在趋同的时代,敢于大胆立异,即如《楞严经》所云:"无同异中,炽然成异。异彼所异,因异立同。"在理解他的时候,我将此语看成了其精神的一个注解。然而也深深知道,自己的诸多感慨,也未必不是一种空谈,抵达他思想深处的,可能不太会是我们这一代人。

(原载《天涯》2018年第5期)

跟着戏班去流浪

苏 沧 桑

一 路 遇

父亲走在前面,领我穿过暮色四合的山后浦村,穿过村口的五六座老坟,走到通往关帝庙的山坡前,芒种后的第一场黄梅雨轻声下了起来,零星几点,像冬夜的星。

我们站在山坡下,犹豫了大约五秒钟。

父亲说,听踏三轮车的人说,不是玉环的戏班,还去吗?

我说,下雨了。

父亲说,来都来了,要不去看看?

我说,来都来了,去看看吧。

父亲知道女儿的心意。两个月前,我遭遇飞来横祸,头破血流,紧接着因闻所未闻的十二指肠憩室炎住院,五天五夜水米未进,虽侥幸未动刀,却也折腾得死去活来。身体虚弱的人,想法便少了,原本在意的一些事一些人便淡了,沉睡在心里很久的梦,便醒了,逸出来了,"跟着戏班去流浪",就是其中一个。

父亲和我,一前一后走上山坡时,潘香和双菲正坐在庙门口一条长凳上闲聊。她们都化着戏装,很白的脸,很红的唇,黑白分明的浓眉大眼。她们穿着白色小衣(穿在戏袍里面贴身的斜襟布衫)、宽大的红色灯笼裤,像两朵大丽花开在暮色里,鲜亮异常。她们的身后,是关帝庙的两层偏房,灰墙黑檐,门前一根绳子上晾着红红绿绿的衣服,有戏服,有花裙,有内衣丝袜,也有男人的衣裤。

我微笑着走上去,心里有点儿忐忑。

她们停止了闲聊,看着我们走上山坡,潘香先笑了,双菲也笑了。

戴眼镜、长头发、五十岁左右的潘香说,条来嬉啊(来玩啊)?

她一开口,脸上风生水起,嘴角向上弯起,眼角的鱼尾纹也向上弯起,眼神在厚厚的镜片后散发着溪流般的灵动,甚至有一丝天真。

我笑问,请问你们是玉环的越剧团吗?

她说,不是,我们越剧团是临海的,不过我们几个都是玉环人。我是老生,芦浦人,小生赛菊是漩门湾大坝老鹰窠人,另外还有两个也是玉环人。

她指了指身边的双菲说,她是临海人,我们老板老板娘也是。

潘香的声音中气很足,声调低沉柔和,有海水般深厚的韵味。她一说话就笑,有时会缩一下脖子,像有点儿不好意思。

双菲笑着点头。其实,她们可以不笑的,可以不理我们的。

黄梅雨越下越密,但她们似乎一点儿都没感觉。芒种来了,意味着仲夏时节正式开始,也意味着戏班即将封箱休夏,自正月以来长达半年的流浪即将结束。

　　一座庙、一个棚就是一座好戏台。请戏班到村里做戏,感恩祈福,求风调雨顺、四方平安,是老家玉环岛自古以来的习俗,也是台州以及浙江大部分农村渔村的习俗。每逢庙里神祇寿诞,家中婚嫁或造房子,开渔出海,村民、船主凑份子请戏班做戏,一般唱五天五夜,潘香她们从清港镇芳杜村过台到此,已是第三夜。

　　戏班十点半吃中饭,下午四点戏散后吃晚饭,此刻离夜场七点开场还有两小时,做戏人有的在洗衣服,有的小睡一会儿,有的在补妆。

　　我问潘香,来看戏的人多吗?

　　这里偏僻,下雨,只有几十个吧,阿公阿婆多一点儿。

　　人这么少,你们也要演三个小时吗?

　　潘香像是突然被我的话戳中,喘了一大口气,边摇头边拍着胸口,说,唉,我正心里难受,跟她在说这事呢。我们接了钱,就要认真演,演给观众看,演给"老爷"(对庙里神祇的统称)看,要对得起良心的。头天夜里雨太大,村里说人太少,你们演得短一点儿好了,有几段不太要紧的唱词就没唱,结果我心里就一直不舒服,特别内疚,现在还难受。

　　我心里一动。

　　她接着说,我们戏班很小,一场戏才六七千,有的戏班一场戏几万十几万,可赌博戏我们不演的。

　　我心里又一动。

　　父亲说,我们就住在山后浦,我女儿喜欢写文章,喜欢越剧,想来体验一下,不知找谁方便?

　　潘香说,哦——都方便的啊,喜欢越剧的人很多的,常来嬉戏的,你来找我好了,我们都很随便的。

　　她其实没有听懂我们的来意,但那么盛情。

我说,谢谢,我回去请文广新局的朋友跟你们老板先说一声,再来打扰你们哦。

潘香说,不用,我们大家在一起都十三年了,跟一家人一样的,你跟谁说都行的,条来嬉,没关系的。

我后来才知,她不是随便就能这么说的。

告别她们时,我回头看见,不知何时,屋檐下坐了一个化着小花脸妆的清瘦女子,穿一条曳地墨绿色吊带长裙,一件黑色的丝质披肩,民国时期那种一浪一浪的短卷发,她身子往后靠在门框上,双腿优雅地交叠着,目光淡然,仿佛已穿过我们,正看向天边无尽的黄梅雨。黯淡的背景,明艳的身影,犹如梦境。

我后来才知,他们本来不是到山后浦做戏的,因之前连续大雨耽搁了别处的行程,封箱前要去坎门里澳村做戏,路过此地,就应邀留下来演五天五夜。走到哪里算哪里,演到哪里算哪里,这是常态。

于是,我们遇见。我想,这是我们之间的缘分。

戏班的名字叫"吉祥"。

二　戏　痴

民国二十二年深秋,一个令故乡人无比新奇的"的笃班",带着它的戏具、戏服,它的小生小旦和一路风尘,走进了玉环岛,走进了小镇楚门,从此,越剧风靡了我的故乡。

哪个村做戏,哪个村的人就邀外乡的亲朋好友来住上几天,喝喝老酒,过过戏瘾,嫁出去了的女儿可乘机在娘家多待几日,说说贴心话。最高兴的是孩子,袅袅越音与炸油鼓、九层糕、凉菜糕的味道深深刻进了记忆里。

戏的开场总是喧闹的锣鼓,大大咧咧,没有一点儿江南风味,然而演的戏却极文雅极美,两者合一,就像故乡人的性格——刀子嘴豆腐心。演的大多是"路头戏",仅有故事框架和分场提纲目表,演员自编自演。之前,师傅会传授一些"肉子"和"赋子",戏有"路头"可循,如行路、宿店、花园、抢亲、公堂、探监等,有惯用的唱段对白,演员根据故事情节,移花接木,即兴唱做,但必须押韵,比剧本难得多。因此,做戏人"肚子要饱",脑子里要有词库,特别是对手戏很见本事,用各种押韵即兴对唱,一来一往特别有味道,有的还很有文采。

锣鼓停了,戏开演了,成千上万的故乡人坐在自己带的长凳上或站在远处高处,在感受爱情的缠绵、复仇的痛快、忠君报国的悲壮时,对于半个多世纪前就学率只有百分之十几的故乡人来说,就像上着一堂堂有声有色的道德伦理课。戏团圆了,人也散了,人们在回味中检点着自己的内心。乡戏的灵魂就像故乡水静静滋润着故乡人的血液,滋养出故乡人共同的豪爽、智慧、幽默、敢爱敢恨、敢作敢当的性格。

我是戏痴,我的祖辈更是。月圆之夜,小渔商贩出身的祖父常雇一条船,在楚门镇南门河等青灯古、赖乌丁等一帮"狐朋狗友"一一上船。锣鼓笙箫三弦京胡一应俱全,却没有女人。祖父拉京胡,他们自弹自唱,开怀畅饮。夜半尽兴后,祖父哼着小调走在清冷的石板路上,一手烟斗,一手提着一碗热气腾腾的馄饨带给祖母吃,他知道她会一直等他。

祖父浪漫的基因,流淌在二伯和父亲的血液里,也流进我的血液里。儿时的二伯演过《野猪林》里的林冲,儿时的父亲演过《血泪仇》里的伪保长,没有戏服,用窗帘布当披肩,借庙里神祇塑像的龙袍当戏服。儿时的我将越剧《红楼梦》看了七八遍,并无师自通学会了几乎所有越剧经典唱段。儿时的木雕床底下,珍藏着我自己缝的一个小姐布偶,鞋盒子做成她的闺房,中间用锦旗的黄色流苏隔断,用黑线做的云鬓,从母亲的珠钗上偷拆了两颗珍珠做的步摇。在我眼里,她是林黛玉,是祝英台,是《碧玉簪》里的李秀英,是《柳毅传书》里的三公主,是寡言的我……她是有生命的,她与孤独的我自成一个宇宙。

十三岁那年,从小镇搬到山后浦村新家时,她丢了。我想,在某个幽暗的角落里,她已经成仙,她不愿离开那间快要坍塌的老屋,她的道场。我想,有一天,她会以另一种形态回到我身边。

时隔三十多年,她果然回来了。

2017年芒种后的第一场黄梅雨里,父亲和我告别潘香和双菲,回家给文广新局的朋友打过电话,吃过晚饭,我上三楼收拾"流浪"的行李。

三楼面山朝南的卧室,曾经睡过四个人——四个做戏人。三十多年前的冬天,村里请来戏班做戏,小旦小生等四个主要演员被分到我家。小旦微胖,面目模糊,声音甜美,小生以极其俊美的扮相和极富魅力的唱功做功一夜间轰动了山后浦村。我每天心跳最快的时候,是看到扮上戏装后的她——她扮演的所有角色都像我梦中的白马王子。我渴望走近"他",又害怕走近"他",怕看见"他"真实的面目。

她坐在窗前的微光里一下一下描着眉。我捡起一枚掉在地上的黑发卡递给她,她没有说什么,瞥了我一眼,眼里闪过一轮冬日下午三四点钟温柔的太阳。

她能收我做徒弟吗?我能跟着戏班走吗?父母亲会同意吗?这些疯狂的念头折磨着我。

后来,我再也没见过她。我完全忘记了她是怎样离开的,是她临时有事回家了,还是戏班离开时我上学去了?很久以后,一个傍晚,我从杭州回老家,堵车了。从模糊的车窗望出去,对面路边停着一辆抛锚的卡车,细看竟是戏班子的车。车上叠满了戏箱,戏箱上高高地坐了几个做戏人,她们似乎刚刚卸装,还没擦净脸颊,细雨淋湿了她们神情木讷的脸和瘦削的肩,还有一个在奶着孩子。母亲叹气说,现在的戏班有舞台灯光,有字幕,还有小提琴伴奏,但一茬茬的人老了,做戏和看戏的人都越来越少了,不知道几代以后,还会不会有人知道乡戏了……我的心里涌起比细雨更密的凄凉。如果说,乡愁是生命中最凝重的忧愁,乡戏就是乡愁里最凄美的那一笔。

母亲说,记得吗?做戏那几天正巧我过生日,请四个做戏人一起吃饭,她们把乐器搬过来专门为我唱了一段,然后一边喝酒一边商量晚上的戏怎么唱怎么唱。你弟弟结婚时,我们还把小旦请过来喝喜酒呢,你记得吗?

我忘了。

我忘了,但我想,当我走近潘香、双菲、赛菊她们,一切都会回来,如同那个被遗落在老屋木雕床底的"我"和"她"。

三 嘟嘟

夜,七点半,关帝庙戏台侧幕。

嘟嘟张着粉红色的小嘴,睁着溜圆的双眼,紧盯着正在戏台上翻跟斗的小花脸,咿咿呀呀笑着叫着,手舞足蹈。六个月大的他圆头圆脸,气质很像混血儿,穿一身红色棉布衣,肩上绣着花朵和小鸟,很好看,很干净。随着锣鼓声,他的双腿在他的母亲二十五岁的小生俏俏的大腿上一蹬一蹬,一滴口水正从嘴角挂下来,映着戏台红色的灯光。

俏俏伴装很痛,哎呀哎呀的叫声被锣鼓声掩盖,光洁异常的脸庞在灯光的映照下,灿若朝阳。

这个戏班最年轻的演员,临海杜桥人,面如银盘,眉眼英武,原先主攻小生,刚生了嘟嘟,暂时歇演,但戏班到哪里,她抱着嘟嘟跟到哪里,一满月就出来了,整整五个多月了。

俏俏说,嘟嘟一上戏台就会特别兴奋,半夜都不肯睡,做梦都咯咯笑。我也喜欢待在戏班里,氛围好,开心,像一家人一样。

这句话,让我想起潘香之前说的"一家人"。

俏俏似乎不太爱笑。直觉告诉我她有心事,她自然不会说,我便不问。我想过,此番体验,不打扰,不刺探,一切顺其自然。对于她们,我只是一场路过的风。

每个做戏人上台前、下台后都会来摸摸嘟嘟的脸,他就无声地笑,也许笑出了声,但被音乐淹没了。俏俏起身替人播放电脑背景和唱词时,几个做戏人便谁有空谁抱嘟嘟,谁抱他,他都笑,将圆圆胖胖的脸和两个酒窝冲着你。我摸摸他的脸,他也笑,我伸出手抱他,他也肯。他姓金,和我一样也属猴。

一个婴儿,日夜待在庙堂里,一点儿都不忌讳,如同一个已过不惑之年的女作家突然跟着戏班去流浪,都是奇怪的事。一百年前,唐诗之路上诞生了唱腔委婉、儿女情长的越剧,当徽班进军紫禁城后,南方大地上也有一群乡下人放下了锄头,开始了流浪,也开始了一个百年美梦。我没想到,第一次走进戏班走上后台,第一个遇到的,竟是跟着戏班流浪、做梦的嘟嘟。

俏俏的师傅,也就是老板娘兼小生阿朱,穿过锣鼓声前来接应我。她四十岁左右的样子,穿着套头的休闲服,没有化戏装,两根辫子编到头顶,用黑发卡卡住。她一口临海普通话,声音柔美,有湖水的味道,笑起来露出两颗雪白的小虎牙,让人觉得很好接触。

父亲和她老公骆老板坐在台下聊天,我和她坐在戏台右侧的庙门口聊天。我表明了来意,大意是我是一个写作者,特别喜欢越剧,不是来采访,也不一定写什么,就是想来体验一下戏班生活,如果单位或家里临时有事,我随时会回去,我会尽量不打扰他们。

黑暗中,两颗雪白的小虎牙说,你看得起我们,过来玩,我们当然欢迎,当然高兴,很高兴,你有什么需要,尽管告诉我哦。

我眼前一下子浮现黛玉进府时热情能干的好嫂子王熙凤的形象。

阿朱说,吃饭如果吃得惯,尽管跟着我们吃。被褥什么的你自己带会干净点儿,我们条件太差,呵呵。

她又笑,戏台的侧光映出她眼角浅浅的鱼尾纹。

又聊了点儿别的,我问她生意好吗。

她说,戏路还好,戏金不是很高。上半年做了二百场,下半年也差不多,还好,也就是挣个工资钱,演员工资一天一百到四百多不等,赌博戏、乱七八糟的戏,我们不做的。也不是有多高的水平、有多高的收入,常年奔波,竞争厉害,要跟各色人等打交道,很累。但我们戏班最难得的,是特别和睦,在一起十多年了,没有多话的,很开心的,很多戏路是口碑好人家找过来写戏的。

"写戏",即外乡人过来邀请做戏、双方商定剧目、戏金、时间、地点。

吉祥越剧团其实是一个家庭戏班。阿朱夫妻掌舵,爷爷搬道具,称作"值台",奶奶烧饭,阿朱和嫂子演戏,二十五岁的儿子负责灯光舞美和字幕。骆老板个子高高的,壮壮的,虽是老板,但看得出来什么事情都找阿朱商量,他接到我文广新局朋友电话后,也把我交代给了她。手里却一直拿着两罐王老吉要我和父亲喝。

爷爷仿佛是个隐身人,出入戏台搬道具像风一样自由,被观众自动忽略。戏班里,管戏服道具的"值台"或"大衣"是最辛苦的,有的终年睡在四处漏风的后台守夜。爷爷下台来就对我笑,将凳子让给我让我坐着看戏。

我之前担心他们对我的到来有顾虑或反感,但戏班里的每个人都很和气,也没有过分的热情,只有阿朱二十五岁的儿子没有笑容。

阿朱说，儿子说夏天过后他不做了。

那他做什么呢？

阿朱说，我们让他做，他还是会继续做的，从小跟着我们到处走，很听话的。

我从侧幕看过去，看到了儿时的他和今夜的嘟嘟一样，跟着戏班四处漂泊。突然想：多年后，嘟嘟一定不会记得今夜了，但还会喜欢看戏吗？

四　住　处

午后十二点五十分，雨停了。

阿朱在偏殿宿舍的水槽前搓洗着一大盆脏衣服，化着装，裹着头，穿着白色小衣小裤。

我问她，快一点了，你下午不演吗？

她一把关掉水龙头，边拧衣服边说，演啊，呀，来不及了，哈哈哈。

她说着，将衣服往绳子上一搭一拍，小跑上坡，跑进庙里，从戏台下坐满老人的第一排前穿过去，紧跑几步跳上台阶，穿过乐队，冲到后台，拎起早就摆放在那里的蓝色戏袍和相公帽，三下五下穿戴整齐，待她挂好无线麦克风，低头套上高靴，从她公公手里接过道具褡裢背上肩，没怎么停留就站到幕旁开唱了——

　　三载同窗情似海，冬生难舍玉英妹。相依相伴情意深，未知何日重相会……

声音洪亮，气息平稳，韵味十足，演的是《藕断丝连》中的林冬生，套的是《楼台会》的曲。音乐过门后，她潇洒地一个抬脚，高靴将戏袍轻轻一踢，便走出了侧幕，走上了灯光耀眼的戏台。

一个风流倜傥的小生,走进了老人们模糊的视线;而一个女子走进了古代,走进了另一种人生。

阿朱和她的姐妹们会演的戏多达一百多部,最驾轻就熟的就有三十多部,成竹在胸,才如此不慌不忙,信手拈来。

我亦步亦趋紧跟着她,最后在侧幕惊住。眼前这个光彩夺目的人,几分钟前还在简陋的住处吭哧吭哧地搓洗着一大盆脏衣服。

夜里八点,潘香皱着眉头,坐在床铺上就着昏暗的灯光背唱词,一个很旧的黄色笔记簿上,歪歪扭扭记着满满的唱词。今晚,她演《双龙太子》里的包拯,戏份很重。

这是关帝庙最靠里的偏殿后一间十多平方米的屋子,三张床铺分别用两根长凳加硬木板搭起来,铺着棉褥和凉席,没有蚊帐,床上堆了些洗漱用品、化妆品和内衣。一张旧桌子是唯一的家具,摆着两个巨大的化妆盒,两盏没有灯罩的台灯见缝插针,就是她们的化妆台。

一个很大的塑料桶,是拿来烧热水洗澡的,用热得快烧,庙里没有淋浴设备。

我说,我家很近,你们洗澡不方便到我家洗吧。

潘香笑,说,都习惯了。

墙角有一个电蚊香,靠墙有一张塌了的旧床,堆满了锅碗瓢盆瓶瓶罐罐,还有西瓜、桃子、杨梅。潘香说,是上个村子的戏迷和这个村子的头儿说她们演得好,送来犒劳她们的。

俏俏削好一个桃子递给我,并不叫我,只微笑着说,你吃。

我接过桃子,说,你们管自己忙哦,不用管我的。

一位七十岁左右身材瘦小的婆婆正坐在另一张空床上吃苹果,她是从清港芳杜跟过来的老戏迷,她常找她们玩,没什么好玩的,就是看看她们,还有三四个清港其他村里的老太太下午来过,路更远,回去了。

潘香眯缝着一千五百多度的近视眼,吃力地背着唱词。别人演戏可以看戏台两侧的电子屏,她因小时候脑震荡耽误治疗导致弱视,全靠背下来。她身体也不太好,左腿膝盖骨有畸形肿瘤,发作起来会很痛,演武打戏翻跟斗更痛。但如果不出来做戏,老公儿子上班去了,她一个人在家待着没意思,这里有意思。

这间房,住了她、和她最要好的小生赛菊、和赛菊最要好的俏俏嘟嘟,还有当家小旦爱妃。赛菊家近,夜里基本开车回家住,把俏俏母子也带回家。

潘香说,我们几个从来不分开的,别的戏班来挖墙脚,我们谁都不出去,我们已经是一家人。

她总是未开口先笑,眼神里透着孩子般的纯真。

短短两天,我已经听到好几次"一家人"了。在戏班里,能成一家人,是特别难得的。

一百年前,中国第一个越剧戏班在嵊县东王村出了娘胎后,不到两年时间,剡溪两岸的小歌班竟多达两百多家。艺人们沿着三条路线流浪,一是从新昌、余姚到宁波,二是从上虞、绍兴流动到杭嘉湖,三是从东阳、诸暨进入金华,他们像吉卜赛人一样,走到哪里唱到哪里,吃住都在庙里殿前,和神祇睡在一起。身体上的苦在其次,被人看不起也是轻的,最怕的是在内主角配角间钩心斗角,在外遭受地痞流氓欺压。一百年来,戏班里的人们聚散无常,更谈不上亲如一家,即使到了现在,也各有各的乱象,各有各的不易。

潘香将长发盘进发套时,微微翘起了兰花指,无名指上一个玫瑰花形状的金戒指,与包拯的形象反差很大。前一秒她还是一个女人,后一秒她就是一个男人。她说,我和赛菊约好,两个人把头发都养长,然后剪下来,做成用自己的头发做的头套,这样就又方便又自然啦。

她站了起来,说,我快上场了,我要先去下厕所。

我也站起来,说,我扶你去吧。

她说,不用不用,我自己去就可以啦,习惯啦,先戴上眼镜,哈哈哈。

出宿舍门,她往左,我往右。我回头看到她大红的灯笼裤、白色的斜襟小衣隐没在暑气蒸腾的夜色里。

五　小　生

当我第一眼看见小生赛菊,仿佛又一次看见了多年前坐在我家三楼南窗下一笔一笔描着眉的"他",看见了一轮冬日下午三四点钟温柔的太阳。

这是吉祥戏班在山后浦做戏的第四天下午。

这个潘香一天要念叨很多次的叫作"赛菊"的女人正坐在宿舍的台灯下补妆,强烈的灯光将她脸上的细部暴露无遗。四十出头的她看起来只有三十岁,化着小生的装容,面部轮廓俊朗,五官精致,眉毛和眼角均微微上扬,漆黑的双眸异常清亮,身段苗条紧致如处妙龄,黑色的蕾丝上衣、黑色的裙裤很飘逸。一个女子静静坐在一个极其简陋的场景里一下一下描着眉,散发着一种摄人心魂的静美。

赛菊话很少,只微笑着跟我打了个招呼,说,条来嬉啊,吃杨梅哦!

我说好的谢谢,你管自己忙哦。

她的声音很润朗,又带一点点磁性,仿佛暗夜里凝结了一层水雾的青花瓷。这个声音让我突然想起了另一个人,一个岁月深处曾经红遍玉环每个角落的越剧名伶,一位耄耋老人。

俏俏把嘟嘟往潘香床上一放,俯下身子在塌床那里翻找什么。潘香已经化好包拯装,抱起嘟嘟坐在自己的肚子上,一边轻轻颠一边哈哈笑。嘟嘟一点儿都不害怕她的脸黑,也跟着呵呵呵笑。

俏俏翻出了一个瓶子,自言自语说,再泡点儿苦瓜茶喝喝。

赛菊对着镜子描眉,并没有看她,说,今天别喝了,喝多了胃寒。

俏俏说,哦。听话地放下了瓶子。

"劝妻休要泪淋淋……"

夜幕和黄梅雨同时降临时,赛菊穿过夜色,走上后台,出场亮相。戏台在漆黑的夜色里,如同夜空洞开着一扇绮丽的天窗,走马灯似的播映着天上人间的悲欢离合。今夜赛菊演的第一场是哭戏,《包公斩杨志平》中的韩世昌在病床上与爱妻话别。黑色的长发垂下半边,额上的汗珠、眼里的泪水,在夜色中闪闪发亮,哀婉的唱腔在关帝庙的夜空中盛放、枯萎。

家乡人将看戏叫作"望戏",一个"望"字,画出了人山人海中人们翘首张望的样子。我像空气一样尾随着她,望着她,也望着戏台下一张张条凳上坐着的几十位老人,他们安静如大殿里的一尊尊雕塑,守庙人来喜站在最后一排。整个庙宇里,人神共看一台苦戏。

当我们望戏的时候,赛菊在自己的泪水和唱词里,依稀望见了许多逝去的岁月。

十年前,温岭江夏村。那天她演落难公子应天龙,用余光向戏台下望去,如她所料,又看到了那个三十多岁的卖糕女人坐在第一排左边的长凳上,痴痴地望着自己。她的身边,仍然坐着那个十七八岁、眉清目秀、衣着整洁的傻子。他和她一样,张着嘴,痴痴地望着自己。

泪水在她高亢哀婉的唱腔里纷纷坠落,人们纷纷起身,边擦眼泪边掏出几毛钱几元钱扔到了戏台前。

一段词唱毕,戏里的"恶霸喽啰"上台来,一边叫骂一边佯装打她踢她。一根棍子眼看就要落到她身上时,突然被一个影子一把夺去——不知何时,台下的那个傻子已经蹿上了戏台,涨红着脸,撕心裂肺地号叫着,不要打她,不要打她!

他哭着叫着,用头和身子去撞那些"恶霸喽啰"。

赛菊赶紧从台上爬起来,戏班子人也都围上来,劝他说这是做戏,是假的,是假的。

他躺在戏台上不肯起来,放声大哭。

这时,坐在他身边的那个三十多岁的卖糕女子跑上了戏台,一把搂过他,又一把拉过赛菊,让他看她的脸、手,说,你看你看,没有受伤,是假的,菊不是好好的吗?

傻子待了待,突然笑了。爬起来去捡抛在台前的那些钱,捡完转身捧给她,说,菊,给你,都给你。

赛菊摇手说不要不要,眼睛却湿了。

多年后,比她大八九岁的卖糕女子也就是傻子的娘姨,成了她的至交,有了近亲般的人情往来,赛菊结婚、坐月子、造房子、过生日,她都会送来点心、七八套衣服。娘姨家造房子、儿子结婚,赛菊也去,她跟着傻子叫她娘姨,其实心里当她是亲姐姐。

几年前,玉环龙溪山里。那天她演《雪地打碗》中的孤儿周强,八岁因遭大伯母虐待逃出去讨饭,是她的拿手戏。看戏的全是上年纪的老人,穿戴都很朴素,一段唱词唱完,每位老人都起身,五元十元的,个个含泪送了一次又一次,足足送了六百多元。下台后,一位老奶奶过来拉住她哽咽着说,你演到我心里去了,我和你一样,从小没爹没妈,苦啊……

"讨饭戏"是一个老传统,一般去一个演出地都会演一场,不为图捐钱,是图彩头,也最见功夫,演员动情,戏迷过瘾。而同样是《雪地打碗》这本戏,她在另一个村里演时,却遭遇了耻辱。那天她刚唱头一句"双膝跪在大街前",一个村干部模样的人就掏出果冻直接朝她身上砸。她气极了,站起来不唱了,那人就叫嚣着逼她唱,还要罚戏。泪珠在她眼眶里打转,却说不出一句话来。戏班里的姐妹冲出去跟他讲理,最让她感动的是台下的老人们全都帮着她们说,说他怎么可以把她当成真的要饭的?!

赛菊不知道,在离山后浦关帝庙戏台三百米处,曾经搭过戏台,闹过罚戏。以前做戏不能唱错做错,错了就要罚戏,轻的加演折子戏,如果做漏了情节叫"偷戏",要重罚三天戏,戏班就要亏本。明张岱就曾描述过其时绍兴演戏时"一老者坐台下,对院本,一字脱落,群起噪之,又开场重做"。

多年前,山后浦做戏,一个花旦演下楼的戏,按规矩要走十三级,那天却多走了一步。以前看戏的有很多年轻人,当时一群后生起哄要罚三天戏,戏班头子和做戏人都吓坏了,赶紧请父亲这个山后浦的老知识分子去说和。

父亲被他们扶到戏台前的长凳上,站在耀眼的灯光下,说,乡亲们,戏班做错了,是不对,但他们一不是故意的,二是小错也已经认错了,三呢也加演一段戏了。大家想想,我们到哪里挣钱都难的,他们也很不容易的,大家就体谅体谅,好不好?和气生财嘛!

其中一个小伙儿不知道说了句什么,一位老人上前一把揪住他的衣襟,吼道,苏老师都说了,你还要怎样?快转回家去!后生们也就散了。

如今,看戏的年轻人几乎没有了,老人们没那么精明也不计较,罚戏自然也就没有了。但赛菊每一场都全情投入,更不允许自己出错。她们来山后浦第一晚演的是《双杀嫂》,没下雨,来的观众多,纷纷叫好,第二天下午演《丞相试母》,观众反应又很好,地方上的头儿闻讯很开心,买了几十斤桃子、四个大西瓜送给戏班。赛菊忙得一口都没吃,但心理上很满足。她想,我就是戏里的丞相施文青,观众喜欢这个戏,说明我演活了。

有那么一两分钟,后台只剩下我一人。我忽然发现挂着皇帝帽的架子下的神位前点起了两支红蜡烛。我知道,又有老人"戏刹"了,也就是传说的看戏走火入魔了,身体不舒服了,解药就是到戏班后台点上蜡烛拜拜神仙老爷,来不了的就差人剪下一点儿皇帝帽的流苏烧成灰喝了就没事了。有用没用不知道,戏班却总是有求必应,让看戏人图个心安,就像故乡人说的,高丽人参太补,邪关住了,要用萝卜解。

在后台,我不敢乱走乱动,随便问话,怕犯了戏班的禁忌。小时候就听说,不能问帽子重不重,不能问嗓子好不好,身体好不好,这些都关乎做戏能否顺利,关乎他们的平安,因而外人宁可信其有。还比如,鼓板是乐队的灵魂,打鼓板的师傅叫"鼓板佬",他坐的地方叫九龙口,是戏台上最神圣的位置,其他人绝不允许坐,更不允许触摸鼓板。

此时,小旦爱妃上台,赛菊退到后台,从贴着一个"赛"字的戏箱里取出一条绑带绑上头,侧过头对我笑了一笑,眼角还挂着一滴晶莹的泪。

再过一个小时,戏散后,她会开车回到距离此地十公里的漩门湾大坝老鹰窠的家,那是一个靠海的小山村,大坝未筑成时,传说连飞鸟都飞不过去。到家后,她会煮两碗面给自己和俏俏当夜宵,然后帮俏俏给嘟嘟洗澡,睡下,第二天中午吃了午饭再赶过来化装。

这个在古代和现实之间自如穿越的女人,她在海边的家是怎样的?她的丈夫是做什么的?在家里,这个优雅神秘的女人是什么样子的?她对我这个一直尾随着她的不速之客是怎么看的?

多日后,我看到她在微信里这样写道:第四天下午演《藕断丝连》,我演林天赐。下半场还在化装,来了非常非常难得的贵客苏沧桑老师。我们小小戏班迎来大作家,心情无比兴奋[憨笑][憨笑]。

然而,当时她那么沉静,甚至有点儿冷淡。

六 吃饭

嘟嘟在睡梦中掉下床时,俏俏和我、赛菊、潘香她们正在戏台前吃晚饭。

上午十点半吃中饭,下午四点吃晚饭,晚上十点吃夜宵,这是戏班的用餐时间。做戏人一般早上睡到十来点起床,不吃早饭。

每人有自己的专用碗筷。阿朱专门给我烫了一副碗筷。

三张方桌摆在戏台右侧,一位乐队师傅从台上下来,从墙角拎过来两块红砖头,很熟练地垫在了其中一张桌子的两只桌脚下,因为地面很斜。四张长凳没垫砖头,于是,一桌八九个人便一边高一边低地坐了下来。

最靠山的偏殿,供着几尊菩萨,点着红亮的油烛,萦绕着香烟,穿过偏殿,便是烧饭奶奶一个人的世界——戏班厨房。

烧的是老灶,堆满了不知从哪里拆下来的纸板残料,两口大铁锅热气腾腾,旁边矮桌上一个巨大的电饭煲里,一大锅米饭也热气腾腾。烧饭奶奶已有条不紊地做好二十个人的饭菜,四菜一汤,有红烧鲻鱼、虾皮冬瓜、红烧茄子、咸菜冬笋,还有一个菜汤,比我以前在别的庙里看到的戏班伙食好多了。

阿朱和家里人坐一桌,让我和赛菊、潘香、双菲、小花脸夫妻等七八个人坐一桌,乐队师傅们坐一桌,桌上有白酒。平时吃饭的位置也是这样固定的。据学者田野调查,绝大多数戏班伙食较差,做戏人都会轮流做"私菜"补充营养,因而用餐时间参差不齐,像他们这样三桌人一大家子一起吃饭是极少的。

赛菊迟迟没来,说在等炒绿豆面。她特别怕荤腥,不吃鱼,不吃调和油,但能吃肉,整个剧团为了她全都改吃猪油。她从家里带了猪肉和绿豆面,请骆老板亲自炒。潘香说,骆老板绿豆面做得最好吃,轻易不做菜,但戏班里谁请他做,他都会答应。

潘香和小花脸夫妻三个人拿大碗喝啤酒。我不喝酒,他们便让我喝王老吉。大家叫四十岁左右的小花脸夫妻"小爸小妈"。我忽然想起,夫妻俩的卧室,就在偏殿宿舍一楼临时拉起的破布帘后面。比起大多戏班夫妻常常要和其他做戏人一起睡通铺,这样的条件还算好的。

小爸坐我右首边,是这一桌唯一的男人,很客气,不停叫我吃菜。她们都叫我多吃一点儿,我不敢剩,将饭先分一半出来。饭很香很软,菜也很可口。

绿豆面来了,绿油油香喷喷的很诱人,却没有人伸筷子。

小妈说,赛菊你先夹,弄一半到碗里。

赛菊正在开一个玻璃瓶子,说,不要管我,你们先吃啊!

大家便说,你先夹,我们的筷子都碰过鱼了,腥臭。

赛菊拿的瓶子里装着腌苋菜梗,是阿朱的最爱,赛菊专门为她带的,但阿朱儿子闻不得那个味道,只好由赛菊保管,到时夹点儿到阿朱碗里。

小妈找了双干净筷子,将绿豆面拨出一半到另一个盘子里递给赛菊,然后招呼大家趁热吃。

潘香笑着嚷,小妈小爸,喝起来!

吃完饭,每个人的碗筷自己洗,阿朱过来将我的碗筷夺过去不让我洗。这是第一次,我暂且领受特殊照顾,以后跟着她们到处走,就跟她们一样了。

我们吃晚饭的时候,小嘟嘟从床上掉下来了,哇哇大哭,幸好没摔着。俏俏把他锁在房间里睡觉,六个月的嘟嘟还不会爬,但就在我们吃晚饭时,他会爬了,也会摔跤了。我们轮番抱他,逗他,他又呵呵呵笑了,脸上还挂着泪。

　　当年,俏俏其实是冲赛菊来的。十九岁的她因迷上赛菊而迷上越剧,找到老板娘阿朱问这里收不收徒弟的。阿朱见她俊俏,喜欢越剧,就答应收她,让她演小兵。后来赛菊知道了,不把她当徒弟,反而当女儿。她说规矩就是规矩,绝不当着阿朱的面教她。俏俏叫她阿姨,其实,是偶像、姐姐、也是母亲、婆婆。俏俏恋爱、生子,尚未安顿好的小家和所有的纠结烦恼,赛菊一眼一眼全都看在眼里,常接她到漩门湾大坝家里住些日子,一家人也都喜欢她,看得出,她在赛菊家里更快乐。赛菊的后备厢里一直放着一个大浴盆,是专门给嘟嘟在庙里洗澡用的。有一次,赛菊一家在外忙活,回家很晚了,又累又饿,也担心俏俏在家饿着,没想到一进家门,看到俏俏正在灶前忙着,桌上已经摆了满满一桌饭菜。

　　赛菊儿子小时,跟着戏班到处走,叫小花脸夫妻"小爸小妈",如今,全戏班人都这么叫。嘟嘟大一点儿,也会这么叫。

七　扮　上

　　我将脚一一伸进两寸高、三寸高和五寸高的相公靴里试了试。

　　小旦爱妃说,你放大胆走,就走得稳了。

　　果然。细想,这跟走人生路是一样的。

　　傍晚五点,黄梅雨终于停了,蒸腾的热气将小庙紧紧捂住,穿着短袖都觉得热。幸而,这边演完后,过台到坎门里澳村再演五天五夜,上半年的演出就结束了,流浪了半年的她们就能回家了。

　　一身绿色绸缎衣裤的赛菊走进宿舍,脸上化着妆,七点就要登台开演。她说,来,我给你扮上。

这是我们事先说好的,等她们有空时,帮我扮上玩玩。

台灯很刺眼。赛菊打开巨大的化妆盒,拿起一条黑白圆点的包头巾将我的长发包了上去。她凑近我的时候,我闻到了一股清新的味道,不是香水味,是极淡的沐浴露或洗衣液的味道。

先打粉底。她说护肤品化妆品都是她自己买的,放心。然后让我将脖子伸出去一点儿,给我扑粉,散落的粉直接掉到了地上。然后扑胭脂,先扑眼睛周围,上下匀开,再晕染到双颊。镜子里是一张红白分明的脸,嘴唇也是白的,有点儿吓人。

赛菊不说话,极其专注。最复杂的工序是画眼睛。先画眉毛,用粉红色的眉笔画,再用黑色的眉笔画,她说化装老师教过,这样从远处看起来眼睛就会很灵活。再用眼贴将上眼皮往上拉一点儿,眼线往上吊一点儿,眼睛便更有神。她用小剪子剪好两个眉月形的眼贴,贴了一遍又一遍,左看右看,直到满意。

我一动都不敢动,说,差不多就可以了,拍照看不出来的,不用像你们平时那么讲究的。

赛菊笑说,手势已经在那里了,改不了了。

我说,别耽误了你后面的演出。

她说,来得及,我有数的。

她做事一板一眼,有一种特别沉静的气质。

潘香、俏俏和小嘟嘟在旁边玩,发出一阵阵笑声。

待贴上一副假睫毛,整个妆立即像那么回事了。我取出自己的口红涂上,免得把她的口红弄脏了。她让我多涂一点儿,涂厚一点儿,在台上看着会精神一点儿。

我问她,我看你还没上装时,脸上有一些斑,好几个演员也这样,是因为化妆品的缘故吗?

赛菊摇头说,不是,是台上的灯光太厉害,长期照射到化了妆的皮肤,起了化学反应。

痛吗?

现在不痛。有时灯光烤久了，痛的。

她说"痛"字时，我感觉心里有点儿隐隐的痛。

一切就绪后，赛菊将我移交给爱妃。

当家花旦爱妃，天台人。下午，她和阿朱演对手戏，套唱了一段《孔雀东南飞》里的《惜别离》。她是那么动情，身子随着一步一泣微微颤抖着，嗓音也微微颤抖着，台下几十位老人和我都不由自主被她带进了戏里。

爱妃利索地将自己头上的绑带和发网解下来，一头金黄色的长卷发哗地落满了腰肩，配着她的小旦装容，有一种奇异的美。

戴上小旦的头套后，整个头就更像样了。爱妃小心将我额前的刘海梳好，将瘦脸的鬓角发贴到我耳旁，又为我挑了一对蓝色的耳环，在发髻上插了一朵蓝色的珠花和一支步摇。当我眼角的余光瞟到右上方的步摇，我感觉一下子成了另一个人。

烧饭奶奶进来，眼睛直直地看着我，看呆了，过了好一会儿才说，太好看啦！你演小旦小生都好看的！你留下来在我们这儿做戏好不好？

赛菊她们就笑，好什么呀，人家可是大作家，怎么可能来演戏呢？

我说，演戏多好啊，我从小就想当做戏人。

赛菊说，太苦了呀。

一时，大家都不响了。

我原想说，做戏多自由浪漫多开心，可短短几天，我便明了了戏班生活的本质绝非原先想象的那么美好，而是极度的劳心劳力，甚至厌倦，尽管，曾经，她们和我一样向往。

傍晚六点，爱妃和赛菊带我穿过正在降临的暮色，赶到后台，赶在观众到来前给我穿戴好，上台亮亮相。我年迈的父母一直等在台下,想看我扮上,说如果来得及还想听我唱一段。之前,当我把这个愿望告诉阿朱时,阿朱没有惊讶,说,好,我跟乐队师傅说,给你伴奏。

爱妃给我挑了一套红衣服,说拍照好看,我说太艳了,还是素雅一点儿的吧。最后,爱妃给我找了一套浅蓝色的戏服,和头发上的珠花正好相配,也是我最喜欢的颜色。

先穿戏服,再绑腰带,再挂珠子穿成的软坎肩,腰上挂上同样用珠子穿成的腰带。爱妃说,待会儿多给你扮几个,想扮皇帝丞相都可以,多拍几张照片。

我心里感动,也内疚,她们可以不用这么自找麻烦的。

穿戴整齐,爱妃走远两步上下一看,说,不对,里面没穿小裤(灯笼裤),裙子撑不起来。

这时阿朱正跑上台来,说乐队师傅叫来了。从幕帘后望出去,果然,六位乐队师傅已在对面侧幕坐定,二胡师傅正将二胡架到腿上。

赛菊和爱妃异口同声说,阿朱,快把小裤脱下来给她穿。

阿朱一愣,哈哈笑说,那我怎么办?好吧,拿条裙子挡挡吧。便一边脱下小裤一边顺手拿过一条红裙子临时套了上去,小生的头装,小旦的红裙,看得我们几个直笑。

将双脚伸进一双红色的平跟绣花鞋,所有装扮全部完成。我被她们牵引着走上耀眼的灯光前,回头看见了长立镜中的自己——一个修长的淡蓝色的影子,云鬓高耸,步摇微晃,脸庞丰满,眉眼间有一丝陌生的妩媚。

她是谁?是我吗?还是阿朱?赛菊?爱妃?黛玉?兰芝?

走进戏台耀眼的灯光前,我听见头顶的戏棚又响起了黄梅雨的滴答声,雨声里,我有点儿恍惚。

八　唱　起

"惜别离,惜别离,无限情思弦中寄……"

我的眼前是两重世界:无比耀眼的灯光,漆黑一片的台下。我知道他们在那儿,我的父母,我的挚友英,他们正举着手机在拍我。我也知道她们在那儿,阿朱赛菊爱妃,她们将我领上台,此刻正站在侧幕看着我,听着我。

身后是阿朱儿子播放的雅园背景,花园,绣楼,圆洞门。平时他们做戏时,背景会随情节播放更换,比以前方便且像样多了,不做戏时,便播放电视剧给乐队师傅们消遣。

我怀抱一把琵琶,跟着乐队唱起了爱妃下午唱过的《惜别离》——《孔雀东南飞》里的经典唱段,兰芝与仲卿新婚别离,如泣如诉。我仿佛看到她们听到我的歌声时面面相觑的眼神,之前,我没有告诉她们我会唱《惜别离》,还会唱几乎所有的经典唱段。

"弦声淙淙如流水,怨郎此去无归期……"

这是我一个人的戏台,一个没有观众的戏台。灯光迷离,水袖曼舞,越来越密的黄梅雨声里,我在做一个梦,圆一个梦,一个三十多年的梦。

乐队过门的时候,我看到侧幕里,爱妃一下一下帮我打着拍子。

我看到父亲举着手机对着我。

我看到陆续有戏班的人围过来,站在台下,都举起了手机对着我。

我看到烧饭奶奶坐在第一排最中间,一直跟着拍子在拍手。

我惊奇地发现自己没有一丝一毫的怯场,我忘了昨晚应该在镜子前练一练姿态手势,练一练嗓子。为什么我会忘记呢?

为什么我不怕在他们面前出丑呢？为什么一切都那么自然——我走上台，坐下来，抱起琵琶，便开口唱了，便甩开袖了，就好像，我一直在戏台上做戏，做了很多年。就好像，我在这个戏班里，跟他们认识了很多年。就好像这些认识了才几天的人，和我的家人我的挚友是一样的。

唱完了。在并不响亮的掌声和雨声里，我向乐队师傅、向漆黑一片的台下鞠躬致谢。

又唱了一段《葬花》，我笑场了。

之前，我的魂魄似乎被角色附体了，可当我唱完"绕绿堤，拂柳丝，穿过花径……"这一句，我突然回到了我自己。我边走边想象着自己脚步不稳摇摇晃晃又煞有介事的样子，花锄上的花篮已经滑到了背上，看上去一定很滑稽，就忍不住笑了出来。

忍了几秒钟，忍住了笑，继续煞有介事地唱："听何处，哀怨笛，风送声声。人说道，大观园，四季如春，我眼中却只是一座愁城……"令人惊奇的是，乐队师傅们在我笑场的一小会儿里，无比默契地将过门又拉了一遍，鼓板三声，如打开一道明亮的门，重新将我接了进去。

越剧团的传统乐队在鼓板、越胡主奏下，分吹、拉、弹、打四部分，人员可增可减，规模大的越剧团乐队编制可多达二十六人，而民间戏班遵循少而精、一专多能的原则，吉祥越剧团是一个六人乐队，主胡、鼓板、琵琶、大提琴、二胡、笛子，清一色的中老年男子。

父亲自始至终录下了每一个细节，包括我笑场，包括我和赛菊装扮的小生合影，我俩一副琴瑟和鸣的样子，但她看上去比我还羞涩。

然后，爱妃迅速帮我卸掉小姐装扮，赛菊迅速解下自己的头套，拿过一件白色斜襟小衣给我穿上，帮我装扮小生。

其实不用这么规范,戴上相公帽,穿上戏袍,拍个照留念就好。但赛菊不肯,她将我头发盘好,用好多小卡子将小生专用的发网给我卡上,她说这样帽子戴上才好看。她为我挑了一套淡黄色的戏袍,扎上了一寸宽的同色腰带。

镜子里,站着一个陌生的英俊小生,让我突然想起岁月深处那个曾经红遍玉环每个角落的越剧名伶,她在杭州九里松花苑的卧室里,挂着六张剧照,其中有一张,就是这样的样貌,这样的装扮,她朝北的某个柜子里,珍藏着这样的相公帽,这样的戏服,不同的是,更古旧更精致。

八十六岁的她,还好吗?

阿朱换上了一套蓝色的戏服,我们假装《十八相送》里的梁山伯祝英台到台上合影。

阿朱一直笑,与我这个菜鸟配合,她都不知道怎么摆姿势了。爱妃和赛菊着急了,穿着小衣跑上台,教我怎么走路,教我摆靴子要后跟着地,脚尖翘起,露出一点点鞋尖,将袍子顶起一小角,又教我怎么持扇,怎么打开合拢。

此时,已是傍晚六点半,离戏开演没多少时间了。爱妃匆忙回到后台补妆、穿衣。今夜的"前找"(正本前加演的折子戏)是我最爱看的《楼台会》,正本是《五龙玉镯》。

这么一会儿,我已经腰酸背痛,浑身是汗,想赶紧回家洗澡,而她们常常要捂一下午加一晚上。

回家路上,母亲说,她悄悄准备了一个大红包给阿朱她们想表达一下谢意,这么麻烦她们和乐队师傅实在过意不去,但她们怎么都不肯收。

那一夜,我没有再去打扰她们。我在三楼听到一楼的父亲一遍遍用手机播放他给我录的视频。他跟母亲说了好几遍,说,唱得真好听。

那一夜,我沉浸在一种从未有过的兴奋和恍惚中,我一遍遍回放父亲给我拍的视频,又翻看她们平时做戏的视频,惊奇地发现,我的每一句唱腔、每一个动作,外行人看看还行,其实都是不对的。眼神、姿态、甩水袖的动作、兰花指的形状、每一个尾音,都是极不专业的。假如跟着她们去流浪,我是连演一个小兵都要一板一眼从头学起的。一年三百多天四百场戏的磨炼,成就的不是一般的道行,突然心里对她们升起了一种新的敬意。

深夜,收到赛菊的回信:我到家吃了夜宵,刚给嘟嘟洗了澡,等俏俏洗了,我也洗澡睡觉。不用谢我,相见是缘[憨笑][憨笑]。

我想起烧饭奶奶说,你留下来在我们这里做戏好吗?

假如年轻十岁,我愿意。

九　拆　台

农历五月十六,夜,九点五十分,一轮圆月照在关帝庙的庙檐上,照在庙前的山坡上、几座老坟上。庙檐下方,红光激滟的戏台正向山后浦的夜喷洒着最后的悲欢。同一个画面里,最热闹的,最寂寞的,都在。

今晚,是吉祥越剧团在山后浦的最后一场戏。戏一团圆,按传统习俗,大面要装扮成关公"扫棚",围绕戏台唱做念打,意为扫去晦气,也告知这几天来听戏的"闲神野鬼",戏结束了,好回去了,不要来打扰人间的清净了。

紧接着,拆戏台、整理行装,明天凌晨,会有坎门里澳的车子前来接应,将他们连同所有装备一起拉过去,搭建戏台,安顿人事,上演新一轮的爱恨情仇。

今晚,没有人像往常一样到厨房吃夜宵,夜宵一般是用剩饭做的粥,就着一盘咸菜。十点过后,几十位看戏的老人慢慢悠悠还未走完,台上的墨绿色幕布便已经拆下来了。骆老板和儿子、乐队师傅们就是壮劳力。拆音响装备最为烦琐,骆老板自己爬到五米高的高处,正在拧一颗螺丝。阿朱在后台整理戏服,几个人一起将帽子等往戏箱里轻放。

我帮不上忙,抬头看月亮,看到了凤凰展翅一般的粉红色云彩,那么美,我用手机拍,拍下来的却是黑乎乎的一片。

并非所有的月夜都这么美好。半个多世纪前,也是这样的初夏夜,也是这样的圆月之下,那位岁月深处曾经红遍玉环每个角落的越剧名小生久久徘徊在大海边。属于她的散场,不是暂时的拆台过台封箱休夏,而是哑声、批斗、开除和无尽的羞辱。多少次,她在月光下独自徘徊,想纵身跳进大海……

夜十二点,拆台完毕。邻居平姐、兰姐陪母亲和我一起送英回楚门镇上。五个女人穿过狗吠声,走在清冷的月光下,一边闲聊,一边仰头看天上凤凰展翅般的那一圈云彩。这时,一道耀眼的光束照在我们身后,一辆黑色轿车慢慢停下,探出了赛菊的头,车里坐着俏俏和已经睡熟的嘟嘟。赛菊说,这么晚了,你们去哪儿啊?

我说,我们送她回镇上。

她说,我送她吧,你们回去吧!

我和母亲说,不用不用,就快到了,跟你不顺路的,你快回家吧!

黑色轿车消失在连接楚门镇和山后浦村的拐弯处,开往她海边的家。

我又举起手机,想记录今夜格外美好的圆月与云彩,拍下来的,仍是模糊一片。

十　过　台

潘香在朋友圈里发视频说:今天要热死了。

行内将演出地叫作"台基",戏班从一个地方转到另一个地方做戏,叫"过台"。

坎门渔港,有著名的东沙渔村,有神奇的沙滩天然画,有馋人的小海鲜敲鱼面,但这些都离潘香她们很远。一个戏台连着一个戏台,一场戏接着一场戏,离她们很近。我跟潘香说,马上要下雨了,下过雨就凉快了。

我的话果然应验了,大雨,大雨,连续四天大雨,把天都下漏了。

我的身体也出现了从未有过的状况,一阵冷一阵热,头顶已经愈合的伤口隐隐作痛,隔几分钟整个头部从耳朵开始突然发热蔓延全身,心跳加速,气喘不上来,浑身无力。母亲说,你病刚好,元气还没补上,太虚弱了,腿上又被蚊子叮了那么多毒包,天这么闷热,雨这么大,戏班里那么苦,不要去了,等身体养好了,秋天再跟她们去吧。

跟着戏班去流浪的凤愿,像浮在空中的云,终于变成雨落到了地上,却没有聚流成河。身体不舒服,有稿子要赶,单位有事要我回去,母亲的劝阻父亲无言的担忧等等,使我终于无法真正去"流浪"。一个人,放得下所有羁绊,能放得下亲情吗?

而我顾虑更多的,是怕虚弱的自己给她们增添麻烦。吐槽戏班的段子很多,戏班加演时,小花脸用地方话自嘲,观众反应特别热烈,比如"远看剧团像天堂,近看剧团像牢房。春夏秋冬不见面,回家一包烂衣裳。思乡痛苦心里藏,四海漂泊习以为常,长年累月在外奔,不能回家陪爹娘,心中有苦说不出,回答只能笑来挡……"

越深入,越深切体会到我梦想中所谓的"流浪"照进她们的原生态时,"居无定所,不断迁移"是真,"放浪,放纵,无拘束"是假,宋无名氏《异闻总录》中那一句"流浪千劫,不自解脱"才是她们的真实写照。

农历五月二十一,吉祥戏班封箱日。当我跟着导航沿着她们流浪的线路再次找到她们时,大雨倾盆。导航将我带到了错误的地方,转了很久,才找到里澳村的杨府庙。通往庙门的坡道上摆放着很多已被雨淋透的花圈,雪白耀眼。据说附近一位老人刚刚过世。紧走几步穿过那些花圈时,我想起了赛菊曾经发过的一个视频:赛菊潘香她们几个在一个庙后的池塘里洗衣服,池塘边杂草丛生,扔着很多垃圾,池塘水泛着绿。她们依然笑闹着。

幽默,是这些女人们的共同点,赛菊和潘香的微信朋友圈可见一斑。

1月31日,赛菊发"不许偷拍[怒]"。照片上是潘香在吃汤圆,边叉开白白胖胖的五指挡着自己的脸,边执着地吃着。

2月2日,潘香发"仙女下凡[偷笑]"。照片上是她和小妈上着妆穿着小衣走在路上,小妈一副张牙舞爪的搞笑样子正说着什么,显然不知道有人偷拍。

3月20日,潘香发"司机师傅[偷笑]"。照片上是小生装扮的赛菊骑在一辆电瓶车上做鬼脸。

4月2日,赛菊发"这些娘们就爱吃"。照片上是潘香她们几个在严肃地包着鱼皮馄饨。

5月20日,赛菊发"这帮小猪看看看[偷笑]"。视频上是上着妆的她们在杂乱的后台吃夜宵,七八双筷子一齐伸向火锅。

5月30日,赛菊发"出售本人,自己不想要了,手续齐全,外表有点顺眼,有点岁月剐蹭,心里有伤!有钱会败家,没钱会在家,顺风包邮,自己上楼……"

会苦中作乐的女人,彼时,内心必定也是真的快乐的。

一进杨府庙庙门,烧饭奶奶上前一把拉住我的手,说,你可回来了,我们都想你了!

　　她的手很温热,如她日日烧旺的灶火。她是戏班里最会表达的一个人。她七十二岁,爷爷七十三岁。我问她常年在外每天起早贪黑的累不累,她说一点儿都不累,很开心的。从小,她也是一个戏迷,爱屋及乌,对所有的做戏人都特别好。阿朱十四岁时,和她的大儿媳同一个戏班,有一次到她们村里演出,就一起住在她家里。烧饭奶奶特别喜欢她,先是认她做干女儿,然后把她变成了自己的二儿媳妇。阿朱和嫂子扯起戏班子时,因为婆婆能说会道、待人极好,帮着接了很多戏路。一个爱戏如命的老人,最后成了为做戏人做饭的人,把一家子都带上了同一条船。

　　赛菊关于烧饭奶奶的记忆里,弥漫着粉圆的香甜。每当夏休冬休,住在临海的烧饭奶奶想念住在玉环的赛菊了,知道她喜欢糯米食,便会托公交车司机把吃的带到一百多公里外的漩门湾大坝公交车站。赛菊从司机手里接过粉圆,都会想起自己的母亲,眼眶一阵阵发热。

　　我在杨府庙后台找到赛菊她们,一把抱起一身红衣服的嘟嘟,他咯咯咯笑出了声。俏俏说他刚吐过奶,一身奶味。赛菊家离这里远,便和俏俏嘟嘟一起住在戏台下的地下室。这个庙比山后浦的关帝庙大很多,设施也好一些,有一个像样的卫生间,但依然没有淋浴设备。地下室被隔成了几间房,正如赛菊说的"宿舍像浴室",昏暗的走廊里,一条长长的绳子上晾着一层层的戏服和衣服,都坠弯了。嘟嘟和俏俏的床,是用两张长凳架成的,上面挂了一顶白纱蚊帐。

　　一个婴儿,两位老人,他们才是真正跟着戏班流浪的人。

十一　封　箱

夏冬封箱,是做戏人的节日,也是戏班的危机时刻。

半年来最后一场戏了。夜雨只带来了几十位观众,不过不光是老人,还有中年人,还有一个小孩,还有一只黑白色的土狗在戏台下跑来跑去。

送客戏必须加演《送凤冠》,图的是吉祥热闹。当李秀英唱完"这凤冠霞帔我暂且收,请公婆爹娘原谅我",紧接着正本《兄弟驸马》开始。潘香演的皇帝一上台,戏台对面二楼的大殿里便响起了铛铛铛的敲锣声,随即庙门口响起了噼里啪啦的鞭炮声,十多个男人有的敲锣有的捧神位,从大殿神龛前鱼贯而下,走出了庙外。

后台,每一个做戏人都忙着两件事,一是换戏服上台下台演出,二是抽空收拾戏服道具。

阿朱没化装,明天大家都要走了,今晚她要整理归置所有的戏箱,有些衣服还没干,得用吹风机吹,熨斗熨,还要给所有人发工资。作为老板娘,她每到一个地方戏演完了,都会立即给所有人结算工资,从不拖欠,这在民间戏班子里是很少的。

近些年来,台州九千多平方公里的土地上,传统越剧戏班非但没有被现代化的叙事所淹没,且越来越兴旺,还带动了戏剧服装、道具、灯光器材等行业的红火,是政府鼓励扶持的低成本、高社会效益的民生工程。对此现象,学者傅谨曾做专门研究,他在《戏班》一文中说,值得玩味的是,温州台州个体经济虽飞速发展,但一直是浙江省内交通最不发达的地区,这种闭塞反而给了本土朴素的、体系化的精神与信仰一个喘息的机会,古老的文化基因仍然存留于民众的集体无意识中,成为孔子所说的"礼失而求诸野"的一个精彩的现代版本。

遗憾的是,也存在一些乱象。一是场所简陋安全隐患大,二是市场竞争无序,三是有的戏班今天聚班、明天散班,演员被欠薪是常有的事,曾发生过集体上访事件,甚至双方动用黑社会势力。

看似平静的海面下,每天都上演着惊心动魄的悲喜剧。非洲海狮猎捕企鹅,不是为了吃它,而是为了企鹅肚子里的一百条小鱼,它是海狮移动的饭盒。海狮咬住企鹅颈部用力甩动,用尖利的牙齿对它开膛剖肚,很是惨烈。企鹅至死不明白海狮为何如此残忍,更不懂适者生存是自然界的规律。

大千世界,哪一个生命体不是如履薄冰?而吉祥戏班靠的不是张牙舞爪,而是树根般深扎在大地深处的内力。

阿朱的床头柜是一个戏箱,上面摆着一个电蚊香,还有一大包刚从建设银行领来的钱。房间另一边不知道是凳子还是茶几上,堆满了吃的,都是一路过来各村的戏迷或小姐妹送的,有桂圆干、西洋参、水果等等。

阿朱麻利地叠着衣服,说,我跟庙里的人说好了,把所有的戏箱都寄放在庙里,下半年演出的时候再来搬,这样就方便多了。玉环人真好。

下半年去哪儿做戏?几场?

不知道呢,一点儿都没数。

夏冬封箱,有些做戏人便会"跳班",有些台柱子就是这时被挖走的。有时戏班就这么倒了,散了。

曾经,头肩小生赛菊也差点儿走了。行业里有个不成文规矩,来挖人的,必然给更高的报酬,做戏人多跳几次班,工资便会水涨船高,如果一直待在一个戏班里,就没有给哪一个人单独涨工资的理由,因此赛菊的工资也很久没有涨过。有一次,一个相交多年的朋友来请她到别的戏班帮忙。赛菊想,工资多年不涨,人家问起来确实有点儿没面子,朋友这么盛情,换个环境图个新鲜也行。更重要的是,她也想登上更大更好的戏台,这是每一个做戏人的愿望。封箱时,赛菊把想法如实跟阿朱说了,将自己的戏箱搬到了自己车上。

让她万万没想到的是,她一出门,戏班子里所有人都跟了出来,拦住了她,不让走。

烧饭奶奶说,你不做了,我们还有什么意思?我饭也不烧了,这个戏班也不带了!

姐妹们对一旁默默站着的骆老板说,你不用给我们大家涨一分钱,你把赛菊的工资涨上去就行!

说着,他们七手八脚硬是卸下了她的行李。

赛菊心里在流泪。其实,留住她的,不是后来涨了多少工资,而是被她低估了的不舍。多年来,老的小的戏迷跟了一大班,但不可能有掏心掏肺的交往,自己的性格也不喜欢主动跟别的戏班的人深交。最知心最开心的,也就是戏班里这些个姐妹了。每次她生病了,烧饭奶奶比自己家人病了还着急,照顾得无微不至,老板娘阿朱再忙也会替她多演几场,而戏台上一个走神,同台的姐妹间都会互相巧妙地暗示补台。"万两黄金容易得,人间知己最难求",我一个乡下人,有这些人,有这点儿收入,可以了。

从此,她再也没有别的心思了。这个夏天,她还要跟阿朱爱妃去省里参加专业培训,夏天过后,她还会回来,她的戏箱就存在戏班里,戏箱在,她也会一直在。

夜里八点,我站在侧幕看赛菊和爱妃一模一样的猎人装扮,在戏台上如火如荼地飙戏。爷爷腾出一个小凳让我坐,一个演小兵的女孩冲我笑了一下。

我问她,你下半年还来吗?

她说,不来了,别的戏班早就叫我了。

她努努嘴,朝向正在台上演公主的小旦说,我们从小好起来的,但是我要到别处去演了,说好的。

她没笑,眼神里似乎有些许落寞,又像什么也没有。

我想问她为什么离开,是因为别处工资高还是角色好?还是人际关系的问题?既然舍不得,为什么要走呢?

但我没问,我怕为难她。她不是台柱子,就像打小工的,无足轻重,随走随散,她自然有她的难言之处。

锣鼓喧天,大雨倾盆。嘟嘟站在俏俏腿上雀跃着,头使劲往后仰,盯着戏台顶棚耀眼的灯光。封箱之夜的色彩、声音、气味,会留在他的记忆里吗?一定不会,但是这一场大雨,一定会流进他的血液里。

十二　官　人

二十岁的他坐在台下最后一排的角落里,等着戏台上二十一岁的她,等到夜里快十点,他的身影就消失了。当她回到庙角的宿舍,会看到他已经将洗脸水、洗脚水都烧好,在盆里装好,等着她。

玉环沙门,赛菊的娘家。

玉环漩门湾大坝老鹰窠,赛菊的婆家。

两家相隔十几公里,但大坝没有通车时,老鹰窠是个连鸟都飞不到的地方,特别偏僻,特别穷。他黑红的脸,剃着平头,中等个子,身材壮实,笑容憨厚,全家打渔为生。

按赛菊的长相和条件,完全能嫁个比他条件更好的,二十一岁的赛菊却将终身定给了二十岁的他。当时,他嫂子和赛菊在一个戏班里做戏,为他俩牵的线。他偷偷跟着哥哥佯装去戏班看嫂子做戏,其实是去看赛菊。

他聪明,殷勤,厚道,能吃苦,她将酸痛的双脚浸入温热的洗脚水里时,觉得眼前这个男人会对她好一辈子,二十多年过去了,果然。虽聚少离多,但这么多年来,他对她一句重话都没说过。做戏久了,赛菊也常听说做戏人常年在外容易被丈夫误解,这是这个行业特有的敏感性,几年前,椒江一个叫龚娥的二肩小生,为证清白跳水自杀身亡。他却从未有过一丝不信任。赛菊有个很灵验的禁忌,不能当面说她好,她自己也不能说。比如,有人说今天赛菊嗓子特别好,下午她的嗓子就会哑。比如他打电话问她身体好不好,如果她说好,第二天头疼脑热就来了,屡试不爽,但身体再不舒服,她也会硬撑着,他便加倍小心呵护她。

后来,他去火葬场开灵车,有空便挖点儿海塘养殖鱼虾蟹。按玉环的风俗,骨灰都是半夜送回家,常常是他开了一夜灵车下班回到家里,她已经去戏班了。到了夏天,才有难得的相聚时光,他开夜车回来早上八九点钟睡下,她去买菜,慢慢做,让他多睡会儿。有时,她会跟着他去海塘转转,他不让她动手,只要她陪着。有时会有人来偷蟹,他下了夜班,还要睡到海塘上搭的破屋子里。

从小跟着戏班流浪的儿子爱上了武术,在省外读大学武术专业,获得了很多全国大奖,这是她最欣慰的。每年正月初,戏开演了,儿子会跟她去戏班睡一晚,和她睡一张床,说说话,再回来。

十九岁的潘香和两个小姐妹歪着身子趴在窗台上看雨,看到一个与她们年龄相仿的小伙子,一手撑着雨伞,一手拎着藤篮,胳肢窝下还夹着一本书,从村里的山坡上慢慢走下来。他长得特别清秀高挑,走路的样子特别斯文,一点儿不像一般的农村青年。

突然,他脚下一滑,摔倒在地,雨伞和鞋子都飞了出去,夹着的书也掉到了地上。只见他慌忙放下藤篮,将书捡起来,用衣服袖子使劲擦拭着。

三个小女子咯咯咯直笑,他抬头看了潘香一眼,也笑了。

他的笑,连同那个三十多年前的日子——三月初一,一直印在潘香的心里。春雨连绵,戏停演了,潘香打听到他家住在山坡上,特别穷,靠做灯笼盒子为生,好奇和好感让她绞尽脑汁终于想出一个见到他的办法——既然他爱书,一定喜欢写字,去向他讨钢笔水吧。

当她深一脚浅一脚爬上泥泞的山坡、他徒有四壁的家里,确定这是她见过的最穷的人家也是最富的人家。屋里的泥地走一步滑一步,不小心就会摔倒,两张床只有七只脚。但是,居然有那么多书!

他坐在一张矮桌前写字,桌上堆满了他做的灯笼盒。他写字的样子很好看,他写的字更好看,她听到自己的心怦怦狂跳。

回来时,他送了她一个他做得特别漂亮的纸盒。她拿给姐妹们看,说他那里有很多很多,快去讨、快去讨!

姐妹们傻乎乎也去讨,没想到他说,不好意思,纸盒不是随便送人的。

潘香的心一下子透亮了。

可是实在太穷了,父母自然不同意,潘香不管。9月,他当兵去了,两人还未成婚,潘香便担起了照顾他父母的责任,将一个进外地国营剧团的机会也放弃了。

进更好的剧团,曾是她最大的心愿。她出生于玉环城关出土五千年三合潭文明古迹的地方,七个月早产,先天不足,读过几天书,同学搞恶作剧使她头部受伤未及时医治,导致近视一千五百度,不得不辍学。十三岁,她迷上了越剧,想跟着戏班去流浪,父亲怕她受苦不同意,母亲拗不过她,等父亲去外地了才让她偷偷学戏。邻居笑话她说,如果她学得出来,自己脚后跟都会长趾甲。潘香那个气啊,发誓非要学出来。命运让她遇见了一个特别看好她的师傅,见她灵巧、刻苦,领悟特别快,便带她去宁波学做老生、老旦。她永远忘不了十四岁那年,本来是D角的她,第一次演佘太君一炮打响。后来,她专攻老生,演皇帝最棒,唱做念打都很有气势,远近闻名。

患难与共,是她和他的主题词。他在部队当驾驶员出了交通事故,被吊销驾照后转业回来,她便忍着病痛做戏养家,八块钱一天,自己留一点点,其他全部交给家里。后来,他开大货车跑长途,常常开到偏远的外省山里,遭遇过强盗,她每天夜里提心吊胆,算着时间开着门等他回家。

有一次,潘香从叠在拖拉机上的戏箱上摔下来,幸好掉进了一个沙堆大难不死。又有一次,到一个小岛做戏,潘香从渡船上掉进海里,幸而又捡回了一条命。儿子跟着她随戏班四处漂泊,七岁就常常自己泡面吃,后来上学了,学校在哪里,他们就把房子租到哪里。居无定所、身心俱疲的日子里,他对她说,等我挣到钱了,你不要出去做戏了,太苦了。

每当她想起那些不堪回首的日日夜夜,眼圈会瞬间泛红,泪水会不听话地溢出来,流下来。

多年后,潘香才知,老天不让她死,是终有一天会苦尽甘来。戏如人生,人生如戏,她最有体会。那个夹着一本书的少年,如今正陪她一起慢慢变老,而她依然迷恋,一说起他,她会不由自主地笑,笑容纯真羞涩,一如十九岁那一年。

潘香的微信头像很随意,背景是萧索的冬天,她拉着行李箱走在村口,正回头与不听话的行李箱较着劲,看不出是又一次离家,还是回家。纵横交错的电线将她头上灰蒙蒙的天空划得支离破碎,她的大红棉裤如一团火焰。

"官人你好比天上月,为妻好比月边星。月若亮来星也明,月若暗来我星也昏。官人若有千斤担,为妻分挑五百斤……"

官人,是戏中女子对丈夫的尊称。

十三 重 聚

夏至后、小暑前的海风,残存着些许清凉,吹在海塘边走着的两个女人身上,扬起她们一样长过腰际的黑发。

漩门湾大坝老鹰窠,赛菊家的海塘前,潘香左手拎一袋鱼圆右手拎一个巨大的西瓜,与我们会合。潘香一身休闲短衣短裤,看起来很舒服,赛菊则黑色短袖上衣和阔腿长裤,显得格外修长,我发现她的衣服没有上下两色的。

夏休时节,她们和家人重聚,我和她们重聚。赛菊和她老公从漩门湾大坝开车到山后浦接我。在我的娘家小院坐了坐,喝了母亲煮的咖啡,便过来了。

潘香气喘吁吁地跟我说,赛菊从你文章里看到你最爱吃鱼圆,让我去那家有名的鱼圆店买,没想到正碰上街道环境大清理,店关门了。幸好有个大爷提醒说,店门上有老板电话。我就打过去,老板就做好送过来了。

我说,那你站店门口得等多久啊?

她说,不久,半个多小时吧。

我嘴上没说什么,心里在叹气,我何德何能,竟受如此厚爱。想起父亲说,你觉得她们人好,戏班和睦,心里喜欢她们,真心对她们,她们看得出来的。她们呢可能觉得,自己是做戏人,而你是省里来的作家,真心与她们做朋友,她们心里也高兴的,所以特意接你去家里玩。说到头,都是缘分。

我觉得父亲说得对,便不惶恐了。来日方长,如果有机会,我也会以我的方式对她们好。

眼下正巧有一件事。

我问赛菊老公海塘里养了什么,他叹气说,刚放下去几万只青蟹苗,但是漩门湾三期工程进展到这里了,通知说要放水填路了。如果能迟一两个月放水,就能少损失十几万了。

赛菊老公挠头,憨笑,说,怪我自己,上面早就通知我们了,我们以为还可以熬熬的。

我问他这事哪个部门管的,可有通融的可能。他说听工地的人说,好像是某某局管的。

我心里一动,某某局长,不正是我父亲的学生、我的小兄弟吗?

我说,我帮你问问情况看。

电话打过去,小兄弟说不是他这个部门管的,是另外一个部门。之后,他帮我详细了解了情况。我又打电话问市委的老朋友,问他在不影响工程进度的情况下,有无可能晚些天放水。

我发微信、打电话时,赛菊和潘香正走在海塘边的田里摘丝瓜西瓜南瓜甜瓜给我吃。

赛菊老公一直在说,苏老师,你快去摘瓜玩吧,不用麻烦的,难为情的。是我们自己不好。

我明知希望渺小,又想也许正好工程进度没那么快,能晚一天放水也好。

老朋友帮我了解情况后,回电说,实在不好意思,前几天刚把所有村干部都找来开过联合执法动员大会了,没有退路。

赛菊老公说,是呢,我们也觉得不太可能推迟,要是都推迟倒好,要是光我家推迟放水,人家也没法交代的。真是太谢谢了,打了这么多电话,害你欠了人情。

电话是我自己要打的。这事虽然没成,但我为赛菊高兴,她嫁了个明理的好丈夫。

傍晚六点半。赛菊家二楼餐厅的大圆桌上,摆了整整二十个菜。

潘香发朋友圈说:名菜还在锅里[偷笑]。

鱼虾蟹都是他们家自己养的,蔬菜基本是自己种的,有一个凉拌黄瓜,是从海塘回来我和赛菊顺路进菜场买的。菜场里的卖菜大妈并不认识她,她极少买菜,也极少做菜。但今天她为我做了一个她最拿手而我正好最爱吃的川菜——水煮肉片——她常常自嘲的"名菜"。

青梅酒,是潘香老公带过来的,自己做的,潘香说他三天不来赛菊家就会难受,两个姑爷因为两个女人成了酒友,两家人像一家人,三天不见就难受。赛菊把婆婆叔婶也叫来了,加上我和陪我来的英,十来个酒杯举起来时,玉环话聊起来时,我觉得自己是在亲戚家里。

赛菊和潘香的相遇在十三年前的一个夜晚,以擦肩而过的方式。

那一夜,赛菊离开原来的戏班走进吉祥越剧团时,潘香刚刚演完三王爷,卸完装,匆匆赶往医院,为婆婆临终送行。在某一条小路上,赛菊往这边走,潘香往那边走,两人擦肩而过。之前,她们彼此都知道有这么个人,但是从未谋面。而冥冥之中擦肩而过时,她们彼此都想过对方几秒钟。

赛菊想,听说有个老生很棒,就在这个戏班里。

潘香想,听说有个小生很棒,今晚要进我们戏班。

她们都有原先的同伴,到哪儿都住一间宿舍,后来,潘香剩一个人了,赛菊看她眼睛不好,就邀她一起三个人住,后来赛菊也剩一个人了,于是她俩到哪儿都住一间。潘香有一阵家里遇事,夜夜失眠,赛菊陪她说话,开导她,让潘香觉得,这个比自己小好多岁的妹妹,更像自己的姐姐,让自己懂事多了,也看开了。她们成了至交,她们的丈夫也成了至交,再后来,她们的母亲也成了至交。每年封箱时,两家人都要带上娘亲们出去旅游,去年是象山,今年还在商量中。

潘香的微信朋友圈里，出现最多的是赛菊的身影，对她的称呼是"我家美女""小赛""宝贝"，对赛菊和阿朱扮演的小生称"我家两个儿子"。

坐在海塘边的夜色深处，我问了赛菊最后一个问题：如今你做戏，是真心喜欢，还是谋生？

赛菊说，很少有人问我做戏的感受，我自己也很少想过。其实，甜酸苦辣都有，有人把你当上帝，有人把你当要饭的，不是职业的问题，是人的思想问题。我从小喜欢看戏，对演员很崇拜，以为别人也一样，可现在没这感觉了。戏迷太热情太好了还不清这个情，有人太轻视我们心里又有点儿不平，所以很矛盾。最实在的是，当作一份喜欢的职业吧，不管台下观众是多是少，喜欢不喜欢我，我都尽心尽力演好。演戏不仅演给人看，还演给自己的心看。

我没有问她是否知道旧时在越剧的故乡嵊县有"三子"之说，戏子、婊子和当兵吃粮的"粮子"都是"下三烂"，不入族谱、不进祠堂？是否知道在纷乱的战争年代，"越剧十姐妹"冒着生命危险联合公开义演越剧《山河恋》，受万人敬仰？是否知道开国大典上，袁雪芬作为全国所有地方剧种的唯一代表登上了天安门城楼，见证了一个人民政权的诞生？是否知道朝鲜战争爆发后，三千多名越剧姐妹向志愿军捐献了一架"越剧号—鲁迅战斗机"？是否知道百年来田间地头那一出出蕴藏着深邃民间智慧的乡戏，是中华传统文化中多么珍贵的一股清流，滋养过多少代人的心魂？

百年越剧，岂止相公小姐、儿女情长。百年越剧人，"岂止桃李丰神容颜美，更有那湖海豪情令人敬"。

越剧来自民间，根在民间，归宿自然也在民间。像吉祥越剧团这样的民团，在台州有近百家，多数民团每年演出场次在三百场以上,台州已渐渐成为全国最大的越剧市场。越剧起源于嵊县,繁荣于上海,而在台州,人们惊喜地看到了中国越剧传承发展的希望。戏班人员一专多能,吃苦耐劳,既唱头肩,也跑龙套,还会"落地唱书",深受百姓欢迎,虽在夹缝中求生存,却自有一份荣耀、一份尊严。

自重,便不怕人轻看。

酒酣了,夜深了,赛菊抱起一大袋青蟹、甜瓜西瓜丝瓜等往送我回家的车上塞,说带给我父母尝尝,此时的她完全像她自己常说的"乡下人"那样热情好客。后来,我在她的微信朋友圈看到了她不知何时拍的短视频:"家中来贵客了。"十秒钟视频里,我一手拿一只螃蟹脚,一边啃一边跟她们说着家乡土话。那是2017年农历六月十二的夜。

农历六月十二的夜色中,她异常俊美的侧影、安宁的气息让我又一次想起了一个人——我即将回杭州拜访的那位老人——岁月深处,曾经红遍玉环每个角落的越剧名伶——杨佩芳先生。

十四 曾 经

杭州灵隐路九里松花苑,紧邻灵隐寺和117医院,是整个杭城最僻静优美的所在。

无数个季节在二楼的窗前轮回,八十六岁的杨佩芳先生坐在一张旧藤椅里,伏在一架旧缝纫机前做棉拖鞋。棕红色的短卷发,清瘦的脸颊,清亮的眼神,清朗的身子骨。

周遭寂静,只有鸟鸣声在动,缝纫机齿轮声在动,桌上一杯咖啡袅袅的烟在动。

床背面和床对面的墙上,挂着她三十多岁时的剧照和影楼照,黑白两色,嘴唇微抿,却仿佛有袅娜的越音在房间里流动,还有她曾经对我说过的一句话:"对待演戏就像对待生命一样。"

1931年杨佩芳出生于绍兴一个贫穷的六口之家,是最小的女儿,虚龄十岁便跟着姐姐去戏班流浪了,初衷是吃饭不要钱,还天天有戏看。她边帮姐姐洗衣服洗被子,边偷偷学化装、练功、做戏,一双特别明亮的眼睛,牢牢盯着戏台,每天两场戏,字字句句都记在心里。附近京剧团的人看到她路过扒着门口偷看,都会说,小鬼过来,我们教你。有一天,戏班少了一个演小兵的,班主问她会跑龙套吗?她说,天天看戏,都记住了。第一次上台后,班主就说,以后带头兵你来做。

夏休过后,少了一个老旦演《孟丽君》中的老母亲。班主说,你上吧。她便穿上戏服,却不用穿裙子了,因为个子太小了。可是到戏台上一亮相、一展喉,虽然只是个小孩,但唱起来一板一眼,特别老练,台下喝彩声掌声雷动。

再后来,戏班少什么角色她就演什么。十七岁,她便成了头肩小生,跟着姐姐待过很多戏班,绍兴、温州、福建、上海,四处漂泊。

扎实的文武功底、俊美的扮相,让她越来越红。尤其是主攻小生后,入戏感情丰富、戏路宽广,塑造了陆游、张生、焦仲卿、周仁、哪吒、红孩儿等几十个生动的艺术形象。

50年代,她跟着姐姐到上海闯荡。别的演员都有AB角,她没有,生病发高烧,打了退烧针后照样上台。七天学一个新剧本换一个戏,每天演两场,晚上演出完之后卸装回来12点钟,洗个澡,到床上还得学剧本,第二天上午7点半起来继续排戏,到11点半吃中饭,一吃好就化装,下午1点半演出。吃完晚饭休息一下,就接着演夜场,天天如此,夜夜满座,一年到头只有年内休息三天。年三十晚上开始就要演出夜场,初一初二初三早上下午晚上各一场。如此辛苦的演出持续了三年多的时间。从那时起,一杯咖啡跟了她一辈子,胃痛跟了她一辈子,孤独也跟了她一辈子。

有无数戏迷和爱慕她的人,但她没时间谈恋爱,也不敢谈恋爱,她太爱这个舞台了,怕一结婚一生孩子,就得离开。

命运却在1957年给了这个爱戏如命的女子巨大的打击。当时浙江请求上海的越剧团支援浙江八个地区,她因身体不好答应去两个月时间。没想到到了温州玉环,日夜演出《孔雀东南飞》,连演一个多月,一千多个座位场场爆满,大街小巷、各村各落,无人不知杨佩芳,无人不谈杨佩芳,一群群戏迷跟着,戏班到哪里,他们跟到哪里看。玉环也给了她前所未有的荣誉和尊重,于是,她留了下来。

可是,太累了。她因水土不服、工作繁重,还要应付肃反运动,嗓子慢慢哑了,天天演出得不到及时治疗,有一天彻底哑了。

而这却成了罪状——嗓子哑是假装的,目的是搞垮剧团,自己好回上海。

有人跟她说,你性格太直,说话不会拐弯,又这么红,可能得罪了人也不知道。她无奈,所有的时间都拿来编剧、排练、演出,哪有精力搞人际关系?她不后悔。

批斗,吐血,生不如死。无数个夜晚,她一个人在海边游荡,无数次想跳进大海,让海浪荡涤那些强加于头上的污名。可是她不敢跳,她怕被说畏罪自杀,连累家里变成反革命家庭,叫他们怎么过日子?

1958年,她和另外两位花旦被开除出团。回家的路费是卖掉被子、衣服和家里拿来的钱凑齐的。她们先坐船到温州的朋友家落脚,那一晚,朋友请她看电影《铁窗烈火》,回来后,她喝了三大碗酒,像疯子一样撕心裂肺地号啕大哭,母亲和朋友都陪着她大哭。

当她终于回到家,却看到《新民晚报》《浙江日报》《绍兴日报》等五张报纸都刊登了她被开除的消息。她走投无路,又一次想一死了之。

最难的时候,幸好有玉环、温州、上海的朋友们安慰、帮忙,后来她被邀请去了福建。

然而,十年浩劫又一次让她生不如死,当时她是福建某剧团的主要演员,又是业务副团长,再次被批斗、凌辱,她并不知道,遭难的不止她一人,而是越剧本身和无数艺术家们。曾动员她支援浙江越剧的前辈袁雪芬被关押了七年,批斗达五百多次。南京市越剧团团长、柳毅的扮演者竺水招在遭受了无尽的批斗和侮辱后,悲愤自杀。尹桂芳被流放到闽北一个小镇养猪场里当"猪倌"。早已去世二十年之久的筱丹桂,被掘坟扬尸。

杨佩芳的艺术生涯,如昙花般戛然落幕。

食杂公司营业员、发电厂收电费的,是她后来的身份。四十一岁结婚生子,夫妻两地分居,后离异。虽调回了温州市越剧团,但已无法独挑重担,做的基本是协助办剧团、带学生等幕后工作。尽管玉环是她的伤心地,多年后她仍尽释前嫌,应邀回去帮助剧团工作,直到退休。

2017年大暑前一个下雨的午后,我走进了杭州灵隐路九里松花苑她和儿子一家的排屋。一楼高朗的客厅里,摆着很多她和儿子一家三口的照片,很温馨。

坐在二楼卧室的窗前,和保姆聊天,做棉拖鞋送人,是她一天里最重要的事。早上牛奶加麦片,中午一杯咖啡一点儿点心,晚上一碗煮得很硬的米饭、几个蔬菜,是她简单的一日三餐。她还有一个爱好是偶尔打打麻将,孝顺的儿子每周都会请几个小兄弟专门过来陪老太太打一次麻将,舒筋活血,她出牌的速度一点儿都不比年轻人慢。

她不听也不看越剧了,总觉得电视里不管越剧还是唱歌,都不是当年那个味道了。如同非洲丛林中,年老的猕猴王已无法守护本来属于他的猴群一样,每当她想起曾视如生命的越剧,便有一种深深的无力感。越剧不失传,是她最大的梦想。

我坐在她对面,吃着她难得亲手做的虾仁炒豌豆、番茄炒蛋,跟她讲吉祥越剧团的故事,讲玉环越剧传承中心里学戏的孩子们。她没有说好或不好,常常停住筷子问,真当的呀?清亮的眼神里满是惊喜。

这幢房子朝北某个房间的某个柜子里,珍藏着她从前的几套戏服,有小生的也有小旦的,还有皇帝的龙袍。有人曾出高价购买,她不卖,这是她最后的念想。

十五 沉 香

2017年大暑,玉环楚门山后浦15号,清晨六点,我在娘家小院的玻璃方桌前坐了下来,坐进了满院子的鸟鸣声和沉香袅袅的青烟里。

方桌上的电脑屏幕映出了我身后桂花树叶与天光的影子,落在我刚写下的"跟着戏班去流浪"七个仿宋字上。树影婆娑里,一些声音、一些面孔清晰地来到了耳边和眼前。

"光绪三十二年,公元1906年的清明节,在嵊州市甘霖乡的东王村,浙江省一个随处可见的小乡村里,几个说书艺人的一次粉墨登场,成为日后人们在谈论越剧历史时,公认的第一次登台演出。

"一百年前的那天清晨,天上飘过一阵牛毛细雨,东王村村口的那棵大樟树抽出了新芽。在说书艺人李世泉家隔壁的杳火堂前,村里的几个年轻人挑来了四只结实的稻桶,用两扇门板搭成了一个简易的戏台,激动人心的消息四处传播,李世泉他们要演戏文了。父老乡亲们从四面八方拥来,把香火堂围了个水泄不通。好雨知时节,当春乃发生。

"自1906年清明节东王村的那次演出之后,越剧从乡村草台到宁绍平原,从杭嘉湖水乡到十里洋场上海滩,从男班艺人到女子越剧,从遍地开花到走出国门……在经历了一个世纪的发展后,在字、声、情上显示了独特的艺术个性。越剧已经成为中国艺术百花园中的一朵奇葩,和在它起步之时已经名满天下的京剧,俨然已并驾齐驱……"(钟冶平十集纪录片《百年越剧》)
……

绿影婆娑处,慢慢走过来一些人——尹桂芳、竺水招、竺小招、吴小楼、筱丹桂、徐玉兰、徐天红、范瑞娟、傅全香、张桂凤、袁雪芬、王文娟、金采风、戚雅仙、茅威涛、何赛飞、吴凤花……走过来阿朱、赛菊、潘香、俏俏、爱妃、双菲……我站起身,伸出手触摸她们,触摸到了清晨6点微凉的空气。

从时空隧道深处,隐隐传来一些熟悉的旋律——《梁山伯与祝英台》《碧玉簪》《盘夫索夫》《血手印》《情探》《追鱼》《打金枝》《祥林嫂》《西厢记》《红楼梦》《孔雀东南飞》《则天皇帝》《春香传》《沙漠王子》《北地王》《屈原》《陆游与唐婉》……若有如无地轻拂着我的耳膜,如眼前袅袅升起又忽而随着微风消逝的沉香。

是母亲为我点上的沉香,是沉香中的降真香,是唐宋以来"烧烟直上,感引鹤降。醮星辰,烧此香为第一,度功力极验""宅舍怪异烧之,辟邪"的降真香。

医学上,降真香含有丰富的黄酮类化合物,具有多种生物活性,能镇痛、止血、抗菌、消炎。越剧于我,在生理上心理上如同降真香,也是一味珍贵的良药。当我烦躁,当我疼痛,当我失眠,当我迷茫,我听的每一段越剧,都是药。

而发出那些美好声音、讲述那些美好故事的女人们,本身就是一炉沉香,她们是人与神灵、人与自然万物之间的灵媒,是物质世界、混浊人间的"质本洁来还洁去,不教污淖陷渠沟"。

2017年南方的大暑时节比往年热了许多,而每一天的云彩都美到逆天。再过几天,就是赛菊的生日了,三十一年前一起学戏的师姐妹们又会聚一聚,俏俏又会带着嘟嘟来老鹰窠小住,温岭江夏的娘姨又会带着大包小包赶来,烧饭奶奶又会托公交司机把粉圆带到大坝车站,而我又要回杭州了。

酷暑过后,我想与她们相约秋季,或者下一个秋季,或者某一个秋季,带上早已备好的礼物—— 一个纳米护肤喷雾器,继续跟着戏班去流浪。那时,我的想法会更少,对一些人一些事会更淡,我会更像"一家人"里真正的一员,帮烧饭奶奶烧火洗碗,帮潘香背唱词扶她上洗手间,帮赛菊她们叠戏服,帮俏俏看孩子教嘟嘟学说话写字,跟她们好好学一段戏……

清晨6点的晨光落在我额头上,被不断到来的时光渐渐覆盖。我在一段越剧的尾声里重新坐下来,静等心里的尘埃落定,在键盘上敲下了

"一路遇"。

(原载《十月》2018年第1期)

当地名进入古诗

彭　程

一

一处地名，当然是一个名词。

但这仅仅是在开始的时候。如果你深入进去，知晓了它的前世今生，来路去处，可能就不会这样想了。你会发现它拥有更为丰富的词性。

尤其当它被嵌入了古诗词，被一再地吟咏。

此刻我坐在窗下书桌旁，面向南方。二十层的高处，视野中少有遮挡。秋日澄澈的天空片云不存，纯粹的蔚蓝色一直延伸向天际。朝向是一种天然的提示，为想象力的驱驰提供了区域。意识沿着几乎径直的方向奔跑，远远超过高铁的速度，甚至不限于光的速度，是刘勰《文心雕龙·神思》里"寂然凝虑，思接千载，悄然动容，视通万里"的速度，是佛家教义中"一时顿现"的速度,乍一起念,刹那之间,便锁定了一个巨大的目标,一千公里外中国腹地的大都会,江城武汉。

武汉,扼南北之枢纽,据东西之要津,因而自古便被称为"九省通衢"。自古,诗人骚客便竞相状写它的万千气象,其中尤以吟诵黄鹤楼为多。流传最广的,当属唐代崔颢的《黄鹤楼》了。这样的句子不会有人感到陌生:"昔人已乘黄鹤去,此地空余黄鹤楼。黄鹤一去不复返,白云千载空悠悠。"蹲踞蛇山之巅,近两千年间,黄鹤楼屹立成了江城的地标,一任大江奔流,岁月递嬗。

但实际上,有关这座"天下江山第一楼"的出色诗句还有很多。"孤帆远影碧空尽,唯见长江天际流。"(李白)"银涛远带岷峨雪,烟渚高连巫峡云。"(王十朋)"千帆雨色当窗过,万里江山动地来。"(吴国伦)"鄂渚地形浮浪动,汉阳山色渡江青。"(陈恭尹)……长江穿越三镇向远方流泻,这样的句子溅落在多个朝代的诗词册页上,水汽氤氲。

且让想象也随着江水的流向一路向东,瞬间便会抵达南京。大江的下游,水量更为丰沛,诗篇也愈发繁多。"江南佳丽地,金陵帝王州。"(谢朓)"碧宇楼台满,青山龙虎盘。"(李白)"千里澄江似练,翠峰如簇,归帆去棹残阳里,背西风,酒旗斜矗"(王安石)……六朝古都,天下名邦,其美不可方物。但一座城市亦如一场人生,悲欣交集,盛衰相继。兵燹频仍,王朝更迭,禾黍之伤,兴亡之怨,仿佛黯黯烟云,笼罩在石头城上。"吴宫花草埋幽径,晋代衣冠成古丘。"(李白)"江雨霏霏江草齐,六朝如梦鸟空啼。"(韦庄)"歌舞尊前,繁华镜里,暗换青青发。伤心千古,秦淮一片明月。(萨都剌)"……

然后不妨再来一次小幅度的偏移,目标在东南方向,三百公里。杭州,古称钱塘、临安、余杭。名字不同,不变的是天堂和仙境的美誉。且不再追古抚今,只将它的美好约略端详。索性也就援引几句,而把更大的空间交付给想象:"东南形胜,三吴都会,钱塘自古繁华。烟柳画桥,风帘翠幕,参差十万人家。"(柳永)就在去年,三秋桂子飘香、十里荷花绽放之际,一次美轮美奂的盛大峰会,云集了多国政要,恍若鲜花着锦,让曾经的繁华相形见绌。

经过这些古诗词的点化,一个地名分明超越名词的简单指代功能,而具有了更为丰富的意蕴。你能看到它的姿态趋向,是属于动词的;看到它的样貌色泽,是属于形容词的;而这些地方在我们心中引发的向往、赞叹、感伤等种种情绪,不用说又涂抹上了叹词的属性。

伴随着词性的不断叠加,也是它自身的渐次袒露。吟哦之间,意味无穷。

二

每个人都会有与世界交往关联的方式。经由某种机缘,他进入了一条个性化的道路,并由此走向自己的情感、知识乃至信仰。释迦拈花,达摩面壁,牛顿望见落下的苹果发现了万有引力,阿基米德在澡盆里悟出了浮力定律。

想到列举这些响亮的名字只是为了引出自己的一点感悟,我不免有一些难为情。

但道理的确是相通的,因而也是可以比况的。身为一名汉语之美的欣赏和追逐者,过往千百载中的古典诗词,成了我几十年来不废吟诵的对象,念兹在兹的牵挂,习惯成自然的功课。这些被精心提炼和蒸馏过的语言,仿佛经历了千年雨露阳光滋润的甘美果实,自时间的深窖中,散发出浓郁的馨香。我心甘情愿地耽溺其中,心旌摇曳,心醉神迷。

恰如恋爱的开始,总是易于被意中人举手投足、衣香鬓影间呈现出的美所迷醉,讲究对仗平仄、宜于吟诵的字句,也许是古诗词最早吸引你的地方,但随着沉浸程度的加深,你会越来越了解什么是得鱼忘筌——那些深藏在文字间的既辽阔又深邃、既华丽又质朴、既真率又幽曲、既明朗又微妙的东西,足以构成一个广大的宇宙。

"乘着歌声的翅膀,亲爱的随我前往,去到那恒河的岸边"。德国诗人海涅的诗句,因为大音乐家门德尔松的谱曲,而传遍世界。一条远在印度次大陆上的想象中的河流,托举起了整首诗歌如梦如幻的意境,舒缓温柔,优雅恬静。

这样的河流也在我们身边。在更早的时间,早到《诗经》的年代,流淌在更为遥远的东方,古老华夏的腹地。它褪去梦幻的色彩,素颜朝天,更加真切确凿。"谁谓河广?一苇杭之。"(《诗经·卫风·河广》)面目模糊不清的先人们在吟诵。一条大河波浪宽,但用一捆芦苇做成小船,就能横渡过去。

怎么看这一句诗,都像是一个隐喻。无论是精短的绝句律诗,还是稍长些的乐府歌行,总归是有限的文字体量,仿佛轻舟一叶。它虽然小,却能够掠过浩渺的水面,抵达遥远的对岸。

诗歌的小舟穿越的这一道河面,有着一个阔大的名称:世界和人生。

波光潋滟,浪涛滚滚。一代代心灵中的喜悦和伤悲,梦想与幻灭,引吭高歌或低吟浅唱,流淌成一条情感的河流。每一个旋涡,每一道湍流,每一簇浪花,甚至每一滴水珠,都有着心绪的投影、情感的折光。只有语言能够驾驭它们,而诗是语言的最高形式。经过捕捉和辨认、提炼和浓缩,它们被聚拢在诗句里,仿佛香料被收藏在瓶子里。

诗是语言的最高形式。简约精练的文字里,却有着令人眩晕的宽广和幽深。

三

在我个人的经验中,面对地图时,也总是古诗词最能够以生动的姿态呈现的时刻。

读地图的爱好,从少年时固定下来,持续至今。目光摩挲过一个个地名,旁边那些或大或小的圆圈或圆点,在幻觉中次第打开。仿佛是岩溶地带大山峭壁之上的洞穴,外部看去并不大,一旦进入,却会发现溶洞宽阔,石笋奇诡,暗河幽深。这些或熟悉或陌生的地名下,也藏匿着自然、历史、传说、民俗……一个物质和精神的丰富浩大的谱系。而与这种感觉几乎同步,此时耳畔也总是会响起古诗词铿锵或宛转的音调,在眼前幻化成为一幅幅画面。

譬如此刻,目光所及之处,是甘肃武威,位于雄鸡模样的版图的背脊。丝绸之路的重镇,河西走廊的门户。汉武帝派骠骑大将军霍去病远征河西,大破匈奴,为彰显大汉的"武功军威"而命名此地。不过在漫长岁月中,它更为人知的名字是凉州。凉州,地名二字中已经有了凛冽的寒意,入诗,更是漫溢出边地的荒凉、戍人的哀愁。甚至"凉州词"在唐代成为专门的曲调,很多诗人依调填词:"羌笛何须怨杨柳,春风不度玉门关。"(王之涣)"坐看今夜关山月,思杀边城游侠儿。"(孟浩然)"白石黄沙古战场,边风吹冷旅人裳。"(王作枢)……从汉唐到明清,一片愁云惨雾,飘荡舒卷在西北大漠戈壁之上。

不过这种种负性情绪很可能被夸大了。献愁供恨,本来就是传统文人的拿手戏。真实的生活并没有那样可怕,只要真正走进了它的深处,就会领悟到"生活在别处"。这里有迷人的边地风景:"山开地关结雄州,万派寒泉日夜流。"(沈翔)"草肥秋声嘶蕃马,雾遍山原拥牧羊。"(张玿美)这样的背景下展开了火热的生活:"车马相交错,歌吹日纵横。"(温子升)"市廛人语殊方杂,道路车声百货稠。"(沈翔)市场繁华,物品丰饶,交织着四面八方的口音,穿梭着不同民族的身影。

葡萄酒香,弥漫了这里千百年的天空。原产西域的葡萄,被汉使张骞经丝绸之路引入中原,第一站就是凉州,因此这里酿制的葡萄酒久负盛名。"葡萄美酒夜光杯,欲饮琵琶马上催。"唐代诗人王翰品尝到的那一缕醇香,一直传递到了明代诗人张恒的笔下,可谓是回甘悠长:"垆头酒熟葡萄香,马足春深苜蓿长。"

这里更是一片歌舞的土地:"凉州七里十万家,胡人半解弹琵琶。"(岑参)"唯有凉州歌舞曲,流传天下乐闲人。"(杜牧)盛大而普及。"琵琶长笛曲相和,羌儿胡雏齐唱歌。"(岑参)这里的少数民族孩童,自幼受到音乐熏陶,稍稍长大,肢体动作也便有了特别的韵律:"狮子摇光毛彩竖,胡腾醉舞筋骨柔。"(元稹)

因为这些诗句,一个原本抽象单调的地名变得具体而生动,有了色彩、声音和气息。一行诗句便是一条通道,让我穿越时光的漫漫长廊,得以进入彼时的天空和大地、道路和庭院,欣赏四时风光、八方习俗。

如果一个地方是一只瓷器,诗词便是表面上闪亮的釉彩;是一株苍劲虬曲的古藤,诗词便是纷披摇曳的枝叶;如果它是一个窗口,诗词便是自里向外望见的天光云影,四时变幻,任意舒卷。

四

这不过是辽阔版图上的一个点。广袤的大地上,有无数个这样的点,仿佛天幕上繁密的星辰。不同的点连接成线,众多的线又交织成面,于是在想象的天空里,星汉灿烂。

做一次连接起几个地点的旅行吧。此刻我目光正对着雄鸡地图上中间偏左的一点,开封,河南省的重要城市,曾经的古都。让想象的脚步自此处迈动,由东向西,踏上古中国坚实饱满的腹部。

老丘、大梁、陈留、东京、汴梁、汴京……历史漫长,给这里留下众多名称。"高楼歌舞三千户,夹道烟花十二衢。"(何景明)八个朝代的都城,《清明上河图》和《东京梦华录》里的世界,享有"一苏二杭三汴州"的美誉。始建于北宋的开宝寺塔,俗称铁塔,是这座城市的标志:"隋堤烟柳翠如织,铁塔摩空数千尺。"(于谦)那时登上铁塔,会看到一条大河流淌。汴河,隋唐大运河的一段,当时最重要的漕运通道。"汴水流,泗水流,流到瓜洲古渡头。"(白居易)以河流为纽带,中原的朴厚,连接了江南的灵秀。金元以降,汴河深埋于地下,就像这座城市的繁华,被封藏于记忆中。

继续西行,洛阳在洛河边迎候。自高宗起,它做过唐王朝五十年的都城,故有东都之称。"唯有牡丹真国色,花开时节动京城。"(刘禹锡)洛阳牡丹,原来那时就已经闻名天下。通都大邑,从来都是野心竞逐之地,因此"古来名与利,俱在洛阳城。"(于邺)而富丽豪奢,即便登峰造极,最终也不免灰飞烟灭。君不见西晋豪富石崇的金谷园里,"繁华事散逐香尘,流水无情草自春。"(杜牧)吊古未免伤怀,那就不如欣赏日常的风景,体味朴素的人间情感吧。"谁家玉笛暗飞声,散入春风满洛城。"(李白)"洛阳三月花如锦,多少功夫织得成。"(刘克庄)大自然的声色之美,足以娱情遣兴。"乡书何处达?归雁洛阳边。"(王湾)"洛阳城里见秋风,欲作家书意万重。"(张籍)乡思乡情,最能慰藉一颗羁旅中的诗心。

这一段目光的旅程,且歇止于西安,八百里秦川的中心。它的古称是长安,大唐帝国的中枢,几个世纪间的世界第一都市,"九天阊阖开宫殿,万国衣冠拜冕旒。"(王维)众夷归化、万邦来朝之地,什么样的想象力,才能够担当起对这座伟大之城的勾勒?如果它是一幅巨型画卷,一首诗便是一道笔画,一抹彩色,参与了对它的描画。且只听听有唐一代诗人们的吟诵:"长安一片月,万户捣衣声。"(李白)"滞雨长安夜,残灯独客愁。"(李商隐)"长安渭桥路,行客别时心。"(綦毋潜)"秋风吹渭水,落叶满长安。"(贾岛)"长安大道连狭斜,青牛白马七香车。"(卢照邻)"长安回望绣成堆,山顶千门次第开。"(杜牧)"春风得意马蹄疾,一日看尽长安花。"(孟郊)"长安陌上无穷树,唯有垂杨管别离。"(刘禹锡)……从初唐到盛唐,复由中唐到晚唐,一辈辈人们写下的诗句层层叠叠,仿佛远处终南山上的白云青霭,与这座城市相望相映。

诗句是时代的笺注,阐释着生活的广阔的内容。字里行间,五味杂陈。有世象百态,有历史云烟,有心底沟壑,有眼前峰峦。王朝命运,人生遭际,相逢与别离,得意与失意,戍边将士的思念,留守妇女的哀怨。它们纠结缠绕,音律从高亢到凄凉,涵盖了宫商角徵羽,弥漫于东西南北中。

一首古诗,仿佛一部手机里的芯片,体积微小,却有着巨大的内存。

五

呼应着存在于万物之间的神秘关联,精神能够寻找到自己的对应物,地点便是体现者之一。向往某一个地方,反映出的其实是一个人的情感维度和美学嗜好。总有一些地方,最能够与处于某个生命时段的你,产生同频共振。时间和空间的共谋,孕育出了某一类文化的气质,精神的风度。

而诗句,这时便扮演了有力的证人角色。

青春时代,梦想的栖息地是江南吴越。长江之南,古运河两岸,苏锡常狭长地带,杭嘉湖平原周遭,一连串地名仿佛珍珠一样,被唐诗宋词里的句子擦拭得晶亮。江南好,黛瓦粉墙,水弄深巷,桨声欸乃,丹桂飘香。感官的筵席一场场排开,声音和色彩交融无间:"夜市卖菱藕,春船载绮罗。"(杜荀鹤)"垆边人似月,皓腕凝霜雪。"(韦庄)"日出江花红胜火,春来江水绿如蓝。"(白居易)"闲梦江南梅熟日,夜船吹笛雨潇潇。"(皇甫松)……韦庄笔下当垆卖酒的美丽少妇,前身该是南朝乐府《西州曲》的采莲女子,"单衫杏子红,双鬓鸦雏色"。以诗为舟楫,我划入了那一片湖面。在苇荡、乌桕和桑树之间,波光潋滟,莲叶田田。

时光悄然流逝。从某一时刻起,浪漫绮丽的少年轻愁遁隐了,内心开始向往北地的雄浑和寥廓、苍凉和悲怆。"为嫌诗少幽燕气,故向冰天跃马行。"清代黄仲则这句诗,成为一种新的美学召唤。想到曾经迷恋山温水软、儿女呢喃,不免感到了一阵羞赧。向北、向西,一种迥异的境界在面前展开,是"明月出天山,苍茫云海间"(李白),是"蝉鸣空桑林,八月萧关道"(王昌龄),是"大漠穷秋塞草衰,孤城落日斗兵稀"(高适),是"行人刁斗风沙暗,公主琵琶幽怨多"(李颀),是"紫塞月明千里,金甲冷,戍楼寒,梦长安。"(牛峤)是"羌管悠悠霜满地。人不寐,将军白发征夫泪"(范仲淹)……

就这样,经由诗句的陶冶,一处地点便不再是单纯的外在客体,而内化为精神世界的某个元件;它又仿佛是一帖试纸,能够检测出灵魂中存在着什么样的元素。

时光和阅历改变一个人的容貌,同样也会改写内心。今天,大漠孤烟和小桥流水,西北腰鼓和江南丝竹,已经被悉数存放在我的审美收藏夹内,融融泄泄,不分轩轾。大千世界的复杂性,美的不同风格和范式,被我同样地凝视和品赏,内化为一幅经纬交织、花纹斑斓的彩色织锦。

六

爱默生说过:诗人是为万物重新命名者。

有一些地方,虽然早已经地老天荒地存在着,但长时间里都只是一种物质形态的面貌,枯燥粗糙。只有在经过文人墨客的描绘后,才变得具有精神性。诗文也是一种加持,为地名灌注了灵动的气质。仿佛出色的匠人手里捏出的泥人,被吹拂进了生命的气息,活灵活现。于是一切大为不同。

"郁孤台下清江水,中间多少行人泪?西北望长安,可怜无数山。"(辛弃疾)郁孤台,僻远闭塞的赣州城古城墙上的一处亭台,因为南宋诗人辛弃疾这首《菩萨蛮》,而得以广为人知。金兵南下烧杀劫掠,沦陷区百姓生灵涂炭,激发了诗人报国杀敌的炽热的爱国激情。这一腔热血,同样在挚友陆游的血脉中激荡:"楼船夜雪瓜洲渡,铁马秋风大散关。塞上长城空自许,镜中衰鬓已先斑。"瓜洲渡口,散国关隘,当年抗击金兵的前线;而今日"报国欲死无战场",恢复中原几成空想,思之如何不郁愤泣血?情感沉郁,气韵浑厚,千年后仍然让人震撼。

多情未必非豪杰。浴血疆场的勇士,同样也能深情款款。沈园,绍兴的一处私家园林,江南众多园林中的一座,却因为陆游与唐婉的一段凄艳悱恻的爱情,而变得与众不同。情深意笃的伉俪,因为陆游母亲的干预,被迫劳燕分飞,内心郁积了永久的疼痛。暮年的陆游旧地重游,触景生情,写下七言绝句《沈园二首》:"城上斜阳画角哀,沈园非复旧池台。伤心桥下春波绿,曾是惊鸿照影来。""梦断香消四十年,沈园柳老不吹绵。此身行作稽山土,犹吊遗踪一泫然。"至情至性,天地可鉴。不妨说,在《沈园二首》之前,沈园并不存在;有了《沈园二首》,沈园与日月同光。

个体命途的侘傺,有时却也促成了正向的收获。贬谪无疑是一种惩罚,但一些俊杰之士却用他们的事功和著述,照亮了黯淡的岁月,也让履迹所至之处,一些原本生疏的地名,自此熠熠生光。这方面,苏东坡无疑最为人称道。他一生三次被贬,流寓京外长达十年,且一次比一次走得远,由长江之畔的黄州,到南海之滨的惠州,再到海南孤岛上的儋州。因而他在词作中自嘲"问汝平生功业,黄州惠州儋州"。三个地方,当时都是偏远小城,是东坡的道德文章,使它们名闻天下。在黄州,他写下前后《赤壁赋》等多篇佳作,彪炳文学史册;在惠州,他致力改善民生,肃军政,减税赋,除水患,"一自坡公谪南海,天下不敢小惠州"(江逢辰)。在儋州,他"设帐授徒","敷扬文教",致力于传播中原文化,被后人赞誉为"琼州人文之盛实自公启之"。

　　"屈平辞赋悬日月,楚王台榭空山丘。"(李白)诗句穿越岁月传诵至今,而曾经炙手可热的权势财富,早已灰飞烟灭。在价值的天平上,它们一边是泰山,一边是鸿毛。

七

　　古诗词中,不少地名寄寓了道德的力量,价值的指向,对作者是自勉自励,更向读者标举了立身处世的姿态。

　　暂且收拢目光,只向水边泽畔,寻觅有关的诗句。汨罗江,屈原于此怀石自沉。信而见疑,忠而被谤,只能赴身清流,以身殉国。"一掬灵均泪,千年湘水文。"(孟郊)"独余湘水上,千载闻离骚。"(刘长卿)后世文人的景仰凭吊,也如同江水一样奔流不竭。北海,今天的贝加尔湖,苏武被匈奴扣留,远放此地牧羊十九载。"牧羊边地苦,落日归心绝。渴饮月窟水,饥餐天上雪。"(李白)饱受冻馁之患,始终心怀故国。威武不屈,日月可鉴。

古诗词中,还时常借助自然形胜,提供一种启示。这样的地名,有关气度和胸怀,视野和境界。

这一次,不妨将目光改换方向,自滔滔滚滚,移向莽莽苍苍。大山无语,峰峦悄然,把深沉的蕴涵,留给那些睿智的灵魂,来破译和解读。《望岳》是杜甫登临泰山的憬悟:"会当凌绝顶,一览众山小。"气魄决定格局,自然和精神的绝美风景,都只向阔大的胸襟敞开。《题西林壁》是苏轼游览庐山的发现:"不识庐山真面目,只缘身在此山中。"主观与客观,整体和局部,在韵脚的停歇处,思辨开始起步。感性上升为智性,形象转化为哲理,倚仗的是深刻的功夫修为。

当一些地名被再三引用,被反复言说,它就上升为一种意象,具备了符号的功能。

阳关象征了离别,北邙寓意着死亡。巫山隐喻了男欢女爱,陇头意味着流离失所。蓬莱是来世的向往,昆仑是仙界的居所。碣石摹写北地的萧瑟荒寒,潇湘渲染南国的凄凉悲怨。金谷园是奢靡的狂欢,乌衣巷是繁华的落幕。阳上宛转地言说儿女情长,垓下明确地感慨英雄气短。首阳山,不食周粟的伯夷叔齐于此隐居,喻示着操守高洁。烂柯山,樵夫看二童子下棋,一局未终斧柄已烂,比况了沧桑巨变。

在这样的场合,对这些地名的理解程度,又直接取决于阅读者精神文化的蕴积。没有对母语的热爱,缺乏对历史和传统的沉浸,就难以窥见字面背后的精微和玄奥,难以感知到那些不尽之意,言外之旨,声音中的声音,味道里的味道。

八

古诗词是一棵大树,根系深扎在过去,纷披的枝叶却一直伸展到今天。它永远处于生长中。

在它的荫庇下,是一种日常而恒久的生活,是这种生活的不停歇的循环再现,仿佛一年一度,大地上回黄转绿,春华秋实。今天生活的每一种状态,人们情感的每一次波动,大自然的每一副表情,都可以从丰富浩瀚的古代诗歌中,获得印证,找见共鸣,听到回声。

认识到这一点,便会从眼前望到遥远,自此刻看见过去。今天和昨天之间,被一条无形而坚韧的纽带牢固地绾结。时光流转,世事移易,不过有些根本性的东西却是亘古不变的,那就是人情人性。写字楼里两情相悦的青年男女,四目相对时,眼神里闪动的,分明是《诗经》里桑中淇上的炽热;机场海关入口处,送多年故交远赴域外,想到去去经年,或许竟是参商不再,也难免会念及唐诗里的渭城相送,无声细雨打湿了客栈。

"谁谓古今殊?异代可同调。"(谢灵运)古诗词以历时性的方式,展现了共时性的内容。一首首诗词,正是一个个的接引者,引领读者步入人生与社会的广阔庭院,在今与昔、恒常与变易的对话中,加深对于世界和生活的理解。

仔细盯着地图上的一个个地名,时间久了,那些圆圈圆点就会幻化成一个个泉眼。想象一番,那些被以不同音调吟诵的诗句,岂不正仿佛泉水的汩汩滔滔之声?

泉水不竭地涌流,诗歌也一代代地传诵。

吟唱着山河苍茫,岁月沧桑,生命浩荡。

(原载 2018 年 1 月 5 日《光明日报》)

最爱西湖行不足

潘向黎

江南是全体中国人票选出来的"天堂",是他们中一半人的精神家乡,另一半人的心灵后花园,而江南最美的一颗明珠,则是西湖。

赞美西湖的诗文如天上繁星,但每次首先出现在我心中的总是白居易的《钱塘湖春行》:

> 孤山寺北贾亭西,水面初平云脚低。
> 几处早莺争暖树,谁家新燕啄春泥。
> 乱花渐欲迷人眼,浅草才能没马蹄。
> 最爱湖东行不足,绿杨阴里白沙堤。

即使后来读到袁石公所谓"山色如娥,花光如颊,温风如酒,波纹如绫"等语,张陶庵所作《湖心亭看雪》《西湖七月半》诸名篇;从不很著名的明末诗人李流芳"西湖烟水我为乡""此翁情淡如烟水"直到我顶礼膜拜的苏东坡的千古绝唱"欲把西湖比西子""望湖楼下水如天",都不能代替白居易这首诗在我心目中的"西湖第一代言"的地位。

这是因为,当年,在西湖边,站在渐渐浸入湖水的石阶上,我的父亲就是以这首诗开启一个学龄前小女孩对西湖的审美记忆和想象的。

那次旅行应该是父母和我(他们的长女)第一次的全家旅行,也是一次很珍贵的旅行,所以当时父母逐日写了日记,日记是母亲的笔迹,也是以母亲的口吻写的,不过母亲说大部分是父亲口述,她笔录的。日记的题目是《杭州之行》。

第一天——

一九七二年八月二十三日

晨三点四十五分起床,搬铺盖到八舍,小黎独自守护招待所我们的住处,表现很勇敢。(因为当时父母分居两地,父亲那时候只有半间住处,是在复旦第八宿舍和周斌武伯伯同住一间房间,我们每次到上海,都要在招待所租房子,然后返程那天要把所有东西从招待所搬回父亲在八舍的房间,或者还给学校,连灯泡都要卸下来,所以我就必须独自在天还没亮的黑暗中守着我们正在土崩瓦解的临时的家。——向黎注)

乘九十三次列车,三人都是首次乘两层列车,小黎很高兴,不时跑到楼上看风景。

九点三十分抵杭州,我和小黎坐在湖滨守护行李,旭澜跑了十几家旅社,未能找到房间,至午饭后,以"大前门"开路的外交手段,在群英旅社找到一个房间,两点许进旅社,午休至四点许。

晚饭后到第六公园散步,随后到美术学院找许叔杨、程美英。八时许进涌金公园小憩,九时许回旅社,累极了,浴后即睡。

(我不记得双层列车和跑到列车上一层所看到的风景了,

在湖边和妈妈看行李的情景也十分模糊,可能是第一次旅行,刺激太多太强了,加上早上起得那么早,难免迷迷糊糊。现在回想起来,等候父亲去找旅社、和妈妈一起坐在湖边看行李的时候,就是我第一次看到西湖。我生于一九六六年十月,所以当时我是五岁又十个月,西湖明媚的波光映进了一个小小孩子柔润透亮的眸子里。——向黎注)

第二天——
八月二十四日

疲劳未消,起身稍迟,早饭毕已八时许,乘小电船游湖,至三潭印月,是处湖光水色,景物殊佳,摄一照以为纪念。(这些地方的遣词造句显然是属于中文专业的父亲的。——向黎注)

一小时后,乘船至孤山,此地处里西湖与外西湖之间,林木蓊郁,景色为公园中所少见,惜较少特征。在"楼外楼"午饭,因游民(当时还没有"游客"这个词,以至于父亲一时"征用"了这个不怎么恰当的词。——向黎注)很多,等待甚久,菜肴颇贵,午饭后小黎吃不消了(杭州的夏天酷热,加上车马劳顿、睡眠不足,对一个学龄前儿童还是太过考验了。——向黎注),带至平湖秋月,在一亭子里的石板地上摊开报纸和浴巾,她和旭澜,各躺一处,略睡片刻,我也靠着柱子,闭目养神。(那时候没有随处可见的茶室、咖啡馆可以休息,而那时候的旅行就是这么艰苦的,即使在"天堂"。——向黎注)

然后,坐车到玉泉,先吃冰冻白木耳赤豆汤,然后观看大青鱼,没有青黑色,只有金黄色的,最大的足四尺许,约三四十斤,有人投以饼干面包,即有群鱼争食,数十以至百余条,时而水花四溅,小黎大乐。无怪其然也,池上原有著名画家董其昌所题"鱼乐图",破四旧时已被除去,除观鱼外玉泉景色亦平常耳,但有一"好景",见三位女青年,又步伸手作兰花指,于画廊之前依次摄影,可能是小剧团的演员。

后到灵隐,林泉极佳,市内虽暑气迫人,但此处幽深凉爽,旭澜和小黎到流泉中洗手脸,小黎玩水,不肯罢休,见十余少年游泳于泉池中,羡慕之至。大雄宝殿高达十丈,极为雄伟壮丽,殿中如来佛像由四十四块香樟木雕成,如来像后有十八罗汉……(详细描写中略)叹为观止,至关门方出。

在"天外天"吃饭,候餐时小黎倦极就入睡了。晚饭后旭澜至白乐桥探访原浙江文联主席方令孺,因方家热甚,方邀我们同至平湖秋月乘凉闲谈。

今日是农历十五或十六,皓月如镜,湖面波光粼粼,令人心旷神怡,至八时许回旅就寝。

(那么,我印象深刻的在湖边玩的记忆就是平湖秋月了。那是一个值得一生记取的画面:台阶从岸上平缓地下降,一半浸在水里,我很开心但是有点害怕地往下走,下一级,回头看一眼,每次都看见父母在身后对我微笑,我就再往下走一级,再回头看一眼,再往下走一级……我的身后是并肩而立的父母,我的眼前是一片很开阔很温柔的湖水。——向黎补记)

今早外出时,旭澜以"牡丹"牌换一好房间(那年头还真是流行用香烟公关。——向黎注),回来时果真代换了房间,宽敞,有自来水,设备也较好。小黎大满意,玩水不休,还宣布一张小桌子是她所有的。(我记得从没见过的五斗橱也让我十分激动,还擅自宣布倒数第二个抽屉是我独享的,然后把自己随身的一点小零碎放进去,心里还为抽屉不能放满而略有遗憾。——向黎注)

第三天——

八月二十五日

今日准备减少游程,以期恢复体力。

早上起得略早,吃完肉骨头粥,即往花港观鱼,此地三面临湖,又在苏堤边上,景色又别具风致,池中有大金鱼(应该是锦鲤。——向黎注),重三五斤到十来斤,与玉泉的鱼有所不同,惜品种已不如昔日。小黎问,为什么六兄(我大舅舅的六子陈士奇,想必他那时养金鱼。我幼时在泉州常随母住外公家,大舅作为长子全家都和外公住在一起,所以我童年看世界的参照系很多来自福建泉州南俊巷四十八号那个已经消失了的可爱的院子。——向黎注)的金鱼那么小,这里的那么大?

草地芳草如茵,席地而坐,远望曲院风荷和刘庄,甚有诗意。在苏堤石凳上小坐,望一派湖光,游艇如织,几乎忘返。

午睡后,往柳浪闻莺。中有儿童乐园,木马、木虎、攀梯、旋转椅、螺旋梯、秋千、摇船、拖拉机,品种繁多,是上海所不及,让小黎逐一尝试,既乐且怕,满意之余说因叫她荡秋千和爬双杠,害她肚子和头不舒服。

游至其中的动物园,闻一雄狮大吼数声,吸引了许多游民,若不在公园,闻此吼声,众人定会吓得屁滚尿流,我们都是第一次听到,实是意外收获。(中略)

旋至湖边,见许多运动员,驾赛艇奔驰湖上,痛快至极,只是可惜,我等今生已无此机会了。有一划艇运动员驾一艇于湖中乱窜,挥桨如关刀,动作并不熟练,但是体力很好,在湖中窜了很久,她自己也显得十分得意。

观十来个小孩跳水,有的一滚翻下,有的直挺挺扑入水中,有的如走路失足落水,有的坐着花滑入水中,有趣得很。

暮色苍茫,既饥且累,乃返。

第四天——

八月二十六日

清早,即往饭店买粥,但已买不到了,几天不吃粥,也很想吃。早餐后乘车到九溪站,以为下车后不久就可到游览区,岂知走了二三十分钟,问人家答说只有一半,又说九溪只有一个茶室,吃吃龙井茶而已,所以就不去了。但是这一半路,并没有白走,采到四枝漂亮的红花,一路山溪流水清澈,路旁林木成荫,景色天然,别有一番滋味。

从九溪到六和塔,塔高十丈,十三层,拾级而登,中间休息了两次,因为小黎不断唤"哎哟",我的腿也发硬了。共二百二十三级至塔顶。望钱塘江奔流东去,蔚为壮观,望塔下行人似只有一两寸。望塔下树林,如地图所画。旭澜说:一九五三年他到这里时,就有一人至最顶层塔檐,直立敲钟,塔高风大,惊险至极。我听了之后竟觉得头有些晕,腿有点软。

下塔后至茶室饮龙井茶,小黎又饮果子露,这几天她老是要饮果子露,一天好几回,除果子露外,就是要吃馄饨和赤豆汤,其他什么好吃的东西她都不爱。(原来我也是这样过来的,小孩的饮食偏好总是这样让大人啼笑皆非。——向黎注)

想拍六和塔连钱塘江的照片,说要到下午一时后才成,不想等了,就作罢。

随后爬了很多石阶,至蔡永祥烈士陈列馆,馆外塑像尚好,系许叔杨等所作,小黎要登钱江桥了,旭澜就陪她到桥上看了一会儿,我腿都痛了,不想多走路,在桥下等他们。

到今天最后一个游览区虎跑,(中略)此地泉水很突出,其他景物较别的风景区也无足记。不过杭州到处都是公园,任何一个平常的地方在上海就算是不得了的名胜了。

晚饭前往解放路逛逛,边逛街边闲谈之中,觉得是过了几天共产主义生活,算了算一天要八九元钱。旭澜说机会难得,劝我多留一天,还有一地方没去,我自己也觉得意犹未尽,就同意了,打算把刚买来的火车票明天去退。(母亲到底心思单纯,而父亲之所以表现出了罕见的儿女情长,是有原因的,虽然这个原

因,不但我,连妈妈也是多年之后才知道。——向黎注)

晚上在湖滨乘凉,小黎向一个不相识的北京医科大学的游民说:杭州是全中国最好玩的地方。(从照片上看,我当时穿着一件连衣裙,圆脸、短发,额头鼓起而眼睛凹陷,想象得出那张小脸上心满意足、无限陶醉的表情。——向黎注)

本想等月亮,小黎吵要回去睡觉,就回来了。(小孩子不懂事,太煞风景了,爸爸妈妈,对不起啊。——向黎补道歉)

第五天——

八月二十七日

上午,在湖滨照一相,以保俶塔为远景。接着就到平湖,虽然来过两次,仍觉得很好,在平湖照了一张相,随后在亭子里坐了很久,并记日记。

近中午往西泠印社,此地原有许多著名的书法家雕塑家画家如任伯年吴昌硕等的字和印,今已荡然,只有一些没有被刮尽的石椅、石碑锁在三老石室。两间展览室里挂了一些现代人近年写的字,像郭绍虞、朱东润、陆维钊等人的字,还有一个胡士莹,居然写了两幅。

这里的园林在杭州是别具一格。它的建筑,比之苏州留园没有那么工巧,但是它有山有水有洞,韵味更为清逸。西泠印社背后沿石阶而下,可见后湖、保俶塔、杭州饭店、苏堤、曲院风荷,景色极胜,可惜没有时间多坐坐。

旭澜提议到苏堤跑跑,因为要吃饭就去不成了,乘公共汽车到湖滨,车子挤得很,售票员与人吵架了,这几天经常看见售票员服务员与人吵架,服务态度是远远不如上海的。

在东方馆(原文如此,疑应作东方饭店或者东方路。——向黎注)吃午饭,小黎这几天都不想吃,中午大概也只有吃一两饭,是累了。下午,旭澜到火车站去退票,午饭后一起又到附近的涌金公园乘凉。

（当时父母分居两地,解决无望,杭州的几天之后,就要分开,各自上班,父亲自己回上海,母亲继续带着我回到福建莆田那个条件艰苦的中学里,但是两个人毕竟年轻,似乎也并不时时十分愁苦,起码妈妈还有闲心逗孩子,故意"考"我旅行结束时要跟谁走。我当时完全当真了,于是每天一边玩一边在苦苦盘算。后来我一再抗议他们对孩子这样不够仁慈的做法。——向黎注）小黎经过激烈的思想斗争后决定和爸爸回上海,但是又离不开妈妈,她说我真想不通,我和妈妈回去,我又想爸爸;和爸爸回去,又想妈妈。说着就大哭起来了。

后来她想出一个办法,要爸爸调工作到莆田去,这样她就可以与爸爸又与妈妈在一起了。（即使不到六周岁,我也已经隐约感觉到母亲调进上海是不可能的,后来也曾听说如果上海和外地对调,外地进上海的人要给放弃上海户口的人三万元。三万元！那时,离万元户这个概念的出现还有许多年,当时我母亲的工资是四十多元,父亲是七十出头——已经属于高工资,亲友间借钱和接济一般是五块、十块两档,一般人家都没听说有存款的。——向黎注）

经说服,最后她又改变主意,决定还是跟妈妈回福建去的好。

天气很闷热,天空不时闪电,是要下雨。（父亲母亲的心情也不好了吧。——向黎注）

第六天——

八月二十八日

可能什么地方下过雨,天气凉爽多了,今早到回族茶馆吃牛肉包子,每个半两（全国粮票。——向黎注）、三分,便宜又好吃,可惜今天要走了,不能再与它多打交道！（惋惜之情溢于言

表,平时伙食水平可想而知。——向黎注)

早饭后到街道走走,青春街也不太热闹,随后到六公园,吃了午饭后,午睡一直睡不好,二时许离开旅社,在湖边坐坐(真是依依惜别啊。——向黎注),就到火车站,吃过面后上火车,旭澜带着小黎挤,我上车了他们还没挤进来,我已在火车的窗口交代里边的旅客为我们占好了位置。

火车开动了,小黎哭了。问她为什么哭,她说:爸爸……又哭了。一路上老是问:爸爸到哪里了?

多年之后,就是前几天,当我录入到这里,猝不及防的泪水夺眶而出。真想抱一抱当时的自己,那个无辜的小小的自己,好好安慰她,告诉她:一切会好的,再过六七年,你们就会全家搬到上海,你就可以天天既看到爸爸又看到妈妈了,你还会有一个可爱的小妹妹,你们四个人会在一起生活许多年……

当然,人到中年、已为人妻为人母、也遇过一些难处的我,更想抱一抱我的母亲,对她说:妈妈,你多么不容易。

但是,如果我真的穿越回去,最应该拥抱的人,也许是我的父亲。

因为,后来,在他的散文《多云转晴》中读到父亲是这样记录杭州之行的:"一九七三年(误,应为一九七二年。——向黎注)她探亲假期满,带着女儿要回福建,我送到杭州,一同逗留了三四天(亦误,是五六天。——向黎注)。所以如此,因为我不知道这次离别后还能不能再见面。"

如果我穿越回那个时刻的湖边,我会拥抱母亲和父亲,然后对他们说同一句话:都会过去的,一切都会好的,我们,千万别放弃。

但无论如何,西湖毕竟是西湖,当时的父母毕竟是对生活充满热爱、对人生抱着希望的年龄段,因此西湖给我留下的印象是美丽的、温暖的、明快的、圆满的。尤其是每一天都有父母全心全意的陪伴,每一天都有风景有美食,有新奇的事情和游戏,对一个孩子来说,那就是天堂,真正的天堂。

而当时父亲在平湖秋月随口诵出然后对我讲解的《钱塘湖春行》,我下台阶时回头看见在平台上微笑着的父母,和西湖的湖光、西湖的鱼、西湖的风、西湖的明月一起,层层又叠叠,重叠了季节、朝代、岁月、聚散、悲欢,成了我心目中永远的西湖胜景——人间的天堂。

(原载《人民文学》2018年第1期)

海上手绘集

汗 漫

一 新场:吴盐胜雪

"并刀如水,吴盐胜雪,纤手破新橙。锦幄初温,兽烟不断,相对坐调笙。低声问:向谁行宿?城上已三更。马滑霜浓,不如休去,直是少人行。"北宋诗人周邦彦的一首词《少年游》。写的是周邦彦与李师师携手缠绵前的过渡性场景,如电影。李师师低声询问、试探、挽留:"三更夜了,有霜,路难走,马也嫌路滑呢,歇息吧……"微妙而动人。

并州的水果刀,吴地的盐,女子新橙一般的腰身,组成东京汴梁一个美好的夜晚。

周邦彦所说的吴盐,即江南一带、东海岸边的盐。

盐,分井盐、湖盐、海盐三种。海盐最好。盐灶灼烧、海水蒸发而后显现出的海盐,最好。唐宋时期,江南一带著名盐场达二十七个,自扬州、崇明蜿蜒向南而至海宁、杭州。其中,规模最大的盐场,即新场——今上海浦东的一个小镇,最初处于长江入海口。煮海为盐,像一个诗人煮墨为字。盐民苦,盐商乐,盐政官员乘轿子、坐马车在海边出没,忙着收税与盘剥。清代,江宁织造、曹雪芹的祖父曹寅,同时也是两淮巡盐御史,负责监管盐政事务的范围除江南地区,还广及安徽、江西、湖北、湖南、河南,直接向康熙皇帝负责。

以盐为力,新场镇的酒绿与灯红异常汹涌——驿站、酒馆、书场、妓院……娱乐业异常发达,有"小苏州"之称。不知道康熙下江南来此地私访否。也不知道曹寅来此地巡视否。江水携带泥沙沿海岸线南下,与钱塘江水汇合时受江海潮汐作用而沉积、由滩涂形成陆地,上海浦东地区渐渐阔大,新场镇与东海也不断拉开距离——目前为三十五公里,且继续保持年均二十一米的海岸线推进速度,诠释了一个成语:沧海桑田。

江南一带盐场渐渐转型成为田野、市镇、人烟。新场周边地区开始以桃树、西瓜、土布、海滨浴场……闻名于江南。但我在新场镇小型博物馆里还是看到了两筐盐,雪一样白——李师师一样白?像怀疑博物馆中那些用来诠释盐民劳作的灶台、耧、耙、蓑衣是赝品一样,我怀疑这雪白也是虚拟的。用指节沾了几粒雪白,尝尝,是盐——吴盐胜雪。

"肩扛现实,在盐库中守着波涛的记忆。"想起法国诗人勒内·夏尔的这个句子,在梅雨时节的这一个下午,站在新场老街吃桃子,汁水四溅。街道窄,大约仅仅能容一匹马、一头驴擦肩而过吧。在冬天,来往行人都穿上棉衣棉靴,会使街道更加狭窄。街对面咖啡馆内有一女子,似乎在观察窗外街景,又低头,避免直视恰好有桃子汁液溅上我眼镜的尴尬相。咖啡馆窗子上,手写有一句话:"熟练使用'关你屁事'和'关我屁事',可以有效节约百分之八十的时间。"不知道这咖啡馆老板对这两种说法运用得熟练否。不知道他节约下来的时间干什么去了,发呆?想一个人?弹奏古筝?读书?关我屁事。

小街上的石板路被千年来的鞋子、马蹄、驴蹄消磨。但低洼处亦不至于使人跌跤,微微积累有雨,供麻雀啄饮;凸起处亦光亮如玉而不至于绊脚。石板路遇到河就一阶一阶耸起,成为石桥,到对岸,又一阶一阶矮下去,继续窄窄地托起各种鞋子、马蹄、驴蹄、雨滴、麻雀……当然,前朝的马、驴,早已变形成了今天的自行车、摩托。没有盐库。路边门店除了咖啡馆,还有茶馆、旅馆、酱园、布店、水果店、餐馆、泥塑店、灯彩店……

镇上的河不宽,石桥也就不必阔大。路、河、桥有了恰当的分寸感就好,像人与人之间的话语、心迹、往来,有了恰当的分寸感才好。

石桥边,清代建立起的书场延续至今:一座小楼,二层可喝茶、聊天、看河景,一层可听艺人怀抱三弦说书。窗半开,我在窗外探头探脑,听不懂说书人讲的故事与传奇。一群人各自守一碗茶,眼睛半睁半闭,头脑半清醒半混沌,在传奇与故事的边缘沉浮。一老人把假牙托从嘴巴里掏出,又安装回去,再掏出复又安装回去,像孩子摆弄玩具,像在怀疑自己 生里各种情话与诺言的可信度。

河边连廊下,几个妇人蹲在自己的菜摊前,仔细地调整那些番茄、小白菜、豆角、茄子的位置和姿势,像一个写作中的人在调整纸上的字。

整个镇子很安静,没有叫卖声,只有水声和风声。

新场,为我猜想旧人旧生活,提供了一个样式。就像母亲保留的一沓亲人鞋样,依稀指出多年一双一双大脚小脚之间的血缘关系。在小镇,适合思考如何作为" 个人"而不是" 个人物",在这尘世里活着、喜悦着、疼痛着。

镇上嵌着"不可移动"石质铭牌的古宅有二十余处:张宅、叶宅、周宅、朱宅、闵宅、奚宅等。大都建于明清或民国,每一方院落里都有无限的前欢旧事可供猜度。黑黝黝的大门,或紧闭,门前台阶上竟然生长着花朵或青草,蜜蜂嗡嗡;或敞开,院落内的景象因群居、分隔而纷乱无章,电视剧里的对白、收音机里的昆曲吟诵声与婴儿哭啼交响,遮蔽了旧时代的惊艳与哀凉。楼梯口贴有警示字条:"私人住宅,游客勿进。"

无意中看见一旧门,刻有八个暗红的楷体大字:"曲江养鸽,京洛传钩。"主人以两个典故暗示:此为张家宅第——唐代诗人张九龄,乃韶州曲江人,故称"张曲江",养鸽子以便与亲友通信。《搜神记》云:"长安张氏室,有鸠自外入,止于床。张氏祝曰:'为我福耶?即入我怀。'鸠飞入怀。探之,则不知鸠之所在,而得一金钩,遂宝之。自是,子孙渐富,资财万代。关西称张氏传钩云。"有才复有财,两全其美。

大门旁边高墙上嵌有一个石头铭牌:"张信昌宅第。形式风格:中西合璧四进式建筑。年代:清光绪年。建筑材料:砖木结构。"我真希望这张先生是张九龄的后裔才好,应该会背诵《望月怀古》:"海上生明月,天涯共此时。情人怨遥夜,竟夕起相思。灭烛怜光满,披衣觉露滋。不堪盈手赠,还寝梦佳期。"

一首好诗,可以让不同时代、不同地域的读者产生代入感,置自我于其中,获得深广,消解卑微。不知道张九龄这首诗写于东海还是南海,但适用于上海之上所有的春夜。张信昌们在海边听潮、惆怅,一钩新月皎洁,如水果盘里的一把并州刀子——周邦彦那一首《少年游》,让张信昌来读、来体会,也合适。只有少年,才能像新月、像刀子一样有力,去破开新橙般鲜美的女子,像《诗经》中的男女那样感叹:"今夕何夕,见此良人。"

新场镇上另一处"不可移动"的张宅名为"张小乙宅"。石头铭牌上注明:"张氏二房宅。日式风格三层建筑,民国初期建设。"不知道这张小乙与张信昌是什么关系——"二房"字眼,似乎可以引发诸多联想。镇上老人对我说不清楚,摇头:"张家是大户,户大人众故事多……"在镇上,这些三进四进的院落门扉,开开合合,佳人云集少年游。

在唐代,以《少年行》为题写作的诗人有李白、王维等等。其中,李百药一句最为著名:"少年不欢乐,何以尽芳朝。"大概正是这一系列英气勃然的《少年行》,催发了《少年游》这一词牌在宋代生成——像盐,催发了新场这一小镇在宋代生成。

当新场很新鲜地出现在东海边,像少年。如今已经越过少年期,成了古镇,但镇上的早晨和春天依旧明媚。打伞走在这海边小镇上,我假装是一棵伸枝展叶的、新生的桑树,暗藏丝绸和良宵。

二 金山嘴:最初的,最后的

民国时期修建的沪杭公路穿过金山嘴,像一根长长的冰糖葫芦,被一个嘴巴咬住——两公里长的上唇、下唇,分布着含盐的鱼市、客栈、渔具博物馆、游客接待服务中心、观景平台……

这条将达百岁的中国第一条跨省沿海现代公路,在上海、杭州之间,联系起金山嘴、平湖、南北湖、海盐等市镇,高出平野三米,高出海水六丈,地基为明清时期修建的抵御风浪侵袭的海堤。

也像一条索引,沪杭公路牵连出一部喜、怒、哀、乐、悲、恐、惊的中国现代史。

我在导航仪的指引下,无意中驾车穿越这条充满历史感的公路。近百年了,它宽度始终未变(双向两车道),树木沉默成长(浓荫代替天色与地面组成一条暗绿色的隧道),地面由最早的土路、石子路,变迁为现在的柏油路。道路时时转折,暗示着附近海岸的蜿蜒。

站在金山嘴这一嘴巴上,我是苦瓜?被它略微品尝一下就吐掉了。

一座旧瞭望塔,立于沪杭公路与一道伸进大海的短堤所形成的"丁"形交叉处。伸进大海的短堤像一只手,指向二十公里外大致上叠印在一起的金山三岛——小金山、大金山、浮山。它们最初是真正的山川而非岛屿,在南宋时期渐渐沦陷入海。一千年前,海岸线尚在这三岛以南,三山连绵为一,其上为城池楼阁,名"康城"。王安石曾登山咏叹:"山风吹更寒,山月相与清。北客不到此,如何洗烦醒。"现在,我,一个北客,北方客子,无法登山登岛了——那三山,已封闭为自然保护区了。

在海水侵袭并渐渐稳定形成金山嘴的同时,上海浦东一带却因长江的泥沙俱下而渐渐成陆——陆地与大海在讨价还价、亦退亦进间,形成共生局面。金山嘴成为本地最初的小渔村——上海的简称"沪",源于金山嘴渔民发明的一种渔具——插在海滩上的竹编器物,耐心等待涨潮把鱼群带来,落潮后,来不及撤退的鱼群就成了"沪"中物、腹中物了。沪之外的渔具还有舢板、机动船。目前,舢板进入了渔具展示馆,几艘机动船在海滩上的青草里生锈,等待潮水涌现时重温大海。

八十年代渔业鼎盛时期,金山嘴渔民达两千多人。每次结伴出海的时间长达半个月一个月。九十年代以来,周边海洋因工业污染而生态恶化。渔民规模急剧萎缩。新一代开始热爱银行、酒吧和工厂。目前,金山嘴只有二十多个男人坚持在近海捕鱼,使渔村的意义得以赓续。

"我喜欢听黄鱼唱歌——黄鱼唱歌,说明附近有大鱼群。打鱼苦、累、险,可这大海里的美——你不知,我说不出。上岸了,平安了,可又没意思。"鱼市上,一个黑瘦如铁锚的男人,递给我一根香烟。他姓张,五十六了。看着泥黄色的江水与海水,眼神惆怅,像一个在情人与老妻之间很惆怅的浪子。东海与钱塘江在此冲突而又交融,江水与海水无法明确区分,只有航行到普陀山一带才算进入完全彻底的大海。

现在是夏季休渔期,老张无聊,睡懒觉,在茶馆里与几个出生入死的兄长叔辈聊天,来鱼市视察妻子卖鱼状况。沿公路展开的鱼市案几,陈放着腌制、冷藏的鱼,盐粒如霜。鲜鱼少,而且也是人工养殖或从异地运入的吧——不宜深究。我不能冒犯渔民的尊严。就像一个人不宜深究情书中的诗句是不是情人抄来的一样——不能冒犯爱的尊严。"过两年就不干了,可我的船,怎么办?"他有些闷闷不乐,像一个书生"再写两年文章就不写了,可我的书桌怎么办"一样苦闷。书桌之外,也是大海——人海……

买了老张家的风干鳗鱼。其妻挥舞刀子,[嘀][邦][嘀][邦][嘀][邦]将鳗鱼分割成一小段一小段,像要斩断丈夫的复杂情事与惆怅。"蒸熟,什么作料都不用加,放米饭里炒,鲜美得很——鳗鱼炒饭!"老张嘱咐我,表情明朗起来,像海中那三座小岛在午后阳光下突然明朗起来。我问老张上过那三座岛吗?老张突然显得羞涩。老婆瞪他一眼,回答:"上过!骄傲了一辈子呢!"原来,少年时代因惹上赌瘾、赌债,他被父亲摇着船送上岛去——一个人,一条被子,十斤大饼,熬了五天,在天光水色里眺望金山嘴的人间烟火,像幽灵。复登岸,浪子回头,焕然一新。

看着那三座浓淡参差、连绵一痕的小岛,我和老张都笑了。

忽想起"小山重叠金明灭"这一名句。晚唐花间词派的温庭筠在描述女子眉毛,也像在赞美这三座小岛或者小山。岛上、山上有灯塔,像这眉毛间的一点美人痣?宋代《金山县志》所附地图有"西施坟"字样,其位置,就在这三岛以西十五公里左右的海水中——那里,曾经是原野。一个南方女子,用这一带小山作为眉毛?惊艳。

提着一袋鳗鱼在金山嘴四处晃荡,我像一场方向不明的台风提着一袋大海?

"我辨认出风暴而激动如大海"——诗人里尔克有海边生活经验。大海,风暴,对一个诗人的生成具有重要作用。广阔与动荡、美感与暴力结合在一起,对一个渔夫的塑造,具有重要作用。

一个八十岁的老人坐在庭院里,抬眼看看我手里拎着的鳗鱼,辨认出风暴而激动如大海?面无表情。不看我,埋头做船模。据《金山嘴旅游地图》解说:这位老人,云师傅,是金山嘴最后一位造船人。晚年无力也无须再造船,他就做船模。按一比十的比例,数百个部件被切削、打磨、拼接成一条船的模型——在船模感觉里,云师傅是按照十比一的比例被放大成一个巨人了吧?这鳗鱼也放大十倍了吧?但我如果被放大十倍,这船模也感觉不到一个渔夫的伟大气息——我只配当作云师傅周围的一团斜风细雨……

云师傅家的屋檐下,金山嘴各家的屋檐下,都挂着木头质地的双鱼。新旧不一,彩绘或者原木色,在风中摇动如同游动于海水。这是渔家的吉祥物,据说也是早年渔村男女间的定情物——一双鱼,就是鱼水之欢……

忽想起早年认识的一个女子,喜欢戴各种造型的硕大耳环,其中就有双鱼造型。走路的时候,两条大鱼在她左右颤动,让一个少年的心像台风中的大海,咸涩、汹涌。

三　福州路:芬芳的激烈

一条著名的书店街。上海书城、上海外文书店、古籍书店、大众书局……在福州路上比邻而居。

二十世纪初期,这条路名为"四马路",与大马路即南京路平行,垂直于黄浦江,以青楼逶迤、红粉云集、才子出没而名噪江南。中华书局、世界书局、商务印书馆等出版社及《申报》《晶报》等报社,林立——树林般密集挺立于大街两侧。最初的印刷机从国外进口,在十六铺码头上岸,靠一群牛努力拉进福州路,引来市民围观。

三十年代文化出版业繁盛期,全国百分之九十的书刊在福州路生产。一万多名才子在此依靠稿费就能有不错的生活。李欧梵说:"晚清的通俗小说,只要涉及维新和现代的问题,几乎每本小说的背景都有上海。而上海的所谓时空性就是四马路,书院加妓院,大部分鸳鸯蝴蝶派小说的故事都发生在四马路。"

四马路的大名福州路,来历如下:

某外国商人在福州泊船上岸,爱上当地一女子,纳为己有,并把自己投资参股的上海最繁华的四马路命名为"福州路"。他有情怀,更有财力。一个情怀、财力兼备的人,才能在这座城市留下印迹、成为谈资。他不懂苏白,只爱闽南语。

如今,福州路上的书店没有那么"林立",至多算是还有那么"几棵树",来招引爱书人"凤还巢"。畅销书大都躺在书店进门处醒目的明亮光线里,像四马路周围躺下来看世界的旧时代美女。哲学、美学一类书籍放在偏僻角落,像深山隐者。销售量欠佳的书籍则布置在书柜最高处,目光难以企及处,需登着梯子去访问,像去访问落难的旧人故交。

我曾在一书店安静处闲翻田汉的随笔集,数次看到"芳烈"这一陌生词语。"芬芳的激烈"?"激烈的芬芳"?不知道是不是田汉创造了这个词语。喜欢这一词语——田野上一个埋头劳作的汉子,被夏日、植物、泥土混合而成的芬芳和激烈,浩荡包围。而我目前的生活,似乎正处于"芳烈"的反义词——"枯寂"……

田汉在上海生活多年,与郁达夫等友人建立"创造社"。他在四马路或者说福州路逛街、访友、买书、喝茶、听戏、怜红爱紫、恨满西风,回家写《十字街头》《风云儿女》《马路天使》——街头下层女子们的芬芳和激烈,满纸汹涌。

福州路中段,有芥川龙之介进去看过京剧的逸夫剧院(原名"天蟾逸夫舞台"),是中国南北名伶神往梦萦之地。梅兰芳等大师先后在此登台扬名,梨园中有"不进天蟾不成名"之说。

我曾进去看过一场田汉编剧的越剧《情探》,名妓殷桂英与薄情秀才王魁之间的情感故事,在福州路上的这个剧院演出,很合适。"郎君今年二十五,桂英今年二十秋,青春结伴烟波走,学一个范蠡大夫泛扁舟。"殷桂英的咏唱回旋耳边,像早年四马路上某个佳人在对某个才子言情表意。

福州路所处地段之下,有地铁二号线掠过,像那几棵"书店之树"的根系,东西蔓延约八十公里,联结浦东机场、虹桥机场。

福州路东端两侧高大古典建筑对峙而成的空白处,如窗口,打开,送来外滩和黄浦江上的风、对岸陆家嘴金融区的云朵。风和云朵,试图说服福州路上沸腾的才子之心,降温吧,去看江水携带时光和尘事,向东流。

四　复兴公园：旋转木马之歌

　　电视中响起一支熟悉的歌《旋木》："拥有华丽的外表和绚烂的灯光，我是匹旋转木马身在这天堂。只为了满足孩子的梦想，爬到我背上就带你去翱翔。我忘了只能原地奔跑的那忧伤，我也忘了自己是永远被锁上……旋转的木马，没有翅膀，但却能够带着你到处飞翔，音乐停下来你将离场，我也只能这样。"

　　放下手中的书，盯着电视辨认。是早年的王菲在绚烂灯光下歌唱，华丽的外表像旋转木马，也像旋转木马上的人。她应该骑过旋转木马，独自，或者与恋人、与孩子。我更喜欢她现在的憔悴、倦怠和沧桑感，像喜欢上海目前止处于秋天的各类树木。秋天的树简洁明了，与世界的关系很疏淡，少了许多掩饰和纠缠。暴露的鸟巢像知己的心，坦陈出一声声鸟语，不再隐藏最私密的喜悦与哀伤。

　　《旋木》似乎是十几年前的流行歌曲。表达情感，需要某种对应物，比如，古老的玫瑰、杨柳、蒹葭、雨雪。流行歌曲，就需要流行的情感对应物。这支歌，指向当时中国城市生活中已经普遍出现的旋转木马，音乐伴奏的、电流推动的、没有马鞍的、悬空的、等距离的、虚拟的奔驰，象征一种无望的、脱离现实的追逐？

　　婚姻也是一匹木马——婚变，就是换一匹木马？或者下马，走出某种巨大的游乐场。

　　我没有骑过旋转木马。

　　幼年，在豫南乡村骑过真正的马、驴、牛——马背、驴背、牛背给臀部带来一种沉实感、动荡感，让我多年后坐在木椅上、沙发上、台阶上、河岸上、被告席上，都依旧能够从眼前焕发出一条尘烟四起的乡村大路，对前途，抱着清醒的、开阔的态度。那不是游乐园,是家园,贫瘠中不乏欢乐,茫然中尚存宁定。

我能辨认出一头骡子中马和驴的雌雄结构,这是外祖父传授的民间知识。青年时代,他曾经是大户人家的长孙,实际上是一群长工的头目,带着大家种地、榨油、磨面、赶车——当时的轿车,铁轱辘,装着轿顶,一匹马、一头骡子组合在一起埋头拉车。马簪着红绸子缠成的花,负责轿车的美感。骡子沉默,负责轿车的动力。

外祖父曾经去豫北的漯河买过一头骡子,往返六百里。那是一头好骡子,让外祖父兴奋而不安,旅店里过夜,也把骡子的缰绳缠在自己手臂上。到家了,松一口气。半夜里听见窗外传来一声闷响、一阵呻吟。外祖父急忙起身,举着马灯推开门,看见一贼掉落在围墙下、牲口圈边。原来,这贼从漯河的牲口市场上开始,一路紧盯这头骡子,无机会下手,最终又从这道围墙上跌落下来。"请给我买跌打药,行行好,我有药方……"这贼熟练地背诵出一个偏方——开始盗窃生涯时,贼的师傅就传授了这种需要默默牢记的护身术。外祖父按照偏方买来草药,熬制出膏药敷在贼腰。半月后,康复,这贼带着外祖父赠送的一笔钱回家种地了,逢年过节还来走亲戚。碰见外祖父的那头骡子,这贼就有些脸红和尴尬。

从这贼留下的偏方开始,外祖父慢慢琢磨,渐渐成了豫南地区一个著名的民间中医,能给各种牲口和人治病。但他应该不会给木马治病。旋转木马的医生是木匠和电工。

朋友、诗人廖先生一直生活于上海,对马、驴、牛的知识很缺乏,更不知道骡子与马、驴之间的关系。但是,对牛排的品鉴非常精细、苛刻。"我吃过上海所有知名的牛排餐厅,最好的,你猜是哪里?"我摇头,他狡黠一笑:"还是我妈妈做得最好,哈哈,七分熟,用云南产的一种小黑胡椒磨成的粉,味道美极了——但是,没办法请你来品尝了,她去世了。当然,我关于牛排的结论,仅仅对自己有意义。"我笑了一半,然后让表情平静下来。

听了王菲《旋木》的这一天下午,小雨,想起上海最早出现旋转木马的复兴公园。就发微信约廖来复兴公园溜达溜达,他欣然赴约。

廖是自由身、独身,写过一首诗《复兴公园》:

复兴公园,像青春
旋转木马和童年凋谢了,生长出PAKE97和钱柜KTV
夜色啊,有着黑色蕾丝花边裙子也拦不住的美
在PAKE97里喝酒,假装遇到了克林顿总统和夫人
到钱柜KTV里歌唱,感觉自己像一张假币
就这样半醉半愧、半梦半醒
就这样看见复兴公园里的月落和日出
就这样坐在草地上痛哭。一个女子在我怀抱里低语:
"爱人啊,你把我送到了天上。"
青春啊,像复兴公园——
走出公园的人,远了、老了、消失了

坐在复兴公园的一个法式亭子里,我谈到这首诗:"你来公园是怀旧啊,眼前景色都联系着你的生活,很多细节会重现眼前。我来是猜想——比如当年,六十年代、七十年代,全上海的孩子们排队买票乘坐旋转木马,是怎样一个盛大的景象啊。我初次看见旋转木马,是当了父亲后陪孩子去玩,在一座小城里,那木马当然也就应该比上海的木马小一些、谦虚一点。"

他笑了:"你也在怀旧,我也在猜想。这公园也与你有关——你想到过它,它就与你有关了。我们的内心大同小异,所以都成了诗人。"我们都笑了。

雨中的复兴公园,很幽静。

大草坪尽头,长椅上只有一对情侣在两张伞下坐着,像廖和他早年情人的替身。几只鸽子在散步,偶尔飞起,大概被一阵风或虫子惊动了。

草地四周是悬铃木或者叫法国梧桐,都有百年以上的历史,被法国人种下、长大,证明此处曾经是法租界、曾名"法国公园"。法国驻上海领事馆经常来此举办舞会、酒会、展览会,公园警示牌上曾经写着:"华人与狗不得入内。"再早,是法国兵营,在《马赛曲》中举行阅兵式,军号嘹亮。更早,晚清,是顾家宅公园。最早,是顾家宅村的一片田野,与我故乡中原的田野毫无二致。

"小时候,六十年代,公园曾叫过'红卫公园'。旋转木马一直是绿的,一九六四年建的。上海的爸爸妈妈要奖励孩子,就说去复兴公园,骑电马,带电的马——那时还没有'旋转木马'这种名字。'电马'没诗意。骑过'马',天黑了,就在草坪上看露天电影,《鲜花盛开的村庄》《列宁在十月》《南征北战》——电影散了,还有人去草地上找子弹壳呢。后来,夏天,这里有许多老外晒日光浴,把草地当成了沙滩。"

廖对我负有导游的责任。移居上海二十年,但我似乎依然是一个游客,对这座城市幽暗深邃的内部无法洞悉。但在这广大的人间,你、我、他,皆为游客——以此说,缓解自己理解力匮乏的焦虑和惶惑。

当年游乐场、旋转木马的位置,现在矗立着钱柜KTV,比保险箱大无数倍的钱柜KTV,但停业改建,周围笼罩着建筑商拉起的丝网。新世纪初期,这里是上海夜生活的地标,兰博基尼、卡宴、法拉利一类名车与美人、商人们云集于此,新闻、绯闻、传闻多多。一个时代有一种舞台。如今,在一层丝网中,它像卸妆之后穿着丝袜、丝质背心就倒床入睡的舞女。

在微信已经兴起的当下,我常常在朋友圈中表演个人生活,把天南地北的美景、美人、美食,一股脑砸向隐形的人们,去赢得一番妒意、爱意、赞意,甚至嘲谑、怜悯之意。手机成了一个小舞台,表演一个人的雅致、愤怒、深广……但情节、台词、背景,日益虚幻、乏力,与上海滩这更伟大的实体舞台上的一代代表演者们,难以相比。

廖的微信朋友圈一张照片、一条信息都没有。他自成一体,像岛屿,自治、自在,与人海保持一个用礁石、海鸟窝、云朵组成的切面而已。他不需要观众。他的微信头像是一个烟斗。他不论何时何地都握着一个烟斗,烟丝是进口的,无尼古丁。小规模的烟,被他喷吐而出,在面部营造出云烟缭绕的山水感。"嘴巴需要这样一个动作,习惯了,据说许多人悄悄吸着奶嘴、回味母爱。都是孤独的人啊。"他隔着一层云烟这样向我解释,两个人都笑了。

"你不抽烟?女孩子们喜欢淡淡的、不过分的烟草味。"他说。我独自笑了。

与其他公园一样,老人们主宰了假山上的亭台、草地边的连廊,习拳、观鱼或下棋,弹琴、独唱或合唱。由于下雨的缘故,他们很安静,棋子声、琴声、歌声也比晴日微弱了许多。

一个老人站在芭蕉丛旁边小便,雨声掩护了他。我和廖假装没有看见,绕廾。一个颤颤巍巍的老人,要谅解他、帮助他。他应该就是附近思南路、皋兰路、雁荡路的居民。或许碰见过在复兴公园周围居住过的孙中山、周恩来、柳亚子、张学良、梅兰芳、史沫特莱呢。他或许就是某一世家的公子,像复兴公园,有着万千往事和感伤。那些公馆,如今成了纪念馆、文学会馆、酒吧、餐厅。那些名人,当年望着窗外的复兴公园,内心大约有法国人的马蹄、马靴在一阵一阵践踏,就有一阵一阵愤怒袭来。

一场雨,公园里落满桂花,细碎如散金,香气袭人——应该比《红楼梦》中的袭人还要香,而且是干净的香。一只白猫沿着花坛周边的铁篱笆奔跑,在追逐假想中的异性猫或者老鼠?

我最近在临摹宋代诗人黄庭坚的《花气熏人帖》:"花气熏人欲破禅,心情其实过中年。春来诗思何所似,八节滩头上水船。"显然,写的是春花气息。在中年般的秋寒里,复兴公园里的桂香更有破禅的能力吧。黄庭坚从舟子以桨拨水、逆流而上的动作中得到启示,笔法顿挫。一支毛笔,的确就是一把桨——墨水急,素纸阔。但我可能是随波逐流的人,也就无力再现此帖的神韵——我像被电流推动的马?

公园西南角有儿童乐园,落锁,无人。透过栅栏可以看见一组小型的旋转木马,供新一代孩子乘坐。"和当年的旋转木马不好比啊!"廖吐了一口烟,像为自己的话打了一个感叹号。他的烟斗又像是一个问号。从问号里生发出感叹号,是诗人的特征?廖的姿态,我欣赏。

一条长约三百米的砖铺甬道作为中轴线,笔直,位于公园中央。其一端是喷泉与天使雕像,另一端是沉池花坛。显然是法国人的欧式设计,粗犷、直率,可供马车进出。中式庭院迂回、幽曲,有猫犬跃动其间就行了。

一绿一黄,两把伞自甬道尽头渐渐走近。一男,另一人性别不明——有女性的腰肢,头发剃尽如僧尼,表情素淡,着白衣。飘逸俊爽,擦肩而过。我回望,廖笑了:"可能是一个女老生,演员。头发剃尽,便于装扮。"

公园西北角,一扇门的确贴有关于《牡丹亭·游园》的"昆曲初体验"传艺广告。粉红纸,写有"昆曲老师汤某某,十席,票价二百八十元"字样和一段广告语:"原来是姹紫嫣红,尽在曲中。转身见氤氲朦胧,颦笑勾魂。"

不知"表情素淡白衣人",是不是那一位汤某某老师。这两个人的确推开那扇门,进去了。

雨大了,我和廖走出复兴公园,在思南路上一个书店里坐下来。

廖准备出本诗集,我建议书名就用《复兴公园》。谈到王菲歌曲《旋木》。他说:"歌词写得真好。诗人休斯,好像也写过一首《旋转木马》?"我记不完整了。他在手机里找出来,念给我听:"先生,这个旋转木马上,哪里是黑人的座位?因为我想坐木马。在南方——我来自那里,白人和黑人不能坐在一起。在南方的火车上,有一节是黑人车厢。在公交车里我们坐后排——但是在旋转木马上没有后排。黑人的孩子可以坐在哪里?"一首关于"种族歧视"主题的诗,以旋转木马作为情感对应物。

这个休斯是美国黑人兰斯顿·休斯,写过著名的《黑人谈河流》。

还有一个休斯,英国诗人泰德·休斯,抛弃诗人西尔维亚·普拉斯导致其自杀,从而被诟病一生。他没写过旋转木马,但写过深夜旷野里遇到的《马群》:"浓灰色的庞然大物—— 一共十匹——巨石般屹立不动。它们呼着气,一动也不动,鬃毛披垂,后蹄倾斜,一声不响。我走过去,没有哪一匹马哼一声或扭一下头。它们垂头,像地平线一样忍受着。在熙熙攘攘的闹市声中,在岁月流逝、人面相映中,但愿我还能重温这段记忆:在如此僻静的地方,在溪水和赤云之间听麻鹬叫唤,听地平线忍受着。"关于"忍受"这一主题。也像在写旋转木马——木马也是马,更需要忍受一切:寂寞、电流、喧哗、无望……甚至,连地平线也没有。

泰德·休斯也像在写他自己——他忍受了与一个著名女诗人的情感风波所带来的种种后果。他与普拉斯,也是从旋转木马上下来的人。在中国,许多女诗人因为热爱普拉斯而拒绝喜欢泰德·休斯,像热爱一匹木马,就拒绝再喜欢它苦苦追从而不得的前一匹木马。

我更喜欢黑人诗人休斯。二战期间,他作为记者到过沦陷中的上海。不知道他进过复兴公园没有。当时,没有旋转木马,只有战马在中国的南方和北方,一声一声嘶鸣。

五 爱神花园:匮乏与丰盈

这座以爱神普绪赫雕像为核心的私人花园,建设于一九三一年,位于巨鹿路、陕西路交叉处。

花园的设计者、施工者,与国际饭店、武康大楼的设计者、施工者都相同:匈牙利建筑家邬达克,中国建筑商陶桂林。

邬达克以一百多座建筑物,改变了上海的天际线和街巷的风貌,也为这座城市的传奇故事埋下种种伏笔。

邬达克的设计灵感,源于花园主人的爱情故事:上海滩火柴大王、富商刘吉生,与妻子陈定贞青梅竹马,婚后恩爱如初,遂决定耗费巨资建花园别墅,作为献给妻子四十岁的生日礼物。于是,有了这样一个以希腊神话为蓝本的院落——

主体建筑物三层:一层为大厅(举办宴会、舞会,每一天、每一周都有不同规模、不同范围的安排)、餐厅、会客间;二层为主人卧室、书房、琴房、更衣间;三层为儿女卧室、客房、书房、琴房、更衣间。彩绘玻璃窗有阳光或月色透入,像爱情来临时分的悸动与柔情。楼梯蜿蜒盘旋向上,如同充满动感的风中青藤,铁质栏杆图案中镶满了刘吉生的英文名字缩写字母K、S、L——这是陈定贞对邬达克设计方案中的要求。各个房间的外阳台,都像剧院小包厢,供豪华的观众们在这里鉴赏、评价院落中的美景。当然,从庭院里仰看这些阳台,它们也像小舞台,上演着关于爱、幸福、华美、梦幻等主题的小话剧。

附属建筑物同样精美,供八十余位仆人、二十余只狼狗和宠物犬使用,位于主体建筑物后侧。其中,狼狗们负责消除夜晚的不安,宠物犬致力于点缀白昼的幸福。

焦点,在于普绪赫雕像。

充满诗人气质和真性情的邬达克,从意大利定制了这一雕像,作为献给刘吉生夫妻的礼物。它立于庭院核心处,接受着细小喷泉的抚慰,像爱人丘比特隐秘的手指在抚慰——她的身体已经完全向爱敞开,正扬手脱掉最后一件薄弱的外衣……显然,在构思这一院落,尤其是建立雕像的过程中,邬达克需要向刘吉生这样一个中国商人,解读希腊神话的寓意和美感,像天花板上屡屡可见的复杂吊灯,需要向火柴解读光线的秘密和无限的可能性——

在故乡虚构出异乡,使一个在底层中奋斗、脱颖而出、声震上海滩的显赫家族,同时拥有了中国阴历歌一般的归属感和希腊神话一样的新异感？两全其美,像财富与爱情、花朵与月亮的同时丰盈,大概只有刘吉生们才能做到。"贫贱夫妻百事哀",是俗话也是真理——贫贱与哀,物质与精神的双重匮乏,是更普遍的常态,无论古今中外。对于平民而言,表达爱情的方式,只能是一朵花而非一座花园。

钢琴在室内演奏,喷泉在庭院里起舞……

刘吉生从宿醉中醒来,走到仆人小心推开的厚重大门前,面对上海的又一个早晨和普绪赫的另一种胸怀——那霞光般绚烂的胸怀,让一个商人的内心微微波动。他看看自己的手指,像那些喷泉吗?灼热或者冷冽地掠过妻子渐渐陈旧但安定的身体。在乱世里,在机遇遍地也危机四伏的上海,需要一种陈旧但安定的爱,作为最后的防线。

抗战前后时期,戴笠多次进出此院落,跳舞、饮酒、密谈、指挥各种行动。五十年代初,由于这一段历史,不安的刘吉生携全家迁居香港,后与妻子终老于加拿大,居住于一个自建的苏州园林风格的别墅里——在异乡虚构故乡。

新时代的军人与马,开始率先进入庭院。之后,此地相继成为华东作家协会、上海作家协会的办公地。马消失,花园安静。文人们骑自行车或者坐公务车,进进出出,低声细语。巴金、夏衍、柯灵、丰子恺、周而复、吴强、茹志鹃、辛笛、白桦们,在这里交谈、讨论,接待聂鲁达、叶夫图申科等异国作家。当然,他们也曾在这里自我批评,对着《朝霞》杂志上化名"任犊"者的奇文《走出"彼得堡"》,面面相觑,深深不安——

由于喷泉、雕像的风格酷似俄罗斯圣彼得堡的夏宫,爱神花园,也被叫作"彼得堡"。

新时期以来,新一代作家们在这里进进出出。鸟鸣人更幽。主楼二层以上各个房间,成为《收获》《上海文学》《萌芽》等著名文学杂志的编辑部,以及专业作家们的工作间。众多影响当代中国文学面貌的作品,在这里被审视、圈点、推出。当作家、编辑们从书桌上起身,站在爬满了青藤的窗口,看看普绪赫的美与自由,也许会对笔下文字的表现力、生命力,产生一丝疑虑、惆怅和感伤吧。

那是在"文革"中被作家们保护下来的美与自由——普绪赫的爱、希腊式的爱,强烈、坦然,也就必然脆弱,尽管临危而不惧,也不可能经受住红卫兵、造反派们的风暴催逼。一贯缺乏现实行动力的作家们,竟然在一个深夜里行动起来,把雕像从喷泉中移除,用防潮纸层层包裹掩埋在花园一角。直至新时期到来,普绪赫在阳光下重新开始抒情。

在告密成风的年代里,爱神花园里作家们严守了一个秘密,是奇迹——美与自由,带来爱,也就带来奇迹。

当刘吉生在他乡怀想爱神花园,或许会感到一丝欣慰——他的故事、这一院落,因与文学、作家们发生关联而获得了永恒,被后人追忆、言说。

这一花园没有成为餐厅、酒吧、发廊,爱神大约也暗暗松了一口气,安心展翅,并隐秘影响着上海作家乃至市民们的内心。

二〇一七年寒露,我在普绪赫雕像旁站了两分钟左右。这个时间长度是合适的——太短,显得敷衍和麻木;太长,显得自恋和轻浮。

但我已经看清了普绪赫身体上隐隐浮雕着几只蝴蝶。在希腊神话中,蝴蝶代表灵魂的绚丽与生动。我浅薄、微弱的爱意,配不上这一尊雕像。丘比特的箭比一支笔准确、有力,况且有两个翅膀可以使他像蝴蝶一样飞动。

进入作协大厅,在水晶吊灯的映照下稍微有了一丝神采——身旁,一扇刘吉生家族遗留下来的衣镜,让我恍惚看见旧时代公子佳人的身影。

"第二届上海国际诗歌节,中外诗人交流会"正在进行。济济一堂。法国籍叙利亚诗人阿多尼斯、日本诗人高桥睦郎、中国台湾诗人郑愁予坐在醒目的位置,正对着门外的普绪赫雕像。主持人讲了这个花园与爱神的故事,是必需的。一直围着标志性红围巾的阿多尼斯,八十七岁,满头白发,用我不知道的法语或叙利亚语发言:知道"什么是爱",就不会去爱了。我笑了。我不知道他的爱情故事。

想起阿多尼斯的两句诗:"梦想着一位只愿在阳光下就座的女子。""我的孤独是一座花园,其中只有一棵树。"完全像是献给上海的这一座爱神花园——普绪赫就是一位只愿在阳光下就座的女子,这座花园也只有一棵玉兰树。但这座花园代表了谁的孤独?上海的孤独?

不论什么国度、什么时代里的人,乃至一座城市,爱多么匮乏,孤独就多么丰盈。

巨鹿路,这一路名缘于燕山下的巨鹿。

那一带自古就是慷慨悲歌、征伐逐鹿之地——鹿巨大,征伐就激烈、壮烈、西风烈,遂产生一个著名的成语"破釜沉舟"——《史记·项羽本纪》:"项羽乃悉引兵渡河,皆沉船,破釜甑,烧庐舍,持三日粮,以示士卒必死,无一还心。"遂大破秦军,项兵威震诸侯。

商人、富豪、时代英雄如果想猎获"永恒"这一巨鹿,可以用石头、钢筋、玻璃来创造一个"历史保护建筑",并辅之以种种逸事与奇闻,关于爱情心理学、政治经济学、社会学,像刘吉生们这样。伟大的作家、诗人们,则需要破开墨水瓶、沉没书桌,用热血、灵台来叙述,"无一还心",方能让文本、言辞得以流传。

我,俗人、速朽的人,缺乏运气、勇气与才气。在寒意日益加深的露水中,走出爱神花园,等候公交汽车。天黑了,站台上,一个人手握收音机在听评弹:"妹妹啊,你一生就是多烦恼,你何必自己太看轻。想你有什么心事尽管说,我与你两人合一心。我劝你一日三餐多饮食。我劝你衣衫宜添要留神。我劝你何苦自己把烦恼寻。我劝你姐妹的语言不能听,她们似假又似真。我劝你早早安歇莫夜深,病中人最不宜磨黄昏。我劝你把一切心事都丢却,更不要想起扬州这旧城门。"三弦与琵琶,在收音机里伴奏着一个孤独者的吟诵声腔,像手指要砰砰叩开某个烦恼女子的心扉、花园。

在上海,在南方中国,有多少病中人,就有多少隐秘的"扬州旧城门"。

挤进公交车,不再猜想那评弹中一对男女的前因与后果,假装自己是被仆人随从前呼后拥着,浩荡奔赴江边晚宴上的美景、美酒和美人。

六 岳阳路:只有自由和平静

岳阳在湖南,岳阳路在上海——位于桃江路、肇嘉浜路之间,南北向,长九百米,宽十五米,属上海市六十四条永不拓宽的风景街道之一。沿路有中国科学院上海分院、上海自然科学研究所、生命科学图书馆、法国领事馆、东正教堂、好望角大饭店、教育会堂、上海中国画院、上海科技大学。附近有湖南路、衡山路、上海音乐学院、襄阳公园……

在岳阳路自然而然想起岳阳,想起孟浩然《临洞庭湖赠张丞相》:"八月湖水平,涵虚混太清。气蒸云梦泽,波撼岳阳城。欲济无舟楫,端居耻圣明。坐观垂钓者,徒有羡鱼情。"想起杜甫《登岳阳楼》:"昔闻洞庭水,今上岳阳楼。吴楚东南坼,乾坤日夜浮。亲朋无一字,老病有孤舟。戎马关山北,凭轩涕泗流。"想起范仲淹《岳阳楼记》:"然则北通巫峡,南极潇湘,迁客骚人,多会于此,览物之情,得无异乎?"

无异——孟浩然、杜甫、范仲淹,以及出现于岳阳路、汾阳路、桃江路三条路交叉处的小花园里的普希金,"迁客骚人,多会于此,览物之情,得无异乎?"无异。异国异代的诗人们,聚会于这条上海小街,对语言、自由、美的深情,贯通无异。

当然,三角形小花园里的普希金,呈现在大理石和铜中,比呈现于血肉中更持久——"俄国诗人普希金纪念碑",一行金字,镌刻碑身。普希金面对一座东正教教堂,如面对祖国。"我为自己树立起一座非人工的纪念碑,在人民走向那里的小径上寸草不生。我将世世代代为人民所喜爱,因为我唤醒他们善良的心脏。在这严酷的时代,我讴歌自由,为那些倒下的人祈求深情。"这是普希金《纪念碑》中的句子。诗人的自信,缘于对诗之力量的信心。

这座雕像前后建设三次。首建于一九三七年,由来华避难的近两万名俄罗斯侨民捐资建设,毁于一九四四年日本军队之手。一九四七年重建,毁于一九六六年汹涌如潮的红卫兵。一九八七年重建,在普希金逝世一百五十周年之际。如此遭遇,普希金或许存在预感—— 一个诗人,只能用诗这样一座非人工的纪念碑,来筑牢自由和深情。岳阳路、桃江路、汾阳路,寸草不生地涌向普希金纪念碑。人流车流环绕诗人,如同他热爱的、汹涌着自由元素的大海,环绕一座伟大的岛屿。

秋日的一个下午,我来到这座三角形小花园。普希金平视前方。俄罗斯诗人茨维塔耶娃在《我的普希金》一文中,描述了自己幼年乃至一生与她家门前那座普希金铜像之间的关系。那是一座黑色铜像,普希金右手永远拿着一顶礼帽,等待这个小女孩到来。茨维塔耶娃爱上他那积雪或落霞铸就的肩膀,也爱上那肩膀深处的黑色——在俄语中,也像在汉语中,黑色一概意味着悲伤、深沉、隐痛。

我眼前是上海的普希金,同样沉浸于黑色、一小块头颅形状的黑夜。他对代表春天和爱的绿色,感到沉重、痛苦和陌生,呼吁:"请给我狂暴的风雪,还有那幽暗的漫长冬夜。"因维护尊严和爱情而死去,在一八三七年二月一个落雪的傍晚。两个旁观者把受枪伤的普希金架上雪橇,一个持枪者仓皇逃离,这一场面构成的油画《决斗》,就挂在茨维塔耶娃母亲的房间里,像一个寓言和预言——幽暗和冷意就伴随这个女孩一生了,从童年直到自杀,像普希金那样彻底进入"幽暗的漫长冬夜"。

普希金、茨维塔耶娃极其相似:

——都那么热爱着爱情。伟大的诗人似乎都是从对一个人的爱出发,唤起对爱人所处其中的广大尘世的眷恋与痛惜。

——都在大量诗篇中爱着爱情。"普希金以爱情感染我,以爱情这个字眼感染我。"(茨维塔耶娃)比如,《致凯恩》:"我记得那美妙的一瞬,在我眼前出现了你,有如昙花一现的幻影,有如纯洁至美的精灵。"这是普希金再一次遇到二十五岁的少妇凯恩时送她的情诗前四行——他十九岁初见十八岁少女凯恩时就爱上她。凯恩后来活到八十岁,墓碑刻着上述四行诗。这首情诗已被谱曲,成为著名的俄罗斯情歌《我记得那美妙的一瞬》。

——都非正常地结束一生,在语言里获得永恒……

伟大的爱情和情诗,都有能力脱离具体抒情对象而及于万事万物——普希金的情诗,也是在献给诗神、语言之神。作为俄罗斯文学语言的奠基者,普希金被别林斯基称为"俄罗斯第一位诗人、艺术家"。诗人的命运,就是语言和人类的命运。当岳阳路上的普希金分别倒在一九四四年、一九六六年时,上海也恰恰处于劫难中、悬崖上。每次复建,都是上海的一次浴火重生。

坐在岳阳路上一个小酒吧里,看普希金,翻一本摄影集《俄罗斯人在上海》。这本摄影集中一百余幅黑白老照片,记录了二十世纪初期被朝鲜、日本拒绝接纳而辗转来到上海的俄罗斯侨民的生活:停泊于外滩的俄罗斯轮船,皮革店里的模特,理发店里的豪华旋转椅,俄罗斯餐厅里的聚会,花园婚礼,教堂葬礼,草地音乐会,跑马场上的春风薄衫,医院外科大夫口罩也难以遮掩的高鼻子,面包店销售员,石库门弄堂里拉手风琴的美丽女孩……他们爱上海,并使这座城市加强了混血的美——普希金铜像附近的淮海路,或者说霞飞路,因俄罗斯店铺众多、罗宋汤味道飘扬,也被上海人呼作"罗宋大马路"。

其中一张照片,是众多俄罗斯侨民与刚刚落成的普希金纪念碑合影—— 一个诗人,站在最高处。"没有幸福可言,只有自由和平静。"普希金的这句话,大约正回旋于这些侨民内心。具体、现实的自由和平静,胜过虚无、抽象的幸福,无论对于普希金、茨维塔耶娃、多年前的俄罗斯漂泊者,还是对于今天的我——自由如大海吧,平静如岳阳路吧,但也多么难,像这一座诗人纪念碑的废与建。

普希金身后的花园里,一个流浪者在躺椅上昏昏欲睡,脚边是破烂不堪的行囊。他大约不知道普希金,也不知道附近上海音乐学院音乐厅正在演出根据普希金诗篇改编的歌剧《黑桃皇后》。花园旁,一个临街小店的匾额上写着"刺青",巨大落地玻璃窗内,似乎正有人在接受颜料和针头对身体局部地区景观的改变。街道边树木青葱,也像岳阳路腰部、少年腰部刺青而出的图案?

从唐宋中国,到俄罗斯,倘若没有孟浩然、杜甫、范仲淹、普希金、茨维塔耶娃们一代又一代诗人在纸上刺青,这人间将多么荒凉,像流浪者昏睡在躺椅上……

(原载《人民文学》2018年第2期)

渐行渐逝的旷野之声

蒋　殊

惊鸿初遇

"听见哥哥唱一声,妹妹我隔煞煞打了一根针;听见你哥哥唱着来,妹妹心中好比梅花花开;羊肚肚手巾脖子上围,不是我的哥哥你是谁;远远看到哥哥儿来,跟不上你插上翅膀飞。哥哥呀,一疙瘩瘩冰糖化成水,咱二人相好一对对。"

不曾想到,初遇顺天游,是在一个旷野,且不是别处的旷野,是大西北的盐池县,是顺天游长诗《王贵与李香香》的创作地。

那是一个清冷的深秋。国庆之后的西北,冷风已经肆意袭上皮肤。几天前这里刚刚降过一场早雪。那天,还算一个好日子,连阴几日后初出太阳。冷空气依然一阵紧似一阵,追逐着必须在风里行走的人。

大西北的田野极辽阔。尽管一路走一路打问,还是绕了几条路才找到要找的人。

没有吃惊,眼前人就是一位普通农民。他说正在盖几间房,要做文化大院。周遭、地上,都是施工的痕迹,还有一些干活的人。他也是刚从做活中起身,衣服上落着深深浅浅的尘屑,鞋子上更是裹着厚厚的泥土粒。

文化人可以是这样的面孔,我心内一动。四周静寂,无人。他未来的文化大院在我脑子里浮现了一次又一次,于是开门见山:想听顺天游。

他笑了。笑容里只闪现出一丝丝腼腆,抑或是谦逊,便再无推辞忸怩。

一嗓子出来时,四野立时活起来、动起来,让人恍惚进入一个新时空。那声音悠扬高亢,奔放开阔,荡气回肠,与歌者一样,是不加修饰的健康之美。周边干活的响动悄然静止,所有人都专注在这无边的曼妙里。

从未在这样的情景中听过这样的声音。因此那一刻我便认定,顺天游,就是旷野的声音。

因为清冷,更感苍凉绵远。

歌者叫冯占国,一位七十二岁的老人,吴忠市顺天游非遗传承人。可是,他的歌声绝不仅仅是一个吴忠市可以承载得下的。那声音太过动情,又隐含着瞬息而过的悲凉。在他的声音引导下,一个水灵灵的姑娘跳出来。彼时,她正坐在炕头上,专心织着毛线活。突然一个洪亮的声音穿过她的小院,穿透她的窗棂,进入她的耳际。这不是她钟情的哥哥吗?不是在唤她吗?只一声,她的心便乱了,情动全身。她在内心迅速回应,哥哥呀,我听到你的声音了,我的心中已似梅花开,且等我一下下,短暂的一下下,我织过这要紧的一针,便下地,奔你而去,随你而去。

这要紧的一针,这可以让她独自在炕头沉静专注的要命毛线活,谁能说不是织给放歌的哥哥?

真真的哥哥来唤她了。姑娘飞身下地,脸上早已浮上两片红云。她压制着心头激情,羞答答倚窗而立,透过那个被她在同样的境况下偷偷用手指破开的小洞,穿过院门,看她的哥哥由模糊变清晰。姑娘的听力准准的,眼力棒棒的,那个脖子上围着洁白的羊肚手巾,那个憨厚英俊的放歌后生,不是她日思夜想的哥哥又会是谁?哥哥走来,走来。尽管只是一个院落的距离,却又感到无限遥远,以至于姑娘想要插一双翅膀,立时飞到他身边。

遥远年代牵肠的深情,被今天的冯占国面对面演绎得细腻动人。他高亢的声音空灵地回荡在秋日的田野,荡气回肠。他唱的不是一首歌,而是一个个跃动温馨又深情的画面。画中,一个哥哥,一个妹妹,一疙瘩瘩冰糖化成水,他二人相好一对对。这样的画面中,早年曾听过的另一曲瞬间涌上耳际:

听见哥哥的脚步响,
舌头舔烂了麻纸窗。

抓着胳膊顿住手,
扳住肩膀亲口口。

清油酸汤蘸搅团,
咱两个好成个面黏黏。

叫一声哥哥你不要走,
撂下妹子叫谁搂?

画面感强烈得刺眼。也正如眼前冯占国的演绎,尾音由浓到淡,从烈至柔,婉转而落。一对情人,顺着他的音远去又走近。有一种距离,是面对面,却有着翻山越岭又翻江倒海的激荡。

这边正沉浸在一疙瘩瘩冰糖中不能自拔时,冯占国老人已甩开嗓子,欢快地开始了《打酸枣》:"哥哥打下它,落下一河滩。我悄悄走过去,把酸枣放嘴边,酸个溜溜儿甜,甜个丝丝儿酸,害得我丢了个柳篮篮……"

欢快的曲调,欢快的酸枣,欢快的姑娘,欢快的味道。即便丢失一个柳篮篮,也有着满河滩酸枣的甜蜜。何况,歌的后半部,是柳篮篮并未丢失,倒把酸枣装了个满满。

姑娘的心有多乱,内心就有多喜欢。突然想起年少时,村边院外枣树下一颗颗枣儿硬生生落在头上。顾不得大人呼唤快拾捡,只不时偷眼望远远站着的一位少年。他说他即将跟着父母回城,课桌上从此再没了枣儿香。我就那么一颗颗挑大的脆的,不是装入母亲备好的柳篮篮,而是揣了整整两裤兜,又包了满满一手绢,绕着枣树下欢乐的人们,羞涩地塞给羞涩的他。

柳篮篮与少年交错叠加在曾经的枣树下。我不知道曾经的少年如今在何方,冯占国也不知道丢失柳篮篮的姑娘是什么模样。他只是恣意地唱着,让思绪飞扬。我知道,他的心里,他的眼前,一定有一个挎着柳篮篮的姑娘,欢快奔跑在长满酸枣的山野上。

唱着唱着,冯占国早已忘记他手中燃着的一根烟,我们也已经消失在他的视线里,只自顾进入他的情景中。时而小伙,时而姑娘;时而酸枣,时而冰糖;时而是情爱之欢愉,时而又化作思念之悲苦。他一路欢畅地游走下去:

  山坡坡开花背洼洼红,先交你那人来我后交上心;
  人里头挑人数三哥好,马里头挑马不一般般地挑;
  想你想你是想见你,三天没吃上一点点米;
  半碗黑豆半碗米,端起你的饭碗想起你;

> 端起我那饭碗想起你,眼泪流在饭碗里;
> 东沟沟你在西沟沟哭,哪垯垯想你哪垯垯苦。

唱到"想起你""眼泪流"时,声腔转承已起悲意。再一个"哭"、一个"苦",他的声调更一沉、一转,转中抑,扬中悲,眼泪顺着他的歌声一滴滴滑出,扬起,落下,最终纷乱在周遭苍凉与静谧的空气里。

半晌无言。许久,当地一位文化学者终于开了口:"这老汉唱得好!"才把一群人拉回眼下。

一阵风顺势掠过,提醒我们身处冬日的旷野。但谁也不舍得说离开,只裹裹身上的大衣,紧紧脖中的围巾。冯占国心是热的,他的外衣更一直敞开着,中间一件保暖衬衣也只扣着两粒扣子。

他规划中的文化大院,是不是要飘满顺天游的旋律?

一首,又一首,老汉冯占国从顺天游唱到花儿,从欢喜唱到悲伤。他说自己从小就唱,唱遍后套地区。小时候,漫山遍野都是这样的声音,唱生活,唱爱情,唱辛酸,唱不易,也唱喜悦。

因为父亲当兵,冯占国出生在内蒙古,后来回到家乡定边,二十二岁又迁到盐池。一路走来,他庆幸没有离开承载顺天游的土地。走一路,唱一路。他遗憾地说小时候自己就唱得好,可惜家里人不让唱,觉得那是"下九流"的营生。今天说起,他的声音还是幽幽的。世俗堵了他登上歌声飞扬的舞台,却没有阻止他一路用声音挥洒到今天。

从四面汇集而来的冷风,在他的歌声前静了、柔了。一个多小时,身边所有的物静寂着、退却着,留出上空任他婉转。

要走时,他说再唱两句吧,就两句:

> 陕北有个高西沟,我家就住在沟里头。

一个"里"字,他起起伏伏转了好几个音,唱得入骨入心。我们的心也跟着跌跌宕宕,百转千回地揪心。

唱一首吧!今天这个多彩的世界里,还有多少人远道而来,专门听一首顺天游?

转身,余音里便有了冷风一样的痛。想想,他之前初绽的笑容里大多是迫不及待的喷发:你听!请你听!

庆幸,我来了,我听过。

盐池县革命纪念馆,《王贵与李香香》专柜很醒目,院子里更有王贵与李香香的雕塑。时间飞速行进了七十多年,他们依然青春,依然在执守着那份跌宕的爱情。当年创作《王贵与李香香》的小土屋已经湮没在时代的大潮中。二十世纪八十年代,李季的夫人李小为专程来过,在当地长者的辨认下找到当年的破旧小屋,拍下一张珍贵的照片。今天,小屋依照片中的原样,重建在纪念馆一处院内。曾经,那是李季的宿舍兼办公室,一盘土炕,开门见一张伏案即咿呀作响的木桌,脚下一个铁火盆,桌上一盏清油灯。李季就在这样的地方,读书、整理民歌到深夜。为激励自己,他把鲁迅的话写在墙上:"生活太安逸了,工作就会被生活所累。"

一九四五年,三部十二节近千行顺天游长诗穿透那个寒风凛冽的冬天,击退大西北呼呼的冷风,在这个小土屋内流淌而出。

盐池是幸运的,诞生了伟大的《王贵与李香香》。作者李季初遇并进入顺天游的世界,是在陕西靖边。

当时,"延安鲁艺"梦破灭,无比失落的他一路跟着一位陕北赶脚人,于四天之后到达靖边。寂寞无聊的路途上,赶脚人一路高歌着顺天游。李季之前爱曲子戏及地方小曲的心弦,就在那四天中被拨出一根又一根,给了顺天游。

六十二岁的刘贵,便是今天靖边唯一的省级顺天游非遗传承人,是他舅爷爷杜芝栋的第七代传承人。而杜芝栋,正是李季到达靖边后第二天见到的顺天游高手,也是到他生命消逝前的忘年交。

刘贵与冯占国一样,对于唱顺天游只有两个字:喜欢。那天,他站在镇靖一处古烽火台下,反复描述一个场景:小时候,常常在天不亮的凌晨被一阵熟悉的歌声唤醒,时而高亢,时而低沉;时而悠远,时而走近。伴着这动听的声音,是叮叮当当的牛铃声。他知道,那是村里赶早往地头的送粪人。

"实在好听!"刘贵今天描述起来,还是一脸意犹未尽的兴奋。尤其是他描述牛铃声,手脚同时打着节拍,抑扬顿挫,和着从心底升腾而起的喜悦。那一个又一个清晨进入他耳朵的声音,分明不是一头牛行进途中的铃铛声,而是专门为送粪人伴奏的器乐欢鸣。顺着他的表情与言语,由不得回到一个静寂乡村的凌晨,一个少年,从温热的被窝旋即起身,竖起耳朵,只为听那一声声铃铛伴奏下的顺天游。送粪人的歌声在他窗外回荡多久,他便要侧耳聆听多久。

那牛,那铃铛,那送粪人,立时不再是古老乡村小道上的普通一景,分明是一场盛大音乐剧中闪亮出场的主角。就如之前,我在盐池革命纪念馆李季专柜前的墙上看到的一张照片。照片中主人是盐池农民诗人王有。他饱经沧桑的脸上,沟壑一条一条,戴一顶小帽,着一件中式黑棉袄,袖子上破洞斑斑,棉絮外翻,袖口更是磨损得斑斑驳驳没了棉衣面子。他坐在桌前,夹了一根纸烟的左手支起,目光坚毅沉稳地望向远方。最动人的,是他脸上洋溢的笑容,不是大笑,不是微笑,是发自内心的自然、自信之笑。这张照片我喜欢极了,以至于当天久久地在他面前驻足,走出去又返回来,一遍遍盯了他的脸看。那根本不是一张农民的脸,分明是一位艺术家,是一部影片的主角,闪耀着夺目的文艺气质。

极想探寻,他炯炯目光的尽头是何方?是什么让他如此沉稳坚毅有力量?谁给他拍下这张经典照片?从李季后来的文字中得知,王有是一位拦羊汉,出生在盐池县县城西南五公里的四墩子村。生活中"又受热来又受冷,山羊皮袄整一领;一年没满钱使完,冬夏衣裳不能换;有了冬衣没夏衣,有了夏衣没冬衣;冬夏衣裳换不齐,六月身穿山羊皮;暑伏太阳实在晒,头上没有草帽戴;数九寒雪滩里站,身上没有好衣穿;脚手冻得一齐痛,想吃干粮冻成冰"。十五岁就给雇主放羊的王有,冬天就住在羊圈里,全部家当只有身上一件破烂的羊皮衣。他识字不多,记忆力却超强,看戏听书很多曲牌一次即可记下。他还用葫芦头制了一把"板胡"自拉自唱。这个普通的拦羊汉有一个绝活,就是将所见所闻即编即唱,且善于用顺天游、打宁夏调等旧曲填新词。

这样的人注定要成为李季顺天游路上的知音。他与李季的交集,一幕幕闪现在我脑中。至此,我终于解读出照片中他的神情,那目光中的坚毅,必然来自顺天游的滋润与支撑。

一个一个清晨,侧耳倾听送粪人歌声的刘贵,最终再也忍不住,奔向像王有一样会唱歌的拦羊汉所在的大山深处。刘贵与王有一样,有着过耳不忘的本事。三年时间,他跟着拦羊汉及送粪人,学了数不清的顺天游。不要什么曲谱,无所谓哪个字怎么写,他们用自己的声音,一曲一曲唱出一天一天的活计,唱出想要的日子。

羊儿遍地的山坡上,大山在寂静中生动地回响着顺天游。我相信刘贵的放羊生涯,最惬意不过。他至今铭记的拦羊汉与送粪人,让他小小年纪便进入到歌声的国度。刘贵六年级没读完,脑子里却装满顺天游。无人的大山里,一个奔跑在牛羊间的少年,甩着鞭儿,唱着歌儿。

彼时,一定有一坡一坡的花儿、一群一群的鸟儿,追逐着这个少年,漫山遍野。

青年时期的刘贵已被顺天游滋养成大山中的精灵。第一届民歌大赛,他一亮嗓子便惊了无数人,将一等奖收入囊中。

曾经寂寞的大山里,无书,无一丝娱乐,日子里却处处弥漫着风情。这风生水起,这鸡飞狗跳,这人间至纯至净又按不住的跃动,如何释放?原生态的顺天游横空出世,一嗓子,便可吼尽万种风情,吼出人生百态,吼出枯燥杂乱,吼出悲苦,吼出相思,还有悄然潜藏心底的一桩桩心事。

清亮亮的顺天游,告诉天,告诉地,告诉沉默的人,沉寂的大山生动了、丰富了、热烈了。即便苦楚,也撕心裂肺地张扬了。

吃饭唱,走路唱,种地唱,打井唱,唱得天翻地覆,唱得地动山摇,唱得牛羊撒着欢儿跑。在陕北,顺天游是历代劳动人民精神、思想与感情的结晶,是百姓最亲近的伴侣,也是人民生活最直接的反映。刘贵说,与朋友喝酒喝不动时,就唱顺天游,他唱一首,对方须喝几杯。

说到这里,他又忍不住拉开嗓子:

十七八岁的女娃门前站,公鸡倒把草鸡断,两眼泪不干;妈妈问哭什么,吃穿的事由你爸,针线上不会有妈妈。

我嫂十七奴十八,人家和我哥哥同床睡,还不给奴家找婆家;娘骂女儿无脸鬼,你爸外面做生意,九秋十月回来出发(嫁)你。

春日,午后。十八岁的姑娘,无心欣赏大好春色,只呆呆而忧伤地倚在门前,看着一只大红公鸡哗啦啦满院高调追着一只洁白的母鸡。母鸡似跑非跑,将推不推,顺了公鸡的愿,也遂了自己的心。姑娘看着这一切,两行眼泪吧嗒吧嗒往下落。

没错,十八岁的姑娘,响亮亮怀春了。娘并未看懂女儿的泪,觉得吃穿有爸爸,针线活有妈妈,哭个啥? 母亲不解自己心,女儿只好直言哭诉:比自己小一岁的嫂嫂都每天与哥哥恩爱出入,同床而眠,自己却还生生单着。什么时候,心中的哥哥可将自己娶回家?

惊闻女儿心声,母亲边骂女儿急于嫁人不知羞耻,心内却涌出女人的疼痛,转身温言相慰:只因你的爸爸在外做生意无暇回家,耽误了亲事。待到秋日父亲归来,必将你嫁至中意的人家。

一首曲子,一家人生,一桩心事,活脱脱呈现在眼前。

靖边的波浪谷听懂了,那由数百万年的风、水与时间雕琢的砂岩世界以更加绚丽的姿态来回应。一些游人闻声而来,缠在刘贵身边,沉浸在顺天游的世界里。

很幸运,初遇顺天游,便接触到冯占国与刘贵两位非遗传承人,他们在大山里一步步磨炼几十年,换过活计,变过村庄,走出一片片不同的天,唯一不变的,是从未断过对顺天游的热恋。直到花甲古稀之年,他们还畅游在顺天游的世界里无法自持。

可以唱多少首曲子? 两人的回答都是从不去数,只管唱,管他多少首。脚下的土塬万壑千梁,薄雾笼罩的丘阜坡坂、秃岭荒坡,清空玄远间,只想蓦地抛出这绝妙的声音彩线,荡满山谷。

顺天游如何表达忧伤? 刘贵说,你听着:

正月上(里来)锣鼓一响,响得我呀(响得我呀)好心慌;一双(呀)儿女没有(一个)娘,我的孩儿的妈妈呀,(哎嗨哟,哎嗨哟)我实在愁肠。

……

四月上(里来)四月(上)八,娘娘(呀)庙上(呀)把香(呀)插。人家(呀)插香(呀)为儿女,我光棍(呀)插香(哎嗨哟)为什么,孩儿的(呀)妈妈哟。

这《光棍哭妻》,一哭就是十二个月。哭得凄凄惨惨,哭得惊天动地,哭得山河动容。上网,发现《光棍哭妻》很多版本,刘贵这支回荡在波浪谷间的曲子却没有。于是想起与他聊天中说到顺天游与陕北民歌的区别。民歌是经过加工提炼的,而顺天游完全是原生态的,是一代一代口口相传下来的。

可惜,这口口相传如今面临断层。冯占国、刘贵或许成了最后一批原生态传承人。今天,即便有人还在唱顺天游,也多变为商业性质,变成各种规整的加工改编版。那舞台上的顺天游再嘹亮,嗓门再高亢,也无法撼动如我一般的观众的心。

黄土与风沙交织的旷野,才是顺天游最好的背景。多年以后,谁还会在这样的旷野,听到这样的声音?

再次庆幸,我踏着李季的足迹寻访过,亲耳感受过。

当年,李季把鲁艺抛在脑后,扎根三边地区,在听不懂方言、唱者又不识字的情况下,一个字一个字抠出三千多首顺天游。可惜由于战乱,毁了近一半。一九五〇年由上海杂志公司刊印的简装版《顺天游》两千首,已剩下最后的孤本静默地躺在李小为手中。今天,李季的小儿子李江树在多方奔走后,做了新的加工整理与补充,新版《顺天游》即将再版。那些年那些人的智慧,终归可得流传。那些曲调那些惊人的美,也终究可以让更多的人从耳到脑,从脑入心,沉甸甸、情切切地醉一回。

伤 感 回 望

珍存在李小为手中的唯一一本《顺天游》,是当初李季送给李小为父母的,签名还在。右上角写着"爸爸妈妈赐阅",敬赠时间是一九五〇年十月二十四日。

李季并非顺天游故乡的人,他出生在河南祁仪镇小庄村。小时候喜欢看木刻板唱本唱词,又喜在无事的晚间一遍遍听说书人唱鼓儿词和曲子戏。辞世前一年,他在《乡音》中写道:"对于儿时曾入迷般喜爱的鼓儿词和高台曲(现在称作曲子戏),我也怀着深深的爱恋之情……我曾想过,倘若不是在战火纷飞的动乱年代……我的生活道路之一就是:很可能成为一个曲子戏的蹩脚演员。"

然而阴差阳错,他离开曲子戏的家乡,踏上顺天游的他乡。从此他乡成故乡。

三边人都说,李季是这片土地上的人,是他把顺天游发扬到极致。而这些,都是十七岁独自离家的李季想象不到的。当年,他一心参加革命,出门后爬上国民党军队的车,冒险到了西安,进入抗大一分校。一年后被分配到山西长治八路军游击大队,先后任文书、教育参谋、副指导员等职。半年后再被调任八路军总部特务团三营任指导员。年少的李季在战火纷飞中很快成长为一名合格的战士。因常常学写一些通讯和散文,结识了吴象、文迅、许善述三位文友,被人并称"太行四友"。并不在一起工作的四人只能书信来往,谈论各自读书的感受,更常常为了一本书翻山越岭往来传送。

战士李季的内心,升腾着浓浓的文学梦。一九四二年二月,他进入辽县(今左权县)上武村"晋东南鲁艺"(也称"太行鲁艺""前方鲁艺")学习。然而仅仅三个月之后,遇敌人大扫荡,八路军副总参谋长左权在指挥突围中被炮弹击中牺牲。

彼时,李季就在那颗炮弹落下的不远处。

眼前的景象让他心痛万分。儒将左权随身带着的《鲁迅全集》瞬间化作纷飞的纸雨,深邃的文字一行行布满血腥的天空。在未散尽的硝烟中,李季一页一页冒险捡拾。

之后,他跟着部队穿过同蒲铁路敌占区,到了延安,并将途中所遇写成通讯《在黎明前的黑暗里》,拉开他公开发表作品的大幕。

李季最大的心愿是上鲁艺。在他的再三请求下,上级同意他以"晋东南鲁艺"学生的身份报考"延安鲁艺"。

那一年,他二十一岁。

没有想到,怀着一腔热血满怀希望的李季,却因学历太低又从未接触过西方文学,被婉拒门外。理想破灭得有些突然。李季没料到,一路翻山越岭跋山涉水,结果竟是如此不堪。

被默默退回招待所,李季重新等分配。他沉默不语,有时悄悄去旁听感兴趣的课,有时又被抓差给鲁艺剧组挑道具。

经过难熬的两个月时间,李季在一片迷茫中接到通知。多年后他写下:"头一年冬天,我跟随着一支部队从太行山回延安,满心想着能在一个什么学校里认真读点书,好好学习几年,想不到从这个招待所搬到另一个招待所,末了我被通知说:到三边去当小学教员。"

三边的模样,在李季心里一丝轮廓也没有。他黯然离开鲁艺地界,跟着赶脚人张登贵向靖边那个未知的世界进发。路上,他一言不发。张登贵也不问,只唱:

> 白天想你拿不起个针,
> 到夜晚想你翻不转个身。

> 吆过牲口开过店,
> 眼看黄河一条线。

> 走回三边卜几天,
> 头一站住在走马湾。

……

走一回洛川没赚下钱，
骡子脊背都压烂。

给马鞴下了花褥子，
这一回走了没日子。

人人都说出门好，
出门人的难谁知道？

日头出来一点红，
出门人儿谁心疼？

三天刮了两场风，
咱出门人儿谁照应？

  一支支曲子萦绕在李季耳际。似懂非懂间，他觉得一些叠字、比兴、押韵、方言的行腔走调与家乡的鼓儿词、曲子戏竟有些相似，于是有了些好奇。他听不懂唱什么，便一句句问，张登贵一句句答。了解了唱词，再听时，便生出意趣与画面感，行走的路上顿时有了些滋味，连路经的洼地里那些苜蓿、沙棘、蒿草也有了别样味道。

  四天同行，张登贵将李季恍恍惚惚地带入一扇神秘的门。

  然而，这仅仅只打发了四天了无生趣的时光。路上小店，那牛羊肉的腥膻、柴草中混杂的毛骨味和灶台中冒着浓烟的牛粪饼，还是让他极不适应。于是在到达靖边的前一晚，他没有吃饭，独自伏在昏暗的炕角哭泣。十七岁只身离家没有哭，太行山中多次直面生死没有哭，这一夜却哭得心碎。为破碎的鲁艺梦，为从家乡离开时就是小学老师，一番辗转后又归于零。

这荒僻孤寂的大西北,这穷困萧瑟的陕北边地。

然而李季毕竟是一名战士,次日一早,他依然笑迎风霜,在牲口喝水的石槽里用冷冽的清水洗了脸,吆喝着毛驴继续跟张登贵上路。暮霭时分,他站在靖边完小的大门口。

二〇一七年十月十三日,我走进这所更名为"镇靖镇中心小学"的学校。李季的小儿子李江树之前电话里告诉我,学校的操场还是原样,操场上的"关公楼"还在。当年暮云缭绕的习习晚风中,李季常常带着学生在楼上唱歌,用一把二胡伴奏的是该校教员姚以壮。

今天,姚以壮的侄儿姚勤镇继承伯父事业,成为靖边顺天游专家,更成为李季的研究专家。那天,恰好他到了外地,但托人转告我,如果到了这所学校,一定给他打电话,他会详细给我描述李季当年在此的足迹。得知他已七十五岁,且学校一览无遗,便没有打扰。综合之前李江树的介绍,我走过整个校园,一处处捕捉李季当年的画面。只是,今日校内已无任何关于李季的痕迹。问传达室值班人员,回答不知道谁是李季。

那个一九四三年三月的暮霭时分,不知道有没有一阵苍凉悲怆的顺天游响起?日日行在路上的张登贵早已习惯了分分合合。鞭子一甩,马车一赶,留一个爽朗的笑给身后人,依然吼着高亢的曲子前行。

他不知道,身后这个初次落脚于此的河南人李季,一颗年轻的心正被沧桑与悲凉笼罩。

他或许有一种冲动,不如跟着张登贵,一直听着曲儿走下去,没有目的地。

第一个夜,注定很长。好在,第二天便出现了一个人,一个他毕生感谢与珍惜的人。

这人是杜芝栋。杜芝栋是靖边完小校董委员,第二天便上门看望这位新来的老师。没想到打开话匣子的杜芝栋,很快燃起李季刚刚熄灭的顺天游之火。他这才意识到,四天的路途,只是一个小引。

杜芝栋就住在学校旁边,从此李季成为家中的常客。他这才知道,绳匠杜芝栋是当地有名的民间艺术家,是靖边"沟灯""秧歌""腰鼓""霸王鞭""二贵摔跤"的好手,不仅自编了许多优秀小戏,连周扬都请他去鲁艺为学员排戏。

此后的夜,有了味道。晚饭后,两人盘坐炕上。枯树枝杈,一根根被杜芝栋放进焦黄的铜火盆,隔一阵,用火铲翻动一阵。不久,一股香气扑鼻而来。原来,火盆里早埋下洋芋。空寂的夜里,小屋回荡着枝杈燃爆的噼噼啪啪声,以及偶尔靠近门边的风声。洋芋的香气一阵浓过一阵。杜芝栋不说话,只轻声哼唱:"瞭得见那村村瞭不见个人,泪疙蛋蛋抛在沙蒿蒿林。"声音凄凄,余音绵绵,透着乡野纯真的朴素之味。李季的内心,一阵儿酸,一阵儿甜。

一个又一个夜,两人就这样,一个深情地唱,一个静谧地听。累了,晚了,便在一盘炕上背靠背睡下。生命中最重要的顺天游,就这样一声声扎进李季的心。在靖边完小四个半月执教生涯中,杜芝栋为李季推开一扇明亮的窗。窗外,是三边的黄蒿、沙棘、连枷、扇车、老汉、后生、婆姨和掏苦菜的女子。

李季的心活了、辽阔了,忧郁一扫而空。他这才知道,以这样的方式呈现与还原出的生活多么生机勃勃。他越来越明白,在这个山连着山、沟接着沟的黄土高原上,人们在日复一日的劳作耕耘下,日子枯燥而单调,顺天游便成为他们生动的调色板。"赶脚的哥哥们真受罪,歇下来常在外边睡"。那从不停歇的赶脚汉子,也只有中途与车马店的女人来一次小暧昧,才能释放他们行走在险峻山路与深深沟壑间的劳顿。见面时的热烈,转身后的离愁,都需要在空寂的旷野中用歌儿去稀释。

广阔的大西北,李季把自己平展展地扔出去。那是一幅多么壮观的景色呀。他说那时还从未见过海洋,面对靖边蓝天红日映照下一望无际的金黄色大沙原,他觉得这就是海。一道道一条条的沙浪,就是阵阵海浪;沙漠路上的一队队骆驼,就是飘摇在海涛上的小舟;被一丛丛沙柳围集的绿洲,正是沙海上星罗棋布的岛屿。于是,他一个村庄一个村庄走过,一条沟一条沟爬过,接触那些蛰伏在乡间的歌手,跟着他们走乡串村,随着他们下地,陪着他们赶牲灵,甚至隐藏在河边苇丛中,蹲在窑洞窗台下,听洗衣与做针线的女子信口吟唱。

"出门的人儿心真狠,三年五年不回村。"独自承载着天与地的女人们,怎不柔肠百结?她们水一样吟唱,他的笔跟着哗啦啦地流淌。

不觉间就走出漫长的路。一次突觉口渴,他向一户人家的女子喊:请你给我们一点水喝。女子不语,头仰得高高的,唱:

秃小子见人不礼貌,
不称姑姑或嫂嫂,
清水泼地也不给你喝。

李季听了,愧疚而委屈地回:

百灵鸟叫声多好听,
好像泉水到口中,
啊!原来咱们是好亲亲。

女子听罢,脸红红的扭身回窑。不一会儿,竟用小盆端出清凉凉的水递给李季。

几年后他谈起曾经追逐顺天游的时光,还是掩饰不住欢喜:"假若唱者丝毫没有察觉到你在跟着,他(或她)放开喉咙,一任其感情信天漂游时,这对你来说简直是一种享受。不会忘记,我背着背包悄然跟在骑驴赶骡的脚户后面,傍着看不到尽头的长城,行走在黄沙漫漫的运盐道上,听脚户拉着尖细而拖长的声调时高时低地唱,那明快清朗的调子令你忘记了你是在走路,你会觉得你变成了一只鸟。天气晴好,你隐身于深绿的沙柳之后,听掏野菜的妇女歌唱;或是在农家小屋的窗边,听盘坐在炕上做针线的妇女们的独唱、对唱,此刻她们多是用'顺天游'的调子如泣如诉地表达着对自己男人的思念。只有在这时你才会晓得,记载成文的'顺天游'已经多少倍地失去了光彩。"

是啊,记载成文的顺天游,已经多少倍地失去光彩。人们的心是流动的、变幻的,顺天游注定是活生生的、水灵灵的、千姿百态变幻莫测的。不同的情绪点,燃爆的情感必是不一样的。

那崇山峻岭的高原啊,让顺天游滋养得情意绵绵、深邃锋利、凄凄惨惨,又豪情万丈。

顺天游的作者,只能是大西北的百姓。他们站在这片独特的土壤上,随心所欲,托物言志,信马由缰;唱给山野,唱给崖畔上的花,唱给树木上的果。广袤的旷野上,顺天游便是那凌空而落的一抹红,打破沉寂在黄土与风沙中的枯燥与单调,抹去高原固守的原色。李季争分夺秒,希望这灿烂的瑰宝,能一一复制到他笔下,带离大西北,洒向广阔无垠的中国大地。

司马迁《史记·乐书》说:"乐由天作。"大地啊,这荒漠的西北大地,正是诞生顺天游的得天独厚的唯一材质。

《诗经》开篇,便有顺天游的痕迹划过。那相同的比兴手法,流淌着先秦民歌的传承印痕。专家有过考证,顺天游源于《诗经》之《国风》,应该是产生于战国、秦汉时期的北方民歌遗存,是活着的《诗经》。虽经几千年沧桑变化,仍是一脉传承。顺天游大多是两句一段,以七字句为主体,一阴一阳,一描景物,一抒情怀,即兴演唱,历久不衰。而且与一些古老的民歌一样,顺天游的句式多变,曲调、韵脚也随时变换。

"千年的顺天游土里埋,我把它一首首挖出来。"那些年,李季就像西北高原上一个老实的农民,一镢一镢,挖掘着这些土壤深处的宝。

然而那是一个战火纷飞的年代。李季带着他苦心收集的三千多首顺天游,钻梁沟,躲炮火,体验着那个年代的苦。一次转移时,他因患了重病,且彼时任职的《三边报》报社辎重又多,无奈只得将一个记有顺天游的本子寄存在老乡家。想不到的是,之后马鸿逵的部队赶到,一把火烧掉一大片民宅——包括李季寄存有一千多首信天游的房舍。

那是一场罪恶的火焰,腾空而起的火苗中,挣扎翻滚着顺天游凄厉哭号的音符。不用说,那声音划过这片燃烧的大地,划进李季的心里。他有多痛?他只能陪伴着乡亲们,一起愤懑而歌、愉悦而歌、忧伤而歌、涕零而歌。

顺天游,是陕北二十多种民歌中最为耀眼的星,是一部用老镢镌刻在西北黄土高原上的传世巨著,是黄坡黄水间的一朵奇葩。顺天游不是简单的歌曲,是陕北人对生命的祭歌、对爱情的赞歌、对生活的颂歌。它恒久的生命力来自广袤黄土高原上生生不息的情与爱、仇与恨。那一首又一首歌中,汇聚了万万千千劳苦大众对生活点滴的素描,凝结了世世代代劳动人民对自然和生命的倾诉。蓝蓝的天白白的云,崖畔畔的花山沟沟的草,东山的糜子西山的谷,羊羔羔牛妈妈,大红马花褥子,亲妹妹情哥哥,都成为歌中一个个闪亮的核心。率性、天真、稚拙的土言土语土腔调,如同出岫之云般自然。上到山川河流、星辰日月,下到油盐柴米、小情小绪,都是入调的好材料。

情歌,依然是顺天游的核心:

三颗星星两颗亮,

哥哥站在窗沿旁。

揭开天窗吃一个嘴,
阎王爷来了不后悔。

双手手握刀靠锅台,
酸汤细面把哥款待。

荞面圪饦羊腥汤,
死死活活相跟上。

枯燥的岁月里,爱情与情爱永远是主色。一首调情的曲子,足以慰藉一村人的心。

然而一路听来,顺天游的总体调子却是沉郁的,因为它承载着农民的哀怨与艰辛,承载着西北大地苍凉的隐痛。顺天游,在某种意义上成为百姓消融苦难、平复心绪、传递爱恨、冲破庸常的出口。那一支支曲子里,既装满无奈、心酸、哀怨与苦涩,还填充着对简单而恬淡的未来的希求。抬头见天低头见土的大山里,顺天游成为百姓疗伤与养心的良药。那些缥缈的曲子犹如一阵阵的山风,轻拂着一年年沉闷而充实的光景。

如此,大山便常常有了小律动。

纵观历史长河,无论是战争杀戮,还是艺术情爱,抑或是柴米油盐,正是因着民间这些口口相传的歌咏,才使得无数意义重大的人文大戏,以及芝麻谷子般的柔情小节,没有成为忘川之水。生命之歌顺天游,既微小、青涩、凄婉、忧伤,又粗粝、丰盈、盛大、豪强,像极了陕北人的性格,直气、豪迈、豁达、干练。你听:

> 天呀,地哟!
> 家呀,人哟!
>
> 天上火烧云,
> 地上麦苗青。

因了这些直击人心的歌谣,李季这个曾于一个暗夜在毛乌素沙漠小店哭泣的小伙,变成一个深爱着陕北大地一山一水、一沟一峁的三边人。他在二十世纪五十年代末至六十年代初完成的长诗《杨高传》中,深深怀恋着三边与顺天游:

> 千里的黄河连山川,
> 好地方还数咱老三边。
>
> 亲不过爹娘一片心,
> 三边是咱的命根根。
>
> 顺天游啊不断头,
> 千遍万遍听不厌。
>
> 多少欢笑多少泪,
> 清风长夜不安眠。

五年半的时间里,河南人李季将自己全身抹满陕北的风与尘,深深汇入沙梁下的风沙中,与当地百姓水乳交融。三边人把他当亲人,他也抛出全身心的爱。

"我在三边获得了最初的温暖,我是先爱上了那里的人民,才爱上那里的民歌的。"多年以后,他深情回忆。

他多少次高高低低深深浅浅,丈量着陕北的河川山涧。晚霞中逶迤盘曲的山岭,他细细抚摸着那一洼一塄上的荞麦穗、苦菜根。向晚的风中,他坐在呼啦啦的庄稼地里,感受着谷子的阵阵拔节声。他的思绪清凌凌的,将那牙齿脱尽双腮瘪陷、笃定地站在老牛旁的老汉,穿着碎花棉袄挎着柳条篮篮的小女子,驮着半干荞麦在泥淖中挣扎的小黑驴,阴雨天的喜鹊、晴日的乌鸦,正在剪窗花的婆婆,用心雕琢的匠人,甚至正在破口大骂的婆姨,一一由具体变为抽象,由影像变成文字,汇聚到他布满皱褶的小本本中。

某天,由顺天游形式编写一个故事的念头突然在他脑中萌生。彼时,红三十军进驻死羊湾后,一些男女青年冲破封建婚姻束缚,出来闹革命的事情接连发生。

充足的素材激发着李季,那时他已调入盐池县任政府秘书一职。白天,他伏案在新的繁忙中;夜晚,便进入爱情、自由、解放、革命、斗争、胜利的王国……这多年走山闯水积淀下的顺天游小调,只为等这一个大的时机喷薄而出。

看,死羊湾催生的崔二爷出来了:

> 二三月饿死人装棺材,五六月饿死没人理!
> 窑里粮食霉个遍,崔二爷粮食吃不完。
> 穷汉饿得皮包骨,崔二爷心狠见死他不救。
> 风吹大树嘶啦啦响,崔二爷有钱当保长。
> 一个算盘九十一颗珠,崔二爷牛羊没有数数。
> 三十里草地二十里沙,哪一群牛羊不属他家?
> 烟洞里冒烟飞满天,崔二爷他有半个天。
> 县长跟前说上一句话,刮风下雨都由他。

当然,永恒的王贵与李香香,才是人间绝顶天仙配:

> 沟湾里胶泥黄又多,挖块胶泥捏咱两个;
> 捏一个你来捏一个我,捏得就像活人脱。
> 摔碎了泥人再重合,再捏一个你来再捏一个我;
> 哥哥身上有妹妹,妹妹身上有哥哥。

一九四六年夏,这首顺天游长诗在《三边报》以《红旗插在死羊湾》为标题连载,一时洛阳纸贵。九月二十二日,以《王贵与李香香》的标题在《解放日报》连载三期。

> 山丹丹开花红姣姣,香香人才长得好。
> 一对大眼水汪汪,就像那露水珠在草上淌。
> 二道糜子碾三遍,香香自小就爱庄稼汉。
> 地头上沙柳绿蓁蓁,王贵是个好后生。
> 身高五尺浑身都是劲,庄稼地里顶两人。
> 玉米开花半中腰,王贵早把香香看中了。
> 小曲好唱口难开,樱桃好吃树难栽;
> 交好的心思两人都有,谁也害臊难开口。

一边是甜蜜的爱情花开,一边燃烧着战天斗地的爱恨情仇:

> 听说王贵暗里闹革命,崔二爷头上冒火星!
> 放羊回来刚进门,两条麻绳来横着绑,
> 顺着捆来横着绑,五花大绑吊在二梁上。
> 全庄的男女都叫上,都来看闹革命的啥下场!
> 连着打断了两根红柳棍,昏死过去又拿凉水喷。

曾经那些年,哪个乡村没有一个李香香?哪个李香香眼里,

没有一个憨厚而倔强的放羊娃王贵？爱情与复仇，日常与革命，《王贵与李香香》成为现代新诗发展进程中一次重大突破，更成为中国解放区文学创作中长篇叙事诗的高峰。悠扬的顺天游，一下子走出三边，跨过西北大地，烧向全国各地。贺敬之说，李季是《在延安文艺座谈会上的讲话》发表后，革命文艺发展新阶段的诗歌主要代表；陆定一说《王贵与李香香》起到了"开路先锋"的作用；郭沫若赞其是"文艺翻身的响亮信号"；孙犁更赞其为"是文学史上全新的东西，是长篇乐府……他不是天生之才，而是地造之才，是大地和人民之子"。

大地与人民之子李季，在离开三边之后，一如既往地眷恋着那里的一草一木，用顺天游荡涤着生活中的沟壑与曲折。一九五八年到一九七三年，他四次回到三边，向天空、向大地、向河流、向高山、向人群，叩问顺天游的声音，抚摸顺天游的光泽。

我多少次想，如果李季当年顺利进入鲁艺学习，他此生还能与顺天游结缘吗？如果顺天游没有遇到李季，今天还能够这样动人嘹亮吗？人生没有假如，这是李季的路，也是顺天游的命。

"我爱三边沙原绿格蓁蓁的沙柳丛，我爱勤劳醇厚的三边人。'一曲顺天游，梦魂到三边'，就是在相隔三十多年之后，它仍不时地出现在我的睡梦里……在艰难的岁月，在胜利的时刻，日日夜夜，生生死死，把我磨炼成一个道地的三边人……三边沙塬变成我的第二个故乡本土，三边人民成了我相依为命的亲人。"

这是李季的最后一篇文章《三边在哪里》。离开三边三十多年后的一个早晨，他深情地坐在书桌前，铺开纸笔，写下一直思念的三边，写下他青春年代扎根的大地。

命运的安排？他的预感？突然选择这样一个清晨写下三边，又因事在中途搁了笔。

那一天，是一九八〇年三月八日。那个下午，他因心脏病发作离开这个世界。上天没有再让他拿起那支笔,戛然切断了他对顺天游的深情表述。

顺天游的光芒,定格在他五十八年的生命中,如璎珞般绮丽夺目。诗人走了,晚霞中的顺天游惊醒了,它集结起三边的山涧、垴畔、沙海、湖泊、草滩、鸡鸭,以及浩荡的人流,越过沙蒿蒿,穿过河畔畔,跃上沙梁梁,唱出响亮的声腔,为李季奏响最后的弦歌,在陕北大地掀起生生不息的美学震动。

李季只有一个,华丽就此落幕。

李季走了,张登贵走了,杜芝栋走了,王有走了;冯占国老了,刘贵老了。顺天游还将传唱下去,然而正如李季所言,记载成文的顺天游,已经多少倍地失去光彩。那么登上舞台被众乐簇拥的顺天游,还能否保持旷野中那份寂寥冷艳的温度与高度?

这一旷野中的声音,注定如所有美好的艺术一样,以不可逆转的方式,避开嘈杂的人流,以渐行渐逝的姿态回归。

在旷野中。

(原载《人民文学》2018年第3期)

邱注《上元灯彩图》：
关于一种历史剧的编撰（节选）

邱 志 杰

明灯初试九微悬，瑶馆春归不夜天。

公元1566年，大明嘉靖四十五年丙寅年虎年，上元节。秦淮河畔游人如织，沿岸酒楼妓馆皆满，露天古董花鸟市场生意兴隆。当夜，名甲天下的金陵灯会照常举行，万民争看鳌山灯。名士才子缱绻逗留，吟咏不绝。一个月后，江宁县富商委托画师制作的《上元灯彩图》顺利收笔。

同月，海瑞备棺待死上《治安疏》。责嘉靖帝修醮求长生，不理朝政，令权奸严嵩专国二十年，鞑靼北犯倭寇东扰。下诏狱。是年底，嘉靖帝丹药中毒死。次年，隆庆帝开海禁，倭寇渐绝。四年，张居正、王崇古斡旋之下，与俺达汗和议成，旋开互市贸易。同年，狂生李贽任南京刑部员外郎，师事阳明学传人泰州王襞。当是时，海瑞任应天巡抚。治理吴淞江白茆河通流入海，抑豪强。万历十五年，海瑞死于南京任上。金陵百姓罢市，祭奠哭拜者百里。

《上元灯彩图》画成之年,宁波天一阁建成。一个日本人松平家康改名为德川家康。朝鲜女医大长今死。八月,欧洲破坏圣像运动发展成骚乱。莫卧儿王朝,阿克巴大帝修筑拉合尔城堡。诺查丹马斯留下一部预言诗集之后去世。

一　角　色

首先是角色。我将超越每一段具体的历史,提炼出所有的历史中普遍存在的角色设定。角色的数量是有限的,脚本的数量是有限的,情节总是惊人相似的,以至于经历历史会产生预感。阅读历史的人会觉得抄袭。经历和阅读历史的人都难免产生轮回和循环的感觉。这一事实似乎说明一些事物具有不易的本性:权力的本性不变,总是让拥有它的人遗忘危机。女人的本性不变,女人要捍卫的与其说是空间不如说是时间。粮食和土地总是生死攸关的。而实在找不出借口的时候,复仇总是可以重新成为名义。

所以我获得的将会是基因。所有的角色都不会在历史中退场。历史基因会为自己寻找合适的承担者。只要条件具备。时机到来。角色必定重新出现。重新蠢动。因为正直和愤怒而崛起的英雄,不可推卸地义无反顾地成为自己直到身败名裂。国色天香的美女将会再次成为红颜祸水,不管她是貂蝉、赵飞燕还是杨玉真。每个时代都会有诗人厕身其中,他们的诗篇将比他活得更长久。他们颤抖的喉管呼叫在每个时代,发出的是江水拍岸和秋风落叶的相似声响。而狂人每每用颠倒错乱的语言道出天机,只是在当时从来没有人听得懂。

就像基因会突变,突然地,新的角色会出现。当他出现时,经常乔装为旧的角色。他的乔装既蒙蔽了众人也蒙蔽着自己,他自己也往往不知道自己的使命。所有的角色都经常遗忘台词,因此他们的台词都发自肺腑而惊人相似。历史剧从没有幕间休息,历史剧从不穿帮。

脚本的数量是有限的。曾经被攻陷的城池,在未来午后的阳光中闪耀。为下一次被攻陷养精蓄锐。告诉我,我要在里面加入新的角色。历史中从未出场的角色,骑兵和火炮,纸张和银行,将把历史剧由写实主义变成荒诞派。因此,我们要用历史的基因当作原料,去炼制一种给我自己的逍遥散与镇定剂。让身边的日常,因为这种药物作用变得富于幽默感。

在进入这种工作之前,我有必要先变得冷酷。我既不应该过度欣赏那个受到黎民百姓交口赞叹的清官,不应该从他褴褛衣衫上的补丁中看到构成主义的形式美。也不应该过分惋惜那位被打入冷宫的废后的美貌和寂寞。我更不应该为权臣的飞扬跋扈而愤愤不平。每一个角色的具体扮演者都是清白的,在戏剧艺术的标准上他们无非是完美的演员。

对于表演者而言,角色的事先给定,就成为命运被领悟。有的演员很早就领悟到他或她必须扮演的角色,并且预知角色将要登场和退场的时间,他们也预知角色的下场。但绝大多数扮演者并不理解角色。或者说,他们自己以为是的角色和他们不得不是的角色,其实是一对兄弟。兄弟之间有时候长得很像,有时差之千里。不理解角色并不妨碍完美的演出,因为充满前卫精神的剧作家随时修订脚本。有一些人捡拾了脚本的残章断简在市面上出售,我把他们叫作算命先生。

二 关于历史的同步梦境

与其坐而待毙,不如尝试突围。我们商量已定。分头,从各个方向,乘着黑夜潜行。

戏剧性安排在这一切发生之前。系统已经非常完善,它能够自动选择最佳方案,调配自己的运作。保证一切处于最佳状态。自动检修,不出差错。最关键的是,它已经和我的思维建立了同步机制。也就是说,我怎么想,想做什么,现在觉得怎么样,担心什么,期待什么,所有的信息都会传递给系统。系统会把他自己同步成适合我的感受的状态。他知道我所知道的一切,理解毫无偏差,并且随着我的任何改变,很快地改变。因此,我,就是系统派入历史内部的最大的内奸。

我可以呼吁我的变体们除掉我。但那样历史的所有的意图就都被暴露了,我们的努力的方向也会因此蒸发。因此,我只能作为历史的主角继续存在下去。并且我还必须领导所有的变体们,想尽办法逃出包围。

我的意识一刻不断地向系统泄露我的行藏。幸好,信号传输的过程还是需要一些时间。传输的介质造成了系统获得我的意识的时间上的稍微滞后。完全同步还没有能实现。但是系统进化很快,时滞正在变得越来越小……几乎在我开始逃亡的同时,系统已经派出追兵。我甚至很难分清那些身影是警察,还是我自己的影子在晃动。

因此,我们的历史要成功逃走,只有一种可能。我必须不断地背叛我自己。除非变卦的速度如此之快,我才有机会让系统反应不过来。我必须反复无常到不知道自己要的是什么,才能避免让系统知道我要的是什么。我的下一步必须毫无理性和逻辑可言。如果我能够足够地不可理喻,系统可能会假设他自己收到的同步信息有误。他检修自己的错误的时间,是历史能够从系统中逃逸的唯一时机。而且,在他发现这一点之前,我必须再次变卦。我必须抢在系统同步我的意识之前再次滑走,只有这样,逃跑才是可能的。

趁着黑夜,我们越过了一片又一片废墟。经过核爆炸之后,这片废墟成了系统信号较弱的区域。

信号时断时续。我很少离开这种逃脱同步的状态。我的速度变得轻快,废墟从身体的侧面飞速掠过,擦痛了我的面颊。

巷战被我们甩在身后,迷宫被我们甩在身后,然后又是一片废墟。变体们正从各个方向潜行。我感觉不到他们。一道围墙拦住了我们的去路。我刚闪过一个念头,就知道同步再一次发生了。信徒就出现了。

幸好奔跑的惯性还在身上,我们没有被信徒看见。这时候,变体们帮我进行了变卦。他们高声交谈,在信徒身边从容地走过,从栅栏的间隙中删除了他们的身体。我想顺着围墙跑。绕圈跑的信息被同步给系统,将给变体们的出逃创造时间。

我经过了北门、西门、南门和东门,又回到北门。然后我折返过来,东门、南门、西门、北门。系统已经完全同步。我的身边不失时机地出现信徒们。他们在门边散步,三三两两地交谈。有的朝我赞许地点点头,为我稍稍让出通道。那些门扇都已经消失。我并没有从敞开着的门口走出,我知道每一个方向的门都已经被同步。我往门外走出一步,门也会往外移动一步。反复地跑过围墙,反复地折返。我的目的是从转身前后景观的变化,测试系统同步速度的时滞。

我会一直反复地跑下去,直到所有的转身都成为下意识的习惯动作。直到最后,一粒沙子偷偷地进入了我的鞋底。另一粒沙子从我柔软的内脏中生成,就像贝壳内长出珍珠。有了沙子,就有了希望。沙子会毁灭系统。

四 互相的关系

每一个角色之间总要用一些方式发生关系。他们有时互相推动,有时互相维持。有时连为一体,有时针锋相对。有时互有默契,有时磕磕碰碰。有时暗通款曲,有时钩心斗角。以上说法并不是隐喻。金陵剧场中的角色,不但是心理的互相牵挂,更是物理的互相勾搭。

名妓的身上带有锁孔,钥匙当然在革命者和诗人的身上。但是渔翁钓竿上的磁铁将收藏钥匙。

他们连接:搭扣互相搭,钩子相钩连,虎符相吻合,钥匙打开锁。螺钉对着螺母。拉链和齿轮互相咬合。传送带互相连接,枪瞄准靶子,木鱼等待鼓槌。磁铁互相吸引和排斥,灯光互相直射。共享一双手套,被一根鞋带绑在一起。我的声音触发你的声控开关,等等。

谁都知道,在金陵,没有人掌控自己的命运。人都是生来被使用的,每个人都只是某种历史任务的道具。历史任务一旦启动,人就进入角色,成为历史人物。历史人物的被使用状况,使我对他们的设计越来越接近某种刑具。

一些操作者在操作这些器械。他们不表演,只是忙碌着。与其说是使用这些器械,不如说是侍候这些器械使之维持运转。他们推动、摇动、填装、倾倒、摇晃,好像展厅是农忙时节清晨的农场。但他们都身穿黑衣,面目模糊。表明他们只是受到不可见的力量的委托。作为谦卑的雇佣军,他们无意喧宾夺主。

器械都很有个性,拥有显赫的身份。操作者却不需要身份,操作只是试图理解器械设计的目的。让它的意图得以展开,因此操作者的活动越虚越好。

然后一声锣响,黑衣人忽然全都离场。他们消失得很快,就像影子在阳光下消失。而不是像雾气那样缠绵和藕断丝连。他们的消失如此坚决,以至于让人怀疑他们是否曾经存在。所有的器械被遗留在当地,就像庞贝古城一桌刚刚摆好的宴席一样依然充满等待。也像性爱之后凌乱的床单被褥一样气喘吁吁,未经修饰。

凌乱的舞台并不是脚本的严格排演。或者说,历史剧有一群天才的演员,一个没有什么才华经常抄袭和重复的剧作家,一个很蹩脚的导演。

这个叫作金陵的舞台,可以是任何地方。任何一个记忆与失忆交错、欢庆与告别同步、朋友和敌人同体的地方,都是金陵。金陵之夜从不冷场。相思和更漏在低处纠结,明月在高处,梦在醉后,天籁和象征在远处。不夜天系列灯笼是心之所系。对应于某些亘古不变的情感。悬挂于天空的,是地面上的人们所追问的道理,所寄托的情感,所跟从的命运……这个剧场里每个观众也都是演员,只有各种发光体注视着金陵剧场中的一切。我们忙于参加历史,太少抬头观看。而它们,是唯一的观看者。

金陵剧场角色绣像

15 曲 径

曲径通幽,而幽暗处盛产秘密和阴谋。女子焚香之后对着月亮自言自语。其实是说给隔墙的耳朵,指示他如何穿越后花园迷宫般的小路。但竹子和假山的阴影中,盯着她的并不止一双眼睛。刺客对女子毫无兴趣,他等待的是她权势熏天的父亲的出现。哑巴已经在这座花园中看到了太多的杀戮,他知道这里的每一寸土地挖下去都是人类的耳朵和指纹。曲径里有人独饮,有人偷情,有人谋杀,有人埋藏自己的仇恨,有人看见了鬼。他对此已经厌倦,他的观察只是出于习惯。而狐狸,等待的是未来这里的那座废墟。她才是花园中最耐心的物种。他们都深知对方的存在,甚至可以感觉到对方的呼吸,但他们心照不宣,不想破坏幽暗的美。幸亏小路曲折,他们永远不会相遇。

17 优 伶

长久以来,人们对我这个行业的歧视完全是不可理喻的。他们认为我既然有能力在舞台上变成另一个人,那就意味着一杯稀释过的自我和更加变异无常的感情。他们又错误地认为我只是靠天生的姿色或滑稽长相勾引了目光,而不是长期艰苦训练出来的高超技巧。总之,他们绝不认为表演是一种严肃的职业选择,而是把我当作玩具。对于这种歧视,我心知肚明。尽管他们给我鲜花和掌声,我从来不敢认为那是给我的。我也无法分清他们汹涌而来的性欲针对的是我还是我所扮演的角色。其实观众们何尝不是表演者呢?舞台下每个人的表演经常让我自愧不如。我越是暗中揣摩学习,越是觉得其技巧出神入化。我知道,总有一天,所有人都将是表演者。而那时,我将成为明星照耀这个世界。

19 刺 客

刺客的主要培训内容是易容术和隐身术,这两项技巧都是为了尽可能地靠近目标。只要足够靠近,攻击手段锐利与否,反倒成为次要。因此,耐心经常比武艺更重要。拥有一张平凡的脸,是最好的蒙面。成为欲望的对象,则是目标放松警惕的最佳时机。图穷匕见和鱼肠剑,都涉及隐身术和欲望。自我牺牲型的刺客有时并不在乎结果成败,他们的行动与其说是精心设计的,不如说是自我宣泄的,驱动他们的是激情与仪式感。反之,职业刺客更有效,是因为他们把行刺当作买卖,从而更多地考虑了成本和收益。刺客在中国历史上甚获好感。从司马迁开始就为刺客作传,并不视其为法律的破坏者。其自我牺牲和抗暴精神,使之在一种道德主义的土壤中大肆生长。有时,连被暗杀者都对刺客敬重有加。

20　历史学家

如果你愿意,你需要进行拆解的动作。解开绳子把它拆成一根根的丝线,你依然回不到过去。书写历史的动作已经干预了写成之后的新的事件。你甚至不知道如果没有历史的书写者在角落里自顾自地忙碌,行动者是不是会这样那样地行动。历史学家并不只是对事实进行了挑选,要让他觉得这件事重要,这本身就需要时尚的帮助。他也不止是把同一件事情一次次地针砭。不,单是他存在在那里,就足够行动者心中升腾起一种跌宕的不安。这不安有时甚至放大为恐怖,让他们动作走形。他们既生活得像一种诅咒,总是提前知道结局,却又故作糊涂谦卑地自称一无所知,然后扮演马后炮售卖其睿智的结论。历史学家是永远不会犯错误的人。崇拜并供养这群人,是一个过分早熟而不相信神话的民族的责任。

23　中　原

中原本来并不是脆弱的猎物。它也曾经耀武扬威统御四方,积累起财富,创造农业和人口。但是自从人口四散去探索四周的耕地,文明在陶罐上发芽变成字体,中原的天险似乎一下子降低了级别,它在猎食者的爪牙之下像鹿角一样形同摆设。它徒有鹿的敏感,却无法长出鹿的奔跑。中原就此无辜,任凭野心丧乱践虐。肝脑涂满中原,膏液润泽野草。生命的肥料让中原越来越肥沃,让它盛产王国、战争和灾害。雄性动物对中原持续的爱让它频繁地更换主人,成为混血的熔炉。偶尔,中原会炫耀它古都的密集和英雄的众多,正如一头衰老的瘦鹿炫耀它满身的伤痕。

29　商　人

一开始,商人把物资的占有当作利润的源泉。他们很快发现,守株待兔的囤积只是在时间中搬运物品,这远没有在空间中移动物品来得有效。商人进化成运输者。他们长出驼峰和轮子,并学习见风使舵。故乡越来越远,商人在旅行中渐渐失去了口音,并发现数字是更通用的语言。再后来,一些人发现,比各地之间物质的有无差别更重要的,是掌握道路。于是他们更进一步成为渡口和桥梁的控制者。最终,个别最伟大的商人发现,如果人们并不需求什么,那就必须教导他们去需求,培养他们的渴望。然后囤积搬运和管道才有机会成为赢利工具。于是商人成为价值观的塑造者。正是从这时候开始,商人的动作引起了政治家的警惕。他们发现商人已经插手自己的领域,于是商人们被宣布属于一个危险的部落,他们只被允许统治甲骨文时代。

31　筵　席

作为社会剧场,筵席见证了太多的谋略同盟争执和妥协。她深知笑里藏刀,话中有话,醉翁之意不在酒,而酒后吐出来的依然不是真言。她知道座位包含象征,食物只不过用来观赏和润滑谈话而且充满暗示。她知道桌面下的脚忙个不停,有的在发抖,有的在催促、制止、提醒、沟通,有时是勾引。脚在桌面下的柔韧度像瑜伽大师一样匪夷所思,比手指有更丰富的表情。她曾看见一只脚在为隔了一个座位的人手淫。她也曾目睹两双脚在桌面下过招。她还曾经看见一只脚能握笔在鞋底里写字,之后还不动声色地和别人交换了鞋子。而桌面上的人们表情如常,彬彬有礼。经历过所有这一切之后,筵席深信自己随时可能被掀翻。此外她确信没有桌布的筵席将索然无味。

33　渔　翁

　　每一个渔翁都是耐心的等待者,如果鱼不够大他是绝对不会出手的。他对于围观者的目光如何在自己的背部反复扫描完全心知肚明。他的斗笠中藏着世界地图。水文和山川的细节都已了然于胸。他用钓竿专注地侦测着温度和风向的微妙变化。当真正的机会临近时,他依然保持了略带疲惫的表情。久蕴心头缜密构思的隆中对已经默默地排演多次,只要价位合适就会一泻而出,震撼听众的耳膜。作为假隐士,渔翁认为那些真正的隐士对于名声的爱惜也是一种做作,或者真相其实不过就是那些人缺乏能力。渔翁志向远大,他所要钓的是天下。

43　童　谣

　　在童谣被听到之前,它事先已经在群众的心中鸣响。童谣是一种发泄,更是一种诅咒。不轨的希望押上韵脚,以童言无忌的名义,变得朗朗上口,变成娱乐,动员起无聊者茶余饭后随机的参与。欢乐四下蔓延时拥有流感的能量。它与蝴蝶和蜜蜂为伴。它通过风传播,它比通缉令行走得更快。这是一场动员广泛的集体创作。盗版和变体层出不穷,每次一传播都添加了幽默感和恶毒性,它们在清亮稚嫩的童声中高入云霄。大学士为抓不到原创者而烦恼难眠。不管在城市还是乡野和儿童玩捉迷藏的游戏,他永远是手下败将。每当童谣出现,他就觉得大难临头。

52　城　池

　　像人一样,城池有其基因和命运。她们富裕或贫困,或强悍,或柔美,或淫荡。每一座城池都藏污纳垢,伤痕累累。每一个入口都激发性欲。水、火和潜入内部的破坏者,以及饥饿和恐惧,是城池的天敌。她特别要警惕太大的玩具,所有壮观之物都暗藏杀机。成功得失去节制的城池选择让自己溢出,让自己变成剧场,甚至角斗场,最好是迷宫。这样的城池,开始唤起恐惧和迷恋仇恨和沉醉交杂的多重情感。但即使是失败的城池,也再不可能抹去。而发生过一次的事情总是还会再次发生。屠杀会再次发生,繁华会死灰复燃。

57 谶　言

人的一生要说的话太多。他出事之后从中挑出一句来作为事后应验的谶言,总是可以的。而他说过的话语中自相矛盾的话比比皆是。至于为什么相反的说法并没有应验,谶纬学家果断地回避这些问题。他们抢在唯物主义者张衡才两岁的时候就把白虎观会议开掉了。此后只要他们愿意,每句话都可以成为谶言,而谶言可以服务于任何目的。它恭维成功者论证他的合法性,它掩饰历史的荒唐,梳理出它的必然性。当然,它最善于扶助一个师出无名的起义者,颠覆一个暗流汹涌的王朝。就像所有的预言一样,谶言干预未来的方式是利用人心的恐惧,来让每一个细节都暗藏杀机,谶语是没有成本的定时炸弹。

64 算命先生

明年的此时,一切应该就会完全不一样了。算命先生凝视着我的脸,故作深奥地沉吟半晌后说出他的道理。其实,马上就可以完全不一样了。你边说边撕下了紧贴在脸上的逼真的硅胶面具,哈哈大笑。他的眼睛里由惊愕迅速变为委屈,继而是愤怒和不解。你会遭报应的！没什么大不了的,眼前看着越不过去的坎,从高处看只是一道皱褶。说着,第二位算命先生放下你的手掌。万山奔来,如聚如怒。新山锋利,老山圆润。逢山开路,遇水架桥。高峡出平湖,沧海桑田,沉沙折戟,观鱼胜过富春江,留下买路钱。曲径通幽,高人指路,老马识途,白茫茫一片大地。可是,这里只有纹理,它们很乱,它们什么也没有告诉我。最后一位算命先生端起我的手掌,看了看,又叹了一口气放下了。

67　鬼

　　鬼是耐不住寂寞的。她的表达欲如此旺盛,她不安而热爱抱怨,她见缝插针地在所有能附带信息的事物上留言:夜晚,古树和老宅,沙盘和碟子都是她的媒介。在唱片和胶片被发明之前,鬼就创造了自己的表达式。她不满足于生存在怀疑和幻觉中,它用光线、影子和声响舞蹈,配以若有若无的歌唱。风吹草动。它在人们的心中昼伏夜出,她和信息一样缺乏重量,肉体感觉不到它的重量。关于鬼的经验会迅速传染,也像信息一样不用脚来行走。体弱和敏感的不眠者经常受到鬼的访问。一个人看见鬼,很快就有更多的人看见鬼。作为自我的仿真物,她随时会从你的不安中醒来。

73　衙内

　　衙内并不像人们想象的那样总是娇生惯养。他们中也有人曾经浪迹天涯结交豪客,这或许因为父亲的一时倒霉,或许是父亲因进一步的野心而进行的刻意培养。他们在物质上享受着最好的供养,精神上也受到过良好的调教。他们视野开阔,并且以天下为己任。如果没有堕落为酒色之徒,他们很有可能会是最激进的改革者、旧制度的挑战者。就算是成为酒色之徒,正如他们这整个族群,在《水浒传》之类由底层人撰写的故事中被丑化的那样不堪,他也不过是在反抗父权。

75　名妓

　　阅人无数之后,名妓已经成为品鉴男人的高手。她发现不管是富豪还是才子还是侠客还是军阀还是和尚还是帝王,都有可能在向她倾诉的时刻迷失本心,而产生自以为是情圣的幻觉。她发现他们更需要的是获得一个著名女人的耐心倾听,而不是性交。这使她成为信息的汇集点。来来去去的男人通过她渐渐互相了解,形成了默契。比起青春年少时薄利多销的性交,如今她的技法已经炉火纯青。她用温言软语和一颦一笑都可以让男人销魂,也获得更多的赢利。她已经积累了相当可观的财富,并经常表明梦想回归普通人粗茶淡饭的生活。她并不知道这是否可能。

80 隐 士

隐士在不需要书籍的地方读书,并且断言樵夫和渔夫也是同等的阅读者。他的名声远播,已经上达天听。他曾经多次拒绝了各级官员的荐举,并撰写了过多的诗句,一再表明自己安贫乐道的决心和对自由的爱。最后,他甚至指出自己对风景点中的简单生活负有更大的责任。但他很少拒绝接待仰慕者的访问。他巧妙地和我们保持着不远不近的距离。并没有远到我们无法围观,也不可以近到和我们没什么两样。对他的怀疑始终存在。人们用一次次的邀请试探他,人们用大隐隐于朝的悖论为他搭好了台阶,都是为了测试隐士究竟是否把清名当作更有力的敲门砖,走着一条终南快捷方式。而他是否只是嫌弃不足以动心的收获,这一点,直到他死去的那一刻始终是一个谜团。

81 知 己

知己足够多的时候,知己的聚集才是雅集,否则雅集只是借口,实际上那是一场密谋。密谋产生盟誓也产生告密者。因此知己注定不可能多。更多的时候,声称你是知己那是一种册封或恭维,用来建立起一种共同的归属感。如果岁寒三友必须为了争夺水分和土壤展开竞争，知己共同体便失去了风雅现出残酷的色彩。因此知己的原型是没有利害关系的，甚至本不相识的两个人。因此越来越多的人声称，只有是石头或某一种植物才是他的知己。所有如此声称的人，其实组成了一个孤独者的共同体。

83　长　亭

目睹了过多的悲欢离合之后，长亭不再多愁善感。她的内心变得强大，像一个风情万种老于世故的老鸨，她会巧妙地结束一场过于拖沓的告别，以便为下一场宴会腾出桌面。却不会让你感到任何不舒服的催促。她营造的悲情恰到好处。当题诗者文思不畅的时候，墙面会弹出窗口自动出现可选的参考词句。她能让每个人都觉得自己占有了长亭，而忘了这里本是公共场所。她又像一个冷酷的刽子手，为了帮人上路，她许诺重逢，就像许诺来生一样轻率。没有人会责怪她善意的谎言。对她来说，所有舍得离开的人潜意识里早就完成了算计。情感上的黏糊只是面子问题。年年都有柳色，每一刻都有人告别，每一条都是不归路。

84　南　柯

南柯一梦，黄粱一梦，让你在邯郸道中在大槐树下体验了世事如梦，荣华如烟。这本是一部反成功学的教材，一场预防自杀的心理辅导。教你把正在苦苦追求的功名利禄都当作虚幻，教你学会做一个平凡而失败的人。但反成功学和功业富贵的诱惑从来都没有爆发你死我活的冲突。从来都不曾妨碍人们一边肉搏并斤斤计较得寸进尺贪婪无厌，一边自嘲为南柯一梦。其实越是成功的人越是扬言自己已经看破并对富贵不屑一顾，而小人物从来没有这么矫情。对于人类中的蚂蚁来说，蚂蚁的王国也是王国。如果能每天做一个南柯梦,那对于绝望的人生而言不啻良药。他们甚至愿意购票来体验这样的梦境,于是后来有了一种叫作电影的大众娱乐。

85 诗 人

诗人们处在一种微妙的地位。一方面诗歌展现出来的文采,作为才华的象征,证明了他遵从规则和突破规则的奇妙协调能力,这让人们期待他在政治和经济大事上有同样的能力。另一方面,把才华宣泄在诗歌而不是正经事业中,已经可以被认为是一种颓废。因此职业的官僚作为业余诗人广受赞美,他们对诗歌神秘的爱甚至有时超越了政治分歧。而职业诗人,他或许享有更大的名声却被视为宠物。因此诗人总是能和名妓同病相怜。由于对季节的过度敏感和对酒精及其他诡秘事物的过度热爱,诗人们在青楼和宫廷中再怎么成功,都难以抑制天生的伤感。因此理想国中是否应该容纳诗人,始终莫衷一是。但是每一代都会有人把自己质押给语句,成为诗人。诗歌是一种幽灵,总是能找到它所附体的舌头。

94 发 明 家

发明家只有生活在底层和生产的第一线,才有机会把秘密的知识和灵感转换成新的方法。因此,别人都把他当作小人物,他也并不知道自己是圣人。他不了解自己对历史的改造远甚于帝王将相。推动他的力量包括竞争和盈利、偷懒和争强好胜,以及获得赞美的成就感等等。而他拥有的知识也没有受到足够的尊重。他从观察模仿推理和设计中汲取了足够的乐趣,他沉醉于个人的目标,他谦卑地将其自视为雕虫小技。那时候统治者尚未了解无用知识的力量所在。

105　僧

僧是一种赦免。出家是俗世死亡的象征形式。在失败之后并非死路一条,总是有一个空门可以遁入。我表态退出人间的纷争,此生休矣,从前种种譬如昨日死。我真诚地做出永远出局的承诺,理论上仇敌必须停止追杀,一切必须勾销。而超越之门总是会以慈悲的名义收留你。因此逃避在庙宇中是带有自我侮辱性质的行动。是关于谅解和遗忘,关于不报复和忏悔的宣言。骄傲者无法接受这样的结局。而放弃了骄傲之后,僧侣获得的特权是自由。僧侣获得的自由是放弃。放弃之后再无烦恼执着。僧,穿着放弃者的制服,看破了身份的虚妄的他,可能成为任何人,行任何事,那是一次重生。他所失去的只是骄傲,而他将得到整个世界。

106　桃花源

值得注意的是桃花源里有酒,也杀鸡。有人说桃花源在世界之中却在历史之外,这些判断过于武断。桃花源内部的居民们显然对于外来的闯入者是有心理准备的,甚至是期待的。大吃一惊是装出来的。他们好奇地问这问那,很可能只是表演。他们"男女衣着悉如外人"。从服饰来看,他们很可能并非如自称的那样对于当代史一无所知。他们甚至尾随渔人而出,精心地抹去了他为了找回来所留下的记号。这所有的表演,都是为了进行挑衅。桃花源是无政府主义者的试验田,自我神化的避税天堂。它渴望你知道它的存在。它借渔夫的嘴宣告了对于外部的批评。而它的存在,主要的职能是让你觉得自己的生活一无是处。

108　回忆录

需要提醒的是回忆录并不一定真实。即使并非有意欺骗，记忆已经挑选所有有利于自己的证据。追忆者挤压着自己的脑沟，年龄很可能已经使他无法分清希望和事实。回忆录是一个人从历史学家笔下夺回自己的时代的努力。不，我所经历的时代不是你们说的那样。这是一个人一生的最后一次战斗。所以很少有回忆录是忏悔录。更多的回忆录除了重温和炫耀美妙的时刻，主要是发起最后一次进攻。回忆录将收复饱经挫败的一生，把所有的委屈变成指控，把所有的敌意和背叛，永久地钉在耻辱柱上。最后，它还将用预言干预未来，这一点和遗嘱相似。最成功的回忆录，甚至将迫使历史重新撰写。因此，要尊重你身边每一个撰写日记的人。

不夜天灯笼

109　乡　愁

乡愁是一种绝症。它的症候可能但不限于胸腔紧迫，喉咙紧迫，胸口疼痛，并引发绝望的情绪。这种疾病具有极大的传染性，尤其在胶着不利的战斗中听到四面楚歌。从十七世纪后期到十九世纪后期，全球的医生致力于用药物治疗乡愁，但归于失败。他们唯一能给出的建议是，远离莼菜鲈鱼之类忌口食物，以及杨柳笛声楼台之类刺激性环境，并证明暮春和深秋是乡愁的高发季节。此后乡愁不再被当作病症来治疗。这并不意味着游子漂泊者移民的减少，反倒意味着每个人都已经成了世界的游子。乡愁作为不可治愈的绝症，上升到了和衰老与死亡相同的级别，它已经成为人性本身。把乡愁患者送回故乡对于治愈无济于事。因为故乡也已经充满了陌生人,甚至没有离开过故乡的人也已满怀乡愁。

110 醉

酒说,我未曾要醉你,是你自醉。杯盘说,醉有时是预谋已久的蓄意谋杀,有时是一时的意气相投,但为什么受伤的总是我。哭说,不要在醉里抖动我的声带,那样的声音太凄凉太疯狂让人绝望。笑说,醉后的我有点傻,但我真的觉得大家都太可笑了。真话说,闭上你危险的嘴吧,你一时的勇气之后是惨重的代价。音乐说,我并没有或远或近,我一直在你的耳边低语,偶尔我还亲吻了你的唇间。虾蟹说,我身披兵甲而免于战斗,这已经是我所能想象的最好的死法。网说,我将像笼罩你们一样捕获这个夜晚。灯说,剑刃已经割伤我的光芒,我要乘风而上。笔说,我和你都只是工具,所以我们只管轻盈飞升,让身体去下坠。诗歌说,我在高处相候已久,等着你抱我逃离成语的迷宫,你怎么还不回来。醉说,每次你被酒掼到高处,都是我收留了你,你居然还要怪我弄丢了你的记忆。

111 梦

阴阳成梦,虚实成梦,渴望成梦,心底的不平成梦。山川入梦,铁马冰河入梦,远逝的故人入梦,陌生人入梦。在梦中我也成为自己的陌生人。我曾经无数次在梦中质问自己是否在做梦,并为了证实那不是,而狠狠地掐了自己一把。当我因为毫无疼痛而惊醒,我发现臂膀上青痕犹在。今夜我又一次成为梦的俘虏。梦使用我就像投影机使用屏幕。她把夜晚变成贝壳,而让自己充当蠕动在其中的软体动物。由于梦的不邀而至的长期造访,我的一生沦为一个转述者,而故事的底稿始终不在我手中。当我企图成为记录者的时候,我发现自己只拥有若干碎片的细节,而失去了故事梗概。过度的追忆使我慢慢混淆了现实和想象。对梦境一次次的回归,都像打开电视试图接上一段剧情。我甚至学会了不只在床上,而且在行走和说话时持续梦境。最终我获知梦其实是我生活的原型,不通过梦我对人生将一无所知。

112　相　思

我曾经无数次地发誓要戒除这种恶习。因为很久以前我就已经惊恐地发现,我并不愿意相思的人来到眼前。我迷恋我的相思远甚于迷恋她。我所担心的并不是失却她,而是失去我的相思。只要在相思的煎熬中,我就觉得自己升级成世界的债主。我就有理由写下幽怨到呼天抢地的诗句。相思是让我觉得自己还活着的唯一理由,或者唯一的证据。我的相思充当着我所有症状的病灶。我憔悴消瘦我健忘恍惚我已经厌倦了人类。只要有相思在,一切都将焕发出意义。风花雪月都是消息,但萱草和黑夜尤其是。相思者没有好消息,她将归来的消息甚至也不能结束相思。没有相思的日子,一切都只能沦为物品。我是一株超越了生死的植物。我相思故我在。

113　远　虑

远虑时隐时现,像一个漫游的陷阱。它时常穿越鲜艳的表层从底色中挺身而出。远虑本身就是衰老的产物。正如鸟兽在深秋才贮藏冬眠的食物。青春期的我们何曾有远虑。小人无远虑。远虑者操心的不是个人的未来,甚至不是一家一国的命运。最悠长的远虑者只操心历史和基因。他们过早地把历史揽在怀中。担心金石锈蚀担心文明不留痕迹,担心彗星和太阳黑子,他们的目光黏结在宇宙的尽头,远虑和虑远合为一体。空间以时间为单位用光年来计算。忙于远虑者掉落在井中受尽村妇的嘲笑，但是对于远虑者而言现世已经没有力量能摧毁他。他提前接受了死，顺便放弃了死后的名声，从此再无近忧。唯远虑者能逍遥。

115　象　征

就像鬼故事漂染了蚊帐，剪刀和镜子欲言又止，象征无处不在。只要解释者心有不安，每一个事物都只是远方另一件事物的投影。每一个事物都蒙面登场，都层层叠叠另有深意，每个角落都在生产征兆和暗示。而那份被传递的信息自身也还只是一种表面，还有更深的意义藏在意义之下。象征的世界曲径通幽，把整个世界变成有待解释的文本。生活在这样一个充满阴谋论的世界，需要更多的敏感。你被图形和仪式所管理，你要穿透表层到达意义的权力中心，成为象征的设计者。在你获知所有的秘密之后，忽然发现这个世界的设计是如此随意。象征只是一种服务，它应邀前来提供壮胆或恐吓。在它退去之后，世界依然存在。

116　天　籁

天籁发生，不是为了训练敏感的耳朵或其他什么第几感官，以提升对音乐的鉴赏力。事实上，过多地倾听音乐，在脑子里植入了过多的旋律和节奏，往往妨碍一个人感知天籁。就像涂写过多遍的磁盘，你以为自己已经虚位以待，其实所有的信息都只是表面上被删除。这并不等于说聋子就更能获知天籁。南郭子綦说，天籁是不假外力发动的声音。那么松风和江流海潮乃至地震雷鸣都还只是地籁。约翰凯奇的四分三十秒的沉寂又何曾是天籁。那是天籁被瞥见的机缘罢了。所有听得见的声音和人类听不见的超声波次声波都来自振动。不由外力振动引发的振动，都在据说之中。据说是宇宙早期的一次爆炸，据说是神的第一推动力,据说是诗歌。

118　啼　鸟

啼鸟如果不是黑夜派出的间谍,一定是黑衣忍者掷出的暗器。它居心叵测地伺伏在剪影一般的树梢,随时准备飞身掠下。这种黑色的鸟,沉默隐忍,却拥有洞穿人心的超能力。它把心乱如麻的潜意识投影在黄昏的天幕。啼鸟论证着心灵的脆弱。心灵难于控制自己的方向而易受牵连,她满怀心惊肉跳感遇伤时的症状,却永远在等待一个外部的声音的提示。她从来都在自我说服要放弃和归去,却从来都缺少放弃的力量和归去的方位。啼鸟通告了所有你无能为力的界限,它把心灵从得意忘形的高空拽下低回的枝头。在那些瞬间,演讲者的目光越过群众,看到了自己的孤独。征服者的目光越过战场,看到了自己的坟墓。繁华的城市看见了自己的废墟,恋爱的人看见了各自的晚年。

119　夜　雨

夜雨是用来揪心的。雨丝的尽头都是针芒,针脚绵密都扎在隐痛之上。雨线的上头连着一去不返的人和地方。在视觉中已经一片迷蒙,在听觉中还依稀是风筝飘摇。却也渐渐变小。淅淅沥沥的声音淹没了更漏,因为它就是复数的更漏。而更漏只是抽样的夜雨。投影出的画面,只是小镇石板路芭蕉和竹叶的特写,飘浮在空中的一顶遗失了头颅的斗笠。夜雨连夜不开秋灯迷离而你闻铃肠断,只是狐鬼渐稀而杯影如蛇,你如此地沉湎于夜雨,远甚于酒鬼沉湎于醉赌徒沉湎于命运。你说夜雨是避无可避的命运。虽然你早已迁居干旱的沙漠,夜雨并没有离开过你潮湿的枕头。

121　暗　香

喧嚣远去,黄昏欲雪。月澹无言。心事苍茫。疏影横斜。暗香浮动。方欲寻觅。窅然空踪。暗香从不主动邀迎。她只在角落中自甘清冷。她是调情和捉迷藏的高手。你无法出动欲望的天罗地网捕捞她。你无法用锁链束缚她。你无法把她提炼成香水装入雕花的小瓶。你无法在她身上文上自己的姓名,你无法控制她。但她也从不远离你。她溶解在空气中无所不在,只要你远离群众她就默默地出现在身边。隐约迷离之际,你的心中尚有一处柔软。你就是我的暗香。

122　蛙　鸣

蛙鸣有时被用来谴责人类喧嚣聒噪无聊的话语,但更多的时候,蛙鸣带来的是来自农业社会的一种温软的抚慰,尤其在饱经离散悲欢的耳蜗里。蛙鸣废池庭草,都是丧乱之后,遗留下来了一丝生意。蛙鸣当钟鼓,蛙声作管弦,远离了庙堂的肃杀和城市的冷漠。有草可以藏身,有荷可以荫翳,江湖依然藏污纳垢。满天繁星也依然在。农人和山民虽然贫苦,却依然宽厚如故。四野蛙鸣如鼓如潮,带着稻田的勤快和树叶的卑贱。它不会在梦中偷袭,它不会笑里藏刀口蜜腹剑。蛙鸣声中,都是疲惫了一天而酣睡的人。蛙鸣治疗了机心重重的抑郁和失眠。原来我还可以做一叶浮萍,声满四邻。

123　理

天地不仁,以万物为刍狗。天理昭然,但它绝不关心人类是否了解它。它就是一架完美设计而精确运行的永动机,日夜不息地运转。有人将一生投入其中要了解其奥秘,他所了解到的只是他所能了解的局部,甚至连他的鲜血都没能为天理添加一点燃料。有些人企图变作一粒沙子,掺和进天理的齿轮咬合,破坏天理的运行。他只是被研磨成了机器的润滑剂。有人质问天理何在,其实他不满意的不是逻辑,而是符合逻辑的世界太不符合人情或者他的欲望。我们都只是站在天理之内触摸天理,就像盲人站到了更大的大象体内去摸象。语言和思想摸不着天理,行事却丝毫不离于理。妄想之事天理难容,而乖张之事却还在理。所以天理只庇护着忙碌者,尽人事者天理昭彰。

124 光　阴

　　光阴是你在旅途中偶遇的一位智者。他随身携带着年轮和沙漏,他眼中的春光早已包藏着凋谢的意境。他用一块黑色的厚布,将桌上的一盏灯一点点地蒙上再一点点地掀开。他反复地忙个不停。随着他的忙碌,你看到他的桌面上慢慢长满青苔又慢慢褪去。鱼塘里每一条鱼的嘴里都游出一尾更小的鱼。你看到他的须发越来越长,而他的眼中早就噙满泪水。你问他为什么,他说人类对于时间其实一无所知。人类只看到光阴可惜譬如流水,就妄把时间和黄金往来比价。人类只看到光阴似箭岁月蹁跹,就妄把家都当作逆旅。等到他们将死,他们还叫嚷着要回家。他边说边摇着头,手中一点都没停下。他把灯遮挡了再打开。他说你把自己当客人你总是在赶路,那我再给你一百年又有何用。他的话还没有说完,你就到站了。你该下车去了。

125 棒　喝

　　伟大的导帅已经厌倦了苦口婆心循循善诱。智慧在那样的教学语境下,只会在理解与误解相交缠问与答相错乱的黄昏里迷失于岔路。会在引经据典和咬文嚼字的案牍中,磨损为顽冥的卵石。更会在按部就班日复一日的劳形中驯化成义务。棒喝如同电刑,要一击之下粉碎无明振聋发聩。棒喝交驰,只因开口即错用心即乖,思维言辞都成迷障。真相本在身旁,迷者却假以外物。他菩萨心肠霹雳手段,让障碍刹那脱落一地,真相顿时水落石出。然而棒喝后来成了时尚。所有的知识都在用过大的音量刺激肉体和逻辑。启示的方式早已不只是从头顶灌下,棒喝从后背裤裆和胳肢窝袭来,都有锥心之痛。太多的棒喝汇成一片噪音。我们寻找心理医生购买棒喝,同样不求自觉,迷失于棒喝。

126　气　运

王气所在,如千石仓,如城门楼,黄赤正方。总是有事后诸葛亮,声称采集了足够多的关于气数的知识。云的造型和星的显隐,都被解释为症候。天垂象见凶吉,圣人们声称敌人气数已尽。但从不肯垂示我辈,应当快马加鞭激流勇进,还是应当坐等水到渠成。他更未指导那个气数已尽的人是否要作困兽之斗。气数是煽动家称手的利刃,也是失败者疗伤的良药。古来成败原关数,一腔自责化作一声长叹。这显然比深刻反省纠结悔恨更有益于健康。气运用人生作为样本,理解了王朝的盛衰、城市的繁华与败落、每一种局面和事物的成住灭坏。我们将以接受衰老和死亡的心态坦然面对气数的安排,让解释者掌管我们命运的水龙头。

127　良　知

良知和真相或与遗传基因无关。良知是两个建设性的字眼,它被创造出来并植入你的词库。从此你就有了某种若隐若现的不安。你会有恻隐之心,你会路见不平拔刀相助,你老吾老以及人之老幼吾幼以及人之幼。而有些事你不会去做,你不能设想它可以发生。良知是一种生命设计,它改造了我们的基因。良知让我们把匮乏此物的人视为禽兽,道德建设和训导如此成功地内化为天性,这是教育的伟大成就。你所不知道的事情,问良知。

128 禅　定

禅定是一整套技术。从调息到调摄心神。从逻辑推论到体验的次第分层。一层层把身体送入神奇的解脱,把自己的鼻尖注视到万物融解为止。这套技术最初用来对抗世界的散乱和诱惑直到外不着相。再转而用来降服自己不安宁的内心直到内不动心远离妄想诸念不起。心在入静入定之后八风不动了无贪爱染着。心由定中生出坚定和智慧。禅定是疗伤的洞穴,是我在世界中为自己设置的一块反击的根据地。不管天崩地裂沧海横流我总是可以退守在禅定之中修复成清静之身解脱之心。拥有了禅定的技能之后你还需要返回这个喧闹而混乱的世界。你将用安宁的表情击垮他的歇斯底里。你将用漠不关心粉碎他的搔首弄姿。对世界的疯狂来说禅定自身就是一种批判。

129 轮　回

只发生过一次的事情等于从来没有存在过。轮回是一种尚未完全得到证实的预感。但是有大量的蛛丝马迹提醒着你,眼前的世界其实不只发生过一次,它还将再次发生。有些人一见如故,有些地方似曾相似。有些时刻你确信只是过去发生的某个时刻分毫不差的重演,这只是重复这不是轮回。把初遇煽情地解释为久别重逢,这只是较别致的强奸。轮回不是人生的重新来过,而是从不回头的接力。轮回是你与万物之间潜伏着的联系。你身上有植物和动物。你身上的鬼和神有一天会重新占据世界。你只是在完成一场漫长接力中的一棒。轮回让你知道下一场长跑只是目前这一场的继续。你不可能退出这场游戏。所以你要积攒自己的业绩。轮回击碎的是一了百了从头来过的偷懒想法。

130　明　月

古人不见今时月,今月曾经照古人。明月曾经稳坐在夜间剧场预留给领导的第七排一号的座位。它冷眼看了数千年的阴谋和厮杀,生离死别,孤独和幽欢。明月成了媒介,将思念转接给远人,将怀念托付给故人。人们为明月一惊一乍,为阴晴圆缺而悲欢,为云遮雾断而忧郁。对于善变的人类来说,这种长久的依恋绝不寻常。然而倾诉者所迷恋的毕竟只是心中的幻象。自从一个大醉的诗人跃入水中之月,这一点已经真相大白。于是,先是明月厌倦于倾听人类的倾诉,继而,人类的欲望已经胖大到月色显得过于单薄。人类终于来到月球,发现一地的环形山。嫦娥和玉兔都在无觅处,只有荒凉和寂寥。与古代的诗歌仿佛相似。

133　乌　云

乌云若非别处飘来,必由白云变来。白云从雪山之巅一跃就登临晴空。白云中的雾滴渐大,厚实到遮了阳光变作了乌云。翻云覆雨者都是太阳,而何人曾经抱怨太阳。然则天际乌云含雨重,黑云压城城欲摧。乌云让你窒息恐慌不祥,而白云总是自由归处。白云之下吾亲所居,乘彼白云至于帝乡,白云在青天可望而不可即,一论白云心千里沧州趣。云本无心,有祥和闲散恐慌和预感的,无非人心。地面没有战争的时刻,城头的乌云所见的只是祈雨者的舒心笑颜。云是无辜的。

136　吊　古

凭栏者所见的都是他自己的镜像。栏杆帮助身体克服了恐高,灵魂才如此轻盈和孤独,目光才能如此毫无牵挂地向极远处投射。目光一远就迫降在历史之上。危楼所俯视的总是时间。繁华已成废墟,英雄和美人已成枯骨。奇迹般的宫殿和陵墓都是花盆,而苔藓总是最后的胜利者。明月默默观望,远处的山川风景陵墓宫阙,都是他念念不忘的恨事。他所怀想的人,都和自己有几分相似。其实他就是他们中掉队的一个,他们就是他本该战斗的时代。兴亡满目触景生情的凭吊,并不总是悲慨愤恨苍凉无奈,还有翻案文章要做。他的目光终于回转到此处楼台,把栏杆拍遍。吊古者的涂写已经层层叠叠,粉壁和梁柱更无空处。历代的凭吊者早已说尽兴废事和千古愁,前朝的凭吊者自己也已经成了凭吊的对象。他终究意识到自己汹涌的情绪了无新意,他从此失语。

(注:本文有删节,保持原文编序。)

(原载《十月》2018年第3期)

拜访伊凡·克里玛先生

苏 童

去伊凡·克里玛家里拜访,早到了半个小时。

正好抽支烟。我和徐晖站在路边抽烟。路的一边是安静的居民区,多为两三层的独立别墅。建筑的外观小心翼翼的,似乎不想冒犯天空,或者路人的视线。花园多被规划为正方形,从面积到装饰,都很有节制。路的另一边,却不寻常,是一大片树林,很幽深,很茂密,黄了,满地落叶从林子里溢出来,爬到路上,粘在我们的鞋子上。

韩葵和李素两位女士或许是在看我们抽烟,或许是在看树林,我们四个人一定说了些什么,但我忘了。我朝克里玛家的小花园瞥了一眼,看见一个穿着驼色毛衣的老头出来倒垃圾,他与肖像照片上的克里玛很像,但眼神不像,并非那么锐利,不像鹰,他的脸型也显得方正一些,年轻一些,与我的想象稍有出入。所以我提醒他们注意花园里提着垃圾袋的老头,那是不是克里玛?

结果就是克里玛。我们看着他把一袋垃圾放进了花园门口的垃圾箱。他也在打量我们,一种无动于衷的表情,带着些许困倦,也像一个劳累的外科医生,打量着新来的病人。李素上去跟他说话,他的表情在阳光的映衬下,活泛了一些。这样,我们提前半小时,进入了克里玛的家。

第一次进入捷克人的家。一个典型的知识分子的家居,除了墙上随意挂了几个捷克木偶,似乎无意过度装饰,看不出主人喜欢什么,不喜欢什么。里屋有轻轻的脚步声,估计应该是克里玛太太。有一只吸尘器躺在地上,也许刚刚还在工作,也许是准备工作,我们的提前到来,不知道中断的是克里玛先生还是他太太的吸尘工作。

客厅里有一个茶几几把椅子,散落有序,对于中国人来说,怎么坐从来都是一个问题。我们几个人都看着克里玛,但他并没有如此的安排,他用鼓励的眼神看着我们,意思是怎么坐都可以,那我们就随便坐了。坐下以后,一时无话,隐隐觉得气氛古怪,窘迫,此时我才想起来,主人略去了必要的寒暄,克里玛先生甚至没有对我们说,你好,所以我也始终没有机会完成那个必要的问候,你好,克里玛先生。

但是他们都看着我,等我说话。是说话,不是寒暄。我必须像谈生意的商人一样,单刀直入地谈文学了。

我对克里玛先生并不是那么了解,这让我在得知徐晖、韩葵夫妇的安排之后,始终有点不安。所幸他们在Jecna街的公寓里留下了克里玛的好多中译本作品,整整一个上午,我都在恶补,像一个临考的中学生。长篇看不了,看了些中短篇。欣慰的是他的一个中篇小说《我的故土》,我很喜欢,又有疑问,很明显,这是谈话的资本。《我的故土》写二战结束后一个少年随父母去一个农庄旅馆度假,遇到形形色色的波西米亚资产阶级的度假家庭,大人们每天在茫然中狂欢,少年独自沉浸在一份貌似真切实则虚妄的爱情中。他受到了隔壁房间的医生太太的挑逗与诱惑，身心处于燃烧状态。少年在夜里苦候医生太太来敲门，却隔墙听见了医生夫妇床戏的声音。少年也许是被忽略了，也许是被遗忘了，又或者，是被愚弄了。这样的崩溃与幻灭施加于一个少年身上，令人印象深刻。小说里还有个细节，特别有意思：少年追逐医生太太去看戏的路上，看见田野里飘起一只热气球，一个女演员悬吊在热气球上，做出似真似幻的劈叉动作。如此写法，很夸张，感觉是受到了当时某些潮流绘画的影响，将超现实与梦幻元素植入了小说，但是这植入是妥帖的，恰好是这个故事的点睛之笔。我觉得这是一部极好的小说，有深入骨髓的浪漫和哀伤，疑问是：这篇本该行云流水的小说，横空飞出一些经典作家的作品片段，计有高尔基、肖洛霍夫、莫泊桑、司汤达、巴尔扎克，与小说并无必要的关联，我一头雾水，不知道那些片段的用途。这个疑问，与我对《我的故土》的喜欢一起，构成了我与克里玛先生探讨小说的一个假想话题。

这当然是我的想法。我先表达喜欢。我提及《我的故土》这篇小说时，李素提醒我，中文版的译本名字并不一定与捷克文原著对应，这也常见，是翻译与出版社的问题，对于我不是问题，那我就详细复述小说故事，我在复述故事李素在翻译的时候，我注意到克里玛先生的眼神忽明忽暗，他偶尔点头，大致记得我在谈论他的哪一篇小说，但当我提到那个热气球的细节时，我看见他的眼神中不仅有困倦，还有了歉意，他不记得热气球的细节了。我很意外，在窘迫中又谈起那个疑问，他在小说中录入的那些经典小说中并不经典的片段，我想问其用意，却不知道怎么问，对于这些片段，他倒是记得的，他似乎看懂了我挣扎的眼神，告诉我，我喜欢的《我的故土》，其实还是他年轻时候的作品。

年轻是一种答案。我懂。不过伊凡·克里玛先生的年轻时代，我不一定能懂。我是忽然想起来的，我面前这位老人，伊凡·克里玛先生,是纳粹集中营的幸存者,与众人不同,他今年已经八十六岁了,不再写作。用他的话说,他想写的已经都写出来了,没有必要再写什么了。这样的生命履历如今已不多见,这样赤诚地与写作告别,相忘于江湖,也不多见。坐在我斜对面的这位犹太裔捷克老人,他的写作,他的生活,横亘了几个时代,穿越了记忆的极限,他因此有权利选择记住什么,遗忘什么。无论是生活还是写作,该记住的他一定记住了,可以遗忘的,当然可以遗忘,包括他年轻时候写过的一只热气球。

然后问了另外一个问题,或许是我本人的疑惑,也或许出于很多中国作家的"捷克"好奇,我问他,从他评价米兰·昆德拉缺乏捷克经验的言辞中,我记住了捷克经验,那么,捷克经验到底是什么?它与匈牙利经验、波兰经验或者保加利亚、罗马尼亚经验有什么不同之处吗?这时克里玛先生陷入了长时间的考虑,回答很简短。我记得李素最后的翻译是这样的:克里玛先生说是法制,我们和他们,法制不一样。这回答乍听过于简单,旁边的韩葵对这个话题也有兴趣,她又追问,克里玛先生又考虑了很久,他说,我们捷克的历史上很少流血,很少流血。

迟缓的回答或许代表老人思维的迟缓,但同时它是深思熟虑的真知灼见。我有点懂了。我联想到了伟大的卡夫卡,奥匈帝国时期,他曾经也生活在布拉格这个城市,生活在布拉格的法制中。如果我有幸穿越时空去拜访他,如果我问他,"土地测量员"与城堡之间究竟隔着什么?他也有可能如此回答我,法制。就是法制——不管是奥匈帝国的"法制",还是捷克的法制。如果我问他一个土地测量员与城堡之间的距离究竟有多远,回答可能是:并不远,但是"永远"。

克里玛先生明确宣称,自己的创作与哈谢克或者《好兵帅克》无关,但与卡夫卡有遗传关系。我问克里玛先生,是否真的做过土地测量员的工作,他竟然有点腼腆,说做过,大概一个多月。想想他的名字,这真的很有意思,不管怎样,克里玛先生曾经就是土地测量员K,他也是要去城堡的人。与其说是巧合,不如说这短暂的经历,暗示了他与卡夫卡存在的清晰或者模糊的血缘关系。

　　当然,必须说到"很少流血"那个答案,这实际上是一个更令人浮想联翩的答案。这个世界上的所有国度,其历史大致分为"流血""少流血"或者"不流血"。但这个深邃宽大的话题,一时无从谈起。我只是忽然为布拉格的美丽、宁静与雅致找到了某种答案。我在布拉格的日子里,多次沿着伏尔塔瓦河散步,目光所及,皆为疑惑,这个城市何以在动荡岁月里保持这样古老而洁净的美貌?我很感谢克里玛先生精妙的答案,流血的河水会酿造某种风光,不流血会酿造另一种风光。后者理应美丽一些,雅致一些,洁净一些。

　　克里玛先生其实仍然充满活力。想到他已经八十六岁,不宜多扰,我后来莫名地如坐针毡,当我试探着起身告辞,发现周围气氛旁枝逸出,其实与我无关了。克里玛先生被漂亮的李素女士所吸引,他开始只与李素女士说话,我不懂捷克语,但我从李素女士害羞的表情中猜测,他大概在对李素女士说,你那么漂亮,你别走,让他们走吧,你多坐一会儿——这或许是妄加猜测。我希望我的猜测不会冒犯克里玛先生或者李素女士。用中国人喜欢的方式:此处一笑。

　　大多数情况下客人总是要一起走的。当我们四个人一起离开克里玛家,我看见路那边的树林被下午的阳光映照,树林呈现出一种金黄的色泽了,风不大,但依然有纷纷的树叶卷到路上,金黄色的。这是布拉格的落叶。金黄色,这大概也是布拉格的色彩。只是这条通往克里玛先生家的路,此生大概只能走一次吧。我往徐晖的汽车里走,回头,并没有看见克里玛先生,他还是没有客套,不送客。但我真的满意地笑了。我对自己说,当我八十六岁的时候,我很想成为八十六岁的克里玛先生。

(原载《十月》2018年第3期)

林地居民

苏 莉

  我一直在想,土狍走的那天,刚刚入冬的阿龙山是不是已经很冷了?

  我们在2014年8月份上阿龙山的时候,是大兴安岭最温暖的季节,但是气温最高不过20度,是我们心目中初秋时节的样子。

  我们到达根河那天已近晚上八点,恰逢根河全年唯一一次全城停电检修,多亏闺密雪莲车技高超,带着我们一路摸黑进城,居然在从来没去过的情况下,顺利找到了在根河等着我们的宋仕华老师。我和宋老师的第一次见面就在这样的暗夜里,在这个北中国几乎可算是最北方的森林小城中。

  第二天清晨,敖鲁古雅揭开它神秘的面纱,给我们呈现出了一个童话般的世界!这些使鹿部鄂温克人的定居点经过了重新改造,每家一栋二层木屋,漆成暗褐色,有芬兰萨米人住房的特色,据说是由芬兰设计师来设计的。昨夜我们居然就是在这样的木屋里休息的。芬兰的萨米人也是养驯鹿的民族,与萨米人保持如此的一致不知道是出于怎样的考虑,但是敖乡从此的确很有异域感。

空气是湿润的,散发着绿色植物的芬芳。在这个冷极的短暂夏日里,完全不适合任何粮食作物生长,所以人们任凭生命力旺盛的植物自由生发,随它们想把自己长成什么样呢。于是我还看见长得巨高的柳蒿芽在老乡们的院子里。还有他们晾晒的毛皮制品以及搭在院子里的帐篷,一下子就把他们与山林的关系展示得一览无余。

回想在敖乡的那几天,几乎每天都下一场大雨。每天早晨还都会有山雾弥漫,雾气中的大兴安岭若隐若现,那种来自山林的神秘气息至今萦绕着……

营　地

从敖乡去阿龙山,也有近三个小时的路程,宋老师提前联系好了车,我带着女儿和同行的版画家山丹乌恩祺夫妇组成此行采风小组,向着我们倾慕已久的中国最特别的一个族群居住的角落进发。

在阿龙山上,那时只有八个猎民点了。因为上交了猎枪,确切说,这些鄂温克人应该算是牧人,放牧驯鹿的人。那些温顺的驯鹿却也有它们倔强的时候,它们只吃山上最新鲜的苔藓,因此它们决不妥协接受山下被饲养的生活,它们要自由地在林中穿梭,呼吸最清澈的空气。这些与驯鹿相互依存的鄂温克人,这些像驯鹿一样喜欢自由自在生活的鄂温克人因此选择留在山上,继续坚守着自己的传统生活。

据说这个猎民点是巴拉杰依和安道父女新分出来的,盛名已久的玛丽亚索他们的猎民点不在这里。我们去的那天,山上有安道、土狍父女,有柳霞、维佳姐弟还有柳霞现在的伴侣老翟。

帐篷里的规矩则一如既往,以炉子为中心,炉子后方左首边的床是玛鲁神位,是男人睡觉的地方,女人不可以绕着炉子过去,更不可以睡在那里,女人睡觉的地方是门口的两侧。打刀的男人在族群里拥有至高的地位,他可以睡在玛鲁神位,也可以躺在女人这边的床上,但是他躺过的地方女人不可以再躺了。对女人的禁忌还有,男人打刀的时候女人不可以到工作地点去,即便搬迁到别处看到林地里有曾经打过刀的地方,女人都不可以到那里去。

帐篷边上的货架子是他们传统的样式,顺着帐篷门从头至尾摆放,树根冲门的方向,树梢不砍干净,留着树枝,取生命力强、驯鹿健康兴旺的意思。

帐篷外面还有一个蓝色的棚子,算是大家的起居室,吃饭、会客。夏天的时候他们在外面搭的炉子上做饭,厨具、存放物品的桦树皮容器等生活用品都放在外面,两个狍皮垫子也那么随便扔着,下雨也不收回来,就那么随便让雨浇着。

我从文学作品里所感知的敖鲁古雅可能更原始一些,但是当我亲身来到他们之中,发现改变还是存在的,比如他们的帐篷,不再是传统的样子。而且他们还有了太阳能,晚上的时候还可以看电视,给手机充电、照明、听音乐。只是手机基本没信号。仿佛与世隔绝。

据说他们用来烧火的木材也要向林业部门报批,不是随便砍伐的。如果来客人了,没处坐,他们会抽出粗一点的木桦子支起来当凳子用,只是这个"凳子"十分不稳定,维佳和柳霞喝多了坐不稳就会向后倒去……

旁边有个原始风格的绰罗子,里面存放着一些食物,不住人。因为里面不生火,可以保鲜。

从那只总来偷吃东西的林中小鸟上来看,这里平常的日子会是多么寂静。土狍在我们上山之前特意嘱咐宋老师带些瓜子来,为的是喂这些小鸟。她说,有时候小鸟会直接落到她的手上取食。无奈我们到了山上,人声嘈杂,没能见到那一美妙瞬间。

土狍和安道

之前听宋老师提起土狍,以为是个男的。后来在上山之前的清晨,遇到一个叫侯二的汉人,宋老师说,这是土狍的丈夫,才知道土狍是个女的。宋老师说,敖乡的女人嫁给汉人的也挺多,那些汉人也愿意娶敖乡的鄂温克女人,因为政府对鄂温克人的各种照顾政策也会惠及他们。到了阿龙山上,见到了土狍,没想到竟是一个四十多岁妖娆的女子。带着一副夸张的红耳环,也很像个超凡脱俗的艺术家。

一起坐在外面喝酒、吃饭。土狍答应给我们唱歌,唱的是鄂温克民歌,好听!她后来和我说,她给她儿子小时候唱鄂温克歌,她儿子一脸茫然,说听不懂,妈妈。让她很沮丧。她的丈夫是赤峰那边的人,土狍说她实在不习惯赤峰那边的天气,太热了!大概从小生活在寒冷的密林中的人无法忍受凡俗人间的热度。

土狍的性格并不像她一开始看上去那么温柔,如果什么话刺伤她的自尊心,她立刻翻脸不认人,决不虚伪。但是后来她越来越喜欢我,说我长得特别像她的一个亲戚,她于是总过来抚摸我的头发,和我贴脸,亲吻我。我实在是没接受过这样的阵势,但是我小心翼翼,生怕让她感觉被冒犯。对于异于我们自身的文化,保持尊重是我们的必修课,决不可以以一己之见去评价他们。

土狍是道爷的女儿,也许,这个民族最后能够留下来的就是这种敢恨敢爱、最直白、最真挚的性格了吧。

安道，就是大家口中的道爷，是这个族群里最后一个会制作桦树皮船的人，也是最后一个会打他们狩猎用的刀的人。如果他去世，这门手艺就失传了。我后来在敖乡博物馆里见到了桦树皮船，像一把长长的弯刀，船身狭窄，仅容一身，想必是为了应对密林中的激流而有如此设计，实在很难想象它在水中行驶的样子。是否像一片落叶漂在水面？他们栖身的河流有个好听的名字，叫做激流河，这个河流的名字经常出现在维佳的诗句中。

道爷的汉语没有维佳他们那么好，多数时候就那样静默地挂着拐杖坐着。可能也是常年受林中风寒的侵蚀，行动不便。但是每当看到宋老师，他的脸上就会露出笑容，还和宋老师玩一种只有他们俩才会玩的碰胳膊的游戏，看了令人动容。

道爷也是这个族群里三个硕果仅存的老人之一，另两位，一个是百岁老人玛丽亚索，一个是芭拉杰依。

我后来在根河小城入口的大幅宣传画上看到了道爷，是道爷年轻时候的样子，背着猎枪，穿行在白雪皑皑的密林中，是那么英姿勃发，我的眼眶忽然盈满泪水，一个时代，一种文化也许正在渐行渐远……

柳　霞

在阿龙山巴姨猎民点，巴姨的女儿、柳芭的妹妹、雨果的妈妈、维佳的姐姐——柳霞，喜欢喝酒，因此喜怒无常。

柳霞没有牙了，柳霞喝多了就唱歌，唱着唱着就泪流满面……

我后来下山后，在顾桃著名的纪录片里得知了柳霞的故事，《雨果的假期》看得让人心酸，柳霞因为照顾不了儿子雨果，雨果被送到了南方的学校里住读。她想念儿子啊，想念得厉害了就一边唱歌一边流泪。顾桃拍得好极了，即便他们不喜欢他这么表达,但是时间会证明,顾桃的表达是对的,他记录了这个特殊族群一个时期里最真切的样貌。令人感慨万千。

柳霞把易拉罐装啤酒叫做铁罐儿,后来我们觉得这个称呼好极了,就都把啤酒叫做铁罐儿。

在那个蓝色棚子下面,我们和他们在林中共进晚餐,吃着他们特意给我们烤的马鹿肉和宋老师给他们带上山的各种食物,喝着宋老师带来的"铁罐儿",夕阳穿过密林曲折地投射在我们的身上,炉子里的火散发着热气,林子里密集的蚊子攻击着我们,柳霞唱歌、流泪,喝得坐不稳当,直接从木桩式的凳子上倒过去,后来她现在的伴侣老翟把她搀回帐篷,我们看见柳霞走前麻利地把桌子上的一罐啤酒装进口袋里,让我们忍俊不禁。

土狍也唱歌给我们,忽然我就想起《爱丽丝漫游奇境》里面一个场景:疯狂下午茶那个章节,疯帽子先生那一段,仿佛正是此时我们的样子。

太阳落山,我们也准备睡觉了。

在林间土狍的帐篷里,我和女儿挤在一张床上睡,土狍和宋老师挤在一张床上睡,道爷睡在最里面那张最珍贵的床上,中间的炉火一直燃着,即便是夏天,森林里的夜晚还是很冷的。

我听她们一直聊着久不见面的话题,亲如姐妹,土狍看中了宋老师这次穿上山的一件衣裳,宋老师脱下来就送给她了。

林间的夜晚静谧无声,不知道有没有野物在远处窥视着我们? 我因为疲劳睡得香甜。第二天早晨醒来,听早就起来在林子里转的山丹夫妇说,夜晚的星星特别美丽,让他们感到震撼,我觉得好遗憾,错过了如此纯净之夜的洗礼。

然后我们就发现昨天我们带上山的啤酒少了一件,他们说一定是更早起的柳霞把酒藏起来了。不一会儿,柳霞若无其事地来到我们的帐篷里给我们道早安,笑容可掬地说:"早上好!"非常亲切礼貌,样子十分憨厚可爱,与昨天晚上的柳霞判若两人,是更加本色真实的她。

柳霞对驯鹿的热爱真是让人动容,营地里留着一头驯鹿,因为脚受伤了,每天都是老翟给这头驯鹿治疗。可是那天早晨,老翟因为头一天晚上喝多了,一直没起来。柳霞担心着那头病中的驯鹿,她把注射用的药和注射器都拿出来了,让我帮她调药,帮她把青霉素溶解抽进注射器里,但是让我给驯鹿注射还是让我打怵,尤其是给动物用的注射器非常粗,我不知道怎么扎进驯鹿的身体里去。

柳霞一直说,它多可怜啊!

老翟终于起来了。土狍我们几个一起去鹿圈给那只驯鹿打针,土狍控制着它,老翟麻利地给驯鹿施治,我们看到那头驯鹿的脚肿得变形了,据说是在山上被偷猎的铁丝缠住了脚。我发现鹿圈里也烧着一盆火,问柳霞为什么,柳霞说是为了给驯鹿熏蚊子的。他们的确把驯鹿当做家人一样看待。

就在柳霞难得清醒的那天早晨,她在那堆要烧火的木材里给我挑了一张桦树皮,告诉我哪里像眼睛,哪里像云,哪里像月亮……

我后来千里迢迢带回了这张桦树皮,因为这是柳霞给我选的,她的音容笑貌就浓缩在这张桦树皮上。

维　　佳

在没有见到维佳的油画之前,我实在很难想象面前的这个酒气熏天的男人有什么了不起。他穿着肮脏的衣服,坐在那里总是问我女儿是男的还是女的。

我们上山之前,他们好像刚刚发生了一场"战争",土狍对宋老师说维佳要打她,见到宋老师就抱住她哭起来,但是不一会儿就在宋老师的劝慰下,他们又和好如初了。

据说维佳身上的酒气可以驱蚊,没有蚊子或是其他小虫会咬他。但是酒还是损害了他的健康,好像他已经不能上山去驱赶驯鹿回家了。那天他也没有施展他诗歌方面的才华。也是的,谁会对刚见面的陌生人就来上一段诗啊。

疯帽子先生般的维佳和我们一起围坐在夕阳中的蓝帐篷下面继续喝酒,我时时会担心他会撒酒疯,因为我对我父亲当年的状态实在太熟悉了。

第二天早晨,宋老师说服已经清醒的维佳给我女儿画一幅画,说他昨天答应过给小孩画一幅的。维佳说,哪有什么小孩?我们找好了桦树皮,给了他一根碳素笔,他说,画什么呢?我们说,画驯鹿吧!

于是他惜墨如金地画了两只驯鹿。

后来在敖乡艺术馆,我们看到了维佳的油画,那种明净温暖,那种美好的情感,那种独特的魅力彻底把我们征服了。这个隐居在深山里的大师,他的作品简直是无价之宝。简直就是梵·高再生。从他的画里,能够看出他对森林的热爱,对林中每一束光线的迷醉,对他们这个族群生活细节的准确描摹,在他的画中看到那个桦树皮船,在激流河中静谧的样子简直有如置身天堂,维佳懂得桦树皮船只有在大自然中才是具有生命的、与周围的环境融为一体的。我想象他从小生活在大自然中,那些独特的林地瞬间一一落入他敏锐的心灵,在他的心里发酵着,大自然选中了他为自己代言,为他的民族代言。于是他听从天意,把他的情感全部泼洒在画面上,以他天赋的才华描绘了他们这些林地居民在森林里不为外界所知的生活,这真是一个神奇的事情。

我后来从顾桃的纪录片里看到维佳更年轻时候的样子,他诵读他的诗歌,完全像是一个巫师在替神灵代言的样子,因为那样的流畅,不假思索仿佛并非出自他自己的认真构思,只是通过他的身体这个大自然的传声筒传达给了我们——

  我记得幼时跟母亲沿敖鲁古雅河而上／骑着驯鹿来到了乌力楞／在那里我看到了姥爷和姥姥／他们把我举在半空中／不停地旋转
  我记得那时候的人们／与大自然交谈／仿佛它也有灵魂
  我还记得／他们向着东方火红的太阳／唱起了感恩之歌／歌声包括鄂温克语言的全部美丽
  我还记得／我乘着桦皮船沿敖鲁古雅河而下／来到了激流河／激流河的两岸／一面日出一面日落／他们乘坐桦皮船赞美／东方的日出／西方的日落／他们用歌声赞美辉煌的宇宙／赞美大兴安岭的月夜……

  后来得知他只去中央美院进修过一年的时间，学习绘画，但是因为无法适应城市及学院式的教学而返回山林，回到自己的族群里。多亏他离开了，否则我们想必看不到他的这些发自天性的杰作。
  有关他的传说都十分经典，比如他也曾参加工作，做过狱警，然后他擅自把同族老乡放出监狱和他一起去饭店喝酒，比如收缴猎枪的时候，他不肯，一直逃一直逃，直到山顶无路可走的时候毅然抱着自己的猎枪跳了下去，多亏一棵大树接住了他……那是不是山神的护佑呢？比如也曾经有女子爱慕他的才华，把他接到海南生活过几年，最后还是因为他无法离开他的山林而放弃了温柔之乡……那是不是山神的呼唤呢？总之，一切的一切，都驱使着他成为这个族群的言说者，我敢断言，维佳无论怎样生活，他的这些杰作都会以他的独特性在中国乃至世界美术史中占据一席之地。当年我曾经感叹，有谁来保护这个任性的天才？今年我得知他结婚了，终于老天又派了一位守护天使来到他的身边,但愿他一切安好。

当我们读到维佳这样的诗句,怎能不被深深打动呢?又有谁能够替代这个特殊的族群这样的表达呢?只有他们自己能够——

> 罐子里的北满森林/窗台上的几个烟头/枝叶上的几多花瓣/春天的雨不来夏天也不来/秋天的鲑鱼还怎么回来/我曾看见湿漉漉的鹿角上人群幽灵般闪现/带走了白桦/带走了北满的森林/如今我两手空空/长满了青苔/一只用来喂鹿/另一只用来怀念/可是啊,阿玛/没有鲑鱼我们该怎么生存
>
> ——《北满》

> 今年四月无雪/扎喇吞枪自杀/过了五月才把酒喝完/六月下葬/挖坑掘折了腰刀/七月猎犬走了就没再回/八月无事/九月熊在地里掰苞米/十月去扫墓/烟头点着了扎喇/十一月女人们先哭了/十二月北边的亲戚来了/一月萨满唱起神歌/熊跑过来要酒/二月汉人过年/三月我们想念扎喇/四月有熊吞枪
>
> ——《扎喇》

柳　芭

在敖鲁古雅,我没有看到一张柳芭比较清晰的照片,可是她的气息无处不在。在敖乡博物馆,我们看到了她创立的那门独特的艺术——兽皮画,不大,只有一幅,和她的自画像挂在一起。

有关柳芭的传说我得闻更多些,也更早些。她的经历无疑给这片森林带来更多神秘的色彩。她在世时拍过一个纪录片

《神鹿啊神鹿》曾经给我极大的震撼。一个标准的天才艺术家无法适应现代文明而自我毁灭的故事。比如她曾经毕业于中央美术学院,曾经在出版社工作,她的作品曾经被大英博物馆收藏,可是世俗中的一切都让她无法适应,因失去爱人而崩溃,从此开始酗酒而无法自拔,无法工作,只好回到自己的族群里,回到森林中。在疗愈身心的过程中她从母亲巴姨缝制的皮制品中获得灵感,创作出了兽皮画,靠毛色的变化表现这个族群的生活样貌。被惊为天人。

她在世时身边的人都是知道她是天才这个事实的,也在尽全力保护着她,可是那种宿命仿佛任何人都是无法抗拒的,眼看着她滑向那片虚无之地而无能为力,在一个林中月夜,她不幸失足落水溺亡,想想也是十分悲戚的事情啊!

我后来在为他们姐弟专门存放作品的艺术馆,得以见识了柳芭的才华,她真的像一颗璀璨的流星划过夜空。不同于弟弟维佳的画,柳芭的画自带一股忧郁气息,画面偏蓝色,有着那种对外界事物的不安和悸动,但是那种独特又是无人可以替代的。她笔下的月夜散发着神奇世界的光,仿佛是另一个世界一般。想必那些超凡脱俗的林间月夜无数次地诱惑着她,让她不断描摹并深陷其中,最后与这样致命的月夜融为一体。万幸的是她仙去之时留下了这些作品,为我们带来了仿佛另一个世界的消息。

想必这些作品一定可以代替她在这个世间活下来,或许永生!

柳芭留下来的,还有一个美丽的女儿。我们有幸和柳芭的妈妈巴姨和她的女儿一起吃了顿午饭。看着她女儿,我不忍心多拍她,只用手机拍了几张,实在不忍打扰她难得的宁静。

我听说这孩子小时候经常待在她醉酒后躺在大路上的妈妈身边,无能为力,只有默默等着妈妈醒来。很难想象这孩子的童年都经历过什么,也许,只有我这个曾经有过酒鬼父亲的人才能懂得。

巴拉杰依

巴姨的名字叫做巴拉杰依,大家都叫她巴姨。她是几个特别孩子的母亲——柳芭、柳霞、维佳,还有一个叫做果佳的,早夭。她现在还是使鹿部鄂温克人里硕果仅存的三个德高望重的老人之一。每天,领导和名人还有游客走马灯似的来看她,大概什么大场面都见过了吧,因此刚开始接触她的时候觉得这是一个很骄傲的老人。

我不知道怎么和她交流,一开始我极力夸奖她那特别的挪威枕头,她说,谁来了都要和她的枕头拍照。

后来,我翻出刚在山上拍的维佳和柳霞的照片,面对她思念的儿女,巴姨渐渐露出属于母亲才有的笑容,很慈祥。

中午的时候,巴姨和柳芭的女儿过来和我们一起吃午饭,她穿着一件咖啡色的连衣裙,刚开始是不容易被人察觉的,仔细看,才发现那件裙子非常时尚,非常考究,她配了一双短靴,特别漂亮。我们才发现老太太的审美趣味真是不得了的,所以她才有这样不同凡响的儿女。

巴姨是他们鄂温克人里难得的非常智慧和充满理性的人,她的画也与众不同,很难想象是一个七十多岁的老人画的。她自己做的民族服装,也非常高贵漂亮。

那次听说她在撰写回忆录,而今年,这部让我们充满期待的书已经出版了。后来我才听宋老师说,当年巴姨特别想让我帮她做一下文字的润色,只是我那几年生活在巨大的生与死的挣扎里,宋老师没有忍心告诉我。据说巴姨为此对宋老师非常不满。我听说之后却感觉欣慰,没想到老人能够如此信任我。

驯　鹿

我们上山那天,驯鹿不在家,柳霞说,它们吃粘坛子去了。现在正是粘坛子生长的季节,驯鹿吃了粘坛子会长膘的。

粘坛子是一种蘑菇,平常的驯鹿只吃长在石头上的苔藓。我们第二天去往岩画山,看见了这种植物,长得像地毯一样铺满了石头,踩上去那个松软绵柔啊!

看到岩画山这边这么多的苔藓,给我们带路的土狍说,明年把家搬到这边吧,但是她又担心苔藓多的地方偷猎的下套儿的也多,去年,她损失了三头驯鹿,现在,驯鹿一万多元一只,损失不可谓不大。现在家里就有一头脚受伤的驯鹿,无法和鹿群一起上山了。

我们去往岩画山的时候拉上了老翟和维佳,让他们去找鹿。鹿好几天没回来了。可是维佳在车上发现了我们带去祭祀用的酒,说笑间就喝了好几个"铁罐儿",等到了岔路口,维佳已经又喝多了。老翟他们俩没能把驯鹿找回家。

我们从岩画山回去的路上,土狍突然发现了自己家的驯鹿,她说:"这不是我们家姑娘吗?"我们急忙下车追赶,但是驯鹿不肯停下,只听得丛林里驯鹿脖子上的铃声悦耳,叮叮当当的,就是拍不到一个完整的画面,但是看到驯鹿像丛林里的精灵一般自由穿梭,心里忽然生出一种感动的感觉。

后来土狍用各种奇妙的叫声叫住了一头叫"月儿"的母驯鹿,那头驯鹿真温顺啊,可着我们拍照,被拍完它又去找它的同伴,一起在丛林里穿行去了。真像是家里的孩子正在外面玩耍,忽然家里来客人了,孩子被叫回来见客,一阵礼貌的寒暄完毕,孩子又回到自己的世界中。

它的脑门上有个月牙,因此而得名。

那些驯鹿都有自己的名字,土狍认识每一只驯鹿,听她谈起它们真像是她生命的一部分。最好玩的是他们给一头被白岩松喜欢并抚摸过的鹿起名"白岩松",经常大叫:"快去把白岩松抓过来。"还有一头母鹿被起名叫"孙树文",他们经常喊:"给孙树文挤奶吧。"……孙树文是一个和他们经常来往的森林警察。

驯鹿走得极快,一会儿就消失在密林深处,所以赶鹿回家是个非常辛苦的劳动,翻山越岭地跟着鹿走并把一群驯鹿赶回家,必须几个人一起配合才行,一个人是无法完成的。宋老师曾经跟着他们去赶过鹿,手上拉着绳子越过一个沟坎的时候摔倒了,差点被快步行进的驯鹿拖死,她想起这件事就非常后怕。

我们最后下山的时候,看着空空的鹿圈,想象一群美丽的动物在里面的样子,真是美好!

岩 画 山

岩画山在距离巴姨猎民点50公里的密林深处,我们把维佳和老翟放下岔路口之后继续前行,路上总能遇到采山货的人,骑摩托的,也有开车的,他们这里把采山货说成是"采秋"。现在,正是野生蓝莓成熟的季节,也是松果、稠李子、牙各达、各种蘑菇成熟的季节,这些不辞辛劳的人们跑这么远来采山货其实真是不容易。原来会觉得蓝莓怎么这么贵呀,现在觉得真不贵了,要我跑这么远,采一点就累得不耐烦了,蓝莓还很娇贵,容易坏。我原来计划采野果回去,后来决定不采了,还是买划算些。

岩画山的确非常有气场,是鄂温克人的祖先崇拜的场所。他们认为,岩画是他们的始祖留下的印迹,有着他们留下的讯息,通过这些岩画,他们与自己的祖先取得了联系。

我们遵照土狍的指导给他们的祖先敬献了酒、水果、水烟,还学着鄂温克语祷告,告诉祖先神,我们都是谁,来看望他们来了等等。然后我们开始看岩画,拿着带来的水泼向石壁,那些红色的古老的印迹开始显现。上面的图案被认为是画着驯鹿,正在爬到岩画山上面的一处夹缝里,描述的是狩猎的场景……

这些古老的印迹真是神奇!

我们又转到后山,我拍了一组照片,从照片上看,那奇伟的山好似一个健壮的人站在那里,周围还围着几个人,用肉眼却看不那么准确。特别像一个守护者,守护着鄂温克人的精神家园!

岩画山的色彩非常漂亮,山丹老师说,这天然的颜色直接可以入画了。

真是令人肃然起敬!

冷极、偃松林和敖鲁古雅乡

在去往阿龙山猎民点的途中,须经中国的冷极点。据说这里是中国冬天最冷的地方,零下五十度。那得有多冷呢?雪莲说她刚去阿里河的时候第一次在那里过冬天,穿着平常的冬衣站在外面,瞬间感觉自己是没穿衣服出来的!那是阿里河,这里恐怕比那里还要夸张。不亲身经历,真的很难想象。倒是现在全年最温暖的季节,这里白天的最高气温也就是二十度左右,的确十分凉爽。

离冷极点不远,是一片偃松林,据说只有偃松才会生产松树子,也只有这么高寒的纬度才会有偃松生长。多么神奇啊,在长达半年之久的寒冷里,它们默默忍耐,积蓄力量,只在这短暂的温暖季节孕育出那样甘美的果实。这片偃松林因为在路边上,大概是为了游客欣赏方便,修了木质的栈道,沿着栈道前行,一片原始森林的美色,这是哪个公园都无法营造的林中生态。

林中还长着一种草,叫杜香科草,也叫平顶香,可以做香料。这是山里的鄂温克萨满熏法衣的唯一的香料。的确,那种清香十分浓郁,山上的猎民点周围都是这种草,遍地。想想山上的鄂温克人,在大自然最美好的馈赠里安然地、自由自在地生活,真好奢侈啊!

而在山下的敖鲁古雅乡,现在不只是原来猎民的定居点了,基本上是个旅游文化村,有博物馆,定居的猎民有的把这些政府分给他们的房子租出去,有的开个家庭旅馆,有的卖点山货,以及各种驯鹿皮、牛皮之类,据说基本上都是芬兰的驯鹿皮,因为敖乡鄂温克人基本不杀驯鹿。

每天早晨八点,都有一群牛出现在宋老师工作室边上的草场上,和干旱的锡盟草原相比,这里的牛是多么幸福啊!敖乡附近的小河清澈甘甜,这个世界上最寂静的角落,随眼望去,皆可入画,天地大美!从附近的小山俯瞰敖鲁古雅,多少神奇!这是我二十年里一直都想到达的地方,那年夏天终于得以近观其详。至今难忘。

在敖乡闲逛,看到土狍家外面随意摆放的茶壶,非常漂亮,看起来她的生活里其实不乏精致,但是,尽管敖乡如此美丽怡人,他们还是选择山上的日子,也许,那里有一种呼唤在他们的心里永不停歇。

宋 仕 华

我相信在这深山之中一定是有一种看不见的神秘力量存在,一旦被这股强大的力量选中了,一个人的一切就都被改变了。

我觉得宋仕华老师就是一个被选中的人。现在,我必须要说一说宋老师了。这次的敖鲁古雅之行如果没有宋老师,我们很难进入猎乡的深处。

说起我们的相识十分传奇,想必有缘人在机缘到来的时候会以各种不可思议的链接方式碰头。我们就是这样。

事情的缘起是我的一个大姐姐塔娜因为爱摄影而来到敖鲁古雅，又因为不认识上山的路就在路边随意找了个人问路，这个人就是宋仕华老师。宋老师送他们一行上了阿龙山，这样认识了。塔娜大姐回来后来看望刚刚出院的老金，说鹿胎膏对肾病有好处，说宋老师手里有最真纯的鹿胎膏，把她的联系方式给我了。因为买鹿胎膏而得知宋老师在做兽皮画，想起早年间知道的柳芭，我立刻对宋老师产生了浓厚的兴趣，在网上交流到最后成了无话不谈的好友。

我们刚上山那天，宋老师先行一步去了营地，我们在路口等她时，柳霞醉醺醺地冲下来向我们吼着："干什么的？你们怎么上来的？……"直到宋老师过来和他们解释、介绍，柳霞这才转嗔为喜，表示欢迎，并和宋老师拥抱在一起。

后来看到顾桃的纪录片才知道，当年，顾桃为了上山，在山下等了半个月，和这些鄂温克人交朋友直到取得他们的信任。他们对外来者不十分信任，总觉得这些外来者都是来这里猎奇的，回去后各种歪曲让他们很生气。

看宋老师空间里的一些生活记录，让人很是感慨，她在猎乡能取得这些鄂温克养鹿人的信任真是太不容易了！我看到她在猎民点上给大家做饭，各种饭，包饺子、擀面条、做馒头、烤列巴。干各种活，劈木头、锯木头、搬家、喂驯鹿、挤鹿奶，冬天的时候去河里刨冰取水……宋老师身材娇小，并不多么强壮，她只是在尽自己最大的诚意和猎民们相处。

她也曾经跟着男人们去找鹿，累到要虚脱。她是那么热爱这些可爱的林中精灵，把她的热爱反复地缝进她的兽皮画里。

巴姨的皮活一流，用各种小碎皮做皮靴直接启发了她女儿柳芭制作兽皮画，令人惊叹。

然而，同样嗜酒如命的柳芭，没有能把这门她独创的来自森林的艺术继续下去就坠河而亡,这之后,没有人能够继续这门独特的艺术,因为它很考验一个人的艺术感觉,也很考验一个人的手工是否精细,更考验一个人的艺术想象力。

宋仕华原来做过很久幼儿园老师,心灵手巧,做各种手工不在话下。因为一直和孩子们在一起,所以一直保持着纯真的童心,这对搞艺术是很重要的先决条件。虽然她是汉人,但是久与鄂温克等少数民族接触也养成了直来直去的性格,尤其是宋老师对待朋友,几乎可以倾其所有的真诚。于是她被选中了,冥冥之中,她被一种力量呼唤,迷上了兽皮画。

巴姨说,宋老师做兽皮画不是她教的,说她一看就会,她只教了她怎么熟皮子。宋老师的兽皮画比柳芭的兽皮画更为开阔,她可以缝制一个庞大的迁徙场景,长达2.5米。里面有人、驯鹿、森林,甚至还有驯鹿背上的摇篮、女人,周围用黑熊的皮做边,令人震撼。

这些兽皮画都是用犴和驯鹿的腿皮缝制的,因为只有腿上的皮子才有变幻的色彩,而现在不允许狩猎了,这些材料很难寻找,宋老师有时会从网上订购芬兰的驯鹿皮,但是芬兰的鹿皮会经常没有腿皮。她一直在用她早年间一点一点攒下来的皮子做画,她的兽皮画经常因为没有材料而被迫停下来。由于材料的匮乏,她说,在她的有生之年能做五六张兽皮画就不错了。

除了制作兽皮画,宋仕华还独创了一种毛剪画,利用兽皮毛色的变化,剪出各种森林里的场景,描述使鹿鄂温克人生活中最常见的驯鹿、撮罗子、森林等等画面,极为生动,令人拍案叫绝。

一个被选中的人还有什么好说呢,她会千方百计地向着那个呼唤狂奔而去,百折不回,直到拿到她想要的,内心才会平静下来。所有的辛苦都成了回忆,所有的委屈都化作温暖,所有的感动都会从她的手中流出,化作人间的至宝震撼人心。

巴姨后来给她取了个鄂温克名字"讷克勒斯",意思是最小的女儿。想必巴姨内心深处也希望自己能有一个这样的女儿吧。宋老师所有的作品都要被巴姨认可后才算完成,她们俩是亦师亦友亦母女的关系。巴姨在生活中也越来越依赖宋老师的照顾了。也有人质疑宋老师的身份,为她不是鄂温克人而排斥她。但是我理解她对鄂温克文化的那种热爱和那种天注定的使命感,她就是被上天选中的人,她其实别无选择。无论会有多么艰难和委屈,她都会义无反顾地走下去的。我知道。

我就是敬佩巴姨,不但她的儿女都是天才艺术家,收了一个这样的徒弟也成了世间最独特的艺术家。她简直就如天使一般。

过　客

对于阿龙山的敖鲁古雅鄂温克人来说,我们只是过客。他们对我们的身份没有什么好奇心,什么作家、画家的不感兴趣。但是我们说自己是达斡尔人,是蒙古人,的确获得了直接的好感。想必少数民族,尤其是北方的少数民族还是有亲缘关系的,即便是完全的陌生人也会莫名地生出亲近来。尤其我们是宋老师带来的,他们对我们的来访还是充满了善意。

当三个艺术家——一个鄂温克的维佳,一个达斡尔的山丹、一个蒙古族的乌恩琪一起坐在蓝色的帐篷下面谈笑,是多么难得的相聚!围坐在一起吃饭,是人际交流最古老也是最有效的方式。也是艺术家们互相观察的最直接有效的方式。学着柳霞的说法,我们喝着"铁罐儿",坐在圆木上啃着肉干,的确惬意。再待下去,我们是不是也会嗜酒如命呢?

临行前的那次午饭,我们从岩画山上下来,都很激动。乌恩琪老师喝酒不再克制,尽情地表达着他的感受。土狍一下子和我们无比亲近,柳霞喝一点就醉了。

女儿穿上了土狍的鄂温克服装,真的像土狍说的特别像萨米族的小姑娘。

土狍给我用她手机拍了一张照片,似乎是我此去敖鲁古雅最美丽的一张留影,其他的都是一脸疲惫,土狍这个家伙真的很有艺术天赋。

然而乌恩琪毕竟是真正的艺术家,不久即露出他的赤子情怀,手舞足蹈起来。临别之际,他忽然向安道跪拜,眼含热泪,令人动容!

这些碎片,在24小时之内匆匆而过,然而留下的烙印可能久久都不会消失。所谓因缘际会,也可能都是前世的安排。我们和他们相处的一天里,十分小心,包含着尊重和善意,但是到了最后离别的时刻,面对土狍热情的拥抱,我一下子热泪盈眶……我对土狍说,我会再来的!

临别之际,我看到土狍的披肩晾在林间,想起波兰诗人辛波斯卡诗集的名字——《万物静默如谜》和《我曾这样寂寞生活》……

结束的时刻

回来以后的秋天,我把在山上给他们拍的照片都发给宋老师,请她转交土狍他们。正好那天土狍下山了,就坐在宋老师身边。我至今记得宋老师传达的土狍当时说给我的一句话,她说苏莉不好好在呼伦贝尔待着,跑通辽去干吗?这句话一下子击中了我,忽然觉得自己这样背井离乡的意义何在呢?

不久之后,忽然传来噩耗,说是土狍在赶驯鹿回家的时候累死在山里了……

我实在无法接受这个事实,难过了好久,想起土狍给我的拥抱,泪流不止。我为他们这个如此脆弱然而不无任性的族群忧心忡忡,也许我们谁都无法阻止某种宿命行进的步伐,可是我们应该做些什么呢？我们可以做些什么呢？

万物静默如谜……

(原载《民族文学》2018年第3期)

绵绵瓜瓞

——读《大雅·绵》

黄德海

一

二十多年前,确切的时间我记不准了,或许是因为什么事情的影响吧,学校里特别盛行辩论,每到课间,滔滔不绝的辩论之声就响彻在耳边。其时一位尤善辩论的同学,连上厕所的时间也不忘找人为质,有一次他隔坑辩走了三拨人马,站起来的时候腿部发麻,险些没栽下粪池。我自己也在那时候练就了一副伶牙俐齿,颇为自己的所谓口才得意,有 次还梦见自己在台上舌战群英,结束后收嘴四顾,为之踌躇满志。当年盛名日隆的王元化写过一篇《说辩》,从先秦古希腊的辩才无碍一直讲到意在求胜的各路辩论赛,其义有赞有弹,我因为里面的劝诫意味心有所动。

当时的辩题中,有一个给我留下了深刻印象——人是自私的吗——因为这题目你无论站在哪一方,除非对方因为拙嘴笨腮而住口,都不会迅速取胜,甚至课间见缝插针的旷日持久的辩难也得不出什么结果,并且时不时还会陷入道德的选边困境。这些类似佛教所谓"十四无记"的题目——人性本善,人性本恶;人生有意义,人生无意义;时势造英雄,英雄造时势……遇到得多,辩而胜之的心劲儿一过,意兴便不免阑珊。其实我现在也不是很清楚,当时几乎是瞬间消失的辩论热情,到底是因为这类题目引起的,还是青春期的躁火已经熄灭,对这种口舌之争失去了兴趣。不过后遗症算是留下了,我后来只要看到谁想讨论人是不是自私的问题,差不多总是望而却步,避之唯恐不及。

后来,真的十多年之后的后来,我偶然读到了张五常的《自私三解:论〈原富〉的重心所在》(《原富》,即《国富论》,《国民财富的性质和原因的研究》),才重又拾起对这一问题的兴趣。照张五常的说法,自私的其中一个用法是生物学意义上的,来自道金斯《自私的基因》(下面是道金斯的话):"我们以及其他一切动物都是我们自己基因所创造的机器……成功的基因的一个突出特性是其无情的自私性。"自私的另外一种用法是现代经济学假设:"在局限下争取最大的个人利益(Postulate of Constrained Maximization)。人的本质究竟是否自私毫不重要,重要的是假设任何人,在何时何地的任何行为都是以自私为出发点,没有例外。"关于假设的说法,很可能来自卡尔·波普尔的"证伪理论":"衡量一个理论的科学地位的标准是它的可证伪性或可反驳性或可检验性。"用张五常的话说,"理论的推测一定要'可能被事实推翻'。不可能被事实推翻的理论,是没有解释力的"(道金斯的自私基因有被证伪的可能性,因而有解释力)。在这个层面,"自私假设是经济科学上的需要,人的本质究竟怎样是另一回事",不应引起道德上的责问——就像你不能用道德来论断狭义相对论的基本假设,"光在真空中的传播速度都是一个常数,不随光源和观察者所在参考系的相对运动而改变"。

在说自私的第三解之前,容我先把话题岔开一下。当年读王元化的书,因为其中批评了林毓生,我便去找《中国传统的创造性转化》来读,没想到劈面就遇到了此前从未想到过的"比慢精神":"当你在这样的煎熬、这样的自我批评、这样坚强的精神支持之下得到一点实质性成绩的时候,得到一个突破性的学术理论的时候,你会发现,的确是一分耕耘一分收获:你的努力并没有白费,这种切实的成就感,会使你的心情变得不那么着急了,你真实地感受到只有在不恓恓惶惶的心情下才能为中国文化做一点事,今后当然要本着原来的态度继续努力,以求获得更多一点成绩。同时,这种成就感自然会使你产生一种真正虚心的态度:你知道你的能力的确有限,你花了那么多岁月与那么大的力气,才获得这么一点点成绩,你只能脚踏实地,用适合你的速度,走你所能走的路。"对,岔开来要说的意思就是,自私的第三解,是张五常用"比慢精神","重读又重读(《国富论》和《道德情操论》),每一次咀嚼时都得到新的启发,感到千钧之力"的产物。这个结论,并非亚当·斯密(1723—1790)直接道出,甚至可能连他自己在写作时也没有明确意识到——

> 他(亚当·斯密)认为人的本质有同情心,但为了生存不能不自私。那是说,自私是无可避免地被逼出来的。非所欲也,不能不自私也。在整本厚厚的《原富》中,他只说过一句类似这样的话,但斯瓦在《原富》之前的另一本书(按应为《道德情操论》),这第三个自私角度较为明确。三十年前我以这被逼自私的角度重读《原富》,才认为自己真的明白这伟大思想家的重心所在。

是这样没错吧:"从假设自私的角度看,'进化论'怎样也看不出来。从基因自私的角度看,自私本身就是进化的适者生存的效果,'进化论'的大前提却也看不出来。但从被逼自私的角度看,一个伟大的脑子就可以想出'进化论'。"(或许有必要提示一下,我们熟知的"物竞天择",按达尔文的意思,竞和择的对象,其含义较不重要的是与自然环境竞争,不同类间的竞争相对重要,而同类间的竞争则是最激烈的。从这里看,被逼自私是不是跟进化论一脉相承?)且不说这个被逼自私的思路后来又影响到了黑格尔和马克思,我从这里切实明白了一个问题,即"被逼"并不含有任何褒贬之义,而只是一个对事实的确认,就如同说"我们被逼跟书生活在一起"(因为现在教育的传习离不开书)。如果沿着这个思路追踪下去,这个被逼自私的说法,恐怕更早地隐约来源于霍布斯(1588—1679)的《论公民》——

> 在自然状态中,所有人都有加害人的意志,但它们并不是出于同样的原因,也不该同样受责备。有的人根据自然的平等,所有那些他给自己的,也允许他人有。而有的人估价自己超过别人,总想要一切都只属于他自己,要求自己得到比别人更多的荣誉。对后者而言,他加害的意志来自虚荣和对自己力量的错误估价。而对于前者来说,他加害的意志出于他反对后者而保卫其财物和自由的必然性。

我们无法确定亚当·斯密潜藏的被逼自私想法是否来自霍布斯,可以确认的是,从霍布斯这段话里可以合理推论:"虚荣的人促使适度的人也不得不出于必然性(ex necessitate)来加害他人。事实上,预见到适度的人的这种'出于必然性'的加害意志,其他的人,不论他本人是否是个虚荣的人,都会完全理性地具有加害意志。"也就是说,不管你是怎样的人,在(无法根除的)虚荣者的迫使下,最终都不得不处于战争的"自然状态"。

二

在周还不叫周,而是"西土之人"的时候,就一直在不停地迁徙,宗周后也没有变化。不只是周族,照丁山《古代神话与民族》的说法,夏后氏都邑凡十迁,殷商都邑十六迁,周则亦十余迁——后稷封邰,不窋窜于戎狄,公刘自漆渡渭,庆节国豳,古公亶父居岐下,王季宅程,文王居丰,武王都镐,成王作洛邑,穆王都西政,懿王居犬邱,平王东居洛邑……书中认为,这种迁徙不定的生活延至秦统一中国之前,盖因"部落时代之生产,农业方在萌芽,大部分生活基础仍为游牧,游牧者因水草而转徙,部落之领袖因其族类而亦转徙不定;于是政治中心所在,既无所谓都邑,更无固定可言。逮夫部落互相吞并而渐进于封建,人们生活基础渐弃游牧而尚农业,播殖有常地,耕稼有定时,芸芸众生,渐安攸居,食土之君,乃有常邑"。

从历史发展的大趋势来看,大概是如此的吧,不过,拿周的迁徙来说,具体的原因,恐怕还是跟前面所说的作为战争存在的"自然状态"有关。《国语·周语上》:"及夏之衰也,弃稷不务,我先王不窋用失其官,而自窜于戎、狄之间。"周族失去了或许是自后稷起历代担任的"后稷"之职,于是自己放逐到戎狄聚居的地方,究其源,或许是因为夏"四夷背叛",作为夏的官员,在原先的居住地无法继续待下去了,只好举族迁徙。至于公刘迁豳之因,虽书传未载,但《大雅·公刘》说"笃(忠厚)公刘"居然"弓矢斯张,干戈戚扬,爰方启行"——张弓搭箭,带上干戈斧钺才出发——可见不是和平环境下的顺利迁徙。古公亶父的迁岐,则于《后汉书》有非常明确的记载:"及(殷)武乙暴虐,犬戎寇边,周古公(亶父)逾梁山而避于岐下。"没有意外,一直是内忧或外患或内忧外患,战与乱从未停下它的步伐。

推定周人的迁徙路线,有说是在今山西、陕西、甘肃三省的广阔区域进行,其祖先避夏时乱而自晋迁至陕甘地区;有说始终不出渭水沿岸的陕甘地区者。无论哪一个更接近当时事实,可以确认的是,周一路迤逦而来,最终定居在今陕西中部一带,奠定了兴盛的基础。从中国王朝盛衰的地理形势来看,整个北方的重心大抵在陕西、河南两点之间徘徊,"居北可以制南,而居南者不得北则不能安",往往建都陕西者盛而建都河南者衰,且自西北出发容易制控东南,反之则否。古公亶父由豳迁岐,虽是躲避戎狄,却也没有离开西北,自此生聚教训,周的崛起如大江横流,其势不可遏抑。

不过我很怀疑,这个在内忧外患中慢慢生长起来的周,并非只是历史的生长顺序,同时是一个有意为之的精神建立过程。这意思差不多如雅法(Harry V. Jaffa)在《分裂之家危机:对林肯—道格拉斯论辩中诸问题的阐释》中说的那样:"亚里士多德认为,历史关注的是个别事项,而诗所关注的是普遍原则。在美国政治传统中,历史与诗的关系可以说明如下:即使没有林肯,我们也得造一个林肯出来!但是,要想像林肯那样生存,就必须展现他生命中的机缘要素,又显示他生命中的人为要素。"不妨这样来理解上面的话,所谓历史,并非对过往的"事实"陈述(而且几乎难以做到对吧),也不只是作为思维体操任意叙事,而是考虑到机缘(偶然)与人为(制作)的人类政治生活经历。这差不多也让我们意识到,西方有识者对希腊神话和思想的不断重述,并非只是书本上的游戏,里面可能含藏着他们对现代政治生活的深深思考。

近代以来,中国人一直耿耿于怀的文学问题之一,是黑格尔所谓的"中国没有民族史诗",原因是中国的"观照方式基本上是散文性的,从有史以来最早的时期就已形成一种以散文形式安排的井井有条的历史实际情况,他们的宗教观点也不适宜于艺术表现,这对史诗的发展也是一个大障碍"。按之以黑格尔自己的说法,"史诗以叙事为职责,就须用一件动作(情节)的过程为对象,而这一动作在它的情境和广泛的联系上,须使人认识到它是一件于一个民族和一个时代的本身完整的世界密切相关的意义深远的事迹",是否可以说其间有一个显而易见的自相矛盾呢?大雅中的《生民》美周始祖后稷,《公刘》叙公刘迁豳,《绵》述古公迁岐,《文王》颂文王图商,《皇矣》赞文王伐密伐崇,《大明》写武王伐纣——这(稍微宽泛一点,就远远不止这六首)后来被称为周族史诗的连番述作,已然勾勒出一个民族完整的发展路线和他们的历史决断时刻——既有历史的偶然,又必然是人为的创制,不正是黑格尔所谓"一件于一个民族和一个时代的本身完整的世界密切相关的意义深远的事迹"?或者如雅法所言,周已经造出了担当自身政治的非凡人物?

如果我们把所有人类政治生活中属人的创制去掉,只留下归于偶然机缘的所谓历史事实,古人所有的深思熟虑或深谋远虑,都将变成砖头瓦砾样的存在,生不成任何积极的意义。就像西方(18世纪末诞生)的古典学标志的那样,在偶然机缘视野下,所有人类心智的最高成就,将自此"成为死去的'古籍',而非活着的经典",人们"可能需要坐在图书馆里阅读拍塞尼阿斯的旅游指南,或者可能需要翻找某个古代牛粪堆中遗留的残渣。也很可能,在古典学中,这两种活动都被看作是同一件事业的组成部分";或者如中国文学现代化的先驱所谓,"《诗经》并不是一部圣经,确实是一部古代歌谣的总集,可以做社会史的材料,可以做政治史的材料,可以做文化史的材料。万不可说它是一部神圣的经典"。经典虚无成旅游手册、一堆牛粪或某一学科的趁手材料,在这样的背景下,来读《大雅·绵》的起首三章,难免要生起诸多感慨吧——

> 绵绵瓜瓞。民之初生,自土沮漆。古公亶父,陶复陶穴,未有家室。
> 古公亶父,来朝走马。率西水浒,至于岐下。爰及姜女,聿来胥宇。
> 周原膴膴,堇荼如饴。爰始爰谋,爰契我龟。曰止曰时,筑室于兹。

三

少年时期,家里种了五六年的大片西瓜,我最喜欢看着微小细弱的叶子随着瓜蔓的绵延一点点长大,慢慢遮住了裸露的土地,显出蔚然深秀的样子来。为时不久,花期紧接着坐果期,毛茸茸的小西瓜便一个一个顶着新鲜的花朵冒了出来。每到这时候,父亲就经常在瓜地里走上几圈,把一些小西瓜摘掉。问他为什么,说是坐在根部附近的瓜通常长不大,很多还会长歪,只有摘掉,后面的瓜才长得大,长得好。但也不是每个根部的瓜都要摘,有些瓜形很好的,虽然长不太大,成熟后却往往又甜又起沙。

《绵》破空而来的这句"绵绵瓜瓞",是不是上面的意思呢?按朱熹的解释,应该是的:"绵绵,不绝貌。大曰瓜,小曰瓞。瓜之近本初生者常小,其蔓不绝,至末而后大也。"传统玉雕题材"瓜瓞绵绵",无论雕饰的是什么瓜,通常是近穿挂点的小而远穿挂点的大,即便是两个瓜,也是近小而远大,显然取的是朱熹的这个意思。联系到前面周族的迁徙史,可以判断钟惺的话颇富见识:"只'绵绵瓜瓞'四字比尽一篇旨意。"那自不窋开始的漫长迁徙，一点一点积累能量，现在该到了长出大瓜的时候了吧？如朱熹之意，"首章言瓜之先小后大，以比周人始生于漆、沮之上，而古公之时居于窑灶土室（陶复陶穴）之中，其国甚小，至文王而后大也"。

不说朱熹对"陶复陶穴"的时间定位是否准确，也不提他和钟惺都一律把这句看成比，而古注以为兴（比兴之间有时差别甚微），即便是瓜瓞绵绵的本义和引申义，郑笺就另有其说："（毛传:）瓜，绍（继承）也。瓞，㼕（小瓜）也。民，周民也。自，用。土，居也。沮，水。漆，水也。笺云：瓜之本实（近本根之实），继先岁（上一年）之瓜，必小，状似㼕（按此可见所谓小瓜，乃是品种，并非尺寸），故谓之瓞，绵绵然若将无长大时。兴者，喻后稷乃帝喾之胄，封于邰。其后公刘失职，迁于豳，居沮、漆之地，历世亦绵绵然。至大王而德益盛，得其民心而生王业，故本周之兴，自于沮、漆也。"本来是非常直观的近本之瓜小而远本之瓜大，为什么非要兜个大圈子绕到"先岁"上去呢？古人是脑子复杂还是别有会心？

困惑难解，便来翻《汉书》，第一篇《高帝纪》，劈头就是："高祖，沛丰邑中阳里人也，姓刘氏。母媪尝息大泽之陂，梦与神遇。是时雷电晦冥，父太公往视，则见交龙于上。已而有娠，遂产高祖。"赞的结尾，则云："是以颂高祖云：'汉帝本系，出自唐帝。降及于周，在秦作刘。涉魏而东，遂为丰公。'盖太上皇父。其迁日浅，坟墓在丰鲜焉。及高祖即位，置祠祀官，则有秦、晋、梁、荆之巫，世祠天地，缀之以祀，岂不信哉！由是推之，汉承尧运，德祚已盛，断蛇著符，旗帜上赤，协于火德，自然之应，得天统矣。"于个人强调感应神交，如《大雅·生民》之"履帝（天帝）武（足迹）敏（大拇指）歆（心有所感）"；于家族则上绍帝尧，如周之追远帝喾。即使在这一篇中，我们就能看到汉全面模拟周的企图。较周远为激烈的是,周人还把神话追溯到始祖后稷,汉就直接造在了刘邦个人身上。班固与郑玄相差约百年,他们面对的是共同的帝国合法性问题吗?郑玄此处的绕远解释,是"学随术变"的势利选择,还是政治神学或政治哲学的自觉承担?一时颇难分辨,能够知道的只是,这些地方显现出来的抉择,标明郑玄不只是明于训诂的小学学者,而是一位善观时势的经学大师。

让人略感奇怪的是,诗从第一章的静态转到第二章的动态,都没有提古公亶父"陶复陶穴,未有家室"和"来朝(早)走马"的原因,似乎是天经地义的事。要从后世的注里,我们才知道这迁徙的原因:"文王之先,久古之公曰亶父者,避狄之难,其来以早朝之时,疾走其马,循西方水涯漆、沮之侧,东行而至于岐山之下。于是与其妃姜姓之女曰大姜者,自来相土地之可居者。言大王既得民心,避恶早而且疾,又有贤妃之助,故能克成王业。"我们或许可以这样理解,古公亶父的迁徙,当然有诸多被迫的不得已,甚至有随战争而来的仓皇,但诗中并没有设定一个战争或和平的"自然状态",他们只是一直面对着自己切身的问题。等到周代追述先祖伟业的时候,这个狼狈的过程也会很自然地被转化为近乎自觉的选择(只要把最直接的原因取消掉就可以了对吧),甚或已获得合法性的帝国会有意去掉其中的血腥成分。后世对此事的解说,也都根据自己的切身情境,衍化出各种不同。《庄子·让王》——

> 大王亶父居邠,狄人攻之。事之以皮帛而不受,事之以犬马而不受,事之以珠玉而不受。狄人之所求者,土地也。大王亶父曰:"与人之兄居而杀其弟,与人之父居而杀其子,吾不忍也。子皆勉居矣!为吾臣与为狄人臣奚以异。

> 且吾闻之：不以所用养害所养。"因杖筴而去之。民相连而从之，遂成国于岐山之下。夫大王亶父，可谓能尊生矣。能尊生者，虽贵富不以养伤身，虽贫贱不以利累形。

那意思差不多是说，古公亶父虽然不小心成了一代明主，不过是他尊生的副产品，天下哪里值得劳费太多的心力呢？最后阐明的尊生不累形观点，大义鲜明，但发挥不留余地，没有微言可供琢磨，我有点怀疑出于庄子后学。同一件事，属今文经学的《尚书大传·略说下》方向便非常不同——

> 狄人将攻，大王亶父召耆老而问焉，曰："狄人何欲？"耆老对曰："欲将菽粟财货。"大王亶父曰："与之。"耆老曰："君不为社稷乎？"大王亶父曰："社稷所以为民也，不可以所为民亡民也。"耆老曰："君纵不为社稷，不为宗庙乎？"大王亶父曰："宗庙吾私也，不可以私害民。"遂杖策而去，过梁山，邑岐山。周人束脩奔而从之者三千乘，一止而成三千户之邑。

没有《让王》那么举重若轻，甚至还有点被逼的无奈，但我读来觉得气象雍容。事来则应，事去便休，不执着社稷宗庙，可也并不反向轻视，其选择一决于民（是以民为自身决断的标准，并非让民来决断），是今文学家的绝好风范。究其深处，则又通于道家，所谓"圣人恒无心，以百姓之心为心"——"彻志之勃，解心之谬，去德之累，达道之塞"，随时随地采取措施，运用之妙，存乎一心，与后世儒家如《正义》作者不类——

> 《曲礼下》曰："国君死社稷。"《公羊传》曰："国灭，君死之，正也。"则诸侯为人侵伐，当以死守之。而公刘与大

王皆避难迁徙者,《礼》之所言谓国正法,公刘、大王则权时之宜。《论语》曰:"可与适道,未可与权。"《公羊传》曰:"权者,反经合义。"权者,称也,称其轻重,度其利害而为之。公刘遭夏人之乱而被迫逐,若顾恋疆宇,或至灭亡,所以避诸夏而入戎狄也。大王为狄人所攻,必求土地,不得其地,攻将不止。战以求胜,则人多杀伤,故又弃戎狄而适岐阳,所以成三分之业,建七百之基。虽于《礼》为非,而其义则是。此乃贤者达节,不可以常礼格之。

经权合宜,本是高明的处事处世之法,值得好好揣摩学习。只是这里强调权字,不是针对不同的具体,而是在经书的压力下为公刘和古公亶父辩护,讲了半天道理,如同藏仁以要人,再好的行为选择,在这样的形势下也会有所掣肘,不能如白手不持寸铁那般灵活以对——《三国演义》中刘备携民渡江,所谓"举大事者必以人为本。今人归我,奈何弃之?"我很怀疑是从这故事里学的,刘备的话,也颇像是应付经书相传的君主考试的标准答案——好在,古公亶父不用在决定前先想自己的行为是经还是权,他看明白了当时的局势,连车子都来不及乘,一大早就策马疾奔,终于来到膴膴(肥沃)的周原,并"筑室于兹"——转徙获福,盛大的景象在他面前徐徐展开。

四

钱锺书《围城》中有一段话,对我这样一个曾每年坐三四次九小时长途汽车的人来说,看过后就不忘:"在旅行的时候,人生的地平线移近;坐汽车只几个钟点,而乘客仿佛下半世全在车里消磨的,只要坐定了,身心像得到归宿,一劳永逸地看书、看报、抽烟、吃东西、瞌睡,路程以外的事暂时等于身后身外的事。"是的,那个来来回回的漫长旅途,我确实完整地读完过一本艰涩的书,看完过一个集数很多的国产电视剧,也曾结结实实昏睡了一路,无论心情好歹,那路程以外的事确实暂时等于是身后身外的事。等到学校毕业后租房居住,也差不多是这情形的延伸,那说不定只会住上一年半载的房子,却似乎剩下的人生全会待在里面似的。这样比较下来,如果是一个部落首领,身后跟着对他忠心耿耿的族人,整个部落以及被他吸引的人都会在一块土地上度过后半生,此后数代也将继续居住甚至永不离开,卜居的难度会更大的吧?

起码从古公亶父的情形来看,果然是如此——"来朝走马""至于岐下",且"爰(于是)及(与)姜女","聿来胥(相)宇(居)",看中的地方呢,肥美到连苦菜(堇荼)都其甘如饴。可是,古公并没有立刻就下令开垦安居,而是"爰始(始谋)爰谋(终谋),爰契(刻,或谓灼)我龟",此后才"曰止曰时(是,这里),筑室于兹(此)"。用《正义》的话来说,这个复杂的卜居程序如下:"上(第二章)言来相可居,又述所相之处,言岐山之南,周之原地膴膴然,其土地皆肥美也。其地所生堇荼之菜,虽性本苦,今尽甘如饴味然。大王见其如此,知其可居,于是始欲居之,于是与豳人从己者谋之。人谋既从,于是契灼我龟而卜之。龟卜又吉,大王乃告从己者曰:可止居于是,可筑室于此。告之此言,所以定民之心,令止而不复去也。"

我们看到"爰契我龟",嘴角会不会浮出嘲讽的浅笑呢?太迷信了不是吗?《尚书》里的"洪范"一篇,传为周灭殷后,武王向箕子询问治国方略,箕子详详细细地讲了九条大法。其中的第七条,即"稽疑",考察疑事,"汝(按,指询问的武王)则有大疑,谋及乃心,谋及卿士,谋及庶人,谋及卜筮"。也就是说,在一件事的决策上,有五类力量参与,即君、臣、民、卜和筮,已知的、可问理由的占三,而未知的、无论怎样询问都无法获知选择原因的,占二,卜、筮和君、臣、民并列,"天地鬼神的存在及其知觉是'正常'而非特殊神奇的,它也可能说错,没谁比谁更高贵更说了算这回事。至少理想上是这样,人不仅不刻意去保护卜筮的神秘性,反而想把它拉回到人的一般性认知里来,让理性可消化它判别它"。如此一来,卜筮可能就根本不是迷信,或无力无助时候向鬼神的乞求,而是清朗理性对未知部分的慎重对待。

《正义》注解第三章的时候,也果然引用了《洪范》,然后确认:"大王自相之,知此地将可居,是谋及乃心也。与从己者谋,是谋及卿士庶人也。契龟而卜,是谋及卜也。唯无筮事耳。《礼》'将卜先筮'之言,卜则筮可知,故云'皆从'也。"如此,或许就不妨说,卜居对一个庞大的部落来说是件重大的事,因此古公亶父启动了稽疑的完整程序,虽然碍于诗的格式,没有把这程序全部写出来,但那结果是明确的,"汝则从、龟从、筮从、卿士从,庶民从,是之谓大同"。当然,从来就没有一劳永逸的大同,卜地的顺利只是个不错的开始,接下来将是辛勤的劳作——

> 乃慰乃止,乃左乃右,乃疆乃理,乃宣乃亩。自西徂东,周爰执事。
> 乃召司空,乃召司徒,俾立室家。其绳则直,缩版以载,作庙翼翼。
> 捄之陾陾,度之薨薨,筑之登登,削屡冯冯。百堵皆兴,鼛鼓弗胜。
> 乃立皋门,皋门有伉。乃立应门,应门将将。乃立冢土,戎丑攸行。

即便无法确切知道每一句的具体意思,从那连绵不绝的十三个"乃",从那陾陾(réng)薨薨(hōng)登登冯冯(píng)的声音,从那拉直的绳子、翼翼的庙宇,从那各式各样的门,是不是能够感受到建设者的兴高采烈?对,还是来看余冠英怎么来听这些声音,看这些动作——

  住下来,心安稳,或左或右把地分,经营田亩划疆界,挖沟泄水修田塍。从西到东南到北,人人干活都有份。
  叫来了司空,叫来了司徒,吩咐他们造房屋。拉紧绳子吊直线,绑上木板栽木柱,造一座庄严的大庙宇。
  盛起土来满满装,填起土来轰轰响。登登登是捣土,凭凭凭是削墙。百堵墙同时筑起,擂大鼓听不见响。
  立起王都的郭门,那是多么雄伟。立起王宫的正门,又是多么壮美。大社坛也建立起来,开出抗敌的军队。

看余冠英翻译的时候,我真有读到"收拾金瓯一片,分田分地真忙"的感觉,仿佛看到了那意兴洋洋的繁忙,这感觉,我们大约在"十七年文学"里面经常体会得到吧?太熟悉了反而会让人有失真之感,那不妨来看古人如朱熹是怎样说这些事的:"四章言授田居民,五章言作宗庙,六章言治宫室,七章言作门社。"授田所以安居慰民,宗庙所以统一思想,宫室所以象征社稷,门社所以宣示国威,那个不提自己迁徙之因的周族,从没有忘记自己是在戎狄的逼迫下才迁至岐下的——就像荒岛上的鲁滨孙,从来没有忘记守卫自己的责任——因此始终有"戎(兵)丑(众)攸行"的警惕。这一点,是古公亶父,以至此后周的多数子孙永远会也应该记得的事情之一。

五

有一段时间乱读书，摸起过康德的《永久和评论——一部哲学的规划》，因为没有特殊的准备，当然读不出其中的味道，只有两个地方引起了我的注意。一是这篇文章的开头："在荷兰一座旅馆的招牌上画有一片坟场，上面写着走向永久和平这样几个讽刺的字样。究竟它是针对着人类一般的呢，还是特别针对着对于战争永远无厌的各国领袖们的呢，还是仅只针对着在做那种甜蜜的梦的哲学家们的呢，这个问题可以另作别论。"这段文字纠正了我关于哲学家的文字总是晦涩难解的刻板印象（后来读《对美感与崇高感的观察》及相关笔记，就更加对康德的不同文字风格有了认识），也对康德的敏感和概括能力佩服不已——可见如果只是展现聪敏才智，那些认真的思考者应该完胜一般的俏皮人物，只是他们无暇也不愿如此而已——从而信任其晦涩难解是出于思考的非凡深度，而不是对浅陋的文饰（他们思考本身存在的问题，并不影响其卓越，甚至问题正是卓越的特殊标志）。自此也就时常提醒自己，如果遇到不解甚至自相矛盾的东西，而作者展示出了深入思考的能力和诚意，不要急着断定对方头脑糊涂，说不定那正是思维进入高峻处的特征。

引起我注意的第二点，是康德在谈论和平时对战争的清醒认识，避免了自己被"实践的政治家""鄙视为学究"："他们（常备军）由于总是显示备战的活动而在不断地以战争威胁别的国家，这就刺激各国在备战（人员）数量上不知限度地竞相凌驾对方。同时由于这方面所耗的费用终于使和平变得比一场短期战争更加沉重，于是它本身就成为攻击性战争的原因，为的是好摆脱这种负担……但国家公民自愿从事定期的武装训练，从而保全自身和自己的祖国以反抗外来的进攻,那就完全是另一回事了。"不过,说实在话,《永久和平论》给我留下的最深印象是——永久和平几乎是不可能的,或者永久和平需要先经过某种被严格限制的战争才可能。如果不是怕有人误会,也不妨把这个印象用卡尔·施米特的方式表达出来:"战争作为最极端的政治手段揭示了那种支撑着所有政治观念的可能性,即朋友和敌人的划分。只要这种划分在人类中实际存在或至少是潜在地可能存在,战争就具有意义。"

是不是可以说,不管是康德还是施米特,不管他们爱智慧的方式多么不同,也不管是讨论和平还是战争,他们对所谓人性的认知却具有明显的共同性:"实际的战争和潜在的战争可能性一再告诉或提醒人们,人类生活在地上、生活在自然状态之中,政治(划分敌友)是人性的——亦即无法根除的。"是这样没错吧,如我们古人所说,"地有人据"——"人类活动之痕迹,人依托地形而形成的政治分割",《易·坎·象》所谓"天险不可升也,地险山川丘陵也,王公设险而守其国"。或许可以这样说,这个周人努力建设的岐下,正是他们的"人据"。那建起的庙宇,竖起的大社,列开的兵众,都是周人守卫自己国家的努力,他们一直知道自己的敌人和朋友是谁(此后还会根据不停变化的形势重新做出自己的敌友选择)。自此,这个政治成熟的周族走上了完全的发展正轨,诗的速度,也忽然快了起来——

  肆不殄厥愠,亦不陨厥问。柞棫拔矣,行道兑矣。混夷駾矣,维其喙矣。
  虞芮质厥成,文王蹶厥生。予曰有疏附,予曰有先后,予曰有奔奏,予曰有御侮。

在《姜斋诗话》中，王夫之两次强调诗句过渡的重要性，可见是非常重要的问题。一则曰："句绝而语不绝，韵变而意不变，此诗家必不容昧之几也。'天命玄鸟，降而生商。'降者，玄鸟降也，句可绝而语未终也。'薄污我私，薄浣澣我衣。害澣害否？归宁父母。'意相承而韵移也。尽古今作者，未有不率繇（由）乎此，不然，气绝神散，如断蛇剖瓜矣。"再则曰："古诗及歌行换韵者，必须韵意不双转。自《三百篇》以至庾、鲍七言，皆不待钩锁，自然蝉连不绝。"我是因为知道了这句话，才明白写文章不是一段一段拼接起来的，其间有什么东西一直若断若续。

这篇《绵》从前七章到第八章，堪称过渡的经典，古人赞叹过的不在少数。朱熹《集注》："肆，故今也，犹言遂也，承上起下之辞。殄，绝。愠，怒。陨，坠也。问、闻通，谓声誉也。柞，栎也，枝长叶盛，丛生有刺。棫，白桵也，小木亦丛生有刺。拔，挺拔而上，不拳曲蒙（茂）密也。兑，通也，始通道于柞棫之闲也。驹，突（奔跑）。喙，息也。言大王虽不能殄绝混夷（古种族名，即犬戎）之愠怒，亦不陨坠己之声闻。盖虽圣贤不能必人之不怒己，但不废其自修之实耳。然大王始至此岐下之时，林木深阻，人物鲜少，至于其后生齿渐繁，归附日众，则木拔道通。混夷畏之而奔突窜伏，维其喙息而已。言德盛而混夷自服也，盖已为文王之时矣。"从上章的"戎丑攸行"过渡到此章的"肆不殄厥愠"，似乎是上面的兵众继续开进，然后是仿如一个跟着时间推进的长镜头，土地先是荒蛮一片，渐渐地树木挺拔，道路开拓，此前横蛮的敌人戎狄气喘吁吁地逃跑了事，战马上的祖父古公，也摇身变成了孙儿文王。怪不得明人孙鑛称美此章："上面叙迁岐事，历历详备，舒徐有度。至此则如骏马下坂，将近百年事数语收尽。笔力绝雄劲，绝有态，顾盼快意。"

马上争得一族蕃息之地,当然不能马上治之,文教随之而来,"虞芮(两国名)质(成)厥(其)成(平),文王蹶(动)厥生(性)"。毛传:"虞、芮之君相与争田,久而不平,乃相谓曰:'西伯(文王称号),仁人也,盍往质焉?'乃相与朝周。入其竟(境),则耕者让畔,行者让路。入其邑,男女异路,班白(须发花白)不提挈(手提)。入其朝,士让为(于)大夫,大夫让为卿。二国之君,感而相谓曰:'我等小人,不可以履君子之庭。'乃相让,以其所争田为间田而退。天下闻之,而归者四十余国。"对,又是一个可能是编出来的故事,标明此前被迫的武力强调和激昂奋进都已经和缓下来,逐渐让位于和缓的教化。本章称颂的文王四德,动武的一个面向,也悄悄地放到了最后:"予曰有疏附,予曰有先后,予曰有奔奏,予曰有御侮。""予"或以为诗人之我,或以为被征服者之我,或谓文王自称;"曰"或以为有实意,或以为无实意,其实都不妨碍对此四者的理解:"疏附谓率下以亲上,承上以化下。先后谓老老幼幼,修齐治平。奔奏者,宣文德。御侮者,扬武威也。"

周族由豳迁岐三代,蛮荒而为富庶,武功而进文治,旧邦之周已建成其新命之基。通过诗的形式,周此前经历的艰难困苦,由天生或被迫的必然过渡到了制作或教化的应然,他们也不用在走过了如此的长路之后再去假设人世的凶险。绵绵瓜瓞,由小而大,周原上一片繁茂苍翠的景象,那个作为历史和想象盛世的周,已经慢慢显露出它近乎完美的模样。

(原载《野草》2018年第4期)

《燕山夜话》漫溯

虞　金　星

一

1961年3月19日，《北京晚报》五色土副刊上登出《燕山夜话》专栏的第一篇文章《生命的三分之一》。作者邓拓（署笔名"马南邨"）说：

"我之所以想利用夜晚的时间，向读者同志们做这样的谈话，目的也不过是要引起大家注意珍惜这三分之一的生命，使大家在整天的劳动、工作以后，以轻松的心情，领略一些古今有用的知识而已。"

邓拓时年尚未满五十，但已经是著名的老报人了。他二十八岁起担任中共中央机关报《人民日报》前身之一《晋察冀日报》的社长兼总编辑，三十七岁起担任《人民日报》总编辑，是新中国成立后中央机关报的首任总编辑。可以说，一生的主要经历在报纸的编辑出版中。

《燕山夜话》的栏目名,正是这位老报人自己的手笔。燕山对北京,夜话对晚报,虽只是一个栏目名,仍透出这位老报人的功力与巧思:既绝妙地对应了刊发专栏的报纸《北京晚报》,又切合这个专栏策划时的定位。笔名"马南邨",化自"马兰村"。这个河北保定阜平县的山村,正是邓拓当年主持《晋察冀日报》时所驻的村子。

"轻松""有用""古今""知识"……《生命的三分之一》这一篇,或许在"燕山夜话"这个名字定下来的同时,就已经在邓拓的脑海里成形了。这一篇是《燕山夜话》真正的"序言",最后一段里已经列明了这一系列文章真正的关键词,标注了这批知识性杂文的写作路径。

福建人民出版社在"文革"结束后1980年出版的《忆邓拓》一书中,收有当年《北京晚报》五色土副刊编辑顾行、刘孟洪的回忆文章《邓拓同志和他的〈燕山夜话〉》,细述了专栏出炉的经过:"邓拓同志生前总喜欢开玩笑地对我们说:'我给《北京晚报》写《燕山夜话》,是被你们逼着上马的。你们真有一股磨劲儿。'"

玩笑其实也是实情。为了这个专栏,五色土副刊的编辑磨了作者三个月。1961年1月,北京日报传达了邓拓关于报纸宣传的一段讲话,大意是要提倡读书、开阔眼界、振奋精神。晚报编辑听了之后,立意邀请邓拓"给晚报开一个栏目,写一些知识性的杂文":"我们和邓拓同志越来越熟,磨他写文章的劲也越来越足,整整磨了三个多月",直到3月初才答应。

当时的邓拓已离开他主持多年的《人民日报》两年,调北京市委,任书记处书记,分管文教,主编市委理论刊物《前线》。《燕山夜话》的开栏,在《北京晚报》创意栏目并向邓拓约稿的编辑们看来,有些"解铃还须系铃人"的意味。

邓拓提的"提倡读书、开阔眼界、振奋精神"这个"铃",有1961年前后的时代背景。1961年1月14日至18日,中国共产党八届九中全会在北京举行。会议鉴于"大跃进"所造成的国民经济比例失调及其带来的严重困难局面,强调贯彻执行以农业为基础的方针,全党全民大办农业、大办粮食。会议还正式批准了"调整、巩固、充实、提高"的方针。

这个大名鼎鼎的八字方针,其实在1960年冬就已在中央形成共识。1960年9月30日,中共中央批转国家计委党组《关于1961年国民经济计划控制数字的报告》,其中首次提出国民经济"调整、巩固、充实、提高"的方针。而在八届九中全会上和之前召开的中央工作会议(1960年12月24日—1961年1月13日)中,毛泽东都发表讲话,要求"大兴调查研究之风",1961年要成为"调查研究年""实事求是年"。

面对着严重的经济困难,尤其是粮食短缺,1960年底、1961年初社会温度的变化是明显的。曾是资深报人、又在北京市委书记处分工负责文教,邓拓在北京市的相关会议中发声,希望报纸宣传发挥适当作用,开阔眼界、振奋精神以补物质之困,也是很自然的事。而正在为"实事求是""调查研究"开动脑力的《北京晚报》副刊编辑们想到了开办一个灵活的读书札记之类的栏目,刊登一些知识性的杂文。他们把约稿的目光,投到了邓拓身上。

二

在副刊编辑岗位工作多年,重读《燕山夜话》集时,我会忍不住设想,作为编辑,如果今天我碰上一个像邓拓这样的作者,会是一种什么样的感受。大概得用上"幸福"二字——对副刊编辑来说,一个学识渊博又长期浸润于报纸,深知报章各种需求,能按时为版面提供合适稿件的作者,简直可以用完美来形容。但一个既有学识储备,又精通报纸规律,能在学术和普及两者间兼取所长的作者,又着实是可遇不可求的。

今天重读《燕山夜话》,许多篇章仍然可以放在今天的报纸副刊版面上,并不违和且不输光彩。它显出的报纸文章的生命力,是作者与报纸"可遇不可求"的密切关系使然,尤为难能可贵。所以,重读《燕山夜话》,在感知它出于历史风云的必然的同时,又不能不体味它偶然而难以复制的一面。"三家村"之一廖沫沙1979年忆旧时曾有"燕山偶语"之说,或许恰好用来形容。

为《燕山夜话》定名时,邓拓对编辑说:"可以写的内容很多,题目随便想了一想,就够写一两年的。"很大程度上,是邓拓的学识支撑了这一点。在《欢迎"杂家"》一文中,邓拓说,真正具有广博知识的"杂家",是难能可贵的,应该对这样的"杂家"表示热烈的欢迎,应该欢迎具有广博知识的杂家在我们的思想界大放异彩。"广博的知识,包括各种实际经验,则不是短时间所能得到,必须经过长年累月的努力,不断积累才能打下相当的基础。有了这个基础,要研究一些专门问题也就比较容易了"。在《燕山夜话》的一百五十多篇文章中,邓拓表现出来的,就是这样一种"杂家"风貌:

"邓拓同志在这些文章中,谈政策、谈时事、谈学习、谈工作、谈思想、谈作风、谈哲学、谈科学、谈历史、谈地理、谈文学、谈艺术……可以说是包罗万象,琳琅满目,很像一部'小百科全书'。写法深入浅出,生动活泼,联系实际,有的放矢,谈古论今,旁征博引。邓拓同志写《燕山夜话》引用的资料很多。《四书》《五经》《二十四史》《资治通鉴》;汉、唐、宋、元、明、清人笔记、小说;诸子百家、正史、野史;中外寓言,无所不引。"

邓拓的父亲是前清举人,邓拓幼承庭训,有国学底子,后来又先后求学于光华大学文学院政治社会系、上海法政学院经济系、河南大学经济系,受过良好的学术熏陶与训练。他在河南大学就读期间撰写了二十五万字的《中国救荒史》,被收入商务印书馆"中国文化史丛书"(署笔名"邓云特")出版。从事灾荒史研究的著名历史学家李文海1998年撰专文谈这部"经典学术名著","以其翔实的史料、缜密的分析、科学的历史观和现实主义的批判精神,成为其中的'扛鼎之作',并将中国救荒史的研究推进到一个全新的阶段"。李文海认为,直到20世纪末,它仍是"有关中国救荒史研究的唯一的一本教科书"。而这本被后来学者高度评价的教科书级的学术著作出版时,邓拓不过是个二十五岁的青年。

他的"杂家"理念,还出自长时间主事报纸的工作实践。报纸从业者的"杂家"要求,至今仍为多数业者所认同。在报纸工作,尤其是在戎马倥偬中处于一线主持编辑工作的总编辑,更是得有"杂家"精神与"杂家"本领,社论、理论文章、消息、通讯、杂文等样样体裁来得,经济、社会、政治、文化与思想等种种领域都有识见。

史学家根底与作为党的机关报总编辑的非凡报纸生涯,对邓拓的"满纸文章"来说,是二而一的关系。《燕山夜话》,则是这种关系的"副产品"。

尽管如今我们把《燕山夜话》视作邓拓最著名的作品,甚至在一定意义上把《燕山夜话》视作邓拓最重要的作品,但这是有特殊历史原因的。事实上,《燕山夜话》并不足以代表邓拓,它仅仅是探知邓拓最方便的一个入口而已。

三

对邓拓来说,《燕山夜话》不过是"小文章"。尽管在读者看来,他是"以大手笔写小文章"(老舍语)。这里的"小文章"并不含褒贬的意思,而是由《燕山夜话》这个栏目所在的《北京晚报》的风格决定的。相反,能"以大手笔写小文章",对约稿的编辑来说,对读到文章的读者来说,何尝不是一种幸运的收获。对作者来说,也不失为一种考验与成功。读《燕山夜话》,理解它那种轻松、平易、以小寓大、琳琅满目的风格,不能脱离《北京晚报》这个载体的背景,不能不考虑到邓拓在这个栏目中的写作方式。

《北京晚报》1958年创刊,是有比较明确的意向读者和风格定位的。1957年北京日报社给北京市委的请示报告中这样描述:"北京晚报是市委领导下的报纸,具体业务由北京日报编委会领导,每日出刊四开四版一张,它的读者对象是城市居民——包括工人、店员、手工业者、干部和家庭妇女。每天有两版新闻,两版副刊和专刊。内容除时事新闻(综合改写)外,偏重于本市新闻(补日报之不足,如登一些各区消息)、文化娱乐、体育活动、社会新闻——通过具体事例和简短活泼的文章,培养新社会的道德品质和新公民的思想修养。注意文短,图多,通俗易懂,编排活泼而又不流于庸俗。"

《北京晚报》创刊号上也再次确认了这方面的设想:"这张报纸是办给广大城市居民看的,工人、店员、干部、学生和教师、手工业社员、街道居民和家庭妇女,都是这张晚报的对象。同时,晚报还必须补日报之不足,更多地反映各区、中小工厂、基层商店、手工业社、中小学、街道和家庭各方面的工作状况和群众生活面貌。"

这是一张与《人民日报》《北京日报》等机关报面貌大不相同的都市报。邓拓本人也对《北京晚报》的定位有过直接的评论:"晚报是一份小型报纸,就要从这个特点出发,在'小'字上做文章。"——"小文章",正是晚报的需求所在。轻松、有用的

"小文章"，以"具体事例"和"简短活泼"的文风呈现出来，也正是《北京晚报》与它的读者们的默契所在。《燕山夜话》也是这种默契的一部分。

1963年，《燕山夜话》合集出版时，邓拓曾有《自序》："有人说，零篇写作也很费工夫，你难道不怕耽误工作吗？讲一句老实话，我觉得写零星短文并不费事，只要有观点、有材料，顺手牵羊就来了，有一点业余时间的都能办到。这又证明，一般的文章要写得短；短就不怕没工夫。"《燕山夜话》所集的文章，正是他所说的"零篇写作""零星短文""一般文章"。不妨这样理解：《燕山夜话》更像是一次和北京的众多市民的聊天。在这次晚间时段的聊天中，邓拓充分发挥了他的博闻广识，发挥了他史学家与多年浸润于马克思主义的深厚功底，其中或有分享的意趣，也有引导的衷肠。

尽管以常理来论，要在繁忙的工作中保持稳定的每周两更，总归会影响到工作生活。但我猜想，邓拓在写作《燕山夜话》时，应该是自有乐趣的。这种在报纸上"夜谈"式的写作，是合乎他的心意与理念的。战争年代隐蔽在乡村、民众中，致力于发动大众的办报经历，以及他对党的意识形态包括群众路线的信仰，使他对"站在群众中间办报""群众内容、群众形式、群众写作"有着高度的认同与实践。关于后者，他1944年在晋察冀边区宣传工作会议中所作的报告《改造我们的通讯工作和报道方法》里有过详细论述。

"马兰村"年代，邓拓主持《晋察冀日报》，就办有通俗性副刊《老百姓》，注重"把新近发生的事用通俗的语言讲给老百姓听"。对于一个拥有丰富储备的学者、作家来讲，能以适当的形式，把自己的所知所感所想讲到他的意向读者心里去，对于一个长期从事党的新闻工作、对自己所选择的意识形态与道路有深刻认同的知识分子来讲，能够以润物无声的方式引导民众，"培养新社会的道德品质和新公民的思想修养",无论哪一点,都是能令人愉悦的。

邓拓自己可能也没料到,正是这些"顺手牵羊"的"小文章",成为杂文史上第二次创作高潮的重要部分。这类杂文也成为鲁迅式的杂文之外,另一种重要的杂文形式。在《燕山夜话》的带动下,《前线》的《三家村札记》、《人民日报》的《长短录》、《大众日报》的《历下漫话》》、《云南日报》的《滇云漫谈》等杂文专栏一时涌起,有知识性、趣味性又不失新闻与时代背景的杂文品种空前活跃。

从这个角度来讲,《燕山夜话》又确实是一部时代之著。

四

《燕山夜话》杂文集,是新中国成立以来发行量最大的杂文集之一。其中以北京出版社的两个版本发行量为大。

一是1963年的合集,并自1961—1962年分别出版的五集分册。五集分册每集编入30篇文章,共150篇。二是1979年的新版合集。这一版本删去了1963年版本中的4篇(分别是二集的《收藏家的功绩》、三集的《从鲁赤水的墨菊说起》、五集的《一幅墨荷》《命运注定蒋该死》)。又另外补上了当年未收的3篇文章(《陈绛和王耿的案件》《鸽子就叫做鸽子》《今年的春节》)。这一版共收149篇。

所以,《燕山夜话》这两个发行量最大的版本先后收有文章153篇。其中152篇是《北京晚报·燕山夜话》专栏的。另有一篇《一块瓦片》,选自1961年12月31日《人民日报》。《燕山夜话》专栏和《燕山夜话》杂文集的文章数量微有差异。

《北京晚报》的"燕山夜话"专栏所刊载作品数量,各种资料里有多种说法。综合北京出版社的两种版本,152篇应该是比较可靠的篇数。

在《燕山夜话》前四集按每集三十篇出版后，1962年10月，马南邨（邓拓）曾在第五集的前言《奉告读者》中说："由于近来把业余活动的注意力转到其他方面，我已经不写《燕山夜话》了。现在将三十二篇未编的文稿重阅一遍，选得二十九篇。又把在别的报刊上发表的短文选了一篇加上，补足三十篇。"所谓"三十二篇未编的文稿"，应该是指自"燕山夜话"开栏起，未收入前四集《燕山夜话》出版的所有文章。从中去掉三篇，选出二十九篇，又添上发表在《人民日报》的《一块瓦片》，补足三十篇，以合乎前四集的体例。1979年的新版合集在五集之后添补的三篇，应该就是1962年10月这一次未选的三篇。如此，"燕山夜话"专栏所刊的文章就齐全了。

邓拓夫人丁一岚1979年2月17日在《人民日报》发表的《忆邓拓——为〈新闻战线〉作》中说："正是这一百五十二篇《燕山夜话》和十八篇《三家村札记》，竟成了党的新闻战线上一个忠诚战士的致命之累。"北京广播电视大学中文教研组编、1983年出版的《作品选讲》在《生命的三分之一》一文后附了顾行的《别开生面　独具一格——介绍〈生命的三分之一〉兼谈〈燕山夜话〉》（1983年）一文作为说明。文中说，"这个专栏……共发表杂文一百五十二篇"。也再一次印证了《燕山夜话》专栏的作品篇数。

《燕山夜话》杂文集在1960年代前半期受到欢迎，发行量可观，和《北京晚报》的"燕山夜话"专栏受到欢迎的原因是一样的。在频繁变幻的运动过程中，在文风、话风变化的过程中，"知识性杂文"的流行是可以想象的。而它在1979年重印之后，发行量比1960年代更大，原因更令人百味杂陈。

1979年1月，廖沫沙反顾"三家村"时写下的一首诗："燕山偶语招奇祸，海瑞登台启杀机。有鬼为灾偏做梦，三家村里尽痴迷。"诗里写到了三部作品——邓拓的《燕山夜话》,吴晗的《海瑞罢官》,邓拓、吴晗、廖沫沙的《三家村札记》,勾连的是两桩事——1965年姚文元发表《评新编历史剧〈海瑞罢官〉》开启的批《海瑞罢官》运动,1966年姚文元发表《评"三家村"——〈燕山夜话〉〈三家村札记〉的反动本质》涌出的批"三家村"旋涡。

运动的鼓点声频密。值得注意的是,《评"三家村"》一文1966年5月10日由上海媒体首发,5月11日全国各大媒体统一转载。五天之后,"文革"的纲领性文件"五一六通知"正式通过。暴风骤雨,并不是骤然降临的。至少从批《海瑞罢官》开始,就已经风雨齐作了。"可以说,批吴晗的《海瑞罢官》是准备发动'文化大革命'的一个试探,而批邓拓的《燕山夜话》与邓拓等的《三家村札记》,则是发动'文化大革命'的一个突破口和'样板'"(钱理群《"燕山偶语遭奇祸"——〈燕山夜话〉的命运及其影响》)。又两天后,5月18日,邓拓饮恨离世。《燕山夜话》和他的作者邓拓,成了"文革"最早的牺牲者,成了回顾这段历史时一条沉重的线索。《燕山夜话》在激烈的批判中,和"三家村"一道,远远超出了"燕山"范围,超出了各地报刊杂文栏目的启发效仿,成为一个举国皆知的"黑色名词"。

当一切运动过去,时代重回正常轨道,《燕山夜话》也以合集重印的形式重回人们的视野。这时候,它已经不再仅仅是邓拓的那些"小文章""零星短文",不再仅仅是当年和北京市民的一次长长的"夜话"。它已经负载了一场全国性的激烈批判、一场长达十年的运动和一个令人扼腕的长逝的灵魂。重读《燕山夜话》,就仿佛负载了更多的意义。

这时候,反身回望1961年3月,邓拓为栏目定下《燕山夜话》的名字,写下第一篇《生命的三分之一》,不由有一种如梦似烟之感。不由想起读了多次的那首诗——1959年2月,邓拓正

式离开工作多年的人民日报。在报社同事为他举行欢送大会上,他念的那首诗:

"笔走龙蛇二十年,分明非梦亦非烟。文章满纸书生累,风雨同舟战友贤。屈指当知功与过,关心最是后争先。平生赢得豪情在,举国高潮望接天。"

(原载 2018 年 4 月 12 日《北京晚报》)

绘画中的手

汪民安

丢勒:《祈祷之手》,1508

　　手就是脸。手在说话,在表述,在抒发内心,身体的内在秘密都是通过手来传达——人们传达内心的方式多种多样:目光的传达、声音的传达、脸的传达,但是,这里变成了一双手的传达。这双手微微合拢,它们并没有触碰到任何外物,它们稍稍倾斜地指向上方,指向一个虚空,我们可以将其理解为指向无限而隐秘的上帝,这是一双祈祷的手。双手微微合拢,左手稍稍高点,它的五根手指不经意地突出在右手手指上方,和右手轻轻地应和。双手手指的触碰是轻柔的,好像怕伤害了对方,它们显得小心翼翼、慎重,或者说,虔敬。这双手的微妙触碰、合拢——它们缺一不可,这双手的意义就在于它们合在一起,就在于它们彼此的搜寻、抚摸和倚靠——正是这合拢的颤抖的双手在诉说,在表述,在向上帝虔诚地诉说和祈祷。小心翼翼的手托起了巨大而厚实的期冀。

同时,这是一双粗糙的手、劳动的手,是一双男人的手(有一个关于这双手的不确切的传说),但却是没有(男人)身体和面容的手。也就是说,这双手脱离了人。它们从黑袖子里面、从这个黑洞里面透露出来。仿佛这双手不是来自身体,仿佛这双手可以脱离身体!它们徒剩一双手。仅仅一双手,自主的手,独立的手,切除了任何根基的手。或者说,它们就是自己的根基,全部的根基。它们就是自己的身体,就是全部的世界,手获得了自身的宇宙。它们同时是身体,是大脑,是语言,是灵魂,是目光,是包含心灵在内的一切内在性。手自身囊括了所有这些。它是所有这些的表述,或者说,它表述了一切。人在这个意义上就是以手的方式存在的,或者说,人就是手。手在思考、在感受、在说话,手不是心灵的表述,它就是心灵本身,就是存在本身——从这个角度而言,身体确实是多余的,它应该根除掉——手上的皱纹、肌肤、痕迹和关节,构成了手最后的身体。

卡拉瓦乔:《被蜥蜴咬伤的男孩》,1595—1600

祈祷的手是静止的,时间在这双手上凝固了。不过,卡拉瓦乔恰好是通过手来肯定运动和时间。这个男孩右手的中指被蜥蜴所咬。这是手的意外瞬间。手的偶然性引发了慌乱,也引发了画面的动感。被咬的中指出自本能的反应,它想摆脱蜥蜴,它往后往上拉扯,另外四个手指也是本能地上翘,远离这只撕咬的小动物。右手的痛苦和慌乱也同时传到左手上来了,一双手总是彼此感应,左手——它离蜥蜴如此之远,它丝毫没有危险——也如同右手一样慌乱,它上翘后退躲闪。但是,它也呈现一种舞蹈之美，仿佛在跳舞。被蜥蜴所咬的中指，在画面中也被黑暗所吞噬，而另外四根手指则拼命地躲藏、摆脱——从而也在显示，它们被光亮所笼罩。被咬的右手在剧烈地往后退缩，以至于手的上臂和下臂呈现尖锐的转折。这是身体的紧急状态：一根手指被咬引发了全部身体的惊恐瞬间，一个意外的瞬间，一个充满张力的动态瞬间。

卡拉瓦乔:《纸牌作弊老手》，1594

上面那只被咬的手是本能的、不可预知的手，而这幅画中的手则是计算之手。画面中有三个人的五只手。每只手都充满理性，都在盘算、筹划、衡量、表述。左边少年的双手在筹划出牌，在苦苦地计算；中间的中年男人，他在偷看少年手中的牌，同时伸出他的三根手指——它们戴着破手套，两根手指从破旧手套的缝隙中露出来，这既暗示着他的底层身份，也预示着他的密谋、他的不光明、他的阴暗和诡计。这伸出的手指在向右边的男孩暗示和说话，而右边男孩的右手——毫无疑问，他不是左撇子——在回应它，在身后灵巧地换牌。他的左手则如此地冷静，演戏一般平静地支撑在桌子上，它试图构成左边男孩的视觉对象。这是演戏之手。所有的手都在演戏，这张画是关于手的戏剧：手是舞台上的主角。三个人的手都处在理性筹划的状态，它们在交流（两个骗子的手语），在灵巧地操作（换牌），在掩饰，在扮演——手的每个动作，都在严密的控制之下，手在紧密地计算——只是左边那个男孩的计算能力太差了，他投入到他的计算之中，他那犹豫不决的手早已经被另外两个人的手所窥视、所操纵。

卡拉瓦乔:《女占卜师》,1595

卡拉瓦乔画出了瞬间的手、理性计算之手。但是,他似乎也相信永恒命运之手。一个女占卜者的一只手感触另一只手(这个少年就像前一张画中正在犹豫出牌的单纯少年)。在此,男女之间的手的触碰并没有激起任何的情感涟漪。手蕴藏着人生的秘密、永恒命运的秘密——手在此既不是瞬间性的本能闪现,也不是一种理性的盘算计划,而是长久的、不变的必然命运。而另外一只手,能探索出这只手的命运轨迹吗?它是侦查、预言和先知之手吗?一只手埋伏着秘密,一只手在挖掘和试探这秘密——手同时是命运和命运的侦探者。被占卜者一只手脱下了手套,只有脱下来,只有脱掉所有的遮蔽,只有纯粹的赤裸之手,才能被占卜,才能展示和暴露它的命运。另一只戴着手套的手,还拿着一只空手套,它有两只手套在手!一双手呈现出两种形式:赤裸之手和戴手套之手。后者被包裹着,被两只手套掩饰着。它叉在腰间,似乎在等待着另一只手的命运告解。

女占卜者的两只手和男孩的手发生触摸,一只手控制着男孩的手,另外一只手则触碰着这个男孩的手掌心。这是试探、感触,类似于医生和巫师的触摸。她真的凭借手的接触就能够获得命运的神迹?或者说,她真的有占卜的知识和信仰吗?我们无从得知。但是,她的眼睛或许能够说明些什么:她的目光专注地盯着那个被占卜者,或许,她占卜的结果不是来自她的手感,而是来自她的目光,来自目光从那个男孩的面孔中所捕捉到的信息。又或许,手对手的探究和目光对面孔的探究能有效地结合在一起,就像作弊的玩牌者一样,手的动作总是和目光结合在一起的:信息只能是手和目光交织的结果。

我们在卡拉瓦乔这里碰到了偶然之手、理性和计算之手,以及永恒之手。这是手和时间的三重关系。

伦勃朗:《犹太新娘》,1667

在绝大多数情况下,手的彼此触摸是情感的传递。传递感情是手的重要功能。触摸导致情动。在伦勃朗的《犹太新娘》中,男人的左手轻轻地搂住女人的肩头,但他并没有将女人深深地搂到自己的怀抱中来。他不是通过身体和头部来接触到女人的,他仅仅是双手触摸到女人的身体,而且并不用力:左手搭在女人的肩头,右手轻抚在女人的胸前。两只手一前一后、一高一低,缠绕着女人的上身,是爱抚,同时也是保护,这是保护式的爱抚。它们轻柔而不激进、温暖而不炽烈。这不是大面积的身体的激烈拥抱,而只是手的爱抚。女人同样以手来回应这种爱——她轻抚男人抚摸着她的手,她也只是轻轻地抚摸着这只手,甚至只是抚摸着半只手,甚至只是抚摸着男人的手指——手指才是手最纤细的部分,手指才会倾诉、呢喃和低语。两个身体没有剧烈的接触、挤压,没有激进的晃动,两个人的目光也没有对接,他们只是通过手来沟通,只是用手来轻柔地彼此体会。她的目光在往外看,不过,并没有聚焦,也许她柔和的目光什么也没有看到,也许她完全沉浸在手和手的抚摸和应和之中,以至于她的目光如此地柔和。双手的交流令他们的目光无限柔和。这是手的交流——完全不是卡拉瓦乔式的对命运的预测。女人的另外一只手抚摸着自己的肚子,微微隆起的小腹也许是表明她怀孕了,她一只手抚摸这个男人的手,另一只手抚摸着她和这个男人的爱情结晶——腹中宝贝。这四只手,全部缠绕在女人身上,由上而下,但是,也将这三个生命缠绕在一起,他们不可分离,血肉相连。男人的金黄色铠甲,女人的红色长裙,都被强光所照射,这是爱的喜悦和祝福:轻微的抚摸只是由此焕发出的隐秘激情。

维米尔:《倒牛奶的女人》,1656—1661

手可以缠绵和呢喃,但是,更多的时候手是在劳作。在这里,女人的双手托着的是牛奶罐。这双手和整个身体一样,非常健壮——这是长期劳动的身体和双手。手异常熟练,稳定有力,其力量和姿态恰到好处,它们令旁观者安心。她将身子稍稍后倾,使得手、目光和身体有一个恰当的协调姿态,从而保证牛奶能够顺利而准确地倒入碗中。她非常专注,但是,这种专注又并不刻意而精心。这或许是因为她每天如此的缘故,这是一种熟练的专注、重复的专注、熟练双手劳作的专注。左手横亘在画的中间,粗壮的手臂犹如一条厚重的画面切割线。右手垂直地和左手相交,并且针对着观看者的目光。这双手组成了一个理性的力学视角,使得牛奶罐被纹丝不动地托起,而牛奶则像永不中断的线一样将罐子和桌上的碗勾连起来。牛奶是运动的,但是,它也是静止的;这是运动中的静止,静止中的运动。它是瞬间性的,但它也是永恒的;这是刹那间的永恒。牛奶将罐子和碗勾连,使得整个画面构成一个整体。女仆和桌面没有中断地连接起来:她的双手连接了牛奶罐子,罐子通过牛奶连接了桌子上的碗,继而又跟整个桌面——桌面上的面包、篮子、桌布发生了连接。它们是一个未中断的总体——人和物依偎在一起:和谐、安静、紧凑,似乎没有比这更加自然而协调的场景了。这是双手倾倒牛奶的片刻,运动的双手制造了一个无比宁静的片刻、永恒的片刻、和谐的片刻。这是她日复一日的行为,岁月在这双手中被雕琢成不朽。而这个永恒瞬间又被窗户中透露进来的阳光所沐浴,同时,万物的阴影也被它一扫而空。

米勒:《拾穗者》,1857

在米勒这里,我们看到了另外的不同的农妇之手。画面上的三个妇女,三只捡麦穗的手:一只手直接触摸到大地,一只手即将触摸到大地,一只手在准备触摸大地——手的目标是大地和大地上的麦穗。农妇的目光垂注于大地,或者说,局限于大地。她们如此地专注,以至于这片大地就是她们的全部世界。手和大地的分离是人类的一次关键进化,不过,手总是要通过弯曲的身体而重返大地。在漫长的人类生活中,手是人生存的最重要工具:生存就是用手向大地和自然的无尽摸索,生存就是手对大地的获取。大地是一个赠予者和储藏者的角色,它等待着手来寻觅——这的确是寻觅,而不是手的残暴开掘,手和大地的关系尚未上升到一种对抗和征服的工具关系。在此,技术尚未在大地上施暴,大地十分辽阔,在享受着自己的宽广和深邃,它一望无际,它需要人们在此寻觅,它似乎永远无法被这些手搜索干净。不过,这并不诗意,我们看到了手的艰辛。在那个半直着身子的女人那里,我们看到了劳累之后的不得已的片刻休憩。她伸直了一会儿腰,现在,她正在俯身下垂,将伸出她的右手,这个动作会没完没了地重复。三个女人的左手都握着一把麦穗,这是另外一只储藏之手,右手在寻觅和拾捡,左手在储藏和保管;右手传递给左手,左手接纳右手。我们有两只手!我们有完美分工的两只手,我们有配合得天衣无缝的两只手,我们有无须借用目光就能相互看见和寻觅彼此的两只手!

罗中立:《父亲》,1980

在米勒的画中,妇女和大地接触的手是粗糙的,但是,它们还没有暴露出细节。我们在罗中立这里近距离地看到了劳动之手的细节——他是以端起碗来喝水的方式将这只手展示给我们的,手也因此拉近了同面孔的距离,并与之同时出现在画面之中。手是劳动的主要手段,而面孔是劳动痕迹的展示,就此,这幅肖像是一个纯粹而全面的劳动身体。脸和手的褶皱如此地接近。这只手,准确地说,这半只手,这画出来的两根手指,大拇指和食指,几乎就是一层被皮包裹的骨头,它们细瘦、硬朗,看上去锋利而灵巧,像是动物的爪子。手指上的皮肤几乎全是创伤后留下的疤痕。其中一根手指的最新的创伤还被包扎起来——或许,这全部的手指都被包扎过;或许,这根包扎的手指一旦恢复后也会像其他手指一样布满疤痕。而两根手指指甲的边缘还塞满了黑色的污垢。这两根细微的手指,这身体上极不起眼的手指,此时此刻它们的局部被如此细腻地展示出来,占据了画面如此庞大的部分,全是因为它们托起了一只碗,这两根手指(连同其他隐藏起来的手指)用不同的姿态、从不同的角度相互配合从而将这只碗托起来了。这显现之手,是久经磨炼之手,它和刻满了皱纹的脸一道,记载了高强度和长时间的劳动,记载了生活的重重艰辛、挣扎和悲苦。生活,就是手的无止境的磨砺。

伦勃朗:《红衣老人》,1652—1654

同样是手和面孔的呼应。伦勃朗的这个老人的手和脸一样充满皱纹——它们并不一定是因为劳作而布满皱纹和沟壑,它们也可因为衰老而布满皱纹。这是饱经风霜的手,犹如饱经风霜的脸。脸和手仿佛一对兄弟。手的斑驳呼应着脸的沟壑。或者说,手是另外一副脸孔。此刻,它在展示、在铭写、在记忆。它是身体最重要的触媒和工具,它触碰了无限多的身外之物,它历经沧桑、辛苦耕耘、劳碌终生,它的动作性掩盖了它的表现性。

现在它开始自我展示了——这双手此刻如此之安静、镇定,但又是如此显赫地在场,仿佛它们要从漫长的动作生涯退休了,仿佛它们要将过去的经验全部暴露出来,或者相反地全部隐藏起来。这是手对自己历史的总结和了断。这无限多的经验和历史片段凝聚其中,既可以说它们穿透了手的衰老皮肤在没完没了地讲述,也可以说它们被衰老的手的皱纹所包裹覆盖而沉默不语。无论如何,它们在强烈的光照下和脸一道获得了展示性——手和脸在此同样是表现性的,只不过脸一直是展示性的和符号化的。老人的脸很长,被白胡子深深地包裹,而光是从正面照过来的,从额头一直往下到手为止,这正好是充满沟壑和褶皱的部位。光照让脸和手相呼应,让它们连为一体、彼此共振。相较于身体的其他部位而言,只有手和脸一辈子都是赤裸示人。两只手紧紧地融合在一起,它们以最自然的方式、最亲密无间的方式合在一起,似乎再也分不开了,似乎再也不愿意分开了。它们长久地配合了一生。在这张也许是最后的见证的绘画中,在它们人生的暮年,两只手相互需要,这是它们一生关系和命运的概括。

伦勃朗:《杜普教授的解剖课》,1632

手即便再衰老,还是会有一层皮肤在保护,它不再有力量了,但是它有故事。但是,在伦勃朗的《杜普教授的解剖课》里,还有死后之手、被解剖的手、被切开的手、充斥着破裂血管和神经之手——这是作为纯粹的物质性之手、生物医学对象的手、将情感和意识形态最大限度地剔除掉的手。这是手对手的研究,是手对手的解剖和入侵:一只手在裁剪、撕裂、切割另一只手。主动、智慧和灵敏之手在操纵被动、呆滞和死亡之手。手和手居然有如此之大的差距!活着的手和死后之手居然有如此不同的命运！被切割的手在活着的时候难道没有切割过吗？这只正在切割的手,死后也会被切割吗？每只手都有它的生前和死后命运。这是手的各种对照:活人的手和死亡的手;破裂的手和完整的手;行动之手和表述之手(医生一只手在行动,一只手在表述,在配合语言来表述);手的内在性(被解剖之手)和手的外在性;作为主体的手(医生的手)和作为客体的手(被解剖的手);一个死者的两只不同的手。别忘了,除了医学博士和死者之外,画面的上方还有两只手,一只无所事事地搭在别人肩头的手和一只拿着纸张的手:手的悠闲和手的工作。手在这幅画中经受着各种对立和分裂。

丢勒:《博士环绕的基督》,1506

手有如此之多的形态,那么,我们回到一个基本的问题:这形形色色的手是如何画出来的？我们会惊叹丢勒这幅画中的手如此地逼真和一丝不苟(他的《祈祷之手》同样如此)。我们不得不承认,这些纤毫毕现的手是画出来的。画面中间的四只手甚至脱离了人,它们并不在画面中同其他的成分构成一种有意义的呼应,与人脸和目光没有关系。这四只手是独立的,手只和手相关,四只手在舞蹈、在盘旋、在游戏、在运动、在悄悄谈话。它们处在画面的中间,但是,好像同画面没有情节的牵扯。它们只是独立而自主地展示手的细节。丢勒让四只手呈现不同的形态,准确地说,是不同的扭曲形态。每只手的几个手指都有些夸张地叉开、弯曲,这一方面让它们获得一种独有的符号学,另一方面也让每只手都以螺旋的形式在转动,并且以手指接触的形式连为一体,四只手变成了一个单独而完满的客体,在画面正中间独立地存在,就像一朵朝向观众目光的盛开之花。这四只手以不同的姿态面对观众,而观众借此可以看到一只手的总体,他们能同时看到手心和手背,看到手和手指的正面、侧面、反面。手的任何一个部位都在这四只手的连接中得以呈现。四只手,就此构成了一只手的视觉总体性。而手的扭曲,使得它们的关节形式能够被充分地展示,画面中的手全是弯曲的,它们似乎就是为了表达关节,它们不放过任何一个细小的关节。正是这种弯曲,让手的每个细节都因此得以放大式地表达。它的结构、骨骼、肌肤、指甲都被呈现出来了。正是这运动中不同姿态的手,展现出复杂的手的多样性。

达·芬奇:《蒙娜丽莎》,1502—1506

我们在《蒙娜丽莎》这里看到的则相反。两只手叠在一起,但是手心完全被遮住了,两只手同时以手背的形式呈现出来,而且最大限度地隐去了它们的关节。如果说,丢勒的手是以开放、无限多样的敞开形式来自我展示的话,达·芬奇的这双手则是以封闭的形式出现的,手似乎要隐藏自己的中心和内在性,而交出了自己的背面。如果说,在丢勒那里看到的是"条纹"之手的话,《蒙娜丽莎》显示的则是"平滑"之手。它们涂掉了绘制的痕迹,在这里,手似乎不是画出来的,而是长出来的。这张脸是如此之独一无二(饱满而修长),它只能长这样的独一无二的手(饱满而修长),只有这样的手才能配这样的脸——它们之间毫无落差、毫无迁就。如果手和脸匹配得如此之自然,我们怎么会想到它是画出来的呢?也就是说,它怎么可能是人工制作出来的呢?它怎么能不去掉绘画的笔触呢?它的美,来自它的必然性——这是一双必然性之手。它必定以这样的方式出现在座椅扶手上面,借助座椅的支撑,必定从衣袖中伸出来,必定通过它的垂直方向的肘关节回溯到她的肩膀,必定从肩膀通过被长发遮蔽的脖子上升到她的饱满之脸。脸是手的终点,反过来同样如此,手也是脸的终点。它们中间被一个黑色的手臂所贯穿。这双手没有任何错误——无论是视觉的错误还是力学的错误抑或是生理学的错误。这是文艺复兴时期所特有的科学之手。它旨在消除技巧和人工痕迹——绘画试图排斥掉绘画技术而将自己设定为一种无偏见的客观记录。

凡·高:《吃马铃薯的人》,1885

最后,让我们回到凡·高的手,让它们和达·芬奇的手对照一下吧。这也是终结文艺复兴时代之手。画面中这么多的手,居然一模一样! 男人的手、女人的手、老人的手、年轻人的手,并不能区分开。手在这里就不是一个个具体的形象,没有特定之手,没有从属于个体之手,我们要说,这是手的最早的抽象,这里只有手和手指的构架、草案、图式(相比蒙娜丽莎那完美的手)——我们正是从这里走出了古典绘画传统。对古典主义来说,每只手都是属于一个人所特有的,每只手因此都应该是可以辨认的,就像每张脸可以辨认一样。但是,凡·高这里的手无法辨认和细化。手与身体和脸的必然性被打破了。它们破除了独一性,相互混淆,因此可以互换。可以将男人的手换到女人身上,可以将老年人的手换到年轻人身上。这些手太过粗粝,以至于它的皮肤和色泽变得晦暗不明。显然,这不是根据每个人的手来客观绘制的,这是凡·高想象中的手,是他饱含激情绘制的手:农民的手,种植马铃薯、挖马铃薯、吃马铃薯的农民的手——这是被抽象的手,它放弃了各种具体之手的圆满性。为此,它不能画完,它正好借助于劳动之手的粗糙和伤痕而无法画完。这不完整的手,露出了各种各样的破绽:手的皮肤的破绽、绘画技术的破绽——它绘制的痕迹昭然若揭。但是,这不正是一个新的绘画时代的来临吗？农民手上的累累伤痕，既是向一个旧绘画时代告别的苦痛挽歌，也是一个新绘画时代的跟跟跄跄的开篇序曲。

（原载《人民文学》2018年第4期）

最后的一幕

向 迅

一

那个冬日的上午,我见了祖母最后一面——在知客司仪当众宣布孝子孝孙见祖母最后一面之时。在此之前,她已经在一间黑色的屋子里躺了两天两夜;在此之后,她将永远躺在黑夜里。

她的儿子们已站在高脚板凳上躬身围着她,脸含悲戚地耐心细致地为她盖上了一床又一床颜色鲜艳的带花的廉价绸面,大概还精心地为她整理了一下仪容。估计在他们的记忆中,他们还从来没有在母亲面前显示出如此好的耐心。

我和众多堂兄堂妹们立在五叔家堂屋的角落里,望着两三个昼夜以来不曾合过眼的父辈们忙碌。他们一个个神情肃穆,满眼通红,举止庄重,言语短促而哀伤。他们在同一时刻苍老了十岁。年纪最小的叔父,抹了好几把眼睛。

我的父辈们,在十一年前失去了父亲,又在这一天失去了母亲。

他们一下子变成了孤儿。

轮到我们这一辈的时候,我迟迟迈不开脚步。我与另外一个自己暗自做着一番激烈的思想斗争。

我不敢面对那个时候的祖母。

我怕见了她,晚上会做噩梦,尽管她是我的祖母——事实上,这种担心并非杞人忧天。之后的许多个夜晚,只要我一闭上眼睛,我所看见的那一幕,就从我紧闭的眼前跳跃而出。我拼命地暗示自己不要去想,可那一幕竟是那么顽固,活像一个挥之不去的幽灵。我因为恐惧而彻夜不眠。

可另外一个我,又不断提醒我,不管怎样都要踏上那条板凳,与她见上一面。最后的一面。"她是你的祖母。"

堂兄堂妹们一一从我面前经过。我在他们脸上没有看到恐惧。他们沉默着从我面前返回,一脸哀伤地离开了堂屋。在越来越空旷的堂屋里,我像一个无处可躲的人,被一盏聚光灯照耀着,被无数双雪亮的眼睛盯着,被逼上了一条绝路——实际上,大概没有一个人注意到我吧。

我权衡再三,终于鼓足了勇气,长吸了一口气,踏上了那条高脚板凳。像是有人给我下达了一道命令。但我知道,是一股无形的力量把我推了上去。

我见到了祖母。她被大红大紫的绸缎簇拥着,头上戴着一顶青色帽子,像 个正在睡梦中过着富贵生活的地主婆。这种绫罗绸缎的生活,一定被她奢望过,现在终于心愿得偿。

她更像一尊菩萨,甚至像一个被包裹起来的"刚出生的老妪"(马尔克斯描写乌尔苏拉老年时的样子)。

她的面目是那样端庄,神情是那样安详——跟她坐在椅子上打盹儿时没有什么两样。如果她换个地方躺着,人们肯定只是觉得她睡着了。

谁也不会把这个面目安详的老太太,与那个被人们视为巫婆一般古怪的怪老婆子联系起来,与那个令儿子们头疼让儿媳们避之不及的老妪联系起来,与那个既诅咒过儿子也诅咒过孙子的老人联系起来。

我必须承认,这么多年以来,我从未改变过也从未掩饰过对祖母的态度,我不喜欢她。在我的心底,她不是一个好邻居,不是一个好母亲,也不是一个好祖母——如前文所述,她过去的所作所为给我留下了阴影。

奇怪的是,当我在这一天面对如此安详的祖母时,我在不安与恐惧中忽然发现,所有的恩怨与前嫌,都在这个时刻获得了冰释;所有的误会与曲解,都在这个时刻得到了澄清;所有的阴影与暗面,都在这个时刻自动消失了。

所有的事情都已不再重要,所有的事情都已成为遥远的过去……

猝不及防地我的眼里涌起一股酸涩,眼泪就要掉下来——真相像一道闪电,像一把刀子,总是残酷地把我们从表象抑或幻象中强行带入到必须面对的现实面前。祖母就要上山了。

四天前的那个晚上,我们去看望祖母时,她还躺在堂屋后面的那间屋子里,躺在她睡了多年的床上呢。而几天不见,她就已躺进了永恒的黑夜之中。在空间上看,她只不过是从卧室移到了堂屋,只不过换了一个睡觉的地方。以前,她无数次从卧室走向堂屋走向院子走向田野,最终都回到了那间卧室,但这一次不一样,她将像一阵风像一朵风中的菊花一样消失在田野。

那大约是我长大成人以后,第一次走进祖母的卧室。那是一个陌生的狭小的几无陈设的房间。自然,卧室里的东西都不属于她,那间卧室更不属于她。从某种意义而言,她更像是一位寄人篱下的寄居者。

那天的祖母神志清醒,还能把上身微微抬起,还能挥手示意,还能表达自己的想法。彼时,小幺将一套叫人刚刚从镇上捎回来的崭新的睡衣拿给她,她一个劲儿地拒绝:"不要——不要——买这么多做什么呢!"

我们兄妹好几人,簇拥在祖母局促的卧室。她将头高高抬起,冲着我们傻呵呵地笑——与她多年来的笑容几乎一模一样——她已经不能下地行走了,她已经卧床两个月了,她已经吃不下什么东西了,可她还在冲我们笑。跟身体安然无恙似的笑。

虽然已不能一一叫出我们的名字,但她依然把一个祖母的慈祥馈赠给了我们。那是她最后的礼物。

那一天的祖母,气色虽然看起来不错——甚至给人以某种错觉而对她不容乐观的前景产生不切实际的幻想——但仍然流露出前所未有的衰老迹象:满头白雪,是那样的苍凉。

那两天,小幺百思不得其解地问,祖母的卧室里,为什么总飘荡着一股令人蹙眉的异味?尽管幺婶给祖母认真地清洗过身子,置换了干净的床单与被单,可异味依然。父亲解释说,那是因为祖母长期卧床所致。他还说,再健康的人,卧床两月,身上也会散发出异味。

当时,我是认同父亲的看法的。动物在熟睡之时都会发出难闻的气味,人也不能例外。祖母躺了整整两个月,无人与她说话,而她又不能自由活动,睡觉便成为她迫不得已的功课,以至于她的身上一直散发着熟睡动物的气味。

现在,我有无数个理由相信,那种让小幺百思不得其解的气味其实是死神出入祖母的房间时遗留下来的气息。奄奄一息的祖母,日夜被这种气息笼罩着。惹得像幽灵一样出没的乌鸦,昼夜不停地在村庄上空盘旋鸣叫。

记得四五岁之时,觉得乌鸦"啊啊啊"的叫声独特,便咿咿呀呀地跟着叫。祖母说,学乌鸦叫,嘴巴会变臭。你肯定不想嘴巴变臭。(直到我将这两句话写出来,我才发现,她警告我们的口吻竟与赫塔·米勒在《低地》中所写的那位祖父吓唬孩子的口吻完全一致。)我们便闭嘴了。

现在,我们把嘴闭得更紧了。因为祖母在乌鸦漆黑的叫声中消失了。祖母一定是被乌鸦的叫声驮走了。可恶的乌鸦。该死的乌鸦。

二

许多个冬天之前,祖母就已被我们遗忘。她独自生活在一片黑暗中,被巨大的孤独包围着,吞噬着。

"现在要么是在这里坐着,要么就是在底下门口坐着。"她坐在五叔家的电视机前很无奈地对我们如是说。她皱着的额头间,含混的眼神里,净是叹息。

不知道从哪一年开始,她就成天坐在一把椅子上打盹儿,仿佛有人捆住了她的双脚,直至暮色像命运一样从屋檐上降落下来,她才缓缓起身回到室内。

而可耻的时间像一条无家可归的狗,在她的眼皮子底下窜来窜去,就在她坐在门口打盹儿的时候,就在她望着远方发呆的时候,就在她与陌生路人搭话的时候,可她对此毫不知情,就像她对自己身体的败落视而不见一样。

祖母或许从来不曾预料到,以前不能容忍丁点儿瑕疵,总想在儿媳面前树立至高无上的家长权威的自己,有朝一日竟会变成一个老态龙钟耳背眼花手无缚鸡之力的老太太,变成一个经常给儿子添乱的多余人,一个可有可无的角色。

祖母变成了一团无人呼吸的空气。

在孤独的晚年,没有一个故交登门拜访,与她一起追忆往昔,没有一个儿孙愿意聆听她的唠叨。因此,她不得不将平生往事尘封于心底,同时不得不保留她对现实生活的看法——一旦她发一下牢骚,就会招致儿子的责备,她学会了喃喃自语。

事实上,早在十二年前,自从祖父离开后,祖母就过上了这种无人问津的生活——尽管祖父还在世时,他们就已分居多年,但毕竟还有人不时跑过来跟她说说话。那个时候,她独自一人居住在两间低矮的老房子里。白天在那几分养老田里操劳,晚上用一盏孤灯照亮灶台,照亮独居者的凄凉晚景。

那个时候,我的父辈们就已很少与他们的母亲交流,除非她在生活上遇到了非常棘手的问题,他们才踏进她的家门。他们再也不曾像小时候那样,把针尖般大小的事都从心窝里掏出来与他们的母亲分享,再也不会与她就某一件事进行商量。他们一定认为,他们的母亲,我们的祖母,已被时代淘汰出局。

我们这一辈人,与她更是存在天然的无法逾越的代沟。

在我的记忆中,没有一个堂兄堂妹试图与她进行真正意义上的对话与交流。每次遇见她,或专程去看望她,我们都只是礼节性地与祖母寒暄几句,之后再无言语。我们把她当成一团空气晾在角落里。

刚开始,她像一把不会说话的椅子,郁郁寡欢地坐在被我们忽视的灰色地带。但当她对这一待遇习以为常之时,她渐渐将自己坐成一尊菩萨,傻呵呵地望着我们笑,或者凝望着某一个点,一动也不动,像是进入了沉思的神秘状态。

祖母自然知道被人遗忘的后果:一旦退出对家庭事务的管理,就会变成一件碍手碍脚的摆设、一个包袱、一个任务——在我们那儿,大家都把家里的老人当作任务,哪一天把老人送上山了,任务就算完成了。

就像刚刚失明之时不甘心就此退出家庭生活的乌尔苏拉一样,祖母也曾极力想将自己从那种百无聊赖的生活中,从那种深渊般可怕的孤独里挽救出来,以表明自己虽然年事已高,但并非百无一用。

2014年端午节期间,我就见她试图帮五婶收拾晒在院坝里的粮食,结果被阻止。因为一不留神儿,她就可能摔个跟头。前车之鉴,让五婶怕了。

一个孤独的老人,是很容易把记忆弄丢的。当一个老人因为无人对话而只能靠反复咀嚼记忆以打发时间时,记忆很可能发生错乱,游离,甚至背叛,丢失。

2013年,祖母已显露出意识模糊的端倪。大年三十的晚上,我耐心与之交谈,想从她的口中抢救一些有价值的记忆,却是枉费工夫。虽然她也做出了全力配合我的姿态,但她的回答总是驴唇不对马嘴——她一个人断断续续地追忆着年轻时候的往事——惹得我们哭笑不得。

第二年正月,伯父在一个大雪纷扬的黄昏给我讲述了一个更为可笑但也更可悲的故事:祖母在年前摔过一跤,卧床不起。伯父前去探望。祖母和他谈论起他的兄弟们。结果她怎么也想不起老三的名字了。"你猜她怎么说?反正是住在公路上边的那家……"伯父听了如坠雾中,过了半晌才明白他母亲的语义指向。

时间似乎还可以追溯得更早,不记得是2011年还是2012年年底,祖母就不认识我了,她以为前去看望她的,是我的一位堂弟。

三

"上了年纪的老鼠是灰色的,身体臃肿,像是它们一辈子只受到爱抚似的。它们无声地窜来窜去,沿着脚步拖出又长又圆的痕迹……"

当我在赫塔·米勒的短篇小说《低地》中读到这段话时,我以为她写的,是我晚年的祖母。

晚年的祖母,与一只上了年纪的灰色老鼠确实有着太多的相似之处,身体臃肿,行动缓慢,神情呆滞,无声无息,像一团向时光深处蹒跚而去的灰色的影子。她咀嚼食物的时候,尤其像一只老鼠,只见她不剩一颗牙齿的嘴巴嚅动着,腮帮子一鼓一瘪的,像有一只小动物在里面拱来拱去。

可她没有变成一只真正的老鼠,而是变成了一只可怜巴巴的足球。尽管她在八十余年的岁月里从未见识过这种黑白相间、外形成网状结构的球,更不知其游戏规则,可他们的命运,实在毫无二致。

我已不能确定祖母究竟是在哪一年哪一月变成了一只足球的,但可以肯定的是,我那时尚年少,对于人世间的纷争和亲人间的微妙关系还懵懂无知,而她已不再年轻,毕竟她已是许多个孩子的祖母。

还可以肯定的是,即使有孙辈不嫌麻烦地给她解释足球是怎么一回事,即使对于球类没有一点概念的她也完全明白了游戏规则,她也一定不会把自己与一只被踢来踢去的足球联系起来。

"我这一生养育了七个儿子,怎么会变成一只足球呢?"她一定会这样说。

祖母不可能知道真相。"她的一生都过得糊里糊涂的,对于生活没有一点把握。"大家都这么说。

事实也是这样,就在她奄奄一息之时,就在她即将与世长辞之际,她仍然不曾摆脱作为一只足球的可悲命运。那个看不见星星的凌晨,她的儿子们正站在黑夜中争吵不休。他们激烈的措辞,像星光一样迸溅。

他们争吵的主题,更像是一个永恒的母题,因为这么多年来,它从未发生改变:我们该怎样赡养自己的母亲。

祖父一早就确定了赡养他的人选——他的第四个儿子,我的四叔,一个习惯默默做事而不事声张的人,一个可以托付终身的人,但赡养祖母的人选一直不曾明确。祖父曾多次召开家庭会议,对几个儿子软硬兼施,但直至他离开人世,祖母也没有得到妥善安置。

祖母的养老问题一直悬着。"她的不幸遭遇,都是她咎由自取。如果她的嘴巴不那么厌烦的话,她是可以安度一个幸福的晚年的。"不仅局外人这样认为,她的儿子们也这样认为,她的孙辈们也这样认为。

可嘴巴长在她的脸上,谁也管不了。或许连她自己也管不了。多年以前,婶子们在串门谈天时,时常提起祖母的那张嘴巴。

那张爬满了皱纹的嘴巴,总是会发出咕叽咕叽的声音。听起来,就跟老鼠在黑夜里咀嚼粮食时发出的声音一模一样。

那张咕叽咕叽的嘴巴,总喜欢对儿媳们的所作所为指指点点,品头论足。实际上,她的儿媳们,无论在哪一方面,都不比她逊色。

正是这张在婶子们看来喜欢无中生有、喜欢在鸡蛋里挑骨头的嘴巴,把它的主人变成了一位长舌妇,变成了一个不受欢迎的人。

最让她们难以忍受的是,祖母喜欢当着这个儿媳的面,夸另外一个儿媳的好——在她们看来,婆婆含沙射影的话,无异于打了她们一记耳光。虽然心里不快,却又不好发作;祖母还经常在外人面前,在不合时宜的场合,数落她们的不是。然而,她上午说出去的话,下午就传到她们的耳朵里了。

记忆有时候是残酷无情的——在我的记忆中,好像没有哪位婶子不曾与祖母发生口角的。在经过长时间的忍气吞声之后,忍无可忍的她们,受够了的她们,终于对"恶婆婆"的压迫进行反击了,并在无形之中形成了一个联盟。

她们甚至背地里为祖母送了一个十分形象的别称:怪老婆子。每当她们谈起祖母,总是说:怪老婆子……怪老婆子……

就这样,在不知不觉间,祖母被儿媳们孤立起来。她对此可能有所觉察,可她并没有对自身的言行进行反省,也没有意识到与儿媳交恶的严重性,依然我行我素,嘴不饶人,以至于与儿媳们越来越疏远。

因为那张嘴巴,祖母不仅失去了儿媳们的好感,也伤透了儿子们的心。

有几年,她和祖父与交恶的儿子们形同陌路——即使狭路相逢,也互不言语,甚至与祖父一道,怂恿并默认外人与自己的儿子大动干戈。多年以后,当母亲偶尔回忆起那一段段不堪回首的往事时,仍然心有余悸。

祖母终于尝到了自己亲手种下的苦果——在年老之时,没有一个儿子愿意接纳她,没有一个儿媳愿意接纳她,大家都怕她的一张嘴巴,而她最疼爱的幺儿在一个她从未到过的地方做了上门女婿,一年也难得见上一面。

祖母的嘴巴,把老年的她变成一只旋转在空中的足球。

多年过去,我同样已不能确定,祖母究竟是在哪一年哪一月跟着幺叔一家生活的。幺叔那时在镇上的水泥厂工作,是他们兄弟中唯一一个有着正当工作和稳定收入的人。幺婶也很贤惠。两口子将日子过得很红火。

祖母若一心一意地跟着他们,理应会享几年清福的,但她管不住自己的嘴巴,不仅与幺婶发生言语上的冲突,还经常在其他儿子面前告幺婶的状,在其他儿媳面前数落幺婶的不是,以至于勉强维持的婆媳关系渐渐失和。

在一次激烈争吵之后,幺婶一气之下远走他乡,数年不归。

幺叔不得不辞去工作,将女儿托付给一位婶子,就此踏上了漫长的打工之路,至今漂泊在外。毕竟孩子不能没有母亲,一个家不能说散就散了。

这个事件影响深远。幺叔家好端端的新房,由于长久无人居住,已经显现出破败之象,门窗油漆剥落,门锁锈迹斑斑,室内尘灰遍地。更重要的是,祖母再次成为无依无靠的孤家寡人,不得不一个人生活,像一个孤老。

被巨大的孤独笼罩着,祖母该咀嚼出苦涩的味道,并在反刍中意识到自身的问题。可在几年之后,五叔将祖母接到家中后,她依然管不住自己的嘴巴。

正如你猜测的那样,祖母过得并不愉快——可以预见,无论她住到哪个儿子家,都不会过得愉快——过不了多少日子,就会听见她的哭泣声自五叔家传出。

但无论如何,祖母终究有了着落,就像一只在空中不停旋转着的足球终于落到了草地上。所有人都松了一口气。人们总喜欢在一件悬而未决的事情得到缓解之时松一口气。可意外还是发生了。

如果不是发生这次致命的意外,祖母将活得更为长久,长命百岁也说不定。当然,也就不会出现我的父辈们在黑夜中为了他们母亲的赡养问题而争吵不休的那一幕了。她也就不会跟着受辱。

2014年冬季的一天,八十二岁的祖母在楼梯上一脚踩空,随着一阵沉重的闷响,身体臃肿的她,跟一麻袋粮食一样,从楼梯口滚落到了一楼冰冷的水泥地上,动弹不得。

这一跤,比往年的任何一跤都要严重,不仅摔坏了她脆弱的尾椎骨,还摔碎了她作为一个人的尊严——她从此卧床不起。据说还挫伤了神经,导致大小便失禁。总之,问题比想象的还要坏。

五婶每天服侍于祖母的床榻,一个多月下来,渐感吃力。于是,五叔向他的同胞弟兄们提出,要么轮流照顾他们的母亲,要么由他的妻子一个人照顾,但他们得向她支付一定的护理费,按月结算。

祖母至死没有逃脱作为一只足球的命运。

那大约是她的宿命。

四

事实上,早在半年前的端午节期间,我就在祖母身上发现了某些不可抗拒的东西。

那一天——那是怎样遥远的一天啊——祖母坐在五叔家一楼的客厅里笑意盈盈地接受了我们的拜访。那时正值中午,一道炽热的阳光从门口铺过来,直铺到祖母灰色的鞋子上,竟跟长了脚一般。祖母臃肿的身体,被从地面折射而来的光笼罩着。从这条阳光之河的另一岸望过去,坐在彼岸的祖母周身被一圈光晕环绕。但在言谈之间,我的内心还是受到了不小的震动。

那种震动,来自我对祖母的打量,来自时间对一个人悄无声息的风蚀。

说不清楚是什么原因,在我的记忆中,祖母一直是那样老,也差不多一直是那一身装扮,仿佛她这饱受争议的一生不曾年轻过,但也没有继续向前滑行,仿佛她衰老的步伐,就此停留在了某一个固定不变的点上。

说不定,祖母在无意之中发现了某种不再衰老的秘方,并偷偷服食。这不是没有可能。她以前住着的那几间光线暗淡的老房子——多年以前,我们一家也在那儿住过——在潮湿的雨季,瓦椽与房梁会在夜间秘密地生长出花纹绮丽的蘑菇。

说不定,祖母就是服食了那些蘑菇。据孩子们猜测,那些蘑菇,很有可能就是传说中的灵芝,但无人敢用舌头品尝。就连最大胆的孩子也不敢。他们把它们遗弃在了记忆的废墟里。

我以为偷偷服食灵芝的祖母是不会继续变老的,可就在这一天,我惊奇地发现,祖母满月般的脸已经坍塌败落,就像幺叔家粉饰一新的房子,有一天忽然就油漆剥落殆尽,蛛网遍布角落了;一双被一圈皱纹包围起来的眼睛,已经浑浊无神,暗淡无光了;一双哆哆嗦嗦的腿,已不能很好地支撑她的身体,不大听她的使唤,她因此经常跌倒在地……

祖母的身体,已经被无孔不入的时间风蚀成一座废墟,犹如西格弗里德·伦茨笔下的那个已经倒塌、没有叶片、一动也不动的四月里的风磨。这不免又让我想起去世之前的乌尔苏拉:她日渐一日越发瘦小,变成胎儿,变成木乃伊,到最后几个月仿佛裹着睡衣的李子干,那永远高举的手臂活像蜘蛛猴的爪子……

祖母虽没有像乌尔苏拉那样变成胎儿、木乃伊与李子干,但确实与之前的模样迥然有别。一时间,不同时期的祖母从一个遥远的地方向我走过来:

那个是在一架外形黝黑锃亮、柜门上镶有黄铜环扣的碗橱里像魔法师一样给我变出一个红扑扑的苹果的祖母。那时的苹果树早已落光了叶子,光秃秃地站在厨房外边的空地上。她神秘地叮嘱我,苹果要偷偷地吃,不要让别人看见了。

那个是在一个秋天把我和堂弟堂妹从祖父大大咧咧的骂声中解救出来的祖母。那一天,我们相约去偷祖父的苹果,没想到刚刚爬上树就被他逮个正着。在他的骂声中,我们像猴子一样跳下苹果树,躲在树下茂密的魔芋林里不敢吭声。

那个是在我放寒暑假后,千方百计要为我张罗一顿饭菜的祖母。哪怕我拒绝去她独自居住的那间老房子,她也不生气,总要花一个上午的时间烧火炒菜,然后用一个包袱装着提到我们家的院子里来——打开包袱时,腾腾热气与菜香味儿从碗盏里扑面而来。

那个是在早春时分提着一篮子鸡蛋来给父亲过生日的祖母。那个是在池塘里淘洗洋芋的祖母。那个是在院子前边晾晒衣服的祖母。那个是正唱着摇篮曲哄堂妹睡觉的祖母。那个是在清晨站在门口梳洗的祖母……

当然,在所有的祖母中,让我记忆最为深刻的,是那个在一个夏秋之际的日子袒露着一对如同布袋般的乳房的祖母。

时至今日,我仍然不知道该怎么描述那个被尘封多年的日子,那个注定了要被我永久记忆的日子。

事情是这样猝不及防地发生的:当我坐在堂屋后面的客厅里和祖父聊天时,竟意外地发现在厨房准备午餐的祖母,赤裸着上身。我赶紧移走目光,再也不敢抬头望向她,即使她时不时走到客厅里来提炉子上的水或到壁橱里拿东西。

我只是感觉到一团月光在我眼前移动。

祖母变成了一个发光体。

更让我措手不及的是,吃饭时,祖母也没有穿上衣裳,她依然赤裸着上身坐在我的对面。她不时给我碗里夹菜。她炒的菜,都是我爱吃的。我没有理由拒绝。祖父坐在我的旁边,与我谈着话,一副见怪不怪的样子。

尽管刻意回避,可我仍然在无意间瞥见了祖母。她像一尊圣母像般坐在我的对面。一对布袋般的乳房静静地垂挂在她尚且丰腴的胸前,活像两条被去了皮的冬瓜。祖母的脸上和手上早已爬满了皱纹,但乳房上没有。

那是我半生第一次看见女人的乳房。我感到羞愧,难为情,无地自容,脸红耳赤。多年以后,当我再次回想起那幅画面时,仍然手足无措。

记忆中的祖母,喜欢在后脑勺上盘一盘民国的发髻,把头发梳理得一丝不乱——那大概是她在出阁前就已养成的习惯——

发髻间斜插着一个印有蝴蝶图案的褐色发卡。

她年轻的时候,大约也是个美人。

五

我的父辈们从未在我面前提起过祖母年轻时的往事。大约是因为我从未向他们请教这个问题,他们也就觉得没有义务主动告知——或许他们认为根本没有这个必要;或许祖母的早年生活,对她的儿子们而言,也是一个谜。当他们开始记事时,祖母已彻底沦为一位唠叨不尽的家庭主妇。即使她曾给他们留下过较为深刻的记忆,你也很难证明,那些记忆就是经得起时间考验的。尤其是在他们各自有了家室以后,他们的母亲一而再再而三地干预他们的生活,时常因为一些鸡毛蒜皮的事与他们大动干戈,继而与他们形同陌路,甚至故意制造事端,让他们兄弟失和,水火不容,他们也就更不愿意多说一句。

我从他们的态度里看得出来,他们在内心里并不认同他们的母亲,甚至对她糊里糊涂的一生充满了轻视和否定。

我也从来不曾想过要去打听祖母的过往。那么不明事理的一个人,我实在没有多少心情去追溯她的人生。

谁也没有想到,祖母竟在最后的岁月里追忆起了她在年轻时代鲜为人知的经历。而作为讲述者的她,已与将过去和现在完全混淆的乌尔苏拉无异。

事情发生于我在前文提及过的2013年大年三十的晚上。我和兄妹在给她拜年请安之后,专程向她打听我们家族的历史,她却顾左右而言他,沉浸于对自己往事的追忆之中。尽管我多次打断她的追忆,试图让她走出往事的泥淖以回答我们的问题,然而,一脸惊讶的她,在茫然不知所措地打量了我们一眼之后,又开始了喃喃自语般的讲述,直到我们感到厌倦,继而起身告辞。

我们都对祖母带有自传性质的讲述充满质疑。

虽然她的讲述不仅像屋檐下的雨珠子一样断断续续,有多条线索相互交织齐头并进,而且因为跳跃性太大使得前后左右的内容听起来并没有多少逻辑关系,甚至是互相矛盾的,但我依然像一个技艺超群的炼金术士,从一大堆冗繁无用的话语迷障中分离出了她的黄金岁月。

她的过去,果真如她所说吗?在祖母的追忆中,在她嫁给祖父之前,曾有一段风光岁月,理由是她受到了时任乡长周桂菊(音)的器重。

她的原话是这样的:"周桂菊培养我,她到哪开会都会带着我。她坐在主席台上说话,我也跟着说话。"——在当代语境中,祖母无异于扮演着乡长机要秘书一类的重要角色。

有意思的是,周桂菊当选乡长一事,在祖母的叙述中,也与她的支持紧密相关,两者之间甚至构成了因果关系:"那时乡里开会选举,大队的人集中在一起,我就标她的名字,结果她当了乡长。"

祖母继续说:"我驻在村里,他们都听我安排,虽然我不识字。我开会,安排生产,都有工分。"——她已经说得足够清楚了,那个时候,她的身份差不多就是一个驻村干部。她所需要做的事情,就是全心全意地开会与安排生产。

然而,她出众的才能并没有在中国最低级别的政治舞台上长久地施展下去,而是被浪费在了烦琐的家庭事务中与望不到尽头的苦日子里:"来到这里时,要服侍他奶奶。把饭做好了送到床上,每天(给她)洗三遍(身子),端屎端尿。日子苦啊。那么大一家人,全靠我一个人。"

"上面两个学生,五花寨两个。黑天哒。每天晚上,我要打一个魔芋豆腐,一个细豆腐。第二天天不亮就背出去卖。"她还谈及去山上打柴的往事:"我每次背三捆柴,这么粗,细的不要,全部是这么粗的。"她一边声情并茂地讲——担心遗漏任何一个细节,一边把双手合在一起比画柴火的粗细。

忽然,她拐了个弯,数落起她去世多年的丈夫,她的表兄,我们的祖父,挖苦他是一位手无缚鸡之力的无用书生:"他爸爸小时候吃面糊长大的,奶水都被他二哥吃了,没有一点力气。背背不起,挑挑不起,连走路都不行,只会算账,躲在家里读书。"

如果不是祖父娶了她,她的人生肯定是另外一番气象,她也就不会吃这么多苦。她在心底一定是这么想的。

祖母不时用粗糙的手掌揩着眼角浑浊的泪花,并不失时机地感叹命运:"我就是命不好。命不好,喊天都不行。""苦了一辈子,就是现在好玩一点了。可是现在吃饭摔跤,上厕所摔跤。冬天穿得厚不要紧,夏天穿得少,一摔就摔坏了。"

"我就吃亏没有读书,不识字。"祖母总结道。眼看着我们就要起身告辞,她又突兀地补充了一句,"我一个人把那么大一个家撑着。"

我曾向父辈们求证祖母所忆之事的真伪,但他们对此都只是付之一笑,并没有正面回答我。然而,种种迹象表明,他们并非首次听到她的故事。

我最终选择了相信,毕竟任何一个人都拥有在晚年追忆美好岁月的权利,只是暗自吃惊——一如十余年之前,在与祖母的闲谈中,我忽然为从她布满皱纹的嘴巴里冒出来的"思想"二字感到震惊不已。

原来被我们遗忘了多年的祖母,被我们认为终其一生都碌碌无为的祖母,也有一段被光环笼罩的过去,而且她在人生最后的岁月里仍对这个光环充满怀念,并将之当成一笔记忆遗产,讲述给了她的孙辈。

我在祖母身上窥见了时间的秘密。哪怕你是一堵密不透风的墙,它也有本事将你变得千疮百孔,面目全非。它有的是耐心。没有它扳不倒的牛。

六

晚景凄凉的祖母一定不曾预料到,她的葬礼会是那么隆重。在长达八十二年的人生岁月里,祖母也不一定见识过如此隆重的葬礼。

前来吊唁的人络绎不绝,马路上的鞭炮声此起彼伏,厨房里的流水席一桌紧接一桌。五叔家前方的院子里坐满了披麻戴孝的人——没找着地方坐的,只能站着。在他们的脸上,你看不到一丝悲伤。

他们更像是来赶集的、会友的,甚至像是参加一个古老的盛大的节日。他们三三两两聚在一起,问询着彼此的近况,嘻嘻哈哈开着玩笑。就是我们直系亲属,偶尔也会从悲伤中抬起头来,露出一个短暂的笑容。

被遗忘多年的祖母,通过这一不同寻常的方式,终于从毫不起眼的灰色地带重回到了生活舞台的中心,从狭小的卧室走到了宽敞明亮的堂屋——仿佛从幕后走向了前台;她通过这一举足轻重的方式,重新唤起了人们对她的记忆——人们在交谈中,或多或少都会提及她,尤其是她的几位同辈人。

祖母是他们的一面镜子。

那两日,祖母隆重的葬礼成为村子里毫无争议的话题。那是人们给予亡者的礼遇。

但知情者都知道,在这条新闻的背后,隐藏着太多太多的故事。这些故事,犹如不敢见光的黑幕,将我的父辈们,甚至是将我们整个家族,推上了风口浪尖,推到了一盏周遭坐满了观众的聚光灯下。

大家一早就预料到,五叔和幺叔会借我的婚礼之便,将伯父和叔父们召集在一起,重议祖母的赡养事宜。

在反复的讨论中,大家一致否决了按月坐庄式的轮流照顾祖母的方案——祖母年事已高,身子骨原本就脆弱,而且带病在身,经不起折腾。况且搬来转去,折腾的不仅仅是肉身——大家都同意每月凑份子,支付给五婶。

我们都说:"这么多儿子,如果连一个妈都养不起,岂不让人家笑话。"只是每个月究竟支付多少数目,父辈们尚没有形成统一口径,毕竟还需与五叔商酌。

大家就像一致否决第一种方案一样,一致推举自认为口才出众的幺叔去与五叔商谈。熟谙五叔脾气的婶子们都对她们的小叔子说:"你常年在外,好说话一些。如果大家都去,肯定煮成一锅粥。"

那几日,我忙于自己的婚事,无暇顾及更多的事情,也就不知道幺叔是否与五叔在商谈的事情上预过热——不过想想那幅画面,就觉得滑稽。

事情的真相或许更为滑稽:他们几兄弟在我结婚后的那个凌晨正聚集在五叔家的院子进行激烈的谈判,意识迷糊的祖母,在他们的争吵声中撒手人寰了。

祖母或许是真的被尚未痊愈的伤痛折磨得油尽灯枯了,又或许是在昏迷之中感知到了她的儿子们还在为她争吵不休,但是她又无力劝阻,只好选择离开。事后,就有人有意无意地说,祖母是被她的儿子们气死的。

遗憾的是,祖母的离开,既未消除横亘在他们兄弟之间的隔阂,也没有让他们醒悟,他们在另外一条歧途上越走越远:他们先是在如何操办祖母的葬礼这件事上大吵起来——无非是操办葬礼费用的摊派问题——之后又在祖母下葬的日期上出现严重分歧。

迷信风水的五叔,抱着几本风水学与算命绝学一类的书籍,自行推算了日期,坚持要将祖母沙到坡里,等到来年三月再行安葬;而伯父、父亲、四叔和幺叔则坚持在腊月二十四这一天安葬祖母。

"否则,我们就不管了。"他们撂下这么一句气话。

腊月二十四,正是五叔请来的道士先生选定的吉日。而五叔之所以又推翻这个日子,按照他的兄弟们的说法,他是太执着于他所收藏的那些算命术书籍了。

在那两日,双方各持己见,互不让步,几兄弟的嗓子都在那两天因为争执不休而严重受损——说起话来,沙哑,陌生。知客司仪——他们的叔父,以及诸多同族兄弟都纷纷从中说项,早点下葬吧,免得祖母受苦,但五叔依然一意孤行。

谈判的过程显得漫长而又艰难。尽管势单力薄,并不占理,但五叔还在做着最后的博弈。在腊月二十三日为祖母守灵的那个晚上,他还抱着一本风水学方面的书急不可耐地找到我,企图说服我,进而用我的意见来说服我的父亲、伯父、四叔和幺叔……

五叔最终还是被迫接受了既定的方案,祖母的葬礼也才得以在二十四日上午如期举行,再未出现其他波折。

我们的父辈并没有在他们父母亲的墓前立一块墓碑。据说不立墓碑,不刻墓志铭,是我们这一门向氏的传统,但没有人能够道出一个令人信服的原委。只是有人说,这一祖训现在已有所松动。"传统,总还不是人定的?"他们说。

那个冬日的正午时分,当成千上万发礼炮从田野里前赴后继地冲上天空,在树梢间密集地炸响,并弥漫开来一大阵刺鼻的烟雾时,祖母所有的儿孙都站在那个空旷的院落里,凝望着那无比庄重的一幕。

那一幕,极有可能是这块土地上有史以来最热闹的一幕,最隆重的一幕。

至少在我的记忆中是这样。

（原载《民族文学》2018年第4期）

手机文录

石 舒 清

有人望着天空说：

其实星星并没有落下去，说星星落了其实是一种错觉。

星星都在天上，只是天亮了看不见而已。

有人就喜欢说这种无用的话，听的人也全然不当回事，任他说就是了。

还说，太阳是暴脾气的，月亮清心寡欲，从来不曾为什么动心。说这些有什么用呢？

但有人就喜欢说这些。任他说就是了。反正也没有什么坏处。

起风了。风大起来。星星是哪棵树上的果了呀？

就说这样的话。

后来下起小雨来了，雨丝细密，有些雨点落在很小的虫子上，它们拼命逃入腐烂的树叶里去。枝头上的叶子被小雨洗净，高兴嘛也高兴，但也有些说不清道不明的伤感。总之，雨后太阳及时出来,大家都觉得一个新的世界需要一个新的自己了。

死同洪荒,生便雀跃。

火有些浑浊。

他说,你看,这是伤人的火,它还不知道什么时就开始了焚烧。而且越烧越旺,要把自己不清楚的东西烧个干净才休。

我一路逃亡,不得安宁。

看哪里这样的火多,我就捂牢我的嘴巴,赶紧逃开。

你就不喊一声吗?

我捂住嘴巴,赶紧逃开就是了。

其实逃不开的,你看我这烟熏火燎的样子。

小饭馆。小旅店。小镇子。大城市。我喜欢极了。我是爱这世上的。

就如此活着,品尝一些世味。

要活很久,要用很老的眼睛把这世界看上一眼才好。

我心里有足够多的爱,把每一样东西都稀罕一下的愿望于我是那么强烈。

但是我先喝一口水吧。人们就是从喝水开始了各自的生活。

但是我要悄悄地活着,偷偷地爱着,绝对不乐意惊动任何人。

孩子,你这是去哪里?

我先走走看。最好不要再问我了,我讨厌问这个问那个。

眼看黑夜要来了,我还得走进这夜里去。

没什么可准备的,准备什么都是不够的。

我在深想着每一样受造物的本质。
我想得那么深,像蜜蜂钻入花蕊里。
约略看到一点,我就赶紧记下来。
我就用这个办法一点点认识着我身在其中的世界。

火藏错了地方,藏在了灰烬里面。

灯花虽好,却是用来障灭油灯的。
闲敲棋子落灯花——要把它弄下来,这样灯就可以亮一些。
然而有些人就是喜欢灯花,灯灭了没关系,以看到灯花为满足,除了这个不看别的。
那这样子你就看灯花吧。
当然这灯得是你的,和别人一点关系都没有才可以。
若别人想看书,你想看灯花,共一个灯,那就还是剪去灯花,让灯更亮一些的好。

我喜欢骑着马到处走走。马没有鞍子,我就像最初的人骑马那样骑着。马绕过村庄,去往哪里都可以。我不喜欢马有鞍子。我不愿骑在鞍子上,我喜欢骑就骑在马上。我们都喜欢走偏僻的路。马无论到哪里都显出识路的样子,这让我欣慰。马当战马已经是很久以前的事了。它就是从那以后没有了鞍子。我小心地骑在马上尽量不要压着它。它知道我的心思。它耳朵向后听着我。它总是双眼泪汪汪的,看多了会让我变成一个好人。我喜欢喝马奶,吃马肉。马肉两三块我就吃饱了。马呀,你吃我的草,我吃你的肉。你很老的时候,我就适时地从你身上下来,牵着你走。路足够偏僻,不会再有别人了。相依为命的感觉是有的。有一部分我慢慢地变成你了。凡是出现在眼前的,都可以看成是我们的,或者和我们全无关系。你要撒尿方便,我就站住等你。我不像他们是个左撇子,这样我就可以放心地把鞭子拿在左手里。鞭子的作用只在于使我看起来像个骑手而已。路是走不完的,只要一转弯就又是一个开头。我就喜欢骑着马到处走走,绕开村庄,去往哪里都可以。世上能看的东西其实不多。但需要到处走走。马呀,这么久了,你就真是匹马吗?你忍不住就说上一声吧。你的沉默太深了,使我寂寞又不安。其实你也没有办法,正如我的无办法一样。再走走再走走。风从前面的路上吹过去,太阳好像老半天没有动了。

他极为谨慎地往花瓶的水里投着毒药,让花吸收,然而有一个底线,就是绝不能把花毒死。

陆续投了那么多毒,肉眼是看不出来的。

一种剧毒,量小就不会被察觉到。

就是要看看,这被毒水灌溉的花,最后会成为什么样子。

有些人就用毕生的精力来做这样的事。

不能没有盐,不能全是盐。无论写作还是实际生活,这话都是值得听听的。我喜欢人们吃饭的时候,既不觉得盐多,也不觉得盐少,这不是个问题。在整个吃饭的过程中,他就没有想到盐。如果你在吃饭的过程中始终惦记着盐,这样的写作就可以说失败了。盐可以稍稍地多一些,也不要让人觉得没有盐味。

最可靠的话:向死而生。

最近的邻居:死。

最虚妄的事情:活着。

最重要的事情:活着。

最值得的事情:好好活着。

最值得不时想想的事情:死。

最无聊的事情：死而复生。

死是从挤紧的空气里抽出来的刀子，没有血迹。最后从土里面出来一个人，指着城里的热闹说："你们中，最可称道的是那种身心健康的人，他的健康在于，唯他能体会到自己是半死不活的人。半死不活的人有福了，就像凭着监牢的窗口看到外面看个不尽的天空。"

确实是高手，琴弹得确实好。
听了一遍又一遍。声色犬马，声音上算是得到一种享受了。但是忽然地想清净一会儿。
先生，道声抱歉，请你不要再弹了好不？我想清净一会儿。
其实先生也想休息一会儿，同时在寂静中有所领会。

他说："樱桃是樱桃树上结的。"
我就说这一句吧，但够你们用一辈子。

主人不在的时候，主人离家很久的时候，房子里是怎样的情景呢？就那样空空静静的吗？就那样老老实实地维持着原样？这是我感兴趣的。我想就此写一点什么。先是书房里两本相邻的书打起来了。书其实是很容易打起来的。一本书猛挤另一本书，把它挤得薄薄的。一本书里有暴君，一本书里生活着几个屈辱的寡妇和孤儿。这两样在一起肯定要出事。这时候火出现了，它是一个警告者，两本书要是再这样闹下去，它就把它们不分青红皂白，统统烧掉了事。反正比起烧别的东西来，烧书总是一件更容易的事情。任何人敲门都不开。空屋子变成一个大耳朵，听这敲门声。好像是主人远游回来了。他已经面目全非。出远门的人容易把自己搞得面目全非。把门锁得更紧一些吧。空屋子里的这些已经足够。水龙头自有它的伤心，抽抽搭搭地哭了一会儿，又恢复了一贯的平静和绝情。看看这些照片，都是老照片了。每一张照片后面都藏着一部无法上映的电影。门关紧些。里面生灰尘，外面阴雨连绵。

每一丝波澜都和深处的动静有关。深处闹得厉害。深处总是无法平静下来。妄念像如注的暴雨一样，旋灭旋生。在另一个心里就没有这些。这样的心还是少一些吧。迫使上刀山的人究竟犯了什么罪？到处都是打铁的声音。烈火匋匋的声音。铁烧成了水的样子。土烧成了砖的样子。土里面有金子，火只要烧起来就忘乎所以，一整块金子烧到了砖里面。这块砖搁在墙里面从此湮没无闻。火烧眉毛的事越来越多，眉毛早就不够烧了。悲喜交集。是谁如此的悲喜交集？他逃来逃去逃到了这深黑处，就尝到了这酷烈的滋味。没有谁的坟坑深到这么深的地方。在极度的深黑中寄托的这么一个生命。表面离深处太远了。关于深处的信息不能从表面来探听。表面总是一些适合于布置在表面的事情。如果谁这时候正站在门外，你就得耐心地等上一个时辰又一个时辰，好比枯树上的残叶若有所待。

他说：祈祷在我是必须的，当然，在祈祷前，我首先要使自己有资格成为一个祈祷者。更多的人都是全无资格的祈祷者。比如哑巴、聋子，或者说不出来，或者说出来听不见，这样的祈祷有什么用呢？祈祷是一个捷径，凡捷径，知道的人都是不多的。祈祷的时候，必须真切地感受到祈祷对象的存在和临近才可以，就像饥渴的人把木桶垂下深井。总之，绝大部分的支持力都来自祈祷。祈祷是一个首先的和最后的屏障，免得我们最终跌落。除了祈祷，就是忍耐。有这两样我凭依着，不求治疗。不求治疗，因为你不知道治疗者是谁。而形形色色大言不惭故作高深的治疗者后来大多结局惨淡，病入膏肓。

真正的治疗者只有一个。他让你痊愈,你就痊愈。他让你暂时病着,没有关系,你就暂时病着,显出对疾病的顺从和合二为一,你就祈祷并忍耐,并怀着特殊的感情带病修行。一个是从圆满到残缺,一个是由残缺到圆满,你二者里面选一个吧。作为人,路径大致也只有一个,从各自的残缺出发,向那遥不可及的圆满一点点努力过去。其实你们可以试试,像月亮受不了自己的圆满一样,人其实更适应于生活在各种各样的残缺里。这是人的福分,使人们永远有一个圆满的东西作为诱惑。假如你确实知道自己是谁,那么,你的祈祷会带更多感情,你会融汇在感情的海里。其实你如果双眼有福,得以看到自己,那么,忍耐就不必。你无从忍耐一个并不存在的压力和负担。果子那么多,摘到手里一两个就足够你吃了。不要贪吃,总觉得富富有余。

早上洗手的时候,觉得手背有些痛,一看,手背上不知什么时候被碰破了,一着水痛得厉害。不知道的时候不痛,知道了就加倍地痛起来了。痛倒罢了,主要是担心破伤风什么的。白求恩,不就是死于一个小小的伤口吗?其实有时候信息带来的伤害是更为致命的。赶紧找创可贴,总之觉得有及时处理的必要。但是想想,什么时候弄了这么个小伤口呢?碰在哪里了呢?这也是一种人生经历和经验,就是活在世上,有些伤口也许致命,却是不易察觉无法防范不知来历的。这样的伤口多了,一个人会像瞎子那样看着世上,同时慢慢地豁达起来。

马回过头来笑了一下。
其时骑手正看着别处,没看到马笑的一幕。
这就算是错过了。
骑手照旧做他的骑手。

但也许他错过了很重要的事情。

马笑一下不容易。

也许平生只有这一次笑而已。

没有被看到,马只好还是做它的马,驮着骑手,在这个处处是遮蔽的世上来来去去,横冲直撞。

但无论如何,骑手平生应该至少动一次恻隐之心,应该清楚,仅仅作为骑手的命运并不完全是一个好的命运。

灯盏灯盏灯盏,在漆黑里我默念了几声这名字,果然周围就亮了一些。隐隐的一条白路就在前面,我作为一条浅淡的黑影走上去。有一种难以与外人道的享受感。

我看见蜜蜂围绕着落了一地的花朵飞,嗡嗡嗡,嗡嗡嗡,我不知道这声音是什么意思,但还是很用心地倾听。后来忽然来了一阵小风,将地上的花朵吹乱。那一刻蜜蜂用它飞翔的能力尽量地稳定在空中。风消失后,蜜蜂落在花堆里,好像在花里面寻找着花朵以外的什么,而花朵一点点地枯萎了,使蜜蜂看起来像处在一种相应的命运变化之中。不知落地的花朵对蜜蜂而言意味着什么。暂时离开一会儿。等我再回来时,花朵业已枯黑,像经过了微火的焚烧。之前在这里寻觅什么似的蜜蜂一只也不见了。这是对的。但是在那腐黑的花的骨灰里,也看到一只蜜蜂死了,微薄的风吹过来,慢慢风干着它。这都是不可解的,又都是很难忘的。日光柔和。风吹过手背很舒服。我带着空虚的精神走出果园,听见我的孩子喊我吃饭的声音从和着阳光的小风里传来。

看到一个人纪念李白,写了一句话,道是:"李花怒放一树白。"

可怕的事情之一:就是揽镜自照的时候,却发现镜子里空空的什么也没有。

其实这是一份善意的提示,可惜人们见识浅薄,勇力不足,一时还接受不了。

萨迪对人类的定义:"他们就是包含着焦躁的几滴水。"
这话记下来。
像从镜子里看到真实的自己。

恶云翻滚的时候,看到月亮在云海里出没沉浮,似乎借此看到一个人被投入命运中的样子。
顺势抗争,但更多的需要靠侥幸。
圆月孤悬,净无片云的一刻,也是有的。
我的心偷偷向这里靠拢,得到了超脱似的。
但是人心容易起万端妄念,总是要遮掩那一轮满月。
其实只是遮遮而已,满月超脱,毫无伤损。

镜子的光照在墙上,像一个落落寡合的游戏。
不知道谁把镜子动了动,这是从墙上的光影的移动看出来的。
墙显得大而无当。
有些大而无当是难免的甚至是必要的。
就想起大堂里有很多座位,但只有一个人坐在那里,那么多的位子供他坐,但他好像懒得动。
屋子里静极了。看见镜子落在墙上的光影幻变迷离,像一个哑女有很多的心事。

风先把树上的花都吹落在地,然后又把每一片肥厚的叶子吹得薄薄的,就像一些年迈的人在严冬穿了单汗衫。我一直在旁边看着。一地的花朵把蜜蜂也带落下来。风吹响枯叶,和之前的声音大为不同。我在旁边看着,这其实也是一种诱惑。我越过门槛那样到风里去。看看这风会把我吹成什么样子。

点灯是一份工作,吹灯是一个游戏。
来世间看看,点灯的多是老人。他们的脸饱经沧桑,全是忍耐。
而孩子们那么喜欢吹灯。吹灭灯他们又怕起来,叫唤着赶紧把灯点亮。
而老人这一刻正在黑暗里祈祷呢。
有时候老人倒需要穿着厚棉袄在黑暗里想一点什么。

太阳总好像穿着棉袄,月亮总像是裸体的。星星是一群野孩子,捉迷藏,在野地里飞奔翻跟头,没完没了地游戏。
天像一张大幕,过来过去演的就是那些东西,但是奇怪,人们就是到死也看不够。
你看够了吗?
没看够。
然后就恨恨地死掉了。
星星还是那些星星吗?
时间都过了一万年了。

风好像掠过巨大的尸衣,然而并不想掀开来看个明白。听着这横贯古今的风声,我觉得自己已经半醉了,正好借这蒙眬的眼看这混沌的世。风无论吹到哪里都不再需要黄金。风无论吹到什么时候,都无妨于我在生死之间去去来来。见多识广的风一再贴着我吹掠而过,我需要像悬崖那样绷紧一会儿。容我泄露一个秘密,世上无风的时候,我奄奄一息。大风天,太阳像一枚残阵上的棋子。输赢分明,我早已落败。然而在这样的大风和残阵里,输的人反倒率先得到了肯定。太阳在风的间隙里睁眼看着,看这样一个世界能维持到什么时候。

那么多新建的城,我一个也不进去。我绕道而过,很愿意做一个落伍的人。积极分子们见得多了,他们每人都有削尖的脑袋和到处嗅闻个不停的鼻子。我其实不愿意说这些。新城的外面总还有老路可行,悄悄走过去就是了。听说还有百年前的小城,我就哭着走进去。来往的人并不熟识,但是却觉得格外亲切,街面上干干净净的,我做好梦的时候梦到过这些。我决定多看到一些面孔,在这小街上多走上几个来回。感到自己如一大缸老酒,慢慢地要溢出来。太阳好像认出我了,我走到哪里,它的目光都把我跟着。不是死人进城,就是进了一个死城。太阳总是活的,而且它的脾气见证过许多沉浮变化后会好上一段时间。风留意掀动一些最为轻微的东西。重生的感觉真好。为获得重生而流泪真值得。

夜里,听到风肆虐的声音。
就像一伙匪徒进了一个早已逃空的村子。
烟囱里风也进去了,訇訇訇地响。
窗纸也响着。
老婆说,把灯点着吗?
他没有出声。
老婆把气哈到他的肩窝里,使他痒痒。
他听到老婆寻得了一个机会似的说,你再不要骂我了,你听这风害怕吗?
他静静地听着,忽然想起自己小时候很多次在风里的样子。

没有伤痕的大树是不存在的。我有一个喜好,先找到大树,然后细数它身上的伤疤。伤疤总是各式各样的。每一记伤疤都显得轻蔑,带些无所谓的意思。大树给我们的突出的感觉是:根深本固,显得稳当,值得信赖和依靠。当环境恶劣的时候,我发现大树和电闪雷鸣,和暴风雨等等,有着很特殊的关系,绝不只是敌对者,也还更是合作者。大树的重要感受和强烈悲喜恰好是从这里来的。天气好的时候,大树就显出冬眠的样子、超然的样子,好像牛在树荫下忘掉了自己那样反刍着。

他说:庙里有一盏灯,你去把它吹灭了吧。
我装作没听见。
我慢慢觉得这法子可以应付很多事情。
风从屋顶上不停地掠过,对这屋子有着特别的眷恋。
一年又要尽了。
我俯下身子,把炉火拨弄得旺些。
可能还有不少的岁月,需要我就这样守着炉火,听着风声过下去。
庙在远处,庙里的长明灯出神地看着。
催我吹灯的人坐在一边的黑暗里,咳嗽声一声比一声苍老了。

我喜欢黑暗
这使我可以有一盏灯
使我可以在灯下看一些东西
大白天灯是黑的
不知道我在哪里
书上也落满了尘土

(原载《人民文学》2018年第4期)

戴　花

杨　荻

如今很少看到女子在头上戴花,想是清末民初西学东进剪了头发的缘故。乌黑的长发被铰成齐耳,紧勒于头皮的青丝瞬时得到解放,无论是什么样的花插在头发上无论什么样的地方,都是软香对蓬松,头一动,风一吹,花就掉了。

短发的确不适合戴花。我看到大姨年轻时的黑白照片,面如满月,眸如星子,笑得恬静,黑黑的短发上,一支淡淡的塑料卡子别在左耳鬓边,不知是粉色还是青色——发卡上没有卡着一朵花。大姨是1949年生的,算是新时代的人。

我小的时候,头发乌黑。母亲在我脑后平分头发,梳成两条粗粗的麻花辫子,然后从发梢卷啊卷的,在双耳边分别卷成一个小髽鬏,用红色玻璃筋儿狠狠地扎紧。很快,坐在凳子上的我,眼里就噙了泪花。

我被母亲梳成了一个俏丽的小丫鬟。小丫鬟是无忧无虑的,一蹦一跳,跟着快初中毕业的姑姑和她的女伴们,去镇上唯一的照相馆照相。毕业照上的姑姑们朴素端正,头发也是乌黑的,一人两条麻花辫,胸前一根,后背一根,红头绳是有的,却依旧没有戴花。

"随手摘下花一朵,我为娘子戴发间",是恋爱中的男女最古意的情趣。给娘子戴花,势必趁机抚摸头发,我又以为这个爱怜是女人最喜欢的。

女子在发间戴花,我以为无论过程还是结果,都是极美的,透着顶中国和顶女性的韵味。如果是一幅画,当然是中国画,工笔淡彩,细致入微的朴素纯净。我又以为女子一生,都应始终保有一份朴素纯真,任凭世事变化、山河流转,亦不改初衷。

我难道只能在书里和戏里,才能看到女子戴花吗?书上说,夏日的黄昏,下了雨,青石板路上传来卖花者的声音,油纸伞下一篮香气袭人的白兰花和茉莉花。

这是南方的夏日盛景。又唯盛在:民间女子打开院门,喊住卖花人,将一朵喷香的白兰花摆在瓷盘里放在房间,又将一朵同样喷香的茉莉花对着菱花插在鬓边。夏雨,黄昏,花香,女子,沉醉与静好。

我便觉得这是理想国。

在我们辽阔的北方,日子过得很缓慢。

夏日黄昏,一朵白色的葫芦花悄悄地爬上篱笆,和金黄肥硕的倭瓜花缠连在一起。瘦弱的霞子站在篱笆院落,融于太阳西下的光晕里,伸出瘦弱的手臂,犹豫着该摘下哪一朵花戴在发间。

大姨家的老屋数十年如一日,是时间的历史也是日子的现实。虽然老屋跟着时代也在变化,也不过是简单的内装修,堂屋黑色的大梁、外墙残旧的青砖以及院子里那个白色石桌,都依旧巍然不动,仿佛经历百年日子也一直未动。以至于我每次去大姨家探亲,总要坐在童年睡了无数次的土炕上发呆,然后不禁迷幻:我是谁,我在哪里?

没等我回过神来,门帘一挑,霞子"嘿嘿"地咧着嘴进来,冲我激动地挥着手,乱蓬蓬的长发编成麻花辫束在腰间,发窝上照旧插着一朵鲜花。果然是鲜花,因为霞子是趁着季节,什么花开就戴什么,不拘是菜的花、果的花,还是真正的花。

有一次是清明时节,霞子的鬓边居然戴了朵紫色的白头翁。这花,我认得,是后山上开的。小时候我和霞子经常在后山的犄角旮旯钻进钻出,直到听见大姨焦急的呼唤声,我们才笑嘻嘻地应声而出。

霞子是我童年的小伙伴,她就住在大姨家的隔壁,两家中间连篱笆都没有隔,更别说墙了。霞子不算漂亮,但是皮肤很白,又瘦弱,这就显得很出挑了,因为小伙伴们大多皮肤黝黑。白皮肤的霞子也是在太阳地儿长大的,可就是晒不黑,如后山悬崖边那株粗壮的杜鹃树开的白花,真气人!

大姨家在北方的平原,平原的尽头是燕山余脉,中间过渡有丘陵的缓坡和矮山,缓坡上生有翠绿的庄稼,好像南方的梯田,而我们把那平原上凸起的矮山叫做后山。后山不足三百米高,石灰岩生成,动植物都是野生孕育,也算草木葱茏,遮荫蔽日。我和霞子整日地跑上跑下,摘黑枣,揪桑葚,采野花,像两个快乐的精灵。

然后有一天,当我再次在暑假来到大姨家的时候,大姨告诉我,霞子得了精神病。十岁的霞子得了"精神病",吓坏了十岁的我,因为当我看到她的时候,她张牙舞爪地冲我"哦哦哦"地叫唤,双足外翻,双手扭曲,摇摇晃晃,哈喇子滴下来弄脏了衣衫。我瞬时蒙了。

连续几天发高烧没有得到及时治疗,霞子的大脑损伤了。

我童年的小伙伴霞子,从此在人间摇摇晃晃。

我逐渐长大,每次从城里来大姨家待的时间开始缩短,不再长住,当然也不会和霞子去后山疯跑了。而随着日月的轮换,我和霞子越来越陌生了。每每大姨来我家,我问起霞子,得到的回答总是说:"除了冬天,霞子天天戴花,这孩子。"

十七岁那年,再次见到霞子,她依旧"哦哦哦"地冲我笑,手里攥着一把红软的樱桃,摇摇晃晃地指着后山,仔细辨别嘴里发出的声音是"吃,吃,吃"。我惊讶地发现,霞子长长的独根麻花辫上,插着一朵金黄肥硕的倭瓜花。

大姨告诉我,霞子恋爱了。

自从恋爱,霞子就爱美了,标志就是头发上不停地戴花。

对方是村里的青年,家贫,双目失明。残疾配残疾,贫穷对贫穷,这样的组合在我的故乡很常见。人以类聚,物以群分,一个轻微智障,一个看不见这个世界的光,他们被归为同类,婚姻上的门当户对。这样的组合是正常人的谈资,于他们自己,未尝不是苦难人生中结出的娇媚花朵,寒冬里炽热的炭火。

恋爱后的霞子喜欢上了戴花,看见什么花开,就戴什么。后山的野花开不尽,霞子发辫上的花就戴不完,他们进山了。摇摇晃晃的霞子用没有变形的右手,牵着盲眼青年,盲青年用沉稳的脚步带着霞子,钻进了童年时我们常去的后山。

于是,在早春,霞子的发间戴了朵黄色的蒲公英,有时候是紫红色的地黄花。接下来,什么野桃花、野杏花、野海棠、野杜鹃、野蔷薇,整个春天在霞子的发辫和盲青年的手指上次第开放。

随手摘下花一朵的是霞子,给她戴发间的是盲青年。民间本就早婚,又是这样的两个家庭,纵使不是天仙,在地上也很般配。两家将婚事定在夏天,生活似乎见到了亮光。

事情出在春夏之交。他们在后山崖边采杜鹃花的时候,盲青年失足摔落。再残疾的人也有爱情,可是再矮的山也有悬崖。他们灵光一现的爱情葬送在后山。

所以,十七岁那年的夏天,戴着一朵金黄肥硕倭瓜花的霞子,攥着一把熟透的樱桃"哦哦哦"地指着后山,我不知道是想给我吃樱桃,还是告诉我后山里曾有一个给她戴花的男青年。我想,她如此简单,只是想让我吃樱桃吧。

我将自己白色的棉布裙留给了霞子。大姨说,她一直穿到天冷,后山最后开放的花朵是野菊花,野菊花金色的花粉将已经颜色昏暗的裙子染得更暗。

少女霞子的恋爱很早,还和男青年牵了手,这让当时的我多少有些羡慕。而关于戴花这件事,村里人都习惯了,霞子的发辫上没有绑着一朵花倒是让人奇怪。

我问霞子:"为啥戴朵倭瓜花?"

霞子痴痴又哧哧,嘴巴歪斜带动着脸微微有些狰狞,轻抚花朵:"美,美,美哩。"

不要以为从此就轻饶了生活。

霞子四十岁那年,又发生了一件大事。霞子在后山被人强奸了,不仅如此,霞子还怀孕了。大姨老了,老屋还在,大姨在老屋里跟我说着霞子的事时,在我的极度震惊和愤慨中,霞子挑帘依旧摇摇晃晃而入,发辫上结着一朵鲜红的大丽花。

不久有人闯入,"死霞子,坏霞子,那是我孙女种的,开的第一朵花!"来人边骂边笑了。这个村子,容纳喜欢戴花的霞子。

霞子的头发显白了,瘦小的脸上有了皱纹,痴痴地看着我,"哦哦"地冲我笑。看到她,我才惊觉自己也老了。几十年岁月更迭,也经风雨也经霜,心里依然有疏散不净的块垒,耿耿于怀——我倒不如霞子活得干脆和纯粹。

事情是这样解决的,双方进行私了,五万块结束一切。对方是个老光棍,看到经常在后山游荡的霞子,生了歹意,以一束紫色的美丽胡枝子引诱,强奸了霞子,并且是多次。霞子躺在山间,手里玩弄着紫色的花束,将花朵一朵朵插在耳边,花朵一朵朵掉落。"美,美,美哩。"霞子的嘴更斜了,她是在笑。

五万块,霞子打掉了孩子。在私了的过程中,霞子妈妈提出让老流氓娶了霞子,这样霞子将来可以有人照顾,并且能生一个孩子,后半辈子也就有了依靠。

可是对方说,坚决不行,万一再生个小疯子呢。大姨将那份协议给我看,我气得发抖,说这就是卖身契。不然,又如何呢?五万块对于霞子和老流氓来说,都是巨款。

这个世界上,除了霞子的老妈,竟是无人肯收留霞子。

霞子的父亲早逝,有一个弟弟在城里工作自顾不暇,母亲也老了,她将来可咋办啊。

大姨说,你别操心了,霞子将来进精神病院。我说,可霞子不是精神病啊!

大姨和霞子妈很淡然,不是精神病是什么,例假来了都不会弄。

当年我问霞子妈,她怎么喜欢戴花了?

霞子妈说,她那么爱戴花,还不是因为盲青年说戴花的女子美。我听了,私下里觉得盲眼青年眼盲心不盲,是个难得的透亮人。

两家中间没有任何隔断,我在十七岁那年走进隔壁院落,看到了一个花园,这里种植和开放着村子里所有的花种:秋秸花、指甲花、五色葵、臭菊花、江西腊、白薯花……这是残疾女霞子的专属花园。然而霞子头上戴的却是随手从后山或村子里摘下的花朵,没有一枝是花园里的。霞子妈说,这里的花朵只允许盲眼青年——用手抚摸。

  北方的大平原没有香喷喷的白兰花,也没有青石板的小巷。夏日的午后,骤雨初歇,土地发散着美好的味道,池塘荷叶下,青蛙欢唱。我的童年伙伴霞子,以她多年练就的摇摇晃晃敏捷地来到水边,弯腰扯出一大朵荷花,对着水面想戴花。荷花太大了,不方便戴在发间,她便将荷花抱在怀里。一池净水里,一张朴素端正的不被污泥沾染的笑容。美丽的晚霞正在西天生长。
  她的名字叫姚晚霞,出生的时候彩霞满天,是我那差点当老师的大姨给起的。
  真正的临水照花人,也许是我们霞子。
  但终究不是我的理想国。

(原载《散文》2018年第4期)

我有一棵树

陈　仓

一

好几次，我回陕西老家的时候，父亲指着院子背后的一棵梨树问我，把这棵梨树给你，你想干什么？

我说，小时候嘴馋，最想让它长果子，后来没有衣服穿，最想拿它烧火，前几年喜欢看书，最想用它打几个书柜，梨木书柜应该是最好的书柜，现在呀，好多事情都想开了，希望它什么都不干，陪着父亲一直好好地活着。有一次，我反问父亲，你呢，你最想用它干什么？父亲说，那棵树是隔壁人家的，隔壁人家舍得吗？我说，我只是假设。父亲说，年轻的时候，看到什么树都想把它砍掉，如今老了，就想让它一直长在那里。

我说，长多久？

父亲说，两百年。

我说,为什么呀?父亲想了想说,不单为自己,也为了上边的老鸹。老鸹就是乌鸦。有几只老鸹哇哇地叫了起来。父亲说,你还认识吗?我说,老鸹怎么不认识?父亲说,上海没有老鸹吧,我上次去上海怎么没有看到老鸹?我说,或许有吧,它们可能躲起来了。

据父亲不久后传来的消息,那棵梨树被隔壁的男人砍掉了。我问,砍掉干什么了?父亲说,砍掉打棺材。我说,梨树能打棺材吗?父亲说,有什么办法啊,他们家山上砍光了,除了核桃树之外,只有这棵树可以打棺材了。怪不得父亲有些忧伤,因为那是村里最后一棵梨树,从屋顶上看过去,春天一树花,夏天一树绿,还有一个老鸹窝,多么美又多么温暖,何况它没有变成女儿的嫁妆,竟然成了一副棺材,显得好不凄凉。

我的命运真正与树扯上关系,可能在我十几岁的时候。

有一年冬天,吃完早饭,父亲把斧子磨了磨,笑着对我说,你跟我上山行不行?我说,上山干什么,我要放牛呀。父亲说,上山砍树呀。我说,砍树干什么?父亲说,给树洗澡呀。我说,爹你哄人,人都洗不上澡,哪有给树洗澡的?而且树又不脏,怎么洗呢?父亲说,你看看,树是不是黑色的?我说,叶子是绿色的,树皮是黑色的。父亲说,树一烧是不是会冒烟,烟是不是很呛人?我说,是呀,都把人熏死了。父亲说,所以说,树比人脏多了,你今天跟我去山上,帮我给树洗洗澡吧!

听说要给树洗澡,我就心动了。我说,我不会呀。父亲说,我可以教你的。我在腰上别着一把小斧子,跟着父亲上山了。那座山在我们家背后,要爬六七里远的山坡。我和父亲爬到半山腰的时候,发现小河已经断流了,有些悬崖上还有水,已经结成了冰碴子,像溶洞里边的钟乳石。我说,没有水,拿什么给树洗澡?而且也没有盆子呀。父亲说,人洗澡要用水和盆子,树洗澡就不需要了。

我看着满山的白雪说，你要拿雪给树擦身子吗？父亲说，那会把树冻死的，你跟着我，到时候你就晓得了。我跟着父亲爬上山顶，树大起来了，也茂密起来了。父亲抡起斧子，一边砍树一边说，你是不是想继续上学？我说，是呀，连小哑巴都在朝前念书。父亲说，家里油盐酱醋要钱，你上学也要钱，不然钱从哪里来？我没有哄你，我们是烧炭来了，烧炭不就是给树洗澡吗？我也哄了你，洗澡多舒服呀，这里摸摸那里搓搓，但是烧炭很辛苦，要砍树，要断树，要起窑，要装窑，要出炭，要埋炭，要背炭出山，还要背炭去卖，差不多有三十六道程序。

我说，烧炭就是烧炭，怎么会是洗澡呢？父亲说，给人洗澡用水，给树洗澡就得用火，我考考你吧，给蚯蚓洗澡用什么？我想了想说，也用火吗？父亲说，用火不就把它给烧焦了？给蚯蚓洗澡要用泥巴，蚯蚓在泥巴里一钻，浑身就干净了。

我说，我们上山给树洗澡，真的为我上学？父亲说，那还有假？不然我拉你干什么！父亲说着，碗口粗的一棵大树就被他砍倒了。我心里有一丝丝温暖，像自己刚刚泡在温水里，给自己洗了一个澡似的。

第一天，父亲砍倒了二十多棵大树，我修掉了二十多棵大树的枝丫。第二天，父亲提着一把斧子上山的时候，我把自己的那把小斧子也磨了磨，跟在了父亲的后边。有小伙伴问，你上山干什么呢？我说，我去给树洗澡呀。有小伙伴问，有女人的屁股看吗？我说，当然有了，每棵树都有一个白屁股。我想把他们一齐哄上山，但是被他们家的大人给挡住了，说树屁股就是树桩，有什么好看的。

我与父亲烧好的第一窑炭，正好赶在后半夜出炭。我们黑咕隆咚地赶到山上，用泥巴封住了烟囱，打开了窑门，把一个大铁耙子伸进窑里——铁耙子全是铁的，估计有三米长，有二十斤左右重。用铁耙子把木炭一截截勾引出来，放入先前挖好的坑里,然后盖上一层泥巴,像埋人一样埋起来。

我看到过无数的树,有桃树梨树杏树,有漆树橡树栎树,有松树白桦树五倍子树,有柿子树毛栗树核桃树,却是第一次看到刚刚烧好的木炭。它只有火苗,没有烟,也没有一点黑色。它干净得真像刚刚洗过澡的女人。其实,女人再洗,总有一些地方是黑色的,也不可能通体都是透明的,所以没有任何一个女人像木炭那么干净。

父亲说,你来试试吧！我把大铁耙子伸进窑里,感觉自己靠近的,不是一截截木炭,而是刚刚洗完澡的女人。父亲笑眯眯地说,我没有哄你吧？我说,没有。父亲说,是不是洗得很干净？我说,比女人洗得还干净。父亲说,有没有闻到什么味道？我抽了抽鼻子说,有火苗的香味,木炭竟然也是香的。父亲说,等会儿还有更香的。

父亲摸出两个苞谷棒子,剥在一个铁锨上,架在木炭上边,炒起了苞谷花。不一会儿,山上就飘起了苞谷花的香味。旁边的树林子开始沙沙地响。我问父亲,那是什么呢？父亲说,可能是野猪,也可能是獐子,它们想吃苞谷花了。我说,它们会不会冲过来咬我们呀？父亲说,你别怕,它们最怕的就是火,这些木炭红通通的,它们根本睁不开眼睛。四周黑漆漆的,那些动物围着转了几圈,有些可能是转晕了,或者被火光照花了眼睛,咕咕嘟嘟地滚下了山坡。

动物似乎都怕火,也就是怕光。比如在柿子树比较多的时候,每到秋天柿子熟透了,大家天黑之后,就带着手电筒守在柿子树下边。果子狸太喜欢吃柿子了,所以活得特别地惨,每次它们刚爬上柿子树,还没有偷吃到柿子呢,大家就打开手电筒,直直地照着它们的眼睛。它们被手电筒一照,便趴在柿子树上不敢动弹了,树下的人端起猎枪,瞄着它们的脑袋,慢悠悠地一枪,就把它们给放翻了,命中率几乎是百分之九十。果子狸即使幸运地活着掉在地上,照样会被埋伏着的几只狗给抓住。

　　柿子树必须嫁接才行,原生态是长不出柿子的。好在嫁接的时候,非常容易成活,用野海棠、野山楂和野李子树都能嫁接,还可以在一棵树上嫁接不同的品种,所以好多柿子树上边,既长火罐柿子又长磨盘柿子。柿子吃法花样百出,第一种是漤柿子,适合磨盘柿子,从夏天开始,如果想吃柿子了,就把青柿子摘下来,放在温水锅里泡着,水里撒上碱面子,两天左右就脱涩了,变得又脆又甜。我们经常捡一些被雷雨打下来的小柿子,埋在河水中间的沙里,几天时间也可以吃了。第二种是软柿子,比如鸡蛋黄柿子,秋天把红柿子摘下来,可以堆放在阁楼上,等软了再吃。第三种是冻柿子,什么品种的柿子都可以,把它们堆在屋顶上,上边蒙一层苞谷秆,等冬天下几场雪,上几道霜,柿子被冻硬了,变成黑色的了,吃起来就非常非常甜。第四种是削柿饼,适合火罐柿子,把柿子皮削掉,然后串起来,挂在树上,经过风吹日晒,就形成了柿饼,最好吃的柿饼还应该放在瓮里,捂上几个月,捂出一层白霜——其实那不是霜,而是凝结出来的糖。

　　按说柿子这么多吃法,柿子树应该受到尊重,可惜柿子不能长久保存,勉强吃到春节,过了春节天气转暖,就全烂掉了,最关键的是,它属于寒性食物,平常人吃多了就胃胀、便秘,尤其吃了生柿子,大便都困难。肠胃病患者以及外感风寒咳嗽者也不宜食用,女人大姨妈来了不能吃,孕妇更要忌用。柿子没有什么药用价值,也没有多少商业价值,加上它自身没有良性繁殖能力,村里人天长日久就懒得嫁接它了。

　　柿子树渐渐消失,果子狸也好不容易熬成了保护动物,可以明目张胆地上树摘柿子吃了,可惜它已经莫名其妙地绝迹了。随之绝迹的还有狗。村里人也不养狗了,说是狗除了叫几声,其他什么用处都没有。别说养狗了,如今连牛也不养了。我放过几年牛,那时牛可以拉犁耕地,牛粪是最好的肥料,如今耕地不需要牛,施肥不需要牛粪,杀牛吃肉也不如杀猪吃肉——牛长得慢,没有肥肉,猪长得快,又有肥肉,大家养猪攀比的,是看谁家的猪膘厚,对于爱吃肥肉的村里人来说,再养牛自然是不划算的。

出完炭,天就亮了。父亲装了一背篓热乎乎的木炭背回家,大部分堆在厨房里——新烧的木炭轻飘飘的,是舍不得立即卖出去的,会在厨房堆放一段时间,为了让它们回潮,在周围再浇点水,分量自然增加不少。木炭一冷下来,我发现它又变黑了,比树皮还要黑,可以用来写字。父亲拿木炭给我制成了笔,让我在地板上写字。我们家大门上,外边墙壁上,至今还留着好多字,也有一些算术题,都是用木炭写的。还有几条留言,比如,饭在锅里,钥匙放在门头上,夏天谁家借镰刀一把,等等。这些字,不全是我写的,多数是父亲和姐姐写的,还有我哥和我妈写的。我妈和我哥去世已经三十多年了,他们没有留下一张照片,也没有留下任何东西,唯一留给我的印象就是那些歪歪扭扭的字,每次见字如面,我禁不住潸然泪下。

我记得非常清楚,我妈弥留之际,村里下着大雪,父亲问我妈想吃什么,我妈说想吃油条,父亲提着油壶赶到镇上,在供销社赊了两斤菜油,大姐提着盆子在村子里借了一升面粉,等我们把油条炸好,端到我妈面前的时候,我妈已经永远地离开了,她最后一个愿望竟然落空了。当时大姐拿起木炭,一边哭着一边在厨房的墙上记了一句:在某某家借面粉一升,爹在供销社赊菜油两斤。

木炭写出来的那些字不会褪色,家里几次粉刷,父亲都没有擦掉它们,仍然保留着它们。它们清清楚楚的,宛如一切刚刚发生。

我问父亲,洗完澡的树为什么又黑了?是不是变得更脏了?父亲说,它不过是睡着了。父亲铲了一锨子木炭,引着了。平时大多数时候,烤火都用柴火,会冒出滚滚的浓烟,熏得人直流眼泪。但是木炭不会冒烟,一旦烧着了,它会冒出蓝色的火苗,红通通地烧下去,直到变成一把灰烬。

村里通拖拉机之前,木炭是要顺着一条羊肠小道,被背到二十里之外的车路边,卖给城里人拉回去过冬的。村里通拖拉机之后,没有几年工夫,山上就没有多少树可以烧炭了,剩下的那点树,大家掰指头一算,也觉得烧炭是不划算的。在随后的好多年冬天,父亲又千方百计地烧过几次木炭,谁家需要熬中药的时候,父亲就送人家一些,剩下的一直堆在那里,等着我们这些儿女一回家,父亲就旺旺地烧一炉木炭火,在火灰里埋几个土豆,一家人围在一起,吃着烧土豆,坐到深更半夜,有时候也坐一个通宵。等我们前脚离开了家里,父亲后脚就用水把木炭火浇灭了。他自己一个人是舍不得烤木炭火的。

一家人围着木炭火,多数时候什么都不说,少数时候聊聊庄稼,聊聊山山水水,聊聊谁谁去世了,聊聊谁谁发达了,当然还要聊聊外边的世界。每年也就聊这么一次,因为村里不久通了电话,大家偶尔找机会打个电话,彼此只是问候一声,报一个平安而已,各自身上发生的灾灾难难,因为害怕对方担心,平时都瞒哄掉了,只有这时候才会暴露出来。

父亲瞒哄过两件事情,让人听了十分难受。有一次他感冒发烧,躺在床上起不来,想去厨房舀口水喝都动弹不了,想喊叫又喊不出声音。就那么躺了两天,迷迷糊糊之中,也许是该他大难不死,竟然有个疯子撞进了我们家,给父亲递了一碗凉水,又拿着父亲的几块钱,跑到小卖部买了两包饼干,把父亲给救活了。半年之后,我回家过年,别人告诉我说,你们把他一个人放在家里,以后死在家里,烂掉了都没有人晓得。另一次是他抽烟,不小心把一座山给烧着了,在灭火的时候,他的眉毛胡子被烧光了,耳朵几乎被烧焦了,眼珠子几乎被烤熟了。他按照治疗伤口的土办法,买了一瓶太白酒,天天用白酒清洗眼睛。大姐几次打电话给我,想让我回去看看的时候,都被他阻止了。我接到的消息仍然是"爹的身体挺好的,每顿可以吃两碗饭呢"。

我大约有二十年没有见过木炭了。我对木炭的想念已经超过了对人的怀念。木炭的香味,木炭的透明,木炭的温暖,木炭永不褪色的痕迹,那是煤炭、电炉子和空调都无法相比的。当城里人与乡下人都不再用木炭取暖的时候,我还是一直相信父亲的说法:木炭是洗过澡的树。能用火洗澡的东西,它一定是无比干净的。

干净得超过了这个世上的任何一个男人和女人。

二

原来,我们村里什么树都长得挺欢的。

房前屋后有梨树桃树杏树,边边沿沿的长着漆树柿子树;山下有核桃树,山上有松树;阴坡有栎树,阳坡有橡树。橡树上边结着稠稠的橡子,冬天滚得满山都是,是野猪非常喜欢的食物,但是我们那里不叫橡树,而叫木耳树,因为不管枝呀干呀,砍下来一年半载就可以长木耳。

有一次回家,从一面山坡上经过,发现沿途的橡树皮被剥光了,露出白生生的肉。橡树与其他树不一样,皮是没有办法再生的,白骨森森的看上去就非常悲惨。我问,为什么要剥它们的皮?有人说,卖钱。我以为橡树皮是什么药材,打听下来才明白,是被城里人收回去,加工成了红酒的瓶塞子。这让我非常吃惊,立即想到上海,想到酒吧,想到高脚杯,想到一群抿着小嘴的男男女女,想到那拔也拔不出来的瓶塞子。

在各种树木中间,还夹杂着毛栗树、樱桃树、山楂树、海棠树、五倍子树。有许多叫不上名字,我们就给它们起名字。大叶子树,用叶子可以包粽子;臭虫树,可以把树皮埋在粮食中间除虫子;痒痒树,你挠挠它,它就使劲摇晃,是牛最爱吃的;狗叶树,有些像桑树,但是不能养蚕,是猪最爱吃的。它们统统都是野生的,每到春天,红红白白的花,把山山岭岭打扮得十分好看。

在我们村里,每一种树都有不同的命运。有用的树,就会越栽越多越长越大,没有用处的树,就会遭到白眼和淘汰。

我刚刚进城的那阵子,在公园里河道边发现一种树,长得黑不溜秋的,多数是歪歪扭扭的,到了春天就开一树嫩嫩的白花,特别招惹蝴蝶与蜜蜂。我一问,人家告诉我那是槐树。因为从来不结果子,我们村里从来没有一棵槐树,偶尔有些药方子里要用槐花,只好去县城采摘了。我跟着城里人一起,大把大把地吃过槐花。槐花吃起来很香,有一点奶腥味,像从喂孩子的女人身上散发出来的。

在我的印象中,村里是有柳树的。柳树身姿婀娜,比其他的树敏感,可以更早地感知春天,有些像潇湘馆里的林妹妹。但是生在农村,面对一帮农民,它弱不禁风的美有谁能懂呢?而且它实用性不够,当柴火吧十分难烧,盖房子打家具吧又不成材。好在,它有一个优点,就是非常皮实,枝干不容易折断。村里人聪明,就避其所短,用其所长,用柳干来扳椅子:选择比较通顺的不粗不细的柳干,把关键的几个部位稍微削一削,放在火上烤一烤,它就软了,不用打铆就可以扳成椅子了。有一年小姐出嫁,我想和大姐一样,扳一对椅子送给她做嫁妆,突然发现村里死活找不到一棵柳树了。柳树不晓得在什么时候消失了。人们也不喜欢用椅子做嫁妆了,而是兴起打沙发了。沙发外边用的是皮革,下边安着弹簧,里边塞着猪毛,坐在上边软绵绵的,多舒服啊。当然还可以用柳枝编簸箕,可惜的是,自从引入了大风车,簸箕同样被人抛弃了。

柳树长在城里,尤其长在河堤边江水旁,真可谓"摇曳惹风吹,临堤软胜丝",在下边相个亲约个会,自然有着依依如丝的味道。也许因为长在村里百无一用了吧,有些柳树是自己抑郁而死的,多数是被大家给除掉的,所以无论在小河边还是院子前,仅仅剩下一些用柳树做椅子的记忆了。

在我们村里,大起大落的是漆树。有一阵子到处都是漆树,长得最粗的是漆树,最招人喜欢的也是漆树。漆树有个特点,皮肤长得细嫩的人,比如女人和一些孩子,哪怕从下边经过一次,浑身就会痒痒一次,严重的还要起红斑。脸皮再厚的人,一旦沾了漆树的汁水,浑身也肯定会浮肿。就那样一种脾气火暴的凶神恶煞的树,在饥荒年月全身上下净是宝贝,大家既要躲着它,又要捧着它,像一手遮天的生产队队长。

第一,是割漆。家里要打家具或者打嫁妆的时候,大家拿着菜刀在漆树的身上割出一道道口子——口子很快会痊愈,非常像人的伤疤,一点都不影响它的生长。口子割成关云长的眉毛似的,在眉心处扎一个漏斗勺子,漏斗勺子下边再放一个碗,半天工夫就能接到一碗漆。漆刚从树里流出来,不是黑色的,而是乳白色的,一旦刷到家具上,干了之后才是黑色的,可以照见人影子。在没有工业油漆的年代,村里的柜子箱子椅子,都是用那些树漆刷的,不仅好看,而且不怕潮湿霉烂。

第二,是打油。到秋天,把一串串的漆籽摘下来,磨成粉放到锅里一蒸,拿到油房里一压,就成了主要的食用油。村里有一个公用油房,三间房子大小,屋里支了一口大锅,专门用来蒸漆籽的,支着的压榨设备,都是村民用木头和石头制造的。打油的时候,先把漆籽放在大锅里使劲地蒸,蒸好了热气腾腾地放进油闸,然后提起一个大油锤,大油锤一百多斤重,使劲地撞击加塞,油就被压榨出来了,顺着油槽汩汩地朝下流,流进盆子里就凝结成了油饼。漆油一热就化了,一冷就结成了硬邦邦的大饼。当时整个村里的人很少能吃到菜油或者猪油,基本是吃漆油的。

漆油颜色和样子都像白蜡,吃着的感觉和味道也像白蜡。在夏天吃,没有什么大毛病,而在冬天吃,饭还没有吞下去呢,在嘴里已经结成块了,粘得牙缝里都是,弄也弄不干净。还有就是吃完饭,不敢喝凉水,一喝凉水肚子就痛,恐怕把肠子粘住了。

第三,漆树尤其一些老漆树的根上,会长大树菇子,白里透红的,细细嫩嫩的,看上去比女人的舌头还要鲜嫩。而且数量很大,一次能采半盆子,把它们一个个撕开,撒点盐放在锅里一炒,真是鲜美无比,嚼起来感觉像肉。刚出生的小乳猪,它的肉恐怕也没有那么嫩吧?不过也奇怪,我从来没有采到过大树菇子,但是父亲雨过天晴之后出去转一圈,多数时候是不会空手的。我问起来,父亲笑着说,它们都是我的耳朵,怎么能躲过我呀。有一年,我实在饿得慌,采了另外一种菇子,不是漆树身上长的,回来炒着一吃,全家人又是发烧又是呕吐,医生说是中毒了,让我们每人喝了十二碗开水,把肚子快撑破了,才保住了小命。

漆树慢慢消失的原因,我是非常清楚的。一是染家具不需要割漆了,因为有了工业油漆,红的、黄的、绿的、蓝的,什么颜色都有;二是大家生活改善了,慢慢不吃漆油了,开始有猪油,后来有黄豆油,再后来有菜籽油与芝麻油。人不吃漆油了,拿来喂猪应该可以吧?谁晓得,猪吃着吃着,把嘴巴粘住了,而且肚子也痛,像疯子一样转圈子,险些在猪圈里撞死了。父亲心有不甘,每年都把漆籽摘下来,打几个大油饼放着,后来彻底放弃了,随之油房也关掉了。

漆树失去意义之后,受不了各种各样的冷落,身上开始长疤和腐烂,陆陆续续地死掉了。其他树死了,可以砍下来当柴火,但是漆树死了不能当柴火。漆树非常好烧,烧起来会发出噼里啪啦的响声,但是无论闻到它气味或者沾到它汁水都会导致人皮肤过敏。漆树发挥余热的机会都没有了,显得十分凄凉。没有人搭理它,没有人砍掉它,没有人让它躺下来安安静静地离开。它必须像活着的时候一样,站在风风雨雨之中一点一点地腐烂下去,直到化入泥土中变成泥土的一部分。

如今在村里只剩下三棵漆树了,是父亲故意留下来的。照着父亲的意思,什么家具都可以用工业油漆刷,只有棺材还得用割下来的树漆刷。父亲说,棺材是要装着尸骨埋到地下的,你看看油漆有那么黑吗?油漆能经得住水浸虫子咬吗?父亲的理由还是很充分的,有一次河道改造,要把一位老太爷的坟迁走,大家把坟挖开,但是埋下去几十年了,棺材不仅没有散架,而且油光闪亮。把棺材板一揭,除了胡子眉毛头发落光了,尸体上的其余部分竟然完整无缺。从棺材里爬出一条蟒蛇,闪了一道金光就不见了。据说那不是蟒蛇,而是龙。大家都说,老太爷已经化成一条龙了。当时父亲坚持说,什么都不是,而是用树漆染的棺材,潮气进不去,所以留下一个不腐之尸,里边比较舒服,所以蟒蛇才愿意在里边安家。

在我们村里,最苦的是桃树。桃树和女人一样,自古红颜多薄命,除了野生的桃树,如今一棵都没有了。原来最大的一棵桃树,超过了碗口那么粗,是父亲亲自嫁接的五月桃,每年五月收麦子的时候,甜甜蜜蜜的桃子就熟透了。它长在我家院子外边的墙根处。我家院子外边是隔壁人家的庄稼地,桃树下晒不到阳光,所以从来不长庄稼,按照隔壁人家的说法,连种子都捡不回来了。隔壁的男人与父亲谈过几次,让把桃树枝子修一修。父亲可以修松树枝子,也可以修橡树枝子,但是死活不修桃树枝子。父亲说,你修它的枝子,它会痛的。隔壁的男人说,你经常上山砍树,它们就不痛了?父亲说,橡树、松树和桃树是不好比的,我把橡树、松树砍下来,可以长木耳,可以打家具,我把桃树砍下来,能干什么?隔壁的男人说,可以打桃木梳子呀,也可以烧火呀。父亲说,小树枝子能打梳子?烧火半顿饭也煮不熟吧?隔壁的男人说,你不修也行,长了桃子应该一家一半。父亲说,除非这块地也一家一半。隔壁的男人一生气,拿起一把斧子把桃树砍了一条大口子。

两个人闹得不可开交,让几个人来评理。父亲说,很简单,树根长在谁家地里就是谁家的,他家老母鸡还跑到我家院子里找东西吃,是不是下了蛋也一家一半?虽然没有评出个理,第二年夏天,那棵桃树却死了。大家都明白是隔壁的男人害死的。因为那年春天,开过一树桃花之后,从四面八方爬来成群结队的蚂蚁。它们来了一拨又一拨,在树根下边欢天喜地地爬进爬出,开始搬一朵花瓣就走了,后来干脆赖着不走了,在树根下边打了洞,安了家,吃了睡,睡了吃,当成了自己的家。到夏天,树根被蚂蚁掏空了,结了几个病歪歪的桃子,就干巴巴地死掉了。

父亲对我说,蚂蚁从哪来的?是隔壁的男人招来的。我说,他又不是蚂蚁王,哪有那么大本事。父亲说,你尝尝桃树下边的泥巴,是不是甜甜的?我抓了一把泥巴放在舌尖上,果然甜丝丝的。我说,像放了红糖。父亲说,蚂蚁比小孩子更喜欢吃糖,他在桃树下边埋红糖了。我是相信父亲的,因为别说是红糖,吐一口唾沫星子在地上,马上就会招来一群蚂蚁。针对那事儿,隔壁的男人呵呵一笑,说蚂蚁是活的,谁能说清楚是从谁家跑出来的呢?

桃树不会长得太大,也不会长太长时间,是果树里最短命的,这是村里桃树绝种的本质。我家的那棵桃树死了之后,父亲并不砍掉它,让它一直竖在那里。有人问,树都死了,你还不砍掉呀?父亲说,那是蚂蚁的家,我不能把人家的家毁掉了。虽然那棵桃树枯干了,确实还有蚂蚁和虫子跑来跑去,后来成了一群鸡的天下。一群鸡在那里扑着,刨着,啄着,吃完蚂蚁与虫子,再吃吃旁边地里的庄稼,所以那块庄稼地荒得更加厉害了。隔壁的男人无奈,天天扔石头撵鸡,多数时候一撵就飞,不撵就来,有一次真把人家一只老母鸡砸死了,赔了人家两只小鸡。

让人意外的是,那棵桃树虽说死了,却在墙根下边又站了几年,到隔壁的男人去世,根还没有完全腐烂。我懂父亲的意思,他不拔掉那棵桃树的根,是想拿它当地界,地界没有了,日子长了怎么办?

三

村里的马铁匠,既会打铁又会打家具,有一年正月初六,父亲预备了两包红糖去找马铁匠。父亲请马铁匠,不是让他去打铁,而是让他以木匠的名义去家里打一副棺材。马铁匠问,给谁呢?父亲说,还有谁?给我自己呀。马铁匠说,你几岁了,不是属虎的吗,刚过四十吧?父亲说,已经四十好几了,黄泉路上无老少,有时候喝口凉水命就没有了,而且眼下闹灾荒,说不定明天就被饿死了。马铁匠说,我看你起码再活四十年,四十年之后寿木也四十年了,还不让虫子给操掉了?父亲说,预备着总不会错的,山上好点的树越来越少了,谁晓得以后会是什么样子。

马铁匠提着斧子、刨子、凿子和墨斗等家伙,正月初八中午赶到了我家。马铁匠有点不情不愿,一是还在过年中,二是很少给这个年纪的人打棺材。但是马铁匠一进院子,看到房檐下堆着的几块棺材板,眼睛一下子就亮了。

父亲喜欢任何一种活着的树,只要看见那些树随风摇晃,他就很高兴。烧炭,打床板,做家具,点木耳香菇,不过是被生活所逼。如果生活有着落的话,他肯定舍不得砍树。每次无论砍什么树,砍多大的树,砍树干什么,他心里都有说不出的疼痛,似乎砍在自己身上。马铁匠也喜欢树,只是与父亲的方式不同。马铁匠喜欢那些死了的树,看到那些树能在自己手下死得其所,他就十分高兴了。比如有人砍了桃树,让马铁匠打几把梳子,他就十分高兴。他认为桃树一旦被砍了,只有做成木梳子,给女人梳梳头才是最好的归宿。比如有人砍了梨树,让他打几只箱子,他就十分高兴。他认为梨树无论是木纹、颜色还是味道,都适合打箱子,供小媳妇小丫头装一点针头线脑的尤其有意思。

父亲让马铁匠来打棺材,准备的木料既不是橡树的,也不是松树的,而是柏树的。柏树长得慢,木质比铁疙瘩还要硬,十年八年的木材根本打不成棺材。要想长到打棺材的时候,恐怕至少得等三四十年。柏树活着的时候,上边会结树籽,样子像大茴,味道也像大茴,所以大家经常用它煮肉。柏树砍掉之后经过太阳一晒,便会散发出一股子用大茴焖肉的味道。马铁匠笑眯眯地说,你终于把它们砍掉了?马铁匠欢快地架起了棺材板。对着柏树干活的时候,马铁匠才会感觉自己既是一个铁匠又是一个木匠。

柏树除了长得慢之外,不好打家具,不长香菇木耳,不长什么果子,不开任何花,当柴火烧吧,破不开,烧不烂。但是柏树寿命长,耐干旱,而且又四季常青,在城市里是有用武之地的,主要用以象征万古长青。在烈士陵园,在黄帝陵,在孔子庙,必定会有柏树的,都是几十年几百年几千年地活着。

我们村里历史上有三棵柏树,全部长在老太奶的坟头上。我听父亲说,那三棵柏树是他五岁那年栽的。父亲在老太奶坟头上栽柏树的时候,他还是一个刚刚可以爬山的小毛孩子。那是春天,父亲随着我爷爷去给老太奶上坟,他不晓得从哪里弄来了三棵小树苗子,像三根草,扒开泥巴,栽在了坟头上。当时我爷爷问他栽树干什么呢?父亲说,陪老太奶玩呀。我爷爷说,为什么不栽几棵别的树?栽柏树有什么用呢?父亲当时的回答,让我爷爷吃了一惊。父亲说,柏树长大了,可以打棺材。我爷爷说,给谁打棺材?父亲说,还有谁呀?给我自己。我爷爷说,你才五岁呢。父亲说,等我长大了,树就长大了,打棺材要好大好大的树对吧?

三棵柏树长到四十年的时候，已经有盆子那么粗了，足够打一副好棺材了。

我们县城有个当官的，据说是个副县长，家有八十多岁的老父亲，本来想买一副水晶棺材——水晶棺材不会腐烂，而且非常好看。但是他老父亲死活不同意，说水晶冷冰冰的，自己有风湿病，躺在里边腰腿不舒服，棺材既然要埋在土里，像种洋芋种苞谷一样，还是木头的比较好。所以副县长把方圆几百里都找遍了，烈士陵园里的那些柏树不敢砍，最后相中了我家的三棵柏树。副县长找到我的父亲，一开口就是两百块。父亲不作声。副县长又加到五百块，父亲还是不作声。副县长咬了咬牙，开出了三千块，说可以抵几两金子了。被副县长缠得不行，父亲说，你别说几两金子，就是几根金条，我也不能卖。副县长说，为什么，不就是三棵树吗？父亲说，你看它们是三棵树，确实是三棵树，但又不是三棵树。副县长说，别那么玄乎，不就是图钱吗？我给你六千块吧，平均一棵两千块。父亲还是摇摇头，说你晓得它们是谁吗？它们是我自己！谁会把自己卖掉呢？副县长说，树就是树，就是长在坟头上的树。父亲说，我五岁的时候把它们栽在那里，它们的根已经扎到老太奶的身子里了，每次看到它们站在那里摇啊摇，我就把它们当成自己了。

多年之后，父亲告诉我，你想想，钱多少都是可以赚的，但是自己永远不可能回到五岁，从头再栽三棵柏树了。

父亲决定砍下三棵柏树，是下了很大决心的。原因是有一个瞎子，跑到我们家要饭，家里人都没有东西吃了，哪有东西给瞎子吃呀。瞎子很生气，掐着指头说，你过不了年。瞎子原来是一个算命的，当时人人的愿望就是有饭吃，所以每次瞎子一张口，人家就说，用得着你算吗，我自己的命自己就会算，明天照样吃不饱肚子。没有人算命，瞎子就沦为要饭的了。但是半年前，瞎子给一个人义务算了一次命，说人家吃不上当年的新麦子，那个人说,我家地里的麦子颗粒无收,当然吃不上新麦子了。说是这么说,那个人还是心发慌,在麦子刚刚壮浆的时候,就跑到县城从别人地里割了一捆麦子。麦子还没有熟透,磨粉擀面肯定是不行的,所以他打了半升麦粒子,煮了半锅麦子稀饭。当他端着碗,一边从厨房向外走,一边得意地说:"谁说我吃不上新麦子了!"话音刚落,从房檐上掉下一片瓦,正好砸在他的脑门上,一下子把他给砸死了。

父亲明白,瞎子说的也许是气话,但是宁可信其有不可信其无,于是决定给自己准备一副棺材,也算是冲冲霉头。

砍树前,父亲呼呼噜噜地抽着烟,坐在树下嘟哝了大半天。嘟哝的基本就是几句话,我对不住你们,我栽你们的时候有言在先,是要给自己打棺材的,我四十好几的人了,说大也不大,说小也不小,两颗牙齿都掉了,半边头发也白了。那天下午,村里下了一场很大很大的雪,把整个山坡全部给盖住了。天冷的时候砍树是最好的,树比较结实,不会裂缝。父亲认为那是天意,回家把斧子反复磨了。父亲从来没有那样磨过斧子,一边磨一边用手试着锋刃,试着试着,大拇指被割出几道口子,血流下来把磨刀石都染红了。父亲提着斧子来到树下,抬头看了看树梢,跪下来磕了几个头。不晓得父亲在拜老太奶,还是在拜树。父亲说,我把斧子磨快了,砍得会利索一点。说着,扬起斧子,不到两个小时,就把三棵柏树砍好了。

马铁匠为父亲打棺材的那几天,总是笑眯眯的,而且两眼放光,感觉他面对的不是几块棺材板,而是自己奶子结实、屁股浑圆的女人。无论锛、刨和打铆,他都非常体贴。马铁匠有时候喷喷地自言自语:太硬了!世上有这么硬的木头吗?会不会是一块铁疙瘩?有时候摇摇头自言自语:太过瘾了!真是太过瘾了,这辈子不枉为木匠也不枉为铁匠了。

有一天,父亲挑水经过,马铁匠正在给棺材板刨光,他喊住父亲说,你站住让我看看！马铁匠像不认识父亲似的,死死地把父亲浑身上下扫了一圈。马铁匠对父亲说,我在想,你睡在这么好的棺材里,尸骨起码一百年是烂不掉的,恐怕要做神仙了,我这辈子还没有见过神仙,神仙原来就是你这个屄样子。

　　马铁匠平时打一副棺材,最多需要十天工夫,那次花了二十多天。年已经过完了,早到二月天了,冰雪开始融化了。父亲有些着急,总是不安地围着马铁匠。马铁匠说,你不要催我,一看到这些家伙,我心就嘭嘭地跳,我与自己媳妇睡觉也没有这样激动过。父亲说,说明什么？说明你是个好木匠。马铁匠说,我仅仅是个好木匠吗？应该还是个好铁匠吧！

　　棺材打好的那天,马铁匠有些恋恋不舍,这里摸摸,那里拍拍,叹着气说,以后再不会有了。父亲说,我们村里谁家没有棺材呀？马铁匠说,柏树棺材有吗？如果放在几十年前,我也栽几棵柏树,但是现在老了,来不及了。

　　父亲从几棵漆树身上割了一水桶的漆,把棺材里里外外地染了染。父亲每染一遍,放在太阳底下晒干一遍。总共染了五遍,晒了五遍。正是二三月间,天气十分好,棺材放在太阳底下一晒就散发出十分好闻的味道,在整个村里都能闻到那股味道,害得大家不停地流着口水说,谁家用茴香煮腊肉了——那可是家家吃了上顿没有下顿的年代啊。而且招来一群蝴蝶,朝我家的院子飞,有红的,有黑的,有蓝的,多数是白的,像一只只前世的精灵在房檐下翩翩起舞。蝴蝶在村里是不叫蝴蝶的,叫洋叶。它们趴在棺材上扇动翅膀的时候,真像一片片被风吹动的叶子,感觉木头又活过来了似的。

　　父亲看着完全打好的棺材,拍了拍,似乎拍了拍自己的肩膀,呵呵地笑了。

　　我妈看父亲得意的样子,就说,是棺材,你以为是家呀。父亲说,它是这辈子的棺材,不就是下辈子的家吗？我妈气呼呼地说,那是你一个人的家,我们这些人哪有家呀!父亲明白我妈的意思,便笑着说,我们一起死,就一起装进去,下辈子还是一家人。我妈说,如果不一起死呢?父亲说,谁先死就归谁好了。那句话说完不到一年,我妈就去世了。我妈下葬的时候,马铁匠也来了,他拍了拍棺材,摸了摸棺材,又看了看我妈,然后抹着眼泪说,这个女人真有福气。

在柏树之下,最不容易腐烂又不容易裂缝的只有橡树了。我妈去世之后的某一年冬天,父亲去山上砍了几棵大点的橡树,依然在正月把马铁匠请了过来,准备重新给自己打一副棺材。马铁匠一副无精打采的样子,用了八天时间把棺材打好了。父亲十分消极,经常坐到我妈的坟头嘟囔半天。父亲一会儿说,我在你的坟上栽了柏树,它们长得太慢了;一会儿说,我给自己又打棺材,是橡树的。

也许又是天意吧,隔了几个月时间,村里杀猪佬的儿子,放牛的时候遭到了雷劈,同时劈掉的还有我家的核桃树。按照规矩,那么小的年纪,用席子卷起来随便埋在哪块庄稼地里就行了。但是杀猪佬却拦着不让埋,他一把鼻涕一把泪地说,我儿子十几岁了,虽然没有成家立业,你看他都长胡子了,应该有一副棺材了。杀猪佬那天晚上一身酒气,提着一把杀猪刀冲进我家院子,说我要杀猪,是你叫我来杀猪的吧?父亲说,我家还是猪娃子,怎么能杀呀?杀猪佬说,我想杀的就是猪娃子。杀猪佬趔趄着,朝自己手指头刺了一刀子。父亲看到血顺着刀子向外喷,说猪在圈里,你想杀就去杀吧。杀猪佬说,谁说猪在圈里?猪明明在我手指头上。杀猪佬说着,又朝自己手指头刺了一刀子。父亲说,你到底是真醉了,还是有别的想法?你家儿子是雷劈死的,又不是我劈死的,你缠着我干什么?杀猪佬说,因为你有棺材,他是一个大人了,村里的大人谁没有一副棺材?父亲才明白,杀猪佬是冲着那副棺材来的。父亲说,你别发疯了,要棺材你明天抬去吧。

拖了好长一段时间,父亲再没有打棺材。一是父亲没有好心情,二是父亲实在找不到像样的树了。有一年大年三十下午,父亲把灯笼挂好的时候,刚刚转身呢,灯笼突然掉下来,把他的头砸出一条口子。父亲觉得太意外太不吉利了,意识到不预备棺材不行了,于是伤口还没好透,他就提着斧子上山了。没有太好的橡树可砍了,只好准备砍两棵松树,但是跑到山上一看,秀了多年的两棵松树突然不见了。那些年,无论是做床板卖橡子,还是点香菇木耳,都是村里人的主要生活来源——孩子上学没钱了砍一棵树,没有油盐了砍一棵树,婚丧嫁娶再砍几棵树。所以,树不仅仅少了小了,有些一夜之间就失踪了。

父亲空着手回到村子,一进村子就骂:那是留着打棺材的,难道谁家死人了?杀猪佬说,我们没有偷呀,我们没有上过山。马铁匠说,你到我们家楼上楼下看看,有没有你们家的树?我看不是村里人干的,恐怕是城里人干的,城里人现在什么都偷,别说两棵棺材树了,连现成的棺材他们也会偷的。

父亲最后一次专门为棺材而栽的树,不是柏树,不是橡树,不是松树,而是泡桐树。他没有在山上栽,没有在坟头栽,没有在地边栽,而是在自己家院子里栽。马铁匠问,你栽那种树有什么用?烧柴太泡了,做橡子太脆了,点香菇木耳根本就不长。父亲说,它有一身的毛病,但是它也有个长处。马铁匠问,树叶子可以擦屁股?父亲说,没有办法,只有它长得最快,长得太慢的话,我早就死了。

泡桐树当年就长到一人多高,五八年就长到盆子粗了。有了那些泡桐树,父亲并不急,又秀了好几年。因为泡桐树特别轻,特别软,刨起来容易,打铆也容易,马铁匠用了七天时间,就把棺材打完了。父亲割了两水桶的漆,总共染了五遍。那副棺材抬起来轻飘飘的,但是看上去是油光闪亮的,人往前边一站,能看到自己的影子,用手拍一拍,发出的声音十分柔和。马铁匠走的时候,父亲说,你不拍一拍?马铁匠说,又不是柏树棺材,有什么好拍的。马铁匠转回身,轻轻地拍了拍,又拍了拍,然后笑了。马铁匠说,拍着柏树棺材的时候,像拍着一个男人的肩膀,拍着泡桐树棺材的时候,有点像拍着一个女人的屁股。

父亲说,以后哪怕亲娘老子死了,这副棺材我也让不起了。

四

最后,我们村里剩下一种树还活得好好的,那就是显得无比孤单的核桃树了,原因是核桃越来越值钱了。

村口有一棵大核桃树,有什么事儿大家就聚集在树下。村口那棵核桃树长得又直又高又粗,枝丫够不着,爬又爬不上去,想摘几个青壳核桃剜剜不行,想上去掏个喜鹊窝更不行。树上的喜鹊窝有筛子那么大,喜鹊跑出来黑压压一片。有一次在核桃树下放电影,好像是《红高粱》,电影里唢呐一吹,喜鹊以为真有人在结婚,便一股脑儿地飞出来,喳喳地叫个不停,把电影里的声音都给遮住了,大家什么都没有听清,只晓得"我爷爷"在高粱地里把"我奶奶"的裤子给脱了。

最让我生气的,是每次往树下一站,头一抬,喜鹊就朝头上拉屎。所以我拿着竹竿子,想把那个喜鹊窝给捅掉,除了报仇,还想捅几个喜鹊蛋下来。我还没有跑到树下,父亲一把夺过竹竿子,朝我抽了过来。父亲说,喜鹊是专门给人报喜的,哪里是随便欺负的?我说,它朝我头上拉屎。父亲说,你不站在下边,屎能拉到你头上?我说,大家都站在下边,它就往我的头上拉屎。父亲说,你在下边都想干什么?人家畜生也灵醒着呢,那么大个喜鹊窝如果让你捅掉了,它们去哪里睡觉?我说,村里的树多着呢。父亲说,其他的树小,能承受得起吗?它们分到几个树上,那不就分家了吗?再说了,为什么这棵核桃树长得好,每年核桃结得稠?因为喜鹊的屎呀尿呀撒下来,在上肥料呀。我说,原来这样啊。父亲说,当然了,喜鹊把屎拉到你头上是你有福气。

核桃树曾经落难,树根被挖断了,伤了元气,一蹶不振,枝丫慢慢地死了,树心烂出一个大洞,常有黄鼠狼出没,是父亲把它救活的。父亲把核桃树救活之后,第一年春上,风一吹,雨一下,大核桃树就抽出了新芽芽,不多,但是挺有生气的。第二年,第三年,芽芽开始疯长起来,不几年又长成了枝繁叶茂的大核桃树,自然慢慢开始长核桃了。起初能打十斤八斤的,后来就超过一百斤两百斤了,有两只喜鹊不晓得从哪里又冒了出来,在上边搭了窝,开始生儿育女。

有人开始到村里收购核桃。核桃含有蛋白质、脂肪、维生素和碳水化合物,无论是生着吃、炒着吃、磨成粉冲着吃,都有十分高的营养价值,而且核桃还有固精强腰、温肺定喘、润肠通便等药用价值,经常吃的话可以补脑子。所以核桃一年比一年值钱,最高一斤核桃仁子卖到了四十多块,足够父亲一个月的花销了。

我们那里的核桃个大、壳薄、仁子白,更加吃香。从7月份开始,核桃还是嫩泡泡的时候,核桃贩子就从四面八方吆喝起来了。核桃一值钱,人心就变了,不单纯了。原来串个门子,无论大人孩子,主人都会嘻嘻哈哈地抓几个核桃让大家吃;原来孩子放牛的时候,身上别着一把小弯刀,从青壳核桃剜着吃起,一直吃到光滑核桃,有时候还会摘一些,在山上挖个坑埋着,等冬天了再吃。如今再串门了,除非是亲儿孙亲爹妈,大家哪里舍得呀。别说核桃了,连瓜子也没有了,这恐怕是串门子少了的原因吧?甚至为了核桃树呀边角地呀的,闹出了不少矛盾,有骂人的,有打架的,有挖人坟的。

看到父亲救活的大核桃树每年卖了不少钱,有人就说,你又是填坑,又是糊洞,原来都是为了自己呀。父亲说,你们夏天是不是又可以乘凉了?放电影的时候是不是又有地方挂银幕了?围着这棵核桃树,大家自然打得不可开交,有人说这棵核桃树是他们家栽的,有人说这棵核桃树长在他们家地里,父亲说这棵核桃树是自己救活的。年年秋天在核桃成熟的时候,有的提着刀子,有的拿着棍子,在树下打成一片。最后有一户人家,男人让抢,女人不愿意抢,自己家里起了纠纷,男人把女人打了一顿,女人拿着一根绳子,干脆吊死在了那棵核桃树上,男人一气之下拿着斧头,把那棵核桃树给砍掉了。

为了核桃树,隔壁的男人与父亲也动过刀子。惹事的那棵核桃树长在我家的房后,我家的房后恰恰又是隔壁人家的自留山。核桃树还小的时候,夹杂在其他树木之间,根本没有被人发现,等长到碗口粗的时候,结了稠稠一树核桃时,大家才突然发现了它。等大家醒悟过来,父亲已经给核桃树填了一层土,修了几年的枝丫,说明那棵核桃树是有主人的。前几年的核桃全被父亲收了。有一年秋天天气非常好,父亲在院子里刮树皮,突然有一阵风吹过,把房后的核桃树一摇,两个光滑核桃落到了屋顶上,咕噜噜地滚到我家的院子里。隔壁的女人坐在门槛上,朝鞋底子上边绣花,一边穿针引线一边说,好美的光滑核桃呀。父亲说,你想吃吗?隔壁的女人说,你舍得呀?父亲说,不就两个核桃嘛。父亲把两个核桃朝门缝里一夹,剥出核桃仁子递了进去。隔壁的女人在绣喜鹊,她腾不出手,便把嘴巴直接伸了过去。父亲喂了她一瓣,才发现隔壁的男人坐在门里边,正恶狠狠地看着他们。

隔壁的男人拿起竹竿子,朝那棵核桃树一阵猛打,把树叶子都打掉了。父亲说,你干什么啊?隔壁的男人说,你眼睛瞎了吗?父亲说,这是我家的。隔壁的男人说,你家的?你说过树要看根,树根明明长在我家山上。父亲说,这是我家房后,而且这树是我栽的。隔壁的男人说，你栽的？你在石头缝里栽树？你以为你是老鼠啊！隔壁的男人在树下打，父亲提着篮子在院子里捡。隔壁的男人一急，回家拿出一把刀子，直接朝着父亲冲了过来，第一刀抢空了，第二刀砍到石头上，把自己的胳膊震麻了。隔壁的女人看着要出人命，拾起刀子对着自己的脖子轻轻一抹，脖子就流血了。

父亲把拾起来的核桃朝地上一撒说，我不要了还不行吗？

隔壁的男人则坐在地上，龇牙咧嘴地捂着自己的胸口说，奶奶的，心都被震碎了。

近几年，父亲围绕着村里东看看西看看，总是唉声叹气地说，我一死呀，那几间房，那几块地，那几座山，不全归人家了？我安慰父亲说，你少种麦子苞谷洋芋，还是多栽一些核桃树吧。核桃树长大了，移不走，拔不动，别人想侵占就没有那么容易了。父亲说，家里没有人，长了核桃照样是人家的。我说，如果核桃多了，你还怕我不回来？我向你保证，万一你不在了，我每年八月回去收核桃，如果核桃卖的钱能养活自己，我就待在村里不走了。

父亲笑了，没有什么比儿子回去更重要的了。所以春天的时候，父亲跑到镇上，买了五十棵核桃树苗子，把原来种麦子种苞谷的庄稼地全部栽上了核桃树。几年下来，山上山下，房前屋后，甚至他自己的空墓边上，密密地栽上了核桃树。他感觉一下子又有了寄托，农忙的时候种种庄稼，农闲无聊的时候就给核桃树松土，给核桃树施肥，把核桃树下边的草一根根拔掉，甚至给核桃树捉虫子。虫子如果落在上边，肯定是要被他一只只逮下来，扔到小河里让水冲走的。到了冬天，大雪落到核桃树上，他怕把它们给冻坏了，就一棵一棵地给核桃树扫雪。

前年我回家过年，发现与那些破败的房子相反，那些核桃树倒是枝繁叶茂地长了起来。父亲指着一棵棵核桃树对我说，你得答应我,在我百年之后,看在这些核桃树的面子上,即使不能长年住在村里,每年8月也得回家一次。我说,这些核桃树长得多好呀,我怎么舍得扔下不管呢?父亲说,回来不要光顾着收核桃,顺便也给我们死人上上坟。

我说,放心吧,爹。

核桃树对于父亲,除了长核桃还有另外一种用途,就是做烟斗。核桃树枝子天生长得像烟斗,而且中间天然有孔,挑一些样子好看的砍下来,用烧红的铁丝捅一捅,就成了非常漂亮的烟斗。父亲有好多好多烟斗,拳头那么大的、勺子那么大的、指头那么大的,L形的、S形的、V形的、C形的,抽烟丝的、抽过滤嘴的、抽水烟的,每天天亮,他穿好衣服后的第一件事情,就是坐在我们家的门枕上,用五花八门的烟斗抽烟。他的心情不同,用的烟斗就不同,吐出来的烟雾也不同。抽烟丝的时候,基本与几位老人在一起,每人按一锅子烟丝默默地吸着,听着时光从他们的脸上静静地滑过;抽过滤嘴的时候,就是他想念儿子的时候,因为过滤嘴香烟是我买给他的,他会深深地吸一口烟,呆呆地看着门前的山头,似乎越过山头就能看到我一样;抽水烟的时候,他满脑子都是庄稼,都是树木,都是雨水,都是收成,那吧嗒吧嗒的声音,像是他与它们在交流。

父亲最后一次准备棺材的同时,还准备了一套老衣,意思是等他死了,不用麻烦我们了,自己钻进棺材,自己把自己埋掉。那套老衣金闪闪地挂在阁楼上,每次回家吓得我都不敢上楼。但是父亲毫不在乎,经常把老衣拿出来,放在太阳下边晾晒晾晒。有一段时间,大姐告诉我,父亲经常失眠,肠胃不好,嘴苦,便秘,饭量减少,还可能有心肌梗死。大姐问我怎么办,我说,赶紧把他带到上海检查一下,需要好好地治一治。

但是没过多久,大姐又打电话来,说是父亲不来上海了。我问是不是又舍不得那些庄稼舍不得那些树?

大姐说,不全是这些原因,而是他把自己的病治好了。

我问怎么治的,吃了什么药?

大姐说,他天天不睡床上,睡在棺材里,说是一躺到棺材里,心就踏实了,什么毛病都没有了。

(原载《人民文学》2018年第5期)

界　限

鱼　禾

一

人群从来没有像现在这样让我感到躲无可躲。人群减除了曾经必不可少的聚集现场，变成通讯录中的一个条目。随便打开哪一个，都是一大帮。它们甚至也不需要打开——只要有人在什么群里打个喷嚏，便会显现红色提示。小红点一颗又一颗。加上公众号、私信、通知……每颗小红点都是一个信息发布站。毫无疑问，我正在被这些小红点——被无从拒绝亦无休无止的喧闹所蚕食。

当然可以选择不看，就像选择不再饮用自来水，但这很难做到。人终究不可能把自己悬空。你脚下就是这样的河滩，不细淘你总是无法确定这堆沙子里有没有憋着点碎金子，那玩意儿有多少，成色怎样。在含金量不详的沙堆上，要是你还打算把一日三餐坚持下去,那就不存在淘还是不淘之类的问题。这些小红点,这不够干净的水和空气,这可能含毒的食物,这些泥沙俱下的事物就是生存构成,是"活着"本身。

试图拒绝生存构成的任一要素都得付出剔骨剜肉的代价。

饮鸩止渴当然是找死。但如果鸩酒被这样一些液体——海水、浑浊的自来水、不浑浊却含铅的自来水、澄澈却依然含铅的净化水……渐次代换呢?总有一个代换层阶让你觉得,行了,可以了,比如像这样,一大堆小红点闪烁,但这比锣鼓喧天的大街和广场较堪忍受,你清楚这已经成为人们(当然也包括你)获得信息的主要渠道,你会想那就这样吧,你把它们逐一打开,任凭几个小时、半天、一天、一个月、一年、很多年,在看帖跟帖中像沙漏里的细沙一样漏掉。

时间仿佛也含了杂质,成为一种令人不悦的"活着"的构成,不可缺少也不值得珍惜。

二

有确凿的测验数据表明,人被单独关在一个房间里十五分钟,几乎所有被测试者都会选择随便"做点什么",而不是待在那里"不动"。"做点什么"当然在大多时候并没有什么明确的意义,能做的事甚至无可选择。尽管如此,被单独关在一个房间的人总会选择"做点什么"——哪怕所做的事情令人不悦,哪怕是自己厌恶的事,哪怕是破坏。

实验者给出的解释是,在直觉中,"不动"意味着一个人止在"独自"思考(说胡思乱想也可以),而"做点什么"则暗示着在自己与环境之间建立某种关联,加入某种潜在的合作,比独自思考更合群。参与实验者不约而同地选择"做点什么",再一次印证了人类作为生物的群居属性。

这似乎表明,人类对于"独自待着"有某种本能的不喜欢。

几乎所有的生命形式都是簇拥团结的,只有极少数例外。成群结队,仿佛是生物借以保持种属生存力的自然秉性。但是偶尔,因为造化的阴差阳错,孤独也会成为某些特殊生命个体的先天属性。

1989年初夏,生物研究者在以色列沿海发现了一只奇特的灰鲸。研究者追踪灰鲸的来历,发现它来自太平洋。这一程漫长迁徙的起点是北美大陆西南部的海域。它从那片温暖的海域出发,向北穿过白令海峡,再折向东,经由加拿大与格陵兰岛之间的结冰海域(即著名的大西洋西北通道)游到大西洋,又横贯大西洋,穿过直布罗陀海峡进入地中海,最后,它游到地中海东岸,在那里滞留下来。犹如一场指向新月沃地的朝圣。

在无边无际的海洋里,鲸鱼群是靠声音频率保持联系的。但这只灰鲸的声音有点特殊,它的同类听不到。鲸鱼的声音频率一般只有十五到二十五赫兹,它们的听觉也大致只能对这个范围的声音有反应。而这只灰鲸的音频高达五十二赫兹。它所发出的声音信号,远在它的同类能够接收的音频之外。正如浩荡的地震波令许多动物惊恐逃窜,却被人类全然"无知"一样,灰鲸的声音不幸处于被同类"无知"的范围。没有同类能够接收到它的消息。相应地,它也只能听到自己这个音频范围内的声音,而接收不到十五到二十五赫兹的音频信号。五十二赫兹的音频,成为一道阻隔在它与同类之间的无形的界限。它的世界里只有自己。

但这绝对的孤单,是否也隐藏了造物者的特殊意图?固然,造物者的粗枝大叶、敷衍潦草无所不在,有些作品的制作简直可谓用心残忍。但这只独自完成了比人类最初的远航更艰苦卓绝的旅程、独自到达神圣传说中的应许之地的灰鲸,显然并不是造物者手下的残品。

这更像是一次隔绝试验。

这试验会不会扩展到鲸类以外的物种,比如人类?在人类的少数个体内部,是否也布设着一种五十二赫兹的先天性?那种对于独处的迫切,也许并不是刻意要把自己与人群隔开,而只是对于天赋的顺从?

三

我长到十来岁的年纪才有了第一张自己的相片。为了那张相片,我和几个玩伴专意走到离家五公里以外的一个小镇。小镇叫宜沟,有一家新华照相馆。

我们在新华照相馆的镜子前仔细梳辫子、整理衣服,逐个走到一张颜色不详的幕布前,在一张方凳子上坐下,乖乖配合着照相师傅的指挥——来,坐直了,抬头,脸往这边扭一点,左肩抬高,再抬高,坐直,好了,笑一笑……浑身的骨头都绷得僵了,脖子挺得发酸了,脸上的笑也僵了,才听到一声咔嚓。师傅写了一张凭据交给我们,说,过七天来拿。

过了七天,我们又跑到宜沟。在照相馆油漆斑驳的柜台上,平生第一次,我看到自己的模样被印到了一小方布纹纸上。

印在布纹纸上的图像有一种难以言传的肃穆,跟平常在镜子里看到的自己完全不一样。相纸上的人看上去矮小、胆怯,一副不知所措的尻样,像座位调整时的新同桌,崭新而突兀,未经商量就派发给了我,叫人又紧张又好奇,还多少有点嫌弃。这个黑白小人儿和我想象中的自己相去甚远。但相纸在眼前放着,铁证如山,由不得我不认。

拍相片是瞒着祖母去的。祖母认为拍相片会被摄去元魂,不吉利。我偷偷拍了相片,却又怕真的丢了元魂。我想知道祖母说的故事是不是真的。祖母一边纺线,一边断断续续给我讲三魂七魄的事。她说每个人都有三个魂儿：一个叫胎光，是从娘胎里带来的，是人的阳气，人的命势；一个叫爽灵，是从爹的血脉里传来的，是人的慧根；一个叫幽精，是人身上藏的阴气杂念。祖母说，幽精平时被胎光镇着，人的灵气足足的，一拍相片，胎光就给吸走了，幽精没了镇压，会出来啃慧根，人被啃了慧根，就会发痴。祖母的絮叨让我惶惶不安。我看着相片，想起照相机黑洞洞的镜头，一时三魂凌乱：那东西会不会来啃我的慧根，我会不会发痴呢？

而我从大人的评语中反复获得的对自己的印象，正是那个黑白小人儿的底片。家人和邻居扎堆儿聊天，常常拿我和病弱胆小的姐姐做比较。姐姐的性格被称为"志"（意为懦弱），我被称为"歪"（意为脾气大，不乖顺）、"势强"（霸道，说一不二）。邻居说，你家大妞性儿志，二妞可不敢惹，这妞比个小子还势强，歪着呢。家里大人也不卫护，就笑哈哈地承认，可不，歪着呢，一天到晚就她难缠。他们数落着我的种种劣迹来印证我的"歪"和"势强"，说一阵笑一阵，像在谈论着一桩桩传奇。

一个人来疯的孩子对这种谈论很是得意——这些言谈貌似哂笑，骂骂咧咧，在她听来却像是赞赏。她无意中总是努力让自己匹配这些评语。

我常常替人打抱不平，偶尔因对手太强大吃了亏，也绝不叫苦。我乐于在大人面前炫耀，放学路上把谁揍了一顿，在课堂上怎么捉弄老师，等等等等。我的讲述会略过心里打鼓和踌躇不前，略过对方的挑衅和拳头，略过把别人打哭以后的心软和后悔，略过老师的责罚，只描述我是怎么欺负人的，直说到大人的巴掌就要拍过来，才扬扬得意地住嘴。别的孩子受了欺负总是找大人告状，让大人帮着讨回公道。这种事我可不干。我羞于承认自己的弱，任何时候都不为自己辩白。只要有人到家里告状，大人问都不问，便断定又是我欺负了人。他们嘴上作势骂着我,拿出家里好吃好玩的送给"被欺负"的孩子做补偿,向人承诺"好了好了,回头打死她",等人走了,倒也并不认真责罚,顶多朝我脑门儿上戳一指头,"把你势强的"!仿佛他们也看穿了,我的"势强"不过是虚张声势,这"势强"后面还有东西,被藏着掖着,他们知道,但也懒得计较。

我常常在没人的时候拿出那张相片反复端详。

黑白小人儿的脸像一枚鸭蛋。眉毛又细又淡。眼神儿躲闪。笑得外强中干。好像随时准备往后退。真屄,我想,太屄了。我找出一支黑色圆珠笔,给她加了两道笔直上挑的眉毛。这一下,一切都对了。黑白小人儿面目焕然一新。黑白小人儿像戏台上的武生,穿铠甲,戴羽翎,横刀立马,威仪棣棣。他目光如炬。他眉心生出红火焰。

四

自我放大,也许是普遍的生物本能,连蚂蚁都不例外。它敢推动比自己大几倍的物体。有的蚂蚁拥有奴隶。哪怕有一天在凸透镜的焦点处瞬间化为灰烬,蚂蚁也不觉得自己弱小。蚊子也不觉得。它的吸血装置构造复杂,犹如一部精密仪器。一只母蚊子刺破什么庞然大物的皮肤吸血的时候,大约和我们啃通一处温泉的感觉差不多——哈,地热,资源,这些取之不尽用之不竭的红色液体全是我的。

此刻我坐在一间屋子里,在一张桌子前,像每个上午一样,灌下一杯茶,打开笔记本。但我其实只想抓辆越野上路。过一段时间不跑跑长路我就手脚发痒。上路,走一条从未走过的路,或者重蹈曾经走过的长途,驶过冰河或泥沼,跑到人迹罕至之地,停车四顾,人迹断绝——这才是能够取悦自己的事。但这些只是幻觉。此刻我就困守在这张桌子前,对着一小方屏幕,发呆或者絮叨。我当然知道,在发呆或絮叨和肆意远行之间有大阻隔,所以对向往中的很多事,也只是止于向往罢了。在向往的荒野里飞奔意味着必须运送肉体。必须对它,对这个要吃要喝要休息要排泄的东西妥当安排。越是在刻苦的环境中你越是得像个老黑奴似的小心翼翼伺候自己。这关涉太多,太麻烦。不知从什么时候起,曾有的肆意偃旗息鼓;不知什么时候,你就从一个虚构的霸王变成了窸窸窣窣的小人。

步行上班经过的滨河公园种着许多观赏桃树。这些树每年暮春都会繁花累累,然后在枝丫上挂满桃子。那些圆鼓鼓的小毛桃很诱人,每年我都忍不住会摘一颗,放到闲置的茶荷里让它阴干。几天工夫水分就会散失殆尽,毛桃会变成一枚小小的木乃伊。薄薄的桃衣纹理卷曲,回环勾连。我是从十年前开始步行上下班的。自从我开始步行上下班以后,每年都会存下一枚小小的木乃伊。不用标记也可知道它们的年份。阴干的时间不同,它们的颜色也不一样。它们在一只小棺材一样的茶荷里杂乱无章地堆着,仿佛从那年以来我所经过的十个春天也这样堆叠起来,毫无章法。

里面的桃核是不是还活着,我看不见,也不能推断。据说如果温度和湿度适当,桃核的活性能保持近百年,比人还经活。可惜它们没有腿,不能自己跑到泥土里去。这活性也就只能是被保存的活性,是不能实现的活性。

隐形的缠裹与生俱来。在被隔绝的意义上,我们和一枚毛桃没什么区别:我们长在枝丫上,被阳光照耀,被虫子啃噬;我们从一朵凋落的花底下悄悄长出、长大、成熟,发出迷人的甜香,然后被吃掉,剩下核,被种入泥土,进入下一番轮回;或者像这样,刚刚长成个桃子的模样就被一只好奇的手从树枝上拧掉,被放在一只棺材一样的容器里慢慢阴干,作为某个毫无意义的年份标记,或竟是作为岁月本身杂乱无章的喻体,被随意堆放。

无限轮回,或成为一成不变的仪式,看起来都是永恒的。但这也同时印证了生命的全程被动。在这种被动之中,你怎么抱持始终不渝的目的?作为某种链条上的一环,作为无数个接踵而来的春天里的一次开花结果,你怎么可能另有一个与你的背景相脱节的目的?

五

不久前的一个周末,我被几个朋友拉到中原福塔顶层的观光玻璃栈桥上。

栈桥悬空,离地三百米。踏足玻璃栈桥的一瞬间,我大脑缺氧,意识一片空白。一阵眩晕过后,我很快回过神儿来。第一感觉是彻骨的寒冷。奇异的极寒瞬间灌注全身。确凿无疑,就是极寒,我被冻住了,四肢动弹不得,似乎稍有挣扎就会断裂。我感觉自己在膨胀,越来越庞大,越来越沉重。那一瞬间我唯一能记起来的就是不知何时看过的一份资料——在寒带存活的生物体型都必须足够大,要庞大得足以抵御极寒才能存活。

在足以致幻的恐惧中,我鬼使神差地想起了那个评语——"势强"。没错,我体内有一种强劲的"势"正在膨胀,它是倾向地面的,它正在把我连同这座塔,拖向地面。我被自己的庞大所累,正在不可阻挡地向地面倾斜。

每置身某种陡直而没有非透视封闭的高处——高楼的外置电梯、过街天桥、悬崖、观光塔、山间的悬空栈道或吊桥,哦,比如有一次是晋北悬空寺——理智便难以说服直觉。剧烈的身体反应总是让我难以再坚持要挑战自己的决意。我清晰地感觉到自己在膨胀,立足之地开始摇晃、旋转,向某个方向倒下去。额上冒汗,脸色发白(别人的转述),下意识地攥紧或倚靠身边最近的固定物。我甚至不大敢看影视片中的楼顶打斗或游戏,更不敢看跳楼的剧情。那种情形让我感到头晕目眩，心口揪扯。我转过脸去，心里在喊，天哪，非人类。每一次由于参观而不得不走在一段玻璃栈道上，哪怕离地三尺，我都会感到十分别扭。我当然确信玻璃不会碎掉，但是直觉却不吃这一套，直觉在报警，提着的心就是放不下，我难以自禁地觉得一脚踩下去玻璃会裂开。

小侄子在不满周岁的时候，曾经被弟弟放在木盆里，端到悬空的外凸式防坠格栅上。防坠格栅是封闭的，承重数吨，放上去一个孩子毫无危险。刚刚当上爸爸的弟弟只是变着花样逗孩子玩，万没想到，那活泼爱笑的孩子在悬空的金属格栅上顿时呆若木鸡。尽管弟弟立刻把孩子抱了下来，但是，小侄子还是被吓到了，整整一天，安静异常，一双小手碰到什么都会紧抓不放。弟弟懊悔地说，没想到小孩儿也会恐高。数年前，弟弟曾经买过一套位于二十五层的房子。那房子位于一个文化广场西侧，视野极好，是四室两厅三卫的子母房，一大一小两套可分可合。谁都不理解他为什么转手又卖掉。他说，他在那套房子里住过一夜。房间一直像树一样在摇晃，他说，太恐怖了，从高空坠落的幻觉怎么都克制不了。父亲病故之前，我们带他到开封去玩。在通向龙亭的台阶上，一向讲究仪态的父亲往扶栏外看了一眼，竟突然恐惧得四肢着地。那时我想起小侄子受到的惊吓，才意识到恐高是遗传的。

对陡直高度的恐惧在这个家族的血液里代代承继。与我们全部的经验和努力无关，与我们的理智和胆量无关——这恐惧，也是天赋。

在福塔顶层的玻璃栈桥上，我终于像个病人一样倒了下去。倒下时隐约听见一个声音，不要向下看，不要向下看。我在朋友的声音里醒来。我努力依照他们的提醒，站直，向前看。好的，我没有膨胀，也没有坠落。但我的双腿正像点燃的蜡烛一样在融化。过了好久(他们说,其实也就一两分钟),朋友们一边一个攥着我的胳膊建议,来,走一步。我勉强站起来。我看了看,退回去更近。于是我退回去了。

经过了走玻璃栈道的极端恐惧,我仿佛获得了对高度的短暂免疫。平生第一次,我斗胆坐到了百层高的旋转餐厅的玻璃幕墙边用餐而没有感到不适。但那免疫力只持续到我从高塔上乘电梯落地。极速电梯从一百零一层降到地面只用了十八秒。我看着层高显示屏。数字迅速翻滚。十八秒的坠落,在玻璃栈道上的感觉迅速恢复——极寒,膨胀,立足之地倾斜……我走出塔楼的时候口舌麻木。

我落地了。我告诫自己,再也不要登高了,不要不自量力,不要企图克服天赋,不要到这些界限之外的地方去。

六

相片上的黑白小人儿已经变得模糊,醒目的唯有那两道笔直上挑的浓眉。威仪棣棣。这个来自《诗经·邶风》的句子多年以前曾让我心中惊喜。从知道它的含义时起,这句子便参与了我对自己的想象:

> 我心匪席,不可卷也。
> 我心匪石,不可转也。
> 威仪棣棣,不可选也。

虚构中的那个人穿铠甲,戴羽翎,横刀立马,目光如炬,眉心升起红火焰。虚构中的那个人命势强劲,灵智锐利,百毒不侵。

20世纪90年代,我曾经在一所高校任教七年。因为要求板书,而那所高校当时还没有升降黑板,我必须穿着足够高的高跟鞋才能对付。我不认为给大学生上课还需要板书,但当时没有别的辅助,板书课程大纲是规定。我个子太小,即便穿上高跟鞋我的手也够不到黑板顶端。我只得踮起脚,把第一行字写得尽量靠上。90年代初的高跟鞋简直就是刑具,细跟、尖头,鞋底和鞋帮有一种冰质的冷硬。脚很累,太累,课时连续的时候它们酸胀得似乎随时都会爆裂。筋骨的紧张从脚心一直蔓延到后脑,令人几乎难以正常思考。我只得向教务处申请,我的课程不要连排——脚踏刑具似的高跟鞋连续坚持两个课时,对我而言已经达到忍受极限。

紧张还不止于此。

每逢有课的前一天晚上,我都会反复检查闹铃。上课迟到超过一分钟,属于"教学事故"。而我太贪睡,容易睡过头。所以要定两遍闹铃。这些倒还罢了,习惯了也就没什么。要命的是,我的秉性里仿佛有一种自我折磨的特质——对于正在做的事,我受不了一处不完美。我受不了自己的讲述论据不确,受不了讲述呆板或板书凌乱,受不了我的课堂上有学生走神儿或不耐烦。

备课完成之后,我常常靠在沙发上,把几个小时的课程默默"预演"一遍。"预演"常常会在一些细枝末节处反复打转,黏滞许久。沙发上的人闭目塞听,心思专注,仿佛面壁参禅。直到两个课时的讲解在"预演"中被打磨得浑圆平滑。第二天,我在讲台上一边踱步一边东拉西扯聊大天的样子,骗过了许多人的眼睛。就连前去听公开课的老教师也觉得我的状态很放松,说,"这货在讲台上大模大样,跟个收租子的老地主似的"。事实上我只是忍住从脚底蔓延上来的涨痛,把默默预演过的过场——那些层层叠叠的一二三四,那些衔接和转换,那些典故、引述,以及为着逗乐的装傻,又过了一遍而已。很好,我感觉到了。台下的每个人都被我带着,没有一个开小差。他们专注而且惬意。

随时会有人扔出问题。问题不出所料,我心里掠过一丝得意,这些或呆傻或刁钻的问题,都被我预先料到了。

这外强中干、自欺欺人的状态弄得我苦不堪言。

后来,当我突然提出离开高校跳槽到一家机关单位的时候,许多人大惑不解。高校收入尚可,稳定,清闲,被认为是最适合女人的职业。离开高校到一个并不显赫的机关单位,貌似脑子进了水。谁也不知道,我离开高校跟弟弟放弃那所户型完美的房子,原因是一样的。自幼以来伪装的势强,那硬撑的虚荣和难以言表的力竭,让我有一种恐高般的致幻感。我需要的只是想象中的机关工作的闲散——可以坐下来工作,不必穿刑具似的高跟鞋,不必连续几个小时把自己摆在讲台上,不必在上班前一天晚上反反复复预演,不会一不留神儿就酿成责任事故。就是这个几乎不能构成理由的理由,让我毫不犹豫地跳了槽。

所有的撑持和逃脱,都印证着看到相片的第一眼所获得的直觉:我跟我的幻象。一组叠影。两个互不认账或互相抵消的人。

七

从幼年开始被反复怂恿的"势"仿佛一直在积蓄能量。一种不可思议的势能,它的起点在云霄之上,它化身为格外旺盛的精力,化身为百死不悔的执意和近乎轻妄的自信,暴雨一般迎头落下,强悍,不容置疑。似乎总也消耗不尽的精力四面流溢。而任何一种念头,一旦兴起就不可遏制。

充沛的精力导致的芜杂,和某种对于空旷的嗜好往往势不两立。

许久以来,我不停手地为自己增加着什么,有时是学历,有时是职位,有时是对某个陌生体系的了解和掌握,有时是某个交往圈子,有时是虚名浮利,有时是和衣食住行无甚关系的物件。同时却又不能容忍赘物,不能容忍悬而未决的问题。我像个最新版本的杀毒软件,对一切"多余的东西"——某种令人不堪忍受的物品,或某种令人疲惫的人际关系,某种实在难以热爱的事务,等等——实施着凌厉的不留余地的清减。

这相互撕扯的秉性早已掌握了我。

某种莫名的厌倦总会累积到令人不能忽略的地步。我总是一厢情愿地估计,厌倦会在我的压制下自生自灭,但也几乎每一次,厌倦都不曾自生自灭。厌倦不仅累积,而且化合、膨胀,结果必是一场恶劣的暴发。这样的暴发规模并不大,也并不总是有显而易见的形式,所以,看上去仿佛什么也没有发生,但我已经与某些事物之间划了一道界限。我很难跟什么人天长地久地相处,除非距离足够远,不常见面。为了减少别人的不适,我只好故意声明我的喜新厌旧,我对于间距的爱好。其实,我只是深知自己缺少那种始终如一的禀赋。

我很容易在一种旷日持久的相处中变得不耐烦。开始总是热情洋溢。热情澎湃而来,有时候连我自己都觉得不好意思。但是,热情依然澎湃而来,难以克制。因为太猛烈,热情很快就用完了。这时候我才能冷眼看人。到了这个时候,疲惫往往也来了。开始,对方会被我的幻觉自动美化,但幻觉很快便会消失。眼睛一冷,我往往被真实的情形惊住——居然是这样的吗?这怎么可能呢,我居然沉溺其中?尽管对方并没有错,对方也没有改变,但我被幻觉消退后的景象所打击,必会惊惶撤退。

在一番番被热情虚构继而被气馁拒认的友谊或爱情里,必然有一些,或全部,或局部,是真的吧。但是幻觉消失的时候,那曾经含在虚构中的真,也仿佛成了不堪斟酌的拟真。

八

去年春天,为装修刚刚拿到钥匙的新居,我与一家装饰公司签下合同。从形式上看这家公司做事很规范。他们对每个客户都会通过微信建一个服务群,群成员包括老总、分公司经理、设计部经理、设计师、设计师助理、工程部经理、监理师、工长,还有客户。

但这差不多只是个形式,真正打交道的也就是设计师和工长。设计师的职责似乎只是诱单。合同一签,设计师亦步亦趋的殷勤立刻消失。还有别的单子没有签下,比签下的单子更紧急。他一边支应着尚未签约的客户,一边找各种借口跟我拖延开工。而工长的忠厚之下埋伏着刁滑。他一路不停地建议,把建筑原件拆除换成他们的,加电路专线水路专线,这里拆一堵墙,那里砌一堵墙……不来?好吧。活儿干完了,他自作主张改了,加了,一脸无辜地说,记得跟你商量过的呀。浅灰色木纹砖本来素净淡雅,贴好一看,所有的缝隙都是雪白的,木纹砖贴出了水泥砖的效果。他又是一脸无辜,厂家的勾缝剂就是白色的,我们只能有什么用什么。然后建议,要不要加美缝剂,改成什么颜色都行。

他们操心的只是每个环节有多少利益可图,怎么才能赚到最多。这也没什么,毕竟人家为的就是赚钱。可恶的是他总要企图愚弄你,逼得你不得不见招拆招讨价还价。算计实在是太坏心情。即便如此,你的注意力也不可能穷尽每个细节。于是,双控布线遗漏了走廊灯,几处进出水接口因开槽深度不够因而微凸在墙面上,小吧台杯架因为进杯槽宽度不够所以我的酒杯统统不能悬挂,热水器与出水口的连接位置算错因而不得不加十几公分明管,诸如此类。我不知道还有多少如此这般的岔异,会溢出预估。能自己修正的我就自己动手修正,不能自己修正的我也告诫自己尽量忍着不去做无谓的啰唆——木已成舟,说也无用。

这样的粗陋、不方便,几乎遍及各种事务,可以说是缺陷,但因为大家都能将就,也可以不算缺陷。如果你对所有的小毛病不将就,那就会显得太挑剔。挑剔是一桩累及人品的秉性,在伊城,这秉性被叫作"各色"。各色,意思是认死理,不宽容,和众人不一样,不好相处。这么一定义,你还敢认真吗?

一般而言,如果跟对方难以在一个基准线上对话,那最好不要在需要高度默契的事务上合作。避免不对等的合作,也许是最灵巧的回避了——我认真我的,你敷衍你的,彼此不聚头,也就不至于因此自坏声名。但事到临头,我总是先信了人的表态。不得不承认有些人特别善于事先承诺。你面对那么动人的表态,不相信简直纯属心理阴暗。

一次主题讲谈后,活动的承办方发布了未经校勘、意思拧转的"记录"。这在别人看来也许根本没什么。连活动主办方的一位搭档都说,其实根本没人看那么仔细。承办方都那么辛苦了,不感谢也罢了,还非得抠字眼吗?但我就是受不了那份意思拧转的"记录"。我平时甚至受不了一份文档出现姓名分行、太多的感叹号或省略号、首尾段落过长、分段太碎或不分段、引述多到没有几句人话、大词儿或流行语太多等等等等。接受断章取义的转述仿佛吞下异物,我做不到。在建议修改无果的情况下,我只好选择了不转发。这努力隐藏的不满意,还是被对方觉察到了。然后的事可以想见。那几个人挺夸张地互相安慰:辛苦了亲爱的。感恩你的费心亲爱的。谢谢你的参与亲爱的。

我呢,成了一个抠字眼儿、挑刺儿、不知"感恩"的东西。我一见到谁随便使用"感恩"这个词就觉得腻歪。这实在挺滑稽的。这个渊源于宗教意义的词,本来是指人对造物主的感情,人与人之间无所谓"恩主"也无所谓"感恩"。我艾特了一下那个"感恩"帖,说,当你对人类表达谢意的时候,用"感谢"就行了。我一点儿都没有为自己的刻薄感到惭愧。想到许多次勉为其难的隐忍,我一下子松了口气。在某些时候显得不厚道也无所谓,我仍然不同意被篡改。

唯有在邂逅极少数的事物时,我的挑剔才会得到呼应。极少数的事物,有时候是一款材质精良的厨具,有时候是一支无损音质的《虚构》,有时候是一片瓦蓝如洗的天空。我们尽管不一样,但也总会有对某些事物怀有同感的时候。用过那样的厨具之后你也会扔掉所有粗制滥造的厨具,听完无损《虚构》之后你也会受不了哇啦哇啦大叫的狰狞乐曲,你也会明白,尽管美好事物是罕见的,但遇到它们的每一次,都会让人确认"挑剔"与"刻薄"的道义。

粗劣依然无处不在。粗劣并不因为我的不容忍就会减少。很多时候,他们解释,都是这样的,别人都没说这样不行。我注意到了,有太多的"别人"比我能将就。但我还是忍不住要说出那两个显得刻薄、不讨人喜欢的字眼——不行。

我说的"不行"太多了。在越来越多的不一致中,这些"不行"、不认可后面,往往跟着别人的愤怒和我的自疑:所有的不满意都只是由于这些事情所达到的水准跟我心里那个标高有距离。那么凭什么在我手里的就是标尺?

生活本来就被固定在这个当量之内,纵然百般着意、斤斤计较,事情也还是会按照这个当量固有的水准去展开。也许,和我匹配的就是这种漫不经心,这种煞白的地砖缝、意思拧转的记录、勉强达到流畅级的音乐、总是被雾霾遮蔽的天空。一边开车一边想要瓦蓝如洗的天空,难道不正是人们所说的"过分"?

九

也许正是因为这份刻薄秉性,我开始认识卫滨的时候,恍惚遇到了另一个自己。在许多沸反盈天的热闹里卫滨都是沉默的,从不主动交流。但凡开口,必是一语中的。我对这个话少的人有一种近乎尊敬的友谊。

卫滨跑过许多远路,而且车技过硬。我因此把他拉入了"七人行"。"七人行"是一个人员固定的自驾越野小组,每次出行带两部车。卫滨加入后,提出愿意独力负责团队后勤。八个人不算多,但因为每次行程漫长,且往往途经不毛之地,所以,后勤补给是一件最麻烦的事。虽然费用是分摊,但卫滨常常自己花钱贴补,尤其是一些非必要的补给,比如烟、酒、随身小药箱、环视太阳镜、频谱护膝,都是卫滨自己掏钱为大家添置的。开始大家还客气着,后来知道了卫滨令人瞠目的家底,也就不再虚套,什么时候缺了东西,就朝卫滨喊,总管,烟没了,总管,酒没了。随着卫滨的加入,越野小组出行途中的生活水准有了改善,在出行路线规划上也减少了一些补给上的顾虑。

团队名称已经用惯了,并没有因卫滨的加入而改变。由八个人组成的"七人行"团队有一阵子变得气氛热烈,热烈得让我有点不适应。不知为什么,我总觉得人和人之间这样的热烈是不能长久的。不过我倒也惬意于这种热烈。毕竟,一个热烈的小团体,让人觉得仿佛多了一重结实的依靠。

随着交往渐深,越野小组里的人对卫滨的额外付出由最初的感谢到理所当然,再到习焉不察,最后,卫滨的额外付出成了义务。偶尔缺了什么,总有人半开玩笑半当真地对"土豪"表示不满。卫滨跟他们不一样,不习惯当面辩解,更不习惯把不满表示得那么明确。卫滨表示不满的方式是,每次返回伊城后跟我单独喝场酒,闲扯他的出行心得。这闲扯里面当然包括了人物品评。沉默的人,眼睛真毒。他指出某个人的不堪时总是一针见血。我一边暗暗叹服,一边惭愧自己的麻木——是啊,越野小组也和任何一个群体一样,有专注于诱单的设计师和善于耍滑头的工长,只是我没有察觉罢了。

卫滨的挑剔从不直截了当——不指向当事人,而是跟我聊聊就罢。直到最后一趟同行,没有一个人觉察到卫滨的不满(有时候,我不得不说,卫滨的态度也许不止于不满,而是鄙薄)。但因为这些挑剔的准确,或许也因为我自己心里潜伏着未经甄别的不满意,我受了催眠一般,从对一个人的疑惑,到勉强敷衍,再到难以接受,用不了多久就可以完成印象转换。可叹的是,我对人的不满从来是不知掩饰的。远行团队的人都感觉到了这种生分。这生分仿佛会传染,生分也在他们彼此之间扩散着。谁都不知就里,他们把这种匪夷所思的隔阂归结为"缘分已尽"。"七人行"出行的人数渐渐减少,乃至不得不解散。

"七人行"解散以后我总是回想起那些一起走过的长路。我兀自伤神,也常常无端想起卫滨眼神里偶尔出现的空白——我把那种含义不详的眼神称为"空白",因为我难以理解它的含义,还因为每当那种眼神一出现,我都有一种直觉:谁又做错了什么,或说了什么讨嫌的话。

最后一趟出行只有我跟卫滨两个人。我们打算先到西安,加入那里的陕甘青越野大队,穿过秦岭和青藏高原到可可西里去。除了又加固了一下越野,途中所用装备单子是我列的,卫滨一样一样细心备齐。车到豫陕交界,我们停下来加油,在一家小馆子吃烩面。服务员放下碗筷刚刚转身,卫滨拍下一张百元钞,拖着我就要离开。我问他要干吗,卫滨说,你没注意?这女的看人的眼神像个鸡,我真怀疑这是家黑店。我回头看了看。那女人身形不错,走动起来风摆杨柳。挺好看的,我说。卫滨很惊讶,你没注意她的脸?一脸贱相。

那一刻,我又一次注意到卫滨的眼神。那种曾经多次出现的神情,我一直称之为"空白"的神情,在那一刻又出现了。只不过那一次因为针对外人,那种含糊其词的"空白"陡然间显得含义清楚。

一瞬间,我觉得筋骨发凉,仿佛衣缝里爬进一条蛇。

完美的卫滨看不惯一切——太热情或太冷漠,太直爽或太世故,太殷勤或太骄傲,太钻营或太潦草,太正经或太不正经。我不知道我是哪一种。而我正在适应这个完美的判断系统,努力成为一个"没有毛病的人",一根企图丈量别人的标尺。这画地为牢的一年,我从自己的朋友圈中减去了"不像样"的队友、"不像样"的同事、"不像样"的同学、"不像样"的爱人。直到,在许多个午后或者夜间,我从睡眠里醒转,一睁开眼睛,第一念竟是觉得自己"不像样"。

我知道,我中邪了。

十

当彼人一直挂在嘴边的攀登雪峰成为一件对我而言再也不可能的事,当不得不说出"你自己去吧"的话,我正窝在沙发上进食。

身体之内的渐变正在显现它必然的形状。身体变得沉重,又或并非更沉重,而是身体的"势"改换了方向——它正在沉坠,与攀登反向。身体正在降落,它对所有的高飞便不再产生同情。这由衷的不认同,这对于当初的背叛,与骨肉的衰竭相伴生,完全不受意志的左右。没有什么比身体的局限更能让人尝到拘束于牢笼的滋味了。我不得不承认,我已经没有气力再尝试另一种完全不同的生活。准确地说那是一种"反生活"——

在没有目的地的长路上,在宿营地,在筹备中或者休整期,破釜沉舟,义无反顾。而我不得不试图和这副动不动就出故障的躯壳妥协。

我摸着弯曲一下都会疼痛的左膝,我的确跟不上那个行动迅如疾风的野人了。我说,你另外找个人去吧,找一个还能够跟你一起攀爬的,男女都行。

我曾对精神或灵魂之类的玄虚之物坚信不疑,以为人的判别力和意志力即便不能穿透一切,至少也是可靠的盾甲,足以抵挡一切对于自我的侵袭。只是,当身体在时间之中慢慢沦陷,那些被高举的附着物竟也随同沉落。毋庸置疑,人对这个世界的感受和认识,人对他人的好恶,都在随同身体转变。橘生淮北则为枳。正在衰败的身体之内,生长出来的是退守与防备。被我们企图一分为二的东西原是荣枯一体。它们甚至不是同一个体的内外面,而只是我们对同一个体的不同称呼。所谓精神或灵魂,就窝藏在体内的每一枚细胞之内,在肉眼不可见的分裂或收缩之中,犹如疼痛或饥饿,不是身体的衍生物,而是身体本身,是身体的枝叶上泛出的颜色。

人生到此,我才真的认清了那个被戴在我头上的"势强"。

那个亦贬亦褒的评语,从来就不是指称我的力量,它指称的是另一种东西,一种由身体的蓬勃旺盛而自然形成的胆气和执意,一种由内而外的冲击,一种澎湃不可阻挡的生长,犹如火山灰冲天而起,犹如洪水决堤而下,建设,也毁坏,浇灌,也淹没。这箭在弦上的"势",从一个健康皮实的孩子身上生发而出,一定曾让大人们暗暗感到某种含着醋意的欢喜,哦,这不知死活的孩子,好奇,生猛,什么都想试试,什么都敢招惹,磕破了头也满不在乎,吓破了胆也咬牙不认。这让他们的谈论充满了惊叹:哈,这孩子,歪着呢!

奔流浩荡,泥沙俱下。那一往无前的猛势终于在辗转跌宕的长路上慢慢消尽了力量。湖池澄净,水草蔓延,鱼虾滋生。一个少年,一个混账放肆的孩子,很快成为世事洞明的成人,再成为盘根错节的老者。

说出告别的一刻牵肠挂肚。

难以确知是什么导致了他和我的不同,但他的确和我不同。他依然混沌,流势还在。很难想象这个人也会颤巍巍地手拄拐杖昏然老去。这奇异的气势令人迷恋又惊恐。而我终被自己的力竭所困。看着这个野人,我也有一种含着醋意的欢喜。你去撒野吧,我说,找个跟你一样不着调的人同去。

那时我想起一位诗人。她耀眼的才华也终被喂养身体的力竭所困。她说,肉体是一堵墙。她自己亲手推倒了那堵墙。

十一

有一阵子我常常梦见考场。一沓天书般的卷子摊在面前。题目太多了,我一道都看不懂。我对着那些题目苦思冥想的时候,满脑子都是奶奶的絮叨:胎光吸走了,幽精出来了,慧根被啃了,人就发痴了。我想我是痴了。梦中的考卷上文字消失,文字化为一幅画像砖拓片,拓片上有一棵根系婆娑的小树,我认出那正是我的慧根,它正在被一只状如海马的幽精慢慢蚕食。终场铃响了,我在白卷上写下我的名字。我的名字总是由一些神符般的密码构成,我的手写下名字时仿佛被外力操控,我看着自己写下的名字却不能辨认。

梦境的奥义难以分析。

自幼至今,从未有什么考试让我感到过困难。除非故意自黑,我的每一场考试成绩都堪称"无损"。仿佛特为打击我的自负,梦中考场上那一沓天书般的卷子,终于把我难住了。

像梦中考场一样让我沮丧到自鄙的事常常突然降临。

一次网络故障就可以彻底制服我。故障像一座隐形的王屋山,挡在我正在走的路上。这是一座符号的王屋山,我丝毫不理解它的运作系统是怎样指挥了这场罢工。我不知道在这些错综复杂的电线与接口之间存在着怎样的逻辑联系。重复连接的尝试经过了所有可能的路径,错误提示始终不变。沿着错误提示追索下去,我一趟又一趟绕回最初的问题。那时候我一再想起让我交了白卷的梦中考场,我意识到的确有太多的题目是我不能进入的,那棵根系婆娑的小树在这里没有延伸它的枝丫。而这样如入五里雾中的绕圈,办公室的小孩一下便可跳开。他随便动了几个键,拔下某个插头再接上,故障排除了。我看得明明白白。在问题又一次出现的时候,我原样操作一遍,却一如既往,坠入那个永远不得其解的雾幔之中。其实完全可以放下它。但平地生波的故障像一片荆棘在胃部倒伏,那里有一大团郁闷结成了硬块。

我执拗于独自打通这些关卡,即使这种打通毫无必要。被阻隔在自己并不曾设立目标的路上会让我懊恼不已。我坚信是有通途的,而且,我毫无根据地觉得我能找到,就像在梦中考场上我会面对一堆天书般的题目坚持到终场。终场铃在我脑中一遍遍响起,我跟那个路径之间依然隔着鸿沟。我跟我企图要解释的物事之间语言不通,只能平白猜测。我甚至不了解题目设置的前提。为什么点击一个客户端,无穷的信息便会在我眼前展开?在信息源和我手掌下的鼠标之间,都经过了什么?某个闪念,怎样经过这些错综复杂的传导化为可以瞬间被解析的文字、图像、视频?智力在这样的雾幔中左冲右突而不得其门。所有的努力都只是在题目的外围转圈。

这是一种极少经历的、令人无可着力的失控,犹如溺水——我凭着对自己水性的自信游到了一处深不见底的水域。水势浩荡,而我的力气用尽了。大水簇拥,举起我的脚,按下我的头。

枝丫婆娑的小树在无形无迹的迷宫中倒伏。命势衰弱,杂念丛生,灵智隐蔽。

的确,有太多的事物远远大于我,有太多的题目是我不能进入的。形形色色的梦中考场正在毫不留情地打击那种虚构的"势"。它们会以乱码般的语言系统,把我变成一个根本不具备对垒资格的局外人,一个貌似势大力沉却无从措手的莽夫。

十二

第一次想到时间的虚妄,是在新疆上空,在西行的飞机上。

彼时晴空万里,透过舷窗向下看,入目的是灰红色背景中大片大片的蛛网般的白色线索。蛛网是不规则的,线索的走势类似国画的披麻皴,气势夺人。那是山脉间已经干涸的河道。在这些自然弯曲的河道之间,偶尔会出现一段笔直的拉链般的色线。那是人工开凿的水渠。然后是断断续续的红色凸起,是传说中巨大的火焰山。仅仅用了十几分钟,那些曾需要数载苦行才能翻越的山脉便在下界晃过,让人觉得"天上方一日,世间已千年"并不是神话中的虚构——并不是飞机的速度有多快,而是天上相对于世间,距离是浓缩的,正如地球自转中的两极相对于赤道;进而,所谓"时间",在"天上"也浓缩了。

我们寻常所说的"时间",只是在和身体的涨落动定相关联的时候才有意义。在我们的身体之外,存在的只是星辰的位移。在浩瀚不可思议的太空中,有几颗与我们息息相关的星球——太阳、月亮、地球,它们的相对位置决定了我们的年度、季节、昼夜、时辰、分分秒秒。"时间"存在的全部证据,不过是太阳的出没、月亮的圆缺、钟表指针在表盘上重复转圈,以及一个人或一些别的生物,出生了,长大了,老了,死了。

更远的那些星辰离我们有多远?那种令我们终此一生也不可能看到尽头的距离,只能使用光的移动来描述。我们依附其上的这颗星球正在围着太阳转圈。光也出发了。这颗星球兜转一圈,光也向那颗星辰的方向行进了一年。这种可以瞬间穿越三十万公里的无形之物,它在奔赴某颗星辰的长途中走了一年,却还在这段路程的起点。一种特殊的光——我们的视线,正在投向某颗米粒般的星辰。视线穿过的空间只能在想象中展开。空间展开的过程在不可思议的距离中仿佛失去了尽头。看星星,意味着一个过程的无穷无尽,意味着时间的不存在,意味着我们对于这个巨大背景的双重失控——不仅不能思考,甚至不能眼见。这不可泯灭的隔阂,是意识对于物质世界、对于一切无限事物的缴械。唯有在这种遥远得令"视野"一词不再成立的空间中,时间才会被怀疑。

这怀疑从接触天文课的第一天就开始了。我盯着黑色背景中的太阳系模型,用力想象在那个乒乓球大小的蓝色球体上,我在哪儿,有多小。我想起小数点后面若干位的小数。再远一点,这个星球也像我一样渺小,小得可以忽略不计。

在那些模型旁边,所谓语文数学物理等等,都只是我们的煞有介事。江畔何人初见月,江月何年初照人,都是不成立的问题。人和天体太不成比例。我们这个物种所经历的全部所谓时间,都不够用来让一个人的视线到达某颗星辰。

很久以前,每到满天星星的夜晚,看着那些大大小小的米粒般的亮点,我总会被一种莫名的恐慌所包围,仿佛早已窥见了人世的轻忽与偶然。如今我陷在雾霾里,偶尔才能看见它们。我正在看着的是它们曾经的模样,是人类没有出现以前的模样,就是说我和它们并不在同一种时间之中。或许此刻它们已经消亡了,我看到的不过是它们消亡以前投射的光芒。那么,我和它们也不在同一重空间里。从始至终,我们一直处在这样的隔绝里,在这庞大不可思议的诡异中,在一种绝对的被动里。所谓时间,正和一切在视野之内的存在一样,只不过是虚拟中的又一道围墙罢了。

(原载《人民文学》2018年第5期)

挖掘者

绿 窗

一

隆冬腊月,我给大弟打电话问他是否回家过年,大弟说正在山上刨药,黄芩、苦参、苍术等。大地冻得邦邦的,怎么下镐?母亲一听就难过起来,大弟出过矿难,腰椎是一排钢钉支着。大弟却淡然道:"慢慢刨,找阳坡湾,咋也弄点生活费不。"

大弟是煤矿工人,煤挖光了,矿山被迫关闭,就像一辆高速列车突然刹停,来不及防备的人们纷纷被甩了出去。生命在惯性的驱使下一向安于现状,现在却面临安置、买断、分流,年轻的转入大型煤矿,或组织出去包活计,老弱病残还未转过魂来,他们迷茫地等待。但解决方案迟迟下不来,这的确太有难度,从上到下都着急,有时连最低生活费也难以保障。效率是一个有弹性的词,它可以催促流水线上的工人透支身体,也可以消耗闲散无用的耐心,让他们自己挖掘自己。熬不住的人,拖着伤残的身体去外地打工,大弟一个人养家也陷入困境,但仍满怀期望。

总会有办法的,矿区就像他的亲人,亲人不可能太决绝。他越过矿区的废墟,到静寂的山里刨药,一镐又一镐,似乎掘的不是药,而是煤。四野空旷,只有他的镐声在山谷里颤抖。

二

大弟只有八升命。他一次次偏离父亲预设的路线,本可以衣食无忧,环境和条件更好,但就是没那个命。大哥有一斗命,初中考试全乡第一,虽说因为成分不好,没得到大队推荐,上不了本地高中,但他总能从石缝里钻出来,一直向上生长,阳光就对着他微笑。他到远乡读书,每周回家背一兜子棒面馇馇和咸菜疙瘩,毕业后做了乡村民办教师。生活艰辛,并不妨碍他继续攻读师范、专科、本科,转正中学教师,一路晋职到高级教师。大哥以励志的方式把自己的命运填满,大弟却总也填不满。

母亲挨肩养下三个姑娘后,大弟隆重降生,父亲乐得亲自下灶侍候母亲月子,那个傍晚,他喝着小酒满面红光。大弟聪明,有灵性,却也淘气。一年春耕在草丛中打死一条蛇,偷偷埋到粪堆里,老光棍叔管给垄沟上粪,一锨铲断了半条蛇,"妈呀"吓倒。光棍叔没少吃我家的药,喝我家的开水,烤我家的火盆,抽我家的烟丝,又随口把痰吐我家地上,但他愣是看着我父抡起牛鞭子开抽大弟,而不劝一句。大弟卧在垄沟上连连翻滚,不求饶不吭声。

就这倔脾气。初二时大弟与班主任发生了嫌隙,老师停了他的课。他回家不敢说,早晨照旧背着书包上学,在学校附近的树林里转悠打鸟。他使用弹弓的功夫很是了得,凡被他看中的鸟逃不过。这天上午战果丰硕,午间他背着一书包鸟儿进教室,得胜将军一样掼在课桌上,大大小小花绿蓝红,还有少见的青靛儿蓝靛儿,共四十八只!同学们嗷嗷惊叹,聚拢过来,从来没见过打这么多鸟。

这时老师进屋了,脸色铁青,一番怒斥后召开了全校师生大会,以把鸟穿起来挂在大弟脖子上的方式来昭告"破坏地球生态平衡"的罪名。那些鸟似乎突然活过来,支楞着尖嘴啄他的脖子。

大弟的脸像红布一样,第二天就不去念书了。父亲骂、打,断了几根棍子,甚至拽着他两条腿拖出院子,拖到街上,他身上脸上都是血痕,贵贱打死也不去。父亲趴在柜子上一夜没睡。

大弟撒丫子往山上跑,种地、割柴、扛大个、挖菜、捡蘑菇,一刻不闲,他在享受他的生命乐趣。父亲是个崇书人,不喜欢他这野性,不久,就教他学习中医来收心回性。眼看着《汤头歌》背得滚瓜烂熟,打针输液手轻针准,正要尝试学习针灸时,大弟却和村里人出外打工去了。

三

大弟的第一个工作是一家砖瓦窑,干这行的被称作"窑驴子",他十六岁,不到一米七,是条瘦弱的小驴。

窑里闷热,新出的砖五六十度,出砖工浑身是灰,汗水肆流,手上戴着皮夹子,熟练地截砖、装车,身上都是烫坏的累累疤痕。

砖车要装满二百块,叫一丁,车就叫丁车,铁质,五百多斤重,每块砖五斤,一丁车两吨米重。拉砖工弓身一步步挪,青筋暴涨,肋骨绷紧,腹部劲力回缩,像一堆蛇不安地怒视。到窑口,拔出丁车插销,一只脚踩住丁车腿,手腕向下按压车把,一丁砖自动立起来。他们每天必须出够三万块砖,要做到夜里十二点。道路凸凹不平,尽是砖头瓦块,大弟有时几乎跪在路上爬,手抠破了,膝盖磨破了,内心一定充满了吼叫与哭声,但都淹过伤口咽进肚子里。

"窑驴子"流行话:冬天穿着夏天衣,一年吃了三年饭。然而辛苦几个月并没有换来一分钱的工资,差点把小命扔那儿,要么继续干,要么走人,窑主的强势总能得逞。他们带着满腔的愤恨离开了,多年后都不愿想起那牲口一样的日子。

除了家乡,他们对外界知之甚少,不懂维权,苦难只能由自己埋单,还要庆幸留条命。村里有两个男人,一个出去之后就蒸发了,留下妇人小孩苦等;一个从工地高高的脚手架上掉下去,他的父亲只见到骨灰盒和两万块钱。然而,外面的诱惑似乎不可抵挡,更多的人还是出发了,也许自己命好呢?就像广平兄弟俩,一个带了不花钱的媳妇回家,一个成为当地的上门女婿,后来又盘下老板的店面。就算十个人里只有一个小有成就,他们都愿意冒险,一如阿拉斯加的淘金者。

那是二十世纪九十年代初期,我家里种着十几亩地,要交公粮和多项税款,弄不好还倒贴钱。父亲拖着中风后的身体,成天灰着脸,拄杖门前。弟弟仍四处打工,建筑队锄大泥,砸钢筋,拼死拼活,后来去了另外一家砖厂,照样累惨,但工资发得出来,吃得饱,心情舒畅些了。实在缺乏油水时,有人偷农家的鸡,收拾后加点盐,用泥巴带毛糊住,放在烧砖窑口处闷熟,嫩香四散,大家一起吃喝说段子,算劫来的一点小乐。他的血汗钱还了家里的千元老账,也支付了我的部分大学生活费用,花这些钱时,我就会想起他佝偻着腰身拉着一车车砖蜗行,再看到建筑工、"窑驴子"、煤矿工,他们都是我最亲的兄弟。但大弟不觉得苦,很快蹿到一米八,也壮实了许多,整个人透出青年人特有的光彩。

四

命运之神似乎向大弟招了招手,大伯所在的煤矿招工,大弟和村里一个年轻人去了。试用期满签上合同,这意味着,他不再是四处漂泊的临时工,而成了堂堂正正的合同制工人。他不再是农民,他有一个显赫的大家庭背景——矿区,村里姑娘可以多瞅他几眼了。

本来安排井下安检工,他认为钱少,主动申请去了开拓区,相当于全矿的犁铧尖头,最重要,危险系数也最高。大弟的工作流程是这样的:

入井前,首先参加班前会,值班工长布置工作任务和注意事项,强调安全第一,生产第二,强调每一入井人员必须携带矿灯、自救器、矿工靴,严禁携带烟火,绝不能穿化纤衣服等。虽然矿区条件偏于落后,但严格执行"一通三防""一炮三检"制度。开拓工来到工作面后,先由瓦斯员检查通风、瓦斯及有害气体,当班组长到工作面检查支护、帮顶是否安全;合格后开拓工开始工作,接好风、水线,上好风锤,开始打眼;完毕后,瓦斯员检查工作面瓦斯,不超限,再由安全员和爆破员进行装药;完成后,瓦斯员继续检查瓦斯,不超限才能进行爆破;爆破后瓦斯员最后检查瓦斯,不超限,开拓工方可进行出砟,钢架支护,完成风巷和运输巷工作。接下来掘进区圈采面、掘横川、打眼巷,开拓与掘进二区都是为采煤区服务的。

大弟参与打眼、搭支架、清理巷道,不吝力气。一米八的个子在井下很吃亏,低矮不平的巷道,一个工八小时下来,已经说不出是什么滋味。大弟是条硬汉子,他受过的苦和罪比同龄人要多得多,这对他来说不算什么。他当了一个光荣的"煤黑子","煤黑子"不好惹,一个人也敢和一群痞子招呼,大板锨挥起来哐哐有力,人壮气粗,运好命盛。

　　大弟从一个农家子锻造为一个挖掘者,虽然一样地出大力流大汗,但身份是不同的。他还可以往高处走,好似踏上了通天的台阶,在他眼里,黑色比黄色更高贵。虽然种地是日光下的劳作,端自己的饭碗,而挖煤是漆黑的深井下劳作,端公家的饭碗,但是为国工作和为己工作截然不同,初中未毕业的弟弟,也是有雄心壮志的。

五

　　身是挖煤工,心还是农民的。才攒下一点钱,大弟就受到买户口的蛊惑。非农业户口对普通农民的诱惑力太大了,那才是市民,真正脱掉一身黄土坷垃味,是说媳妇的筹码,也有机会在矿区分房。三千多块钱一个,他办了,那时他一月工资才几百块,需要抠出一两年的牙缝。

　　随之,家里归他的责任田没了,归他的房基地没了,他也彻底断了回到乡下生活的念想。他并未觉得是多么大的损失,相反,以一个城里人的身份回乡看看,心里装着满满的荣耀。祖坟无疑是冒青烟了,逃学的孩子终成大器,让人刮目相看。

　　那些年父亲一直在割田,大哥考学,大姐二姐嫁人,我上大学,大弟买户口,小弟上学,家里大片的田地不管贫瘠与富饶,一个山坡一个梁头地失去了。失地似乎是祖传的,中医老太爷率领十几个孩子辛辛苦苦开拓过近百亩良田,爷爷被诬陷关进了伪满洲国监狱,老太爷一块块好地割了出去换银子救赎。老太爷锥心般难过,但拎得清,人命比土地重要。

　　我不知道父亲面对土地一块块失去有多复杂的情感,但当时土地的价值并不大,就是丰收也离致富遥远。耕耘者,被贴上了底层和卑下的标签,到城里总被投以歧视的目光,像被高山斜睨的沟壑中勉强挣扎的野草丛林,无法比拟山顶一棵草。

户口成为衡量一个生命高低贵贱的准绳,农业户口就像只有八升命,神仙也弥补不了这天然的缺憾。大弟摇身一变成为非农业户口,忽觉神清气爽,虱子也爬得耀武扬威。他后来给媳妇也买了户口,因为孩子的户口只能随母亲。同样,媳妇也失去了家乡的土地,但他们没有愁云,煤矿仿佛有挖不完的黑金子,足以养活他们一辈子。国营企业,当然是打不破的铁饭碗,不怕天旱地涝,是乡下人眼中的神话。

那年头就算有钱也未必能买到户口,还要凭关系,一张纸就能决定命运。纸是最神奇的东西,粮票、布票、户口页承载着生命的幸福,就像"爱新觉罗"四个大字承载着避暑山庄的荣耀。大弟的户口本犹如当今的不动产证,决定了妻子的容貌、生活的幸福度、家庭的荣誉感。我们的生命是维系在纸片上的。这也许是个哲学问题。

大弟不是一个哲学家,但他是一个社会学家,他知道带着娇妻还乡时,来自家乡的社会艳羡指数会提高数倍,亲戚朋友的热情度也会攀升。

六

当文字像一束光追逐到黑暗深处,挖掘者只是柔软的吃土虫,蜗行的蚯蚓,夜幕降临才露出头呼吸下星空,拖几片残叶换食谱。蚯蚓造福大地,可爱的"煤黑子"给人间挖掘火种,每天面对生死和疾病的多重考验,他们必须要有坚忍的意志力。

井下潮湿幽暗,长年晒不足太阳,易致脾肾功能衰弱,他们是最应该补充维生素 D 一族;常暴饮暴食,致胃肠功能紊乱;狭窄的坑道导致强迫性体位,造成肌肉和骨骼不可逆转的损伤;穿着棉衣干重活,一身臭汗,脱了衣服强风寒气立刻直刺骨头;粉尘茂盛,口罩就是摆设,还有爆炸逸出物,氮氧化物、一氧化氮等不良气体。井下呼吸,意味着肺叶不设防,各种有害物质长驱直入,对肺泡和气管来一场痛快淋漓的大屠杀。

瓦斯的幽灵在隧道里徘徊,不知道哪天这哥们突然翻脸爆炸。更危险的是井下开采破坏了原煤及岩体的初始平衡,导致局部应力集中,如果支护不及时或方式不正确,冒顶秒秒间发生。挖得越深,地压越大,哪怕顶板出现一个小缝隙煤渣就会强喷,甚至大面积崩塌。

每一步向下的掘挖,都是触摸深渊的牙齿,每一天,"煤黑子"都在向上帝不停地靠近,越发需要虔诚与敬畏。挖掘者也许就是自己的掘墓者,但更是修行者。

八九百米深井下去,压抑感越来越强,大弟是不怕地狱的,他习惯了在长长的隧道里蜗行摸索。尽管工友们每一次下井都有焦虑感,脸色凝重,但看来仍是若无其事的样子。没有强大的心理是做不了挖掘者的,挖掘者像他挖掘的煤,就是要在地壳的深处承受莫名的压力,抑制对黑暗的恐惧,封锁内心深处的渴望,不让自由的灵魂喷薄而出,反倒是升井后尘世的浮光令他们茫然,黑黝黝的面孔透出些许惊讶。

挖掘者在某种情况下成为一种道具,有些地方,女人把男人逼到矿上挖煤,她们吃喝玩乐打麻将,吸高档烟。一旦有矿难,可获高额赔付,那时女人对着挖掘者的尸体大哭一场,好让他完成作为道具的最后一次使命。再找对象还是非挖掘者不嫁,越是危险的煤矿,矿工反而越抢手,女人主动倒贴。挖掘者并不觉得悲哀,生命价值似乎就是建立在纸质货币的考量之上的。

十几年,煤炭行业空前繁荣,大弟的身体也开始出现不良反应。腿寒,椎间盘突出不必说,相继出现萎缩性胃炎,严重的口腔溃疡,齿龈出血。强大的劳动应该增加营养,但几乎所有的挖掘者都舍不得吃喝,只消耗自己。

他竟满足。挖掘者的满足点很低,幸福总是触手可及。和小煤窑比,那些矿工更悲惨,为了多背几次,坑道矮低,常常爬行,出来很久直不起腰,后来再也直不起来。很多人因矽肺不得不提前退休,挣扎在死亡线上,花光挣到的钱还负债累累,甚至被家庭抛弃。那些只有八升命的"煤黑子"!

七

然而煤鬼还是向大弟伸出了爪子。

那年八月末,他正在井下进行30℃上山掘进,坡度大,赶上六槽滑溜子煤,煤质松软,不需打眼放炮,就溜上去十余米远。他和组长在工作面负责架木支护,十点多,已顺利棚上了四架。本想做点杂活就下班,这时值班工长来到工作面,说这条件不打眼不放炮,顶上光滑如镜,怎么也得弄它十架八架的。说干就干,大弟很快挖好柱窝,在巷道右帮上准备立柱腿。

突然,工作面大面积溜煤,又猛又多,栽树一样大弟被直接埋到胸部。运气真不佳,刮板运输机坏了,煤捡运不出去,组长急了,赶紧和组员拿铁锹拼命往外豁煤。很快,大弟露出了腰腹,只剩双腿被埋,大家都松了一口气。但是更大量的煤石顺坡塌下,立刻把他灌顶,那一瞬,他本能地拱起腰背。煤鬼不依不饶,一条半米厚两米长的顶板岩石崩落,砸坏了前探支护,重重落到大弟的脊背上。

工友们喊他,他一应声,立刻鼻子嘴灌满煤面,他的意识一度迷糊,仿佛回到烫人的日头下,他挂着那四十八只五彩的鸟儿接受众生批判。他在这一刻忏悔,他伤害了那些无辜的生灵,或许这就是报应。他乞求上天原谅,孩子还小,他希望孩子成为一个读书人,能够在阳光下工作。

他很快休克,不知道现场惊心动魄。组长救人心切,想几人合力把巨石顺坡移开,若真那样的话,大弟会被碾成煤饼。恰好两个电工闻讯跑到现场,及时阻止了。他们先用木头顶住巨石做支护,再小心实施救援,用铁锹豁煤,用手拼命刨挖,搬挪,手肘血淋淋,仍然一次次插进煤堆,决不停下,决不放弃!

井下人都知道,此时冒顶还可能继续发生,如果更大的煤层塌下来,他们会全军覆没,因此就是跑了也情有可原。但是听到被埋者的惨叫,谁能迈得出逃命的腿?因此一般冒顶事故往往牺牲数十人,其实最开始不过是几个人被埋,大家拼命营救而遭遇毁灭。他们粗砺的外表下都是血红的肉心,是一个人一个整体,他们挖的是煤,挖的又是人性,越深入地心,彼此贴得越近,是对方的光与力量的支撑,谁有事都是大家有事!这是矿工骨子里的东西,自古牢牢嵌入的基因!

露头,露胸,露腰了,大弟苏醒过来,继续挖,露出了双腿,考虑到越快越好,他们问:"把双腿拽出来能行不?"大弟想能活着就万幸,腿就放任吧!他们拔萝卜一样吼叫着把大弟完整拽出来,矿工靴留在煤堆里。上苍眷顾,腿没事!

最短的时间,二十多分钟,大弟给挖出来了。老电工迅速用刀子割了风筒,穿上两块板子,将他平放,他们一路喘息不停奔跑到井口,救护车早已等候在外。

煤鬼最后一刻松开了爪子。苍天在上。

八

大弟捡了一条命,落下暗疾,他不抱怨什么,他也只不过是倒下的又一个兄弟,每天前进的路上,都踩着别人的幽灵。

说那日早起大弟有点懒懒的,但从来没有误工习惯,也就照例上工。到矿区听到各处都在放炮祭祀,这才意识到是特殊日子,农历七月十五,民间说的鬼节,一般工人都忌讳不来上班,尤其下井,大弟想来之安之,谁知就意外了。幸好煤石是滑下来,令脊柱一点点受压变形,造成腰椎第一至二节压缩性骨折,右横突一至四节骨折,左横突第一节移位骨折,腰部剧痛。

大弟原来多强壮,秋收玉米二百多斤大麻袋,两个人都抬不动,他一个人撅起来就走。现在他的力气在腰间断了。

事后他们回忆,月初家里来个男人收破烂,走时神秘地说大弟印堂发暗,这个月要小心灾星,且他泄露天机,应该给点钱求破。大弟给了钱,但心里觉得膈应,十分小心,眼看差一天到月底了,竟还是没逃过,民间真有灵验者,还是神佛怜悯凡人,要化成走街串巷的普通人来度化?

大弟有佛缘,我在大佛寺请了开光菩提手串送他,保佑平安,愿那些矿工兄弟都有佛祖保佑。而他更多检点自己,努力修为,反思过去。

这次的劫莫不是与从前的杀生有关?比如打鸟,杀蛇。他不怕蛇,见蛇必抓,蛇从左边袖筒进去,从右边袖筒钻出来;顽皮起来就把蛇剥皮,肉送人,他自己从不吃,蛇皮挂树上吓唬人。似乎他身上释放信息,蛇见了他不敢逃跑,老老实实等他捉。蛇在乡间叫长虫,是长仙,保家仙,本不能轻易动。

经此大劫,大弟的野性收敛许多,弹弓砸碎,钓鱼从不钓小鱼,遇有水蛇、草蛇愣往跟前凑,只拿棍子拨开,说声去远点,像哄小孩一样,晚上则细心抄写《金刚经》,一家人清简度日,平安即好。钓鱼时他真正忘了自己的所有身份和苦难,成为群山之草木,万物一水滴。他钓鱼,也在被生活垂钓,他们互为诱饵和成果,不可把握,但他的精神是自由的。

休养两年后,领导照顾他做一线辅助工作,瓦斯检查,洒水消尘,没有重体力劳动,但仍然长期处于阴冷的井下,每天第一个下井,最后一个升井。认真,严格,心细,不管做什么,他让人放心!

井下工作二十八年,他的生活与身心发生许多变化,外界更是变化剧烈。国内经受价格低廉的进口煤冲击,全球煤炭行业突然间萎缩了,惶惑感席卷而来。

九

大弟所在的煤区原本富饶,二十世纪八九十年代达到高潮,月产量90万吨,到大弟上班,还保持60万吨。但私营煤窑主突然爆发,几百家蜂窝一样插入山体,掠夺性挖掘,煤山日夜轰响,那声音昭示着繁荣,亦可说是畸形与恶性,鼓励个体经营而又乏于管理的尸香魔芋花,越硕大释放的臭气越多,引来各路虫豸,花很快就萎谢了。

当加大力度大肆清理了小煤窑后,煤层空了,不空也得关闭,突然间生机勃勃的矿山偃旗息鼓了,可怕的寂静笼罩着这片暗灰的大地,焦虑、诅咒、躁动、失落,袭击所有相关的人家。

大弟护家如护犊子,他有自己的安然活法,别人怜悯担心,他并不沮丧,一家人在一起就好,苦一点也不分开,每个人都是一团小小的火焰,互相温暖着日渐衰弱的身体。

七岁那年大弟患急性痢疾,针灸人中处,一扎一个窟窿,都已经备上草席了,他幽幽醒转过来!三十年后再次面临矿难而不死,冥冥中还是有神仙保佑的。他一直勤勤恳恳,不怨社会,身处困境而不妄自菲薄,哪怕下一餐饭没着落也充满精气神,他一直这么努力地生活。

十

过年,村里当年一起去煤矿招工的伙伴来看大弟。伙伴活得滋润,面相年轻,并无沧桑感。

当年他嫌累,嫌下井危险,工资低,又好喝两口,不够酒钱,如何养家?两年后他选择离开矿山,也没花钱买户口,没放弃老家的土地,四处打工,到底寻个当工头的好差事,月挣万八千,家里媳妇打理田地,在玉米价格高的时候,也有不菲收入。一儿一女,富足安乐,关键是后顾无忧,他还有一片属于自己的土地,想种什么种什么,想怎么种就怎么种,这是多大的恩惠。他还有新农合保障,还有种田种树补贴,再老还有低保,或者万一被拆被占,还能有更多补贴,脚下多么坚实。虽然乡村不改革不转型,也将是一片废墟,至少土地实实在在。

一走一留,命运这般不同。同样拼了性命打天下,打了许多年,甚至大弟更努力,但到头来身如浮萍,体如糟糠,糊口的工作也下马了,他无法对自身身份界定,但他尽力维护着尊严。

"八升命不能求一斗,一步赶不上,步步赶不上。"他嘲笑自己,当年因打鸟破坏地球生态平衡而退学,现在又因挖煤破坏地球生态平衡而失业,典型的八升命,不管怎么努力,也填不上那两升,命中缺失的圆满,就像永远没有十五的月亮。他后悔不曾听老爸箴言,时间不能回流,他再也不能到山野上无拘无束地奔跑了。

在煤矿,他成了局外人,在生养的村庄,他也成了局外人。他觉得一生都在挖洞,不只向地球深处,还向内心深处,那洞深不见底,似乎已能听到岩浆发出的喇喇声。

十一

煤去镇凉,疮痍满地,瘦高的他站在废墟之上,像一只焦急等候春信的鸟。

他去矿区问询解决方案,照例无果,或给出个大约的日子,人就在大约中抱着希望挨日子。山上、街区下面据说都是洞,不知何时何处会塌陷,有些地区已经由政府发钱搬迁,有些地方任由塌陷,能走的都搬走了,风风火火的矿区迅速瘪了,人心萎缩得更快。街头空空荡荡,只剩下一种麻木,就像挖掘者升井后的表情。

昔日的矿区已长满荒草,他觉得这也是好的,将来会长满树木,长成森林,会飞来很多只五彩斑斓的鸟儿,让黑黑的矿区落满五彩缤纷的叫声,他再也不会惊扰它们的快乐,也不会抛弃它们。

"当某种技术或者工业走到尽头的时候,那些待业的人们确实是不幸的。"科尔曼在《精神的力量》一书中说道。我不知道科尔曼的"确实"二字里包含了多少种感情,是同情?是无奈?是悲愤?是控诉?我们只是隧道里、轨道上的小车,只能沿着一个方向前进;我们的状态取决于车子的速度和轨道的曲度,或者直行,或者被甩出。

我们也不断向深处挖掘着自己,直到身体出现一个洞口,我们从洞口向外窥视太阳的光芒,它似乎锋利得能够割伤眼睛。我们不能够直视我们自己,只能不停地挖掘,直到将灵魂挖出一个巨大的透明的窟窿。

十二

面对一座城,英剧《名姝》里那个老鸨说:"这座城市是我们用肉体建造的!"而挖掘者可以说,"我们温暖过所有苍凉的城市。"但都是曾经了,"煤改气"方案进展迅速,许多乡村都已是无烟村。

春天,我给大弟打电话,他仍在山上刨药,刨的防风,不值钱。他和工友们还在矛盾中等待。

大片的废墟尾矿已然开发成绿色园林,有更多的鸟儿栖息,还有的地方做光伏发电。每一个项目诞生,他们都欢喜一阵,昔日的矿区在悄悄地改变。解决方案虽然还没有下来,但至少空气里充满了阳光,他对幽暗的隧道深怀恐惧。

啃噬是个小光芒一样的词,黑暗中不停地咬,身体充满了坑洞与疼痛,现在轮到阳光下嘴了,是辣痒痒的舒服,一口口吐出的钙质渐渐填满了缝隙,骨与肉贴得更紧。但作为几十年的挖掘者,他的四周仍是黑色的围墙,要么墙自行消解,要么他冲出来,这需要时间。

六月无闲人,大家聚在老家给老妈整修房子,没告诉大弟,也没人攀他。夜晚看北斗星舀水中天,乡村的夜黑得踏实,有地守着好歹也是依靠,大弟怎么办呢?

这时他的电话响起来,"总刨药也不是法,不想再等了,能帮着在城里找个工作不?"

大弟心上的那堵黑墙终于坍塌了。我立刻问寻市里的保安工作,不管吃住月工资才一千六百元,没法养家,看来还要继续等下去。但相信,人挪活,精神会再次长满。不久大弟托亲戚找到了饭店电工工作,离家两小时路程,两千多块,管吃住,就干上了。至少先养家,大家也都松了口气。

暑期,煤矿解决方案也最终下来了,上面考虑了他的身体,给安排了轻省工作,但是离家千里之外,无法照顾家庭孩子,他选择买断工龄,交完养老保险也差不多没了。但老了总算有一份保障,他感恩,内心安然,继续返城打工。

而矿区逐渐被绿色包围,矿工们的肺在清新的空气中也一点点生出红色。尽管收入菲薄,他们也会带着家人在新建的园林里走一走,脚下,黑色的长长的隧道像巨树的根,探向四面八方,挖掘者在自己亲手挖掘的根上生活。窑驴子,煤黑子,都已成过往,一切不如意都将会被埋葬,只剩下阳光和微笑。

(原载《民族文学》2018年第6期)

我 的 树

张 丽 萍

银杏树在等我

北京,打开手机地图,我们循着指引,去寻找传说中美丽的银杏林。

坐上409路公交车,一个多小时后,到达地图所指的白塔寺。白塔寺却不是我们所期望的风景,没有银杏树,没有满地的银杏树叶,到处是房子,是马路,是车子,是行人。茫然中,问公交车站穿黄马褂执勤的中年男子,他说不知道北京有银杏林。我好奇怪,同学告诉我时,说得那么激动,好像这片风景人所共知,怎么路边执勤的人会摇头呢?我再查看地图,找到"钓鱼台国宾馆"附近的银杏林,恍然大悟,急忙打车,赶往那里。

我来北京学习,北京籍同学说,北京城里有个银杏林,很美,可以去玩。看着他发来的微信图片,两条大道把银杏树林隔成三排,最后融合成一片浩大的银杏之海,金光闪耀,看不到尽头。一棵棵银杏树古老苍劲,一片片金黄的银杏叶,或独舞,或成群,你挤我,我挨你,在太阳照射下,闪着金光,耀眼,妩媚。

看了就心动,想去,却没空。

这个周末,我终于出发,去寻找美丽的银杏林。

我在云南大学校园,最早见到银杏树。树不多,称不上林,只能叫银杏路,但已经足够排场了。二三十棵高大的银杏树,年代久远,粗壮有力,饱经沧桑,树皮疙疙瘩瘩,爬满了时间的印记,像一个个历史巨人,站立在云大校园里。

那时我正读大学,有一个高中的好友,在云大读书,我去找他玩,恰好是秋天,银杏树正黄。好友的笔记本里掉落一片树叶,他立马捡起来,拿在嘴前,吹掉沾在上面的灰尘。我好奇地问:"这个像小蒲扇有尖尖角的东西,是什么树叶呀,你那么珍惜?"他骄傲地说:"是银杏树叶,你看,就是头上这些叶了呢!"我抬头,发现头顶一大片金黄,再捡起地上的几片树叶,果然是好看的一把把小扇子,惊着叫着,赶紧弯腰捡银杏叶。

回到家,我把银杏叶小心地夹进书本中,一页页翻着,仔细欣赏品味,仿佛看到了银杏树下走过的白发教授,牵手徘徊的年轻情侣。

从此,我知道世上有一种美丽的树,秋天会泛出金光,把岁月照亮,它的树叶还可以做书签,指引我找到求知的道路。

后来,我知道,这种树自己也可以栽种。

这是我第二次见银杏树了,它就在我家隔壁。

那时候,我已经离开云南南部的故乡,嫁到距离昆明四五十公里的澄江县,在清澈的抚仙湖边安家,做中学老师。没想到,在这里,我会与记忆中美妙的银杏树邂逅。

那是邻居种在他家门口的银杏树,两棵。听说是银杏树,我很激动,站在它们身边上看看,下瞅瞅,却怎么看也不像,瘦叽叽的,叶子稀稀拉拉,哪有云大校园里银杏树的风采?见我怀疑,邻居告诉我,这是小树,长大了就会好看。

可我就没见它好看过,永远那么瘦,枝叶稀疏,枝杈分散,像一蓬乱头发,不整洁,不清爽,还不见长高长粗。别的树几年就粗壮高大了,它永远不声不响,一成不变,固执地瘦弱。问邻居,邻居说,银杏树长得慢,一年就长一二公分,你天天看着它,当然觉得它不长了。我想想也是,银杏树是活化石,太古老,生长的力量已经减弱了,要过不知多少年,才会漂亮起来,一旦漂亮,就惊天动地,所以特别金贵。

若干年后,银杏树还是一点不丰腴,永远少年老成的疲惫,没有长大。

邻居两口子,等不得银杏树长高和长漂亮,离婚了,各奔东西。

他家的银杏树没人管,没人浇水。渴了,等老天爷发慈悲。可它运气不好,遇上云南三年干旱,鱼塘都干透了,泥土裂开一个个大口子,鱼张着嘴鼓着眼,渴死在干裂的池底。

终于,有一天,银杏树死了。先干枯一棵,接着,第二棵也死了,变成干树桩,插在寂寞的空房前。

再见到银杏树,是在鲁迅文学院。

几棵树,不多,却能结果,银杏果,俗称白果,我很爱吃。

银杏果一串串啊,密密麻麻的,一个紧挨着一个,一串紧撸着一串,坠弯了树,成熟而饱满,深情地凝望着大地。我站在树下,指着它,问同学是什么果?回答是白果,再问,方知是银杏果。

我大为惊讶。原来,我爱吃的白果,就是美丽的银杏树结的果子啊?那一刻,我的记忆复燃,情感复燃,往事历历复现。

白果炒西芹,是一道我永远忘不掉的菜。

它是我曾经深爱过的男人领我吃的。

那是一段糟糕又刻骨铭心的爱情。就像白果本身,营养,但有微毒,吃多了会中毒,会死亡。我们也深知我们的爱情有毒,却抗拒不了它甜蜜的诱惑,朝着它的毒,铤而走险,一口一口品尝它。终于,爱情中毒身亡。

爱情死去,只有白果长留心田。

如今,从前萦绕心尖的没有生命的白果,鲜活地挂在枝头,那段死去的爱情,又复活在我眼前。

我长久地注视着它,像看见昔日的爱人。我忍不住伸手去摸它,像摸在爱人的脸上。我想捧住它,就像当年紧紧捧住的爱情。可是,白果在,爱情已不在,它一去不复返。

现在,我在北京,寻找银杏林。

出租车把我们载到目的地,下车后,四处张望,依然不见一棵银杏树,更别说诱人的银杏林了。

我非常失望,觉得自己很可笑,找一个美丽的地方,左找右找,却一无所获。也许,好风景永远只在心里,在遥远的期待中。

已是下午四点多钟,深秋的北京,天黑得快,再过一小时,太阳就将下沉,黑夜登场,什么都看不见了。我很着急,难道在北京城里转了三个多小时,却白跑?难道就看不到北京城里令人骄傲的美丽的银杏林?难道要让我失望而归?

我想再打车,再去找,出租车司机总该知道迷人的银杏林吧?他天天在北京城跑,没理由不知道。可时间太晚,再打车去找,天就黑了,找到也看不清。

司机说:"你抬头看看,找找,哪有银杏林?没有啊。"

我举目四望,确实不见一棵银杏树。看到的,是奔流不息的车流和路两边一棵棵又粗又高的杨树。这些长着神奇"眼睛"的树,南方没有,北方才能看到。它枝叶扶疏,姿态优美,树干修直,也很漂亮。找不到银杏林,看看这些杨树,也值。我喜爱杨树的眼睛,它好像看穿了我的心事,安慰我说,天下的树,漂亮的很多,不要着急哦。

于是,我忘记了没找到银杏林的苦恼,在大眼睛的杨树前流连,摆弄姿势,让朋友拍照留念。

可我不甘心,思绪又回到银杏树上了。此行,不是来看杨树的,杨树以前见过,北京的银杏林,没见过。今天,循着北京同学的介绍,特意跑来找它,却没找到。一种古老的树,生长在同样古老的首都,那意义,不言而喻。它还不是一棵树,是一片林,耀眼的金黄,无与伦比的美丽,犹如上帝打翻了的调色板,我一定要找到它,让它把我这残缺的人生,染成金黄色,皇帝龙袍的颜色。

我抬眼遥望。按理,手机导航不会错啊,虽然我第一次使用导航地图,不太熟,但也无数次在女儿和朋友的使用中,准确找到过目的地。现在,我的目光所及,怎么就看不见一棵银杏树呢?

我忽然想,万一在马路那边呢。又觉得不可能。马路对面,除了杨树,还是杨树,有人在树下慢悠悠走着,一点不着急。

我们还是过街,走到了马路对面,与其说是好奇心驱使,不如说是怀揣最后一点希望。穿街去到对面的马路,即使没找到银杏林,也心安了。

过了马路,站在路边,低头,我突然发现,地上的树叶,很像银杏叶子。抬头再看,旁边围栏里的树,好像就是银杏树,很高大和粗壮,密密麻麻,相互掩映,你中有我,我中有你。凑近观察,看出树叶都是著名的小扇子形状,真的就是银杏树叶。只是,时光尚早,树叶不够黄,基本还是绿色。

　　往前看,往后看,往下看,都是银杏树,都有银杏树叶安静地落在地上。我看到身后有一个保安小伙子,急忙问:"这里是不是银杏林?"保安笑了,奇怪地望着我,说:"是啊!前边也是,后边还有。"

　　光线暗淡,太阳正在下沉,天空不再明亮,黑夜正以不可阻挡的速度覆盖着北京城。我知道,那依稀可见的前方和后方,不再属于我,属于黑夜了。我要抓紧时间,尽兴观看,抢在日落时分最后一缕光线消失前,看清楚北京城这片靓丽的银杏林。

　　我等不及再走几百米从门口进去,一抬腿,迅速跨过齐胯高的铁围栏,进入银杏林。朋友体重,不方便跨过来,他一只脚笨重地搭在围栏上,一边大笑着骂我,说我一天领他干糊涂事,现在还要"偷鸡摸狗"地翻墙。看着他笨重的狗熊样,我笑得直不起腰来。

　　天啊,这里真的就是银杏林。

　　三排高大的银杏树,笔直地伸向远方,一些落叶掉在地上。地,不是北京城里满处的水泥地,而是潮湿柔软的的泥土地。

　　这北京城里还有大片望不到尽头的柔软泥土?我暗暗吃了一惊。来北京两个月,我见到的都是钢筋水泥,这些泥土,勾起了我的思乡之情,让我想起儿时泥地里的奔跑,眼睛一下子湿润了。银杏树叶啊,在高度现代化的首都北京,带着乡情,亲近泥土,真是幸运,比其他树叶幸福。其他成百上千种树叶,只能掉落在僵硬的水泥地上,没有温度,没有湿度,比如街对面的杨树树叶。

这些银杏树,被一个个隆起的田埂相隔,每棵树有一个四方形的田埂。田埂不高,十来公分,也许,刚垒起时,比这高,来玩的人多了,一双双脚踩上去,就变结实,变矮小了。

在云南腾冲县,也有这样一个与泥土不舍不弃的银杏树林。闻讯而去的人群,沿着由火山石铺成的小道,走进银杏林,就能看见满地的金黄,那金黄覆盖了小路、墙头、瓦房、水沟、菜地,令人沉醉,不知身在何处。

我也曾慕名赶去,却没有看到它的美丽,季节不合适,树叶凋零,落光了,落叶遮盖不住土地,已经化成泥。

巧的是,我来北京,寻找到银杏林,也没看到耀眼的金黄,眼前的银杏树叶子仍绿,仍是季节不对,再晚一个月,这里就黄成一片了,天地就美得纯粹和浓烈。

这两趟,可谓白跑,但这有什么关系呢?人生就是这样,白跑一趟的事还少吗?

很多年前我还是大学生时,经历的那场无果而终的爱情,不就是白跑一趟吗?我家门前的那两棵银杏小树最后渴死,它们的生命经历,不也是白跑一趟吗?种下它们的那对邻居夫妇,闹了分手,也是婚姻路上的白跑一趟。

其实,没有白跑的事,经历过,就是幸福,就是见识。人生重要的是过程,不是如愿以偿,是万般珍惜地过好每一天。如愿当然美好,不如愿也是人生。

何况没白跑,我终于找到了北京著名的银杏林,找到了我最钟爱的古老的树,找到了与我最有缘的树。

银杏树在等我,我相信,它们一直在等,等我这个老朋友。

天色黑下来,路灯亮起,银杏林退到暗处,默不出声,仿佛一些古人,走进历史深处。我从地上捡起一片稍稍发黄的银杏树叶,小心地夹在包里的笔记本中。

梨树的思念

我初识呈贡,是在 1975 年。

我母亲从我们生活的西双版纳领着我和弟弟去昆明探亲。我们坐着班车绕,绕啊,绕过了多少座大山,多少条河流,多少条道路,三天两夜之后,才到达昆明,见到我母亲分别了三十年的我大姨妈、大舅、大孃、二孃、三孃几大家子亲戚。

我母亲跟我大姨妈抱头痛哭,跟我大舅、大孃、二孃、三孃抱头痛哭。特意从老家峨山县赶来的小舅,也坐在一边,一茬又一茬哭。那年,我十岁,弟弟六岁,我们不明白大人们为何见面不笑,反而要哭。我们小孩子却是高兴的,表哥表姐们,天天领着我们姐弟两个逛街,去翠湖公园,弟弟走不动了,表哥就把弟弟扛在肩膀上。

过了几天,大舅领我去呈贡,大舅在呈贡县供销社工作。

呈贡的街道,有不同于昆明的另一种热闹,长且狭窄,卖凉粉、卖冰棒、卖簸箕、卖绣花鞋,吃用俱全。大舅给我买了一根大红毛线,让我扎头发,还买了个大个儿的梨。

我回到昆明给表哥表姐显摆那梨时,表姐嚷着跟大舅要梨吃。大舅无奈地摊开手,表示没有了。表姐于是闹情绪,大舅在她屁股上扇了几巴掌。

多年后,我才知道,大舅买的梨,叫宝珠梨。宝珠梨汁多,甜蜜,无渣,入口即化,清朝时是贡品,一般人家难吃得到。

我们都长大成人了,表姐还会主动说起那次经历,说大舅偏袒我。

再识呈贡,是我读大学。再往后,是我到澄江县工作。澄江县与呈贡县毗邻,山连山,水连水,宝珠梨也不再稀奇,早就进入了寻常百姓家。

每年七八月份,一筐筐宝珠梨摆满澄江街头,五六元钱买一公斤。卖相差点的,三四元钱一公斤。我家茶几上,常常摆着宝珠梨。我爱吃,女儿爱吃,丈夫爱吃,他们都知道大舅给我买宝珠梨吃的故事。

去昆明,我挑最大最好的宝珠梨买了,送给表姐。

今年,三月的一天,朋友打来电话,说呈贡万溪冲村梨花开了,快来赏梨花。

我们迫不及待地前去。

车子才进万溪冲,一树树梨花,便如一个个粉嫩的小姑娘,冷不丁探出头来,来不及细看,就调皮地退到后边去。又出来一棵、两棵、三棵,最后,连成一片,一直到山顶,望不到头。

一万七千多亩啊。

真是满园春色关不住。

园子里走出两位担着担子的老农,我们互致问候,他们的笑脸与梨花相呼应,平常而温暖。

我从没见过这么多梨花。几百株上百年的梨树伸展着虬枝,奉献出洁白的花。几十年的梨树,也你争我抢,纷纷展示纯洁的美。一树梨花一树诗啊,一朵朵梨花,都挤成一团一团,竞相开放,水汪汪的,在阳光下罗裙轻敛,似静处闺中的少女。一阵阵清香,淡淡的,新新鲜鲜钻进鼻孔。

抬头望去,白的,是梨花。蓝的,是天空。

还有红的。

是人。

桃花人面各相红,不及天然玉作容。

大家摆出各种姿势,拍照。

有的走到梨树旁,依着它,抱着它。

就像依着母亲,抱着母亲。

小时候,我也是这样依偎着母亲的。

母亲十七八岁时,逃离了父母包办的婚姻家庭,到深山老林里参加了地下党领导的游击队。她和战友们一起跋山涉水,枪里来弹里去,出生入死,迎来了云南解放。

不久,一桩莫须有的罪名,把她送进了监狱。

与她同生死的新婚丈夫提出离婚。她的大弟、大姐夫、大妹相继步她后尘,成为历史的"罪人"。她的父母、家庭因他们备受牵连,遭人白眼。他们虽是亲人,血肉相连,却天各一方,不知近况,不知生死,父母去世,都不能第一时间得知,不能膝前送终,磕三个响头。

直到1975年,兄弟姐妹才第一次在昆明重逢。

分别三十年的生死,第一次相见。

第一次抱头痛哭。

他们三十年后相聚,正是秋天,本该水果上市,满城飘香,却难吃得到一个梨。

我再次去呈贡的梨园,是赏梨花半年以后的秋天,梨花结果了,万溪冲举办第五届宝珠梨采摘节。

满树白色的梨花,变成了满眼绿色的梨,一串串拉弯了枝头。七拐八绕的梨园小道上,尽是卖梨的农民,游人们一边欣赏果园的丰收美景,一边购买宝珠梨,削了皮赶紧吃。

不远处的空地,是专门为采摘节开辟的宝珠梨市场。从梨园里走出的牛车,拉着满满一车梨,吱呀吱呀走着。突突突急奔而来的,是手扶拖拉机,车厢里满载着梨,急吼吼地朝市场驶去。

老远,就闻到市场的气息。高音喇叭唱着云南小调,放着流行歌曲,辛苦了一年的果农们,浓妆艳抹,在戏台上唱啊、跳啊。

忽然,有异声传来,抬头看,只见旁边的老房子里闪出一袭红,一个小女孩身着红杉,手拿宝珠梨吃着,倚在古色古香的木窗上看我们。我突然想起小时候大舅给我买宝珠梨吃,拿出手机就要拍照,镜头里闪出一个青年妇女,抱起小女孩就往院子里走。小女孩扭过头,一直朝我们看,脸上绽开着笑容。

我的眼睛湿润了。

二十几年前,我的母亲也是这样抱着我,一天一天,把我抱大。等我也做了母亲,体会到了当母亲的不容易,明白了我母亲当年为何跟她的姐妹兄弟哭得那样伤心,明白他们各自多舛的命运,明白人生有一种悲剧叫突如其来,有一种情感叫悲喜交加,喜极而泣时,她们都一一谢世,我孝顺不到他们了。

他们一生,正如眼前的梨树,梨花的美丽过去,是果实丰收的繁华,再往后,是一片寂寞和孤单,树叶由绿而黄,再到黄叶落尽,枝头光秃,山野无声。

我们每一个人,也都如此。

大青树眺望远方

每年,临近过年,父亲就站在客运站外的公路边,朝远处眺望。远远地,每驶来一辆客车,父亲都要走上前几步,眼睛死死盯着它,希望它停下,从车上走下我们一家三口。

那是老家的客运站,父亲在等待我们回家。父亲身边,有一棵大青树,高大粗壮,盘根错节,树冠像一把大伞,遮出一大片阴凉,树下常常坐满了人,大家拉着家常,说着,笑着。父亲等我们回家,站不住了,也坐在大青树下,跟别人说笑,一双眼睛,却不会离开班车驶来的方向。

大青树活了多少年,我不知道,父亲也不知道。只记得小时候,我常和小伙伴在树下玩,还爬树摘树叶,编成草帽戴在头上,编成项圈挂在脖子上,从地上捡起果子,相互扔着打仗。公路叫213国道,汽车来来往往,扬起的灰土堆满了大青树的枝叶。下一场大雨,大青树叶洗掉灰尘,又变得黑亮黑亮了,树下奔跑的孩子们,渐渐长大,远走高飞。

二十五年前,我生下女儿,和所有初为人母的女人一样,高兴坏了。

比我更高兴的,是我的父母,他们年逾四十生下我和弟弟,中年得子。现在快七十岁了,终于等来第一个孙子辈,老年捧孙,是头等大喜事,他们急切地想见到亲孙女。

可是,父亲阻止了相见。

我离他们很远。

我大学一毕业,就追随爱情,来到了距离父母一千多公里的澄江县。

那时候,交通不发达。从澄江回老家澜沧县要坐三天两夜班车,中途在旅馆住两个晚上,第二天天亮起来再接着坐。澄江到普洱的路是柏油路,还好走。普洱到澜沧四个小时的路就全是棠石路,颠得厉害。父亲说女儿小,大脑小脑都不发达,很脆弱,不能长时间坐车,更不能受到颠簸,不然颠傻了,等孩子长到四岁后,再带回去。

本来,我们回不去,父亲可以来,见到他日思夜想的亲孙女,了却他迫不及待的心愿。无奈父亲天生不会坐车,坐几十米就要晕车,吐得脸色寡绿,几天回转不过来。

我读初中时,父亲被单位派往离家三四十公里的伐木山伐木。崇山峻岭里,工人们高喊着劳动号子,一阵阵锯木声,一声声斧头声,此起彼伏,把一棵棵高大的松树、栎树、青树伐倒,搬上大卡车,运回来,做成柱子、窗子、盖房子。工人们辛苦劳动了一周,星期六下午,公家就派车去把他们接回来与家人团聚,星期天晚饭后,再送往伐木山。父亲从来不坐车,却一次没少过回家。他一收工,就急匆匆去食堂吃饭,他耽搁不起,别人可以从容地洗把脸再去吃饭,再坐上车子回家,父亲却要用他的双脚,丈量大地,一步一步走回家。

当父亲一个人孤独地走在潮湿凸凹的山路上时,身后总会驶来一辆卡车,上边坐满了他的工友,工友们朝他打趣,叫他赶快坐上来,驾驶员甚至停下车子叫父亲坐一段路,父亲总是摆摆手,又低着头快速朝家走去。

在家待一天,星期天吃过晚饭,父亲又迈动双脚,回伐木山去。西双版纳的深山老林里,阴冷、滑腻、瘆人,父亲独自行走,随时可能被暴雨、雷电、毒蛇、猛兽袭击。

可是,家的温暖,一双儿女的可爱,妻子的等待,像一盏明灯,指引着父亲走出密林,不知疲倦地向家走来。

现在,父亲老了,不像当年健壮了,他走不了一千多公里,来看他的女儿和孙女。他天天等着我回家,等着孙女回家,却又怕我们回来,让幼小可爱的孙女在路上受累。他明知道我们回不了老家,却天天跑去客运站的大青树边站着,向公路前方眺望。

我也归心似箭,女儿长到四岁,父亲打电话来,当时打电话不像现在方便,要去邮局排队,交钱,领号,再排队,私人家也没有电话。父亲的电话打到我住的小区,守门的大爷站在楼下,大声叫喊我的名字,我赶紧跑下来,抱着电话,倾听父亲苍老而亲切的声音。有时候我不在家,父亲排一小时队打来的电话,就成为空中寂寞的呼唤,他只得快快走回家,过后再来打。

那天,父亲打来电话,告诉我孙女四岁,可以领回家了,可以让他看看孙女跟他梦中见过无数次的小女孩是不是一个样子了。我也激动地说,自己早就想回家,更想抱着女儿来见父亲。父亲急忙说:"来啊来啊快来,我来车站接你们,就在大青树下等。不过,你要坐一段飞机,再改坐汽车,不可以全程坐汽车,我孙女还小,还是受不住颠簸。"父亲唠唠叨叨地叮嘱道。

我"嗯嗯"答应着,脑海里立即想起了那棵久违的大青树,大青树下坐着的大爹大妈们,小时候玩耍的我们,还有过来过去的汽车,飞落在大青树枝叶上的尘土。突然地,我觉得那些公路边纷纷扬扬的灰土,是在空中飘扬后落下的我的思念的粉末。

第二天,我就带着女儿和丈夫,坐上飞机,再换乘汽车,回老家来见父亲了。才出客运站,我就看见父亲远远地站在大青树旁,伸长了脖子眺望。我不出声,抱着女儿,悄悄走到他的身后,咕咕地笑,他迟疑地转过身来,认出是我,立即也笑得合不拢嘴。

父亲一把抱过孙女,看着她傻笑,不说一句话。

父亲怎么了?这么反常!是不是女儿出问题了?难道她真的被汽车颠出什么毛病了?我吓得紧紧拉住丈夫的手,大气都喘不上来。

终于,父亲开口了,他说:"这娃娃不简单呢,肥头大耳,聪明伶俐,脸色白里透红,今后会有出息!你要送她留学!"说完,又把孙女抱着左瞧瞧,右瞅瞅,像在欣赏一件杰出的艺术品,接着说:"周恩来、朱德、邓小平,都留过学呢。要留学,才能干大事!"

我头一大,惊得半天回不过神来。二十世纪九十年代初,我们这样的普通家庭,送子女留学,简直比登天还难,想都不敢想。父亲却想到了,并且一直在支持我这样做。

他省吃俭用。数年,不买一件新衣裳,不添置一件家用,还把刚买的飞鸽牌自行车卖了。我知道后,哭着要去帮他赎回来。父亲严厉地责备我,不准我去,说他老了,骑不动了,不骑了,走路好,安全。

其实父亲不老,虽然六十几岁,但身体很好,从来不曾伤风感冒,从未吃过一颗药,更别说打过一次针。父亲单位的大人小孩都知道父亲爱自行车像爱自己的命,每次骑回家,都要把自行车摆在家门口,打来一盆清水,拿一块软和毛巾,一点一点擦洗干净,再抬进家里,放好。他们也知道他车技高超,骑得又快又稳,从没摔过跤。还知道他晕汽车,坐不了汽车,最爱骑自行车,去哪里办事,都骑着心爱的飞鸽牌自行车。

除了办事,父亲闲着没事,也好骑车玩,他把自行车扛出家门,放在地上滑几下,右腿一抬,稳稳当当骑着就往前冲。父亲骑车,是我们老家的一道风景,是他刚退休时的精神寄托。

可是,他把自行车卖了。把卖得的钱连同攒下的钱,都寄给我,嘱咐我不准挪作它用,要专款专用。

岁月流逝。

我的女儿一天天长大。

她真的去留学了。

等她从英国留学回来,父亲已经去世,他被命运之神带走,躺进地下,与泥土融为一体了。

我带着女儿回到老家,爬上高高的山冈,在父亲母亲的墓前五体投地,久久起不来。我亲爱的爸爸妈妈,你们含辛茹苦抚养我长大,又抚养孙女长大,好日子来到,你们却撒手归西,令人心痛。爸爸,我还要买一辆你最喜爱的飞鸽牌自行车送你。

可是,父亲听不到我的话了。

他也享不到我的福,但我相信,他能看得见自己的亲孙女。

现在，他的孙女已经长大，留学归来，正跪在他的墓前。

老家的客运站早已搬迁，客运站前的大青树已经挪走，不知去向。

我在山上的墓园，站在树林边，眺望父亲远逝的灵魂。

（原载《中国作家》2018年第9期）

白　露

庞余亮

蝉还在枝头呼唤。快两个月了，夜以继日，无所畏忌。蝉笨拙的、执着的、孤僻的呼唤，并没有在这沉默的人世里激起一丝波澜。

他实在太焦虑了。

躺在两根扁担上午睡的父亲的呼噜和蝉声完全不在同一个频率上。劳作了一个上午的父亲，呼噜沉闷有力，而得不到回声的蝉声嘶力竭。

在第一批露珠到达之前，最先变成哑孩子的，不是蟋蟀，而是那只整天听声不见面的蝉。

亲爱的洛尔迦，此时此刻的蝉，比蟋蟀更需要一滴露珠。

在蝉还没有变成哑孩子之前，他的语速依旧快如机关枪扫射，一大片一大片。他从不管别人是否听懂，总在急切地说着什么。

是的,他要说出内心汹涌澎湃的汁液,太阳在推他,土地在命令他,他必须马不停蹄地生长,那么阔大的叶子你们看到了吗?那么肥硕的花朵你们看到了吗?那么密集的果实你们看到了吗?

他的抒情无休无止,他的叙事更是密不透风。他有点像莫言小说《四十一炮》里的那个"炮孩子",更类似于写《丰乳肥臀》时那个热情奔放的莫言,几乎没有缰绳可以绑得住田野里各种生命的孕育。

稻叶坚挺,棉花叶长成了梧桐叶,玉米的长叶子仿佛一把长剑,无论是谁走近它们,玉米叶都如母兽般毫不客气地刺将过来。山芋则躲藏在招风耳的叶子下偷笑,裂开的土缝里露出了他们掉了乳牙般的慌乱,其实他是完全不需要慌张的,期末考试还没到来,甚至还没到期末复习的阶段。这是一段过了期中考试后的考试空白期。在这样的空白期里,这样的紧张和慌乱是徒劳的,亦是可笑的。

夜晚里的萤火虫多了起来,他们是提着灯笼的小顽童,点了灯,并不翻书,只是到处访客,到处闲逛。如此自在,如此悠闲,这是他期待的成功吗?

萤火虫的夜晚,要多少深不见底的自卑,就有多少深不见底的迷茫。

父亲说,世上本无事,庸人自扰之。

父亲又说,一个人将来要有饭吃,要能文能武才行,你光能文,不能武,将来不可能靠吃纸吃字当饱。

他开始狡辩,并没有面对面地狡辩,而是在一张纸上。

窗外的蛙声一阵阵涌来。呱呱呱。呱呱呱。混杂在蛙声中的,还有癞蛤蟆的叫声。是短促的呱呱呱。可能癞蛤蟆的舌头比青蛙的舌头要粗短一些。

父亲是说他只是想吃天鹅的癞蛤蟆吗？可他并不知道天鹅长得什么样？他只是见过家鹅,他曾在无人注意的情况下,快速奔跑起来,威胁在打谷场上觅食的一群鹅,鹅们先后飞了起来,翅膀扇起的风刮到了他的脸颊上,似乎是天鹅带来的风。但它们并不是天鹅,扑腾着很少用到的翅膀,飞得既不高,也不远,最后一只只落到了打谷场边的河面上,嘎嘎嘎地抗议。

他坐在打谷场的青石磙上注视着更远的地方,似乎听不见家鹅们的抗议声。对岸的父亲还在棉花地里锄草,他应该是光着身子的。汗水太多太多,衣服会被汗水浸坏的。父亲让他也光着身子锄草,他坚决不服从。棉花地里的第一批伏前桃已开了。青涩的棉桃突然吐出了雪白的棉絮,令他更要保守内心的秘密:他曾吃过一只刚刚结成的棉桃,那棉桃的汁液涌到他喉咙里的时候,他吃了一惊:柔软的棉花原来是这些微甜的汁液变成的啊。

打谷场的土无比松软,而休息了快两个月的青石磙周围全是茂盛的牛筋草。这牛筋草是童年和父亲"斗老将"的玩具。他已没任何兴趣。再过一个月,收获季到了。青石磙会忙碌起来,父亲会毫不客气地除去打谷场上所有的野草,用河水将打谷场上的土浇透,再混上积攒下来的草木灰,拉起青石磙,将打谷场碾压得结结实实。

在这结结实实的打谷场上,青石磙还要继续碾压,碾压那些不肯吐出口中果实的黄豆荚和早稻们,坦白,再坦白。

他不想坦白。一个夏天没有盖过夹被的他,在萤火虫游走的夜晚里,那夹被令他感到了青石磙般的碾压。

他不止一次地醒了过来,站到了院子里。院子里全是晚饭花的香气,率先结籽的晚饭花在嘀嘀嘀地往下落。父亲以为花是母亲种的。如果父亲知道是他移栽的,又会板着脸训斥,一个要顶天立地的男人,弄什么杂花乱草？

这株晚饭花与汪曾祺有关。这是他购买的第一本小说书。绿色封面的。晚饭花在他们这里,叫做懒婆娘花。懒婆娘花,意思是到了黄昏时才开花。实在太难听了。他坚持叫它晚饭花。他甚至想,他就是走过王玉英家的那个少年李小龙。

父亲肯定不知道他竟然幻想自己是李小龙。但父亲反复对他说起了稗子这种寄生者,稗子混杂在稻秧中,稗叶和稻叶儿能乱真,不到抽穗,稗子这个伪造者会继续跟跑下去,直到抽穗那几天,稗子突然发力,蹿高了个子。可即使稗子的根系比普通的稻子扎得更深,但它比不过父亲的手,父亲蹲下身去,抓住稗子的根,使劲晃了晃,稗子上的露珠率先滚落下来,接着是稗子周围的稻叶上的露珠,几乎听不到露珠跌落的声音。

稗子抛到田埂上的时候,还是连根带叶立着的,分了许多蘖的稗子成了一大簇了。他吓了一跳,这稗子长得太高了,和他的个子差不多。

突然,一阵羞愧袭击了他,他想拎住那簇稗子甩出去。可那簇稗子连根系带出来的泥太重了。他的身体被稗子扯住,晃了晃,差点失去了平衡,如果不是用脚趾紧紧咬住田埂,他会跌倒在稻田里。

尴尬不已的他回头看了看父亲,正在全力剿灭稗子的父亲在稻行间越走越远了。父亲的旧草帽上那颗红五星褪了点色,红五星的周围是毛体的四个字:"劳动光荣"。

劳动光荣,应该是在他的平原上最适合的四个字。这也褪了些色的四个红字,被露珠完全打湿之后,会焕发出最初的艳红色,仿佛最初的书写。

适合在他的平原上出现的还有一句诗:"喜看稻菽千重浪,遍地英雄下夕烟。"这两句诗他不知道书写过多少次,稻菽,千重浪,英雄,夕烟。这一组意象中,"菽"字最陌生。他决定探究

371

个明白,在一本叫做《毛泽东诗词》中,他找到了"菽"字的解释。还了解了常常所见的"五谷丰登"中的"五谷"是怎么回事。"菽"就在"五谷"之中:稻、黍、稷、麦、菽。

"菽"是第五名。"菽"是大豆。大豆是黄豆。大豆并不是比黄豆大得多的蚕豆,它就是黄豆。这样的发现实在太惊奇了。他开始了对从不入他法眼的黄豆田的逡巡。

"菽"根本没有"千重浪",风再大,"菽"的叶片相互传递着风能,"菽"们仅仅是细浪。唯一能激起"菽"浪花的是来偷黄豆的野兔。这些野兔等待得太久了,它们比他更熟悉"菽"成熟的时间。"菽"比"稻"成熟得更早。每当偷黄豆的野兔慌慌张张地蹿过"菽"田的时候,"菽"浪就出现了,不过仅仅一道,那一道"菽"浪完全出卖了野兔逃跑的途径。他不想告诉父亲野兔光临"菽"田的消息。这消息告诉了父亲等于是告诉了父亲手中的鱼叉。他曾使用过父亲的鱼叉,从来都是徒劳而归。父亲说他的手没力气。其实他是怕鱼叉叉到了鱼的身上,叉到了野兔的身上。父亲说,你要饿死的。这世上,总是大鱼吃小鱼,小鱼吃小虾,小虾吃泥巴。

他知道父亲是在批评他身上的多愁善感。但他摆脱不掉这样的多愁善感,他曾和一只小野兔目光相对,野兔眼神中的胆怯,他很熟悉,非常熟悉。

他不去想野兔了。他已讶异于"菽"田中满目的黄。黄豆成熟时的叶子也黄了,在早晨八九点钟的太阳下,那"黄"被露珠浸润了,是最标准最周正的"黄"。比稻田的灰黄,向日葵的焰黄,银杏叶的金黄,是更接近秋天的黄,是黄颜色中的最高值,是百分之百满分的黄。

过了好多年,他为黄豆田的"黄"想到了一种表达:那是诚实的黄,也是丝毫不说谎的黄。世界上没有哪个画家能再现出土地上长出来的"黄豆黄"。

父亲不识字，但他肚子里有许多农谚。比如大瓦风小瓦雨：如果天上的云像大瓦一样排列的话，表示要刮风了。如果天上的云像小瓦一样排列的话，表示要下雨了。再比如，早上烧霞，等水烧茶；晚上烧霞，晒死蛤蟆。这是说，如果早上霞光万丈，表示马上就下雨。晚上霞光万丈，那就等着高温暴晒吧。对于即将到来的白露节气，父亲每年都会念叨：白露白迷迷，秋分稻秀齐。

这几天晴着，头伏的棉花很快就晒干收袋了。黄豆也被晒干了，一半存到了豆腐店里，一半被装到了大肚子的陶瓮中。而天气预报中，南海上的台风已快到了10号了。总有一个台风会刮到平原上来，刮到已准备了三个月的稻田中来。但父亲从不向他说出对于天气对于收获的担忧，这是父亲的领地，是父亲的王国。

他估计父亲还是担心白露的天气，因为父亲加快了对台风到来前的准备工作。父亲找到磨刀石，伏在院子里霍霍磨亮了割芦苇的大镰刀。

正在伏案写诗的他听到了磨刀的声音，在磨刀的声音中写诗，他想到了卡夫卡。

为什么是卡夫卡？

他也不明白，在那样的日子里，在蝉声依旧，蛙声遍地的平原上，卡夫卡这三个字，为什么要在他的日记上出现过那么多次？其实他当时根本不懂卡夫卡，但他就是喜欢这三个字。他根本不能和父亲说起卡夫卡。如果说到这个名字，他估计父亲的喉咙会被卡夫卡这三个字如鱼刺般卡住。父子大战就会不可避免地发生。这些年，父亲和他的战争几乎是每年发生，但发生的次数越来越少。原来的战争次数为两位数，现在已下降到个位数。他不想让这个位数再上升到两位数。

芦苇已"秀"出了紫褐色的芦穗,刚刚"秀"出来的芦穗湿漉漉的,蓄满了露水,仿佛有一层湿漉漉的胎衣裹在上面。湿漉漉的芦穗要晒三天左右才能变成"白头翁"。父亲低下头收割,这样的收割可能是割稻子的演习。他负责在后面捆。捆芦苇的要子是芦苇荡中的杂草。每捆成一个,他都会仰头看天。天上有快速游走的云。台风不远了。

突然,一道绿色的光蹿过他的眼前。那是一条被父亲和他惊动的青草蛇,有胳膊粗,有扁担长。他呆住了,看着那绿光又如闪电般消失。

蛇!他叫了一声。

父亲像是没听见似的,继续割芦苇,一排又一排的芦苇在他的前面矮了下去。芦苇汁液的清香一阵阵洗涤着他。

除了父亲割芦苇的声音,几乎没有其他声音。声嘶力竭的蝉鸣消失了。

台风到来之前,父亲和他一起用新割的芦苇给猪圈加了顶,还修补了灶房的屋顶。余下的芦苇继续放在太阳下晒。

此时的阳光和半个月前的阳光已完全不一样了。走到树荫下,清凉之风一阵阵拂来。他再次去逡巡了收割了的"菽"田,父亲已用大铁锹将他们深翻了一次,整个"菽"田里几乎没有黄豆的"黄",变成了满眼的黑土。

也许是父亲的收割行为刺激了依旧在平原上生长的植物们,它们憋了一口气,拼命地生长。山芋地里的缝隙越来越大,稻子已在秘密地灌浆,玉米已结到了高处,还有南瓜冬瓜,几乎每天都会给父亲一个奇迹,随便到哪个草丛中都会摸出一只大南瓜或者大冬瓜。

他从书本上抬起头来,看着磨盘样的南瓜和胖娃娃大的冬瓜发呆,它们的肚子里究竟藏了什么秘密?

有几只蜜蜂还撞到了他的脸上,这是去山芋地里冒出来的青葙花(野鸡冠花)上采蜜的蜜蜂。他认识这开着桃红色花的青葙,前年是一株,去年是三株,今年是八株。

父亲决定在"菽"田里种一季紫萝卜。与"黄豆黄"一样,紫萝卜的叶茎会呈现出纯正的紫,也是百分之百的紫。

汪曾祺在《萝卜》中写道:"紫萝卜不大,大的如一个大衣扣子,扁圆形,皮色乌紫。据说这是五倍子染的。看来不是本色。因为它掉色,吃了,嘴唇牙肉也是乌紫乌紫的。里面的肉却是嫩白的。这种萝卜非本地所产,产在泰州。每年秋末,就有泰州人来卖紫萝卜,都是女的,挎一个柳条篮子,沿街吆喝:'紫萝——卜!'"

他读过这段文字,但这可能是汪曾祺唯一的错误。

他们家的紫萝卜的确是紫色的,紫萝卜的皮也不是五倍子染的。紫萝卜天生是紫的,就像桑葚,吃了,就是满嘴唇的紫色。

他想跟父亲说起汪曾祺,但他还是忍住了。万一父亲生气了,命令他说出汪曾祺的地址,和汪曾祺先生计较紫萝卜的真假怎么办?

他很感谢父亲,先是"黄豆黄",后是"紫萝卜紫",这样的土地美学,这样的植物美学,他没问父亲的用意,但他在他的文字中记下来了,是平原上的彩虹,更是他生命中的彩虹。在彩虹下,父亲和他,一人扛着铁锹,一人握着镰刀,肩并肩地向平原深处走去。

现在,露珠在他的叙述中出现了。

他已意识到了自己的紧张和可笑,正在训练自己要控制住自己的语速。从夏天到秋天,他原来的语速像准备顶橡树的小牛犊,现在他已慢慢驾驭了这只小牛犊。当他需要表达,需要叙述,他会准确地抓住那刚刚冒出来的牛角。

那稚嫩的牛角是刚刚学会的修辞。

他的叙述中有了逗号。

在许多失败的逗号之后,他渐渐学会了使用逗号。

再后来,他学会使用了句号。

那句号,就是露珠。这是白露节气的露珠。每一滴露珠都藏着颗隐忍之心。这颗隐忍之心,目光一样透明,孩童一样无邪。

他不再是小伙子了,成了这个平原上沉稳的叔叔。他看见了草叶上的露珠。稻叶上的露珠。山芋地里青葙上的露珠。摘光了玉米棒的空玉米地上的露珠。被野兔惊落的露珠。刚刚吐絮的新棉上的露珠。蜘蛛网上的露珠。青石磙上的露珠。已长出四叶的紫萝卜地里的露珠。他看到了他的平原上全是露珠。离他最近的一穗狗尾巴草最为贪心呐,它拥有不止一百颗露珠,正肆无忌惮地吮吸着,仿佛饥渴的孩子。最为饥渴的,是他内心的蝉。被无数颗露珠拥抱的蝉,重新找到了属于它的嗓门。

(原载 2018 年 8 月 31 日《文学报》)

紫云归来常看云

石 一 宁

紫云之行,在暮春四月。

从北京乘三个多小时飞机至贵阳,再坐一个半小时的中巴车,就到了紫云县城。

午后的紫云县城,湿润的空气夹着花草的清香,阳光明亮得晃眼,天空湛蓝湛蓝,白云如山如原。从微寒和灰霾围裹的京城中来到这里,呼吸变得畅快,人也清爽起来。

一行人住的是县城新区,道路宽阔,高楼耸立。但放眼望去,新区还在大兴土木阶段,楼厦尚未成规模,但已让人感受到一种蓬勃的朝气和活力。

紫云县名来自县城西的"紫云洞",但此行匆忙,没能去紫云洞探秘览胜一番。从文字介绍得知,紫云县建制记载有近一千四百年历史,这里是苗族和布依族聚居地,清代在此置归化厅,1913年改为今名。"归化"而"紫云",不仅是两字之别,更折射着时代之变。

然而,时代的步履在紫云的行进是缓慢的,甚至颇为艰难。紫云,拥有如此诗意的名字的地方,如此空气清新、鸟语花香之所在,却尚未脱去贫困的愁容。在县城见到的旺景,还不足以代表当地全貌。紫云县政府的文宣,不隐"家短":紫云属特困地区,是国家新一轮扶贫开发工作重点县,全省14个深度贫困县之一。

在紫云行走,走的大都是弯弯绕绕的盘山路。紫云的山,让我想起故乡,那是广西中南部,也是喀斯特地貌。与广西喀斯特多一山独秀平地起的发育类型不同,紫云的山多是连成一片,只是山顶尖尖,起伏甚为分明。喀斯特地貌与我国许多地域的山系有明显的区别,与北方一望无际的平原相较更是独特,很具有观赏性。但喀斯特地质都是石山石漠,即使得南方雨水丰沛所赐,石山多有植被,那植被亦仅是薄薄的一层。紫云地处麻山大石山区腹地,与滇桂黔石漠化地区集中连片,这地理位置与地质条件,与紫云历史性贫困关系密切。而贫困又制约着人的文化素质。陪同我采访的小罗,是从紫云布依族村寨走出的一位"90后",先是在安顺市里读书,毕业后回县里工作。我好奇她的名字里怎么有一"粉"字。她说名字是父亲起的,"粉"就是饭,父亲希望她长大后有饭吃。又问她父母的文化程度,她说父亲上过小学,母亲是汉族,没读过书。她的话说得平平淡淡,却听得我心惊而沉重。

向土地要饭吃,紫云确实先天不足。但紫云有的是不认命的人。火花镇关坪村坡汉葡萄基地,一根根水泥杆撑起的绿色葡萄藤和叶子挤挤挨挨,连山接岭,甚为壮观。在这里我们见到关坪村支书韦吉云。韦吉云是布依族,四十出头,个子不高,但人显得很精干。他向我们介绍了带领村民建起这个葡萄基地的相关情况后,领我们到了山下的村子。村子被葡萄园和树林围绕,错落分布着两三层的小楼,韦吉云指着其中一栋说那是他家,邀请我们进门做客。

韦吉云家一层的客厅几乎没有装修,四面是光秃秃的水泥墙。我们边喝茶边聊。从谈话中了解到关坪村有335户人家,1563人,人均耕地面积只有0.63亩。韦吉云曾经外出打工多年,回村后花20多万元买过一台挖掘机,每年能挣不少钱。但他觉得自己致富不是本事,让乡亲父老也富起来更有意义。因此入了党,当了村支书。关坪村山高坡陡,地形复杂,耕地甚少,要想脱贫必须因地制宜,量体裁衣。韦吉云他们想出的办法是将地理劣势转为优势,利用本村荒山面积较大的特点,确定了以紫葡萄种植为主的发展思路。现在关坪村种植葡萄2000多亩,还种有冰脆李800多亩,南竹1500亩。在基础设施建设方面,基本实现了水、电、路全面覆盖。对低保户、老人、留守儿童和困难学生等,村里也积极关心救济。翻看茶桌上放着的韦吉云在一个脱贫攻坚培训班上的发言稿,其中的几句话甚为铿锵动人,是这样说的:贫穷并不可怕,可怕的是不怕贫穷;没有条件并不可怕,可怕的是不去创造;没有技术并不可怕,可怕的是不愿学习。

离开关坪村后,一路上我都在回味与韦吉云的交谈。我想起唐代韩愈《争臣论》文中所赞扬的那些不求于闻用,得其道不敢独善其身,而必以兼济天下的古代圣人贤士。韦吉云固然不能与那些做出了轰轰烈烈事业的古代圣贤甚或某些当代农村能人相比,但在紫云这样条件的喀斯特山区,恐怕更需要韦吉云这样不求闻达、不计私利,为父老乡亲过上好日子而孜孜矻矻辛劳忙碌的带头人。

"天无三日晴,地无三尺平,人无三分银。"这是关于贵州的谚语。在白石岩乡的湾坪村,我更为真切地见证了"地无三尺平"的情形。这是一个深度贫困村,有限的耕地被嶙峋山石紧紧地包围着,人们甚至无奈地向石头要地,把玉米等庄稼种在石缝里。看着石山上石头缝里一株株刚长出一拃高的玉米苗,看着这些小小庄稼的顽强的生命力,想着这生命力背后湾坪村人的生存意志,我陡然产生一种悲壮感。

湾坪村党支部第一书记蒋兴新是从省政府法制办下派扶贫的干部。面对湾坪村的贫困现状,蒋兴新没有气馁,而是和其他村干部一起带领村民拓宽思路,绞尽脑汁想办法,千方百计谋脱贫。参观村里可集中饲养一百五十头肉牛的养殖场,只见牛栏里一头头牛膘肥体壮。这些牛是怎样喂养的呢?蒋兴新告诉我们,村里建了一座两千吨产能的秸秆综合利用加工厂,村干部号召村民种草种玉米加工成青贮饲料养牛。我们看到村前山脚下的地里长着一丛丛绿草,有些奇怪。蒋兴新说,这些草叫篁竹草,能长到比人高,一年可以割四次,可用来喂牛,还可加工成饲料对外销售。养殖场的牛粪可用来培育蚯蚓养鸡和鱼,蚯粪、鸡粪用来种草和玉米等,这叫循环生态产业链。但养殖场也好,加工厂也好,都是属于合作社的,贫困户如何从中获益?答曰,贫困户可通过销售牧草、玉米秸秆,参加合作社务工,入股分红这三方面获得收入。因为这三项收入,部分贫困户已年增收上万元。

更让人惊叹的是,湾坪村还开发了五十亩"白石岩微农场",利用网络推销土地种植。具体做法是,从网上可认领"微农场"的土地,每分地800元,每分地所种的红心红薯归认领人所有,认领人通过这种方式帮扶贫困户。红心薯收获后,又在互联网上发起"购买紫云红心红薯,帮扶深山人家"的倡议进行推销。这一扶贫创意产生了惊人效果,天南地北许多志愿者纷纷认领,为这遥远大西南山区老百姓的脱贫奉献一份份爱心。红心红薯远销京、沪等二十个省市,为"舌尖上的中国"带来了"紫云风味"。

紫云人卖红薯都能卖出如此名堂,在白石岩乡的紫云文烁植保农民专业合作社,我们更眼见为实。合作社社长胡光友边指着桌子上成排摆放的红心薯,边介绍合作社的社情。从他的介绍中,我们知道了"紫云红心红薯"还是国家地理标志产品,文烁合作社2011年成立,目前有社员四十五人,合作社对"紫云红心红薯"实行标准化种植、储藏和销售,几十次到北上广深推介产品,大获成功,销售额达八百多万元。"紫云红心红薯"时下在京津冀、珠三角和长三角等地市场的风行,我想,固然因其红皮黄心、味道鲜美、药食兼用等营养学和药学价值,但应还有另一原因,即紫云人的吃苦耐劳、质朴良善,还有他们的智慧终使精诚所至、金石为开。

紫云人知道,要实现完全脱贫,需要家家户户、点点滴滴的努力,也需要一些"大手笔"。在板当镇,我们见识了紫云人引进贵州百灵企业集团投资种植的万亩蓝莓园区。这里采取的是"公司+农户"的运作模式,通过土地流转,把贫困农户变成园区工人;然后把蓝莓工人变成蓝莓园股民;最后是把股民变成蓝莓园的主人。

在紫云县城,有一处大门气派、楼群崭新、面积广阔之地,这就是紫云民族高级中学。紫云人对教育的看重是有传统的,紫云民高的办校历史,可追溯至清道光十八年(1838年),前身为归化梅花书院。2014年,紫云举全县之力筹资4亿元,征地三百五十亩,建成紫云民高此新校区。2017年,紫云民高成为省级示范性普通高中。学校各栋楼或以红字刻写,或以镜框悬挂古今中外格言和警语。"天行健,君子以自强不息;地势坤,君子以厚德载物。""人文底蕴,科学精神;学会学习,健康生活。""微笑面对他人,生活充满阳光!"……望着校内气势不凡的建筑,读着这些充满激情的话语,我感受到了紫云人对未来的殷殷向往。脱贫,是物质的改善,也是精神的提升,紫云倾全县之力发展教育,为告别贫困夯实了基础。

紫云归来,不知不觉一个半月过去。时常仰望京城的天空,那天上的团团朵朵云,让我想起遥远的紫云,想起紫云的天蓝云白、山绿水清,想起那里不低头、不认命,为最终摆脱贫困而拼搏着的人们。

(原载2018年10月17日《文艺报》)

在庄里镇吃水盆

张晓东

庄里镇是我的家乡,她地处关中平原,背靠梁山,面依漆水,是富饶了千年的风水宝地。打我记事时起,镇上就有一道美食,让我流连忘返、魂牵梦绕了半个世纪,它就是水盆。

水盆又叫水盆羊肉,也叫羊肉泡馍。但它和长安城里的泡馍是有区别的,庄里镇人认为长安城人没文化,明明是煮馍非要叫成泡馍!庄里的水盆是一碗清汤,白里透着淡黄,成片的羊肉沉在汤底,骨髓油暗自涌动,碧绿的香菜浮在表面,袅袅香气萦绕。一般一碗汤配两个烧饼。富平的烧饼也极有特点,它在揉馍的时候会加入茴香和花椒,再抹点盐和菜油。先在平锅上烙,再放入炉膛里烤。出炉时焦黄透亮,两面鼓起来,中间是空的,只有两张脆皮。庄里人吃水盆,一只烧饼用来夹肉,一只用来泡在汤里。他们将筷子叉开,从烧饼的边缘插进去,上下一晃,烧饼的两张脆皮像蛤蟆嘴一样张开,一团白气裹着奇异的香味扑进鼻子里,很多食客还没吃肉先被烧饼的香气醉倒,两腮内一汪水早已溢满了舌根。馍刻开后,先将油泼辣子抹匀,再将碗底的肉捞出来放在馍里铺平,然后用筷子蘸点盐撒在肉上。此时将馍合上,放下筷子,右手捏起一颗蒜来,不用剥皮,只用门牙在蒜蒂上轻轻一嗑,牙朝皮里一伸,半颗蒜已进了嘴里,而蒜皮像开裂的花瓣张在空中。然后张大嘴咬一口馍,肉汁伴着红油扑哧一声流出来,顺着手指和手背淌着。下来再将泡的烧饼捞净,一碗鲜汤将缝缝一灌,就碗底朝天了。

小时候吃水盆只能在镇供销社的食堂里,庄里镇人称它为"二店",因为还有一个叫"大店"的地方。它在城墙东门外的护城河边上,那其实是一个车马店。外来的人赶不上进城的时间,会将车马停在"大店"里,顺便住宿,等第二天城门开了向西步行五百米就能在"二店"里吃水盆了。

二店很大,是土木砖瓦结构的安间大房。饭厅有几间教室大,摆放着十数张实木的大方桌,屋顶有两排淡绿色的吊扇。操作间和饭厅一样大,张着三个洞开的窗口和饭厅相连,以至于食客们可以对操作间的活动一目了然。庄里的水盆讲究天不亮就去吃,越早越好。因为大家都觉得头锅汤纯,去得晚了,汤里会对水的。所以庄里镇人一般不是鸡叫醒的,而是被羊肉汤熏醒的。但那时候的水盆并不是谁都能吃得起的,一般是家里有了什么重大活动,才会去吃一次水盆。比如要建房子或者家里来了重要的亲朋。那时候人们吃水盆都很低调,走进二店也都低头缩首,说话也悄达么息的,像是去干一件坏事。尤其是公家人或者没有摘帽子的"地富反坏右"们。屋顶的吊扇旋转着,大家都背对了大门,专注地看着自己的碗,干枯的蒜皮像羽毛一样飞舞,落在他们的脖子上、膝盖上或者鞋面上,他们也不用手掸去,只等下一阵风将它们吹走。而在二店里吃饭唯一声大的是东关的一位五保户老汉,他几乎天天吃水盆。来的时候腋下夹一只白洋布口袋,里面装两只黑蒸馍,偶尔会是两片锅盔。他走进门,先在桌台上摸一只粗瓷的大老碗,走到取饭的窗口,将碗底在窗台上重重地一蹾,然后用那破锣嗓子喊:"来福,舀一碗汤,搭点明油。"叫来福的人是二店的领导,也是掌勺的师傅。只见他憨厚地一笑,赶快将碗拿进去,给老头盛出一碗浓汤来,上面漂满了明油。所谓明油,类似羊脂一样的东西,虽然不是肉,但也能嚼两下的。在长安城里,大家称它为脂花。五保户老汉能有这样的待遇,因为在庄里镇吃水盆,光喝汤是不要钱的。

到了二十世纪八十年代,二店挪了地方,盖了三层楼房,很是气派。那时搞改革开放,老百姓的观念变了,就是一门心思挣钱。来福改叫经理,他是我们地区商业系统唯一获得全国劳动模范的人,去北京领过奖,回来的时候镇上敲锣打鼓地迎接,煞是风光。他十二岁就给二店里放羊,跟师傅虚心学艺,逐渐成了庄里镇水盆羊肉的一代宗师。他长相气派,身材魁梧,声音洪亮,为人善良。后来全国发展基金会,供销社也搞了一个,调他去当主任,从此就不卖水盆了。后来基金会又烂了,发生了挤兑,来福眼看不能给储户兑现,心里过意不去,竟悄悄地在家上吊了。听后让人唏嘘不已,真是时势毁英雄啊!

好在来福倒是传承了几个弟子,以至于我们现在还能吃上地道的水盆。二店变成了庄里餐厅,地方更大了,吃水盆的人络绎不绝。大家也不像过去那样低调了,都开始嘈杂起来。开票的时候服务员问要"单走"还是"双合"?点"双合"的人声音就很大,弄得满餐厅人都能听见,而且他还要特别大声嘱咐"不要明油哦",然后满场了卖眼,看看吸引了多少目光。其实"双合"

就是优质的,两份肉而已。

  历史走到了有钱光荣的时代,庄里人吃水盆从过去的打牙祭变成了家常便饭。有时候是全家上,吃完饭一家人一大排溜达在街上,掏钱的人必定披了上衣,手里擎一根牙签如撬杠一般在嘴里捣鼓,一边迈着方步张望,等待着熟悉的人们和他打招呼。有次回家和母亲闲聊,母亲说:"人家那谁日子过得好!"我问为啥?母亲说:"人家天天领着他妈在北头吃水盆哩!"吓得我以后只要回家,一定会强领着母亲去吃水盆,以显示她儿子日子过得也不赖。

  时代在变迁,而庄里水盆依旧美味。后来我走遍了祖国的大江南北,到哪里都会搜寻类似水盆的美食,吃来吃去,还是庄里镇的水盆最美!

(原载2018年11月6日《陕西科技报》)

潮湿的心

陶丽群

雨开始从村东头下起,把聚在那儿的看家狗们往村西头赶。狗们夹着尾巴,狼狈逃窜,一路撵着鸡,整条从村东头往村西头的村道便鸡飞狗跳起来,腾起半人高的尘烟。对于雨,人比狗淡定得多。什么季节,季节里的哪天会有雨水,人知道得清清楚楚,像是祖祖辈辈定下烂熟于心的规矩。人有条不紊地做着一切防雨的准备,把晾在屋后的衣裳收进来,刚劈好的柴火搬进厨房里,整整齐齐码在灶火边,然后瞧一眼烟囱——覆盖在烟囱上方以防雨水落进去的毛毡有些年头了,早就应该换上更结实的。这东西往往在雨天才被想起,人毕竟比不得狗,整天无所事事闲逛在村东头,人有很多比换毛毡更重要的事情做,烟囱盖不盖毛毡毕竟影响不到晚饭,而人忙活的每一件事情,都和填饱肚子有关。

我漫不经心瞧一眼从村东头而来的雨水,我的家在村西头,雨来得要迟一些。我走到后院,看看有什么需要收进屋里。这一瞧我才发现,我把日子过得多么马虎。腌干的萝卜丝早就该放进罐子里封口了,如今它们还吊在屋檐下,被返潮的空气沤得发软,爬满斑斑点点的淡蓝色霉迹。我记得有天傍晚,我刚洗干净罐子,突然听到一串响炮,我的手一抖,罐子从手上失落,摔个粉碎。那是深冬一个阴沉有雨的傍晚,又有一个人熬不过冬天了。每年进入冬天后,总会有些已经过了很多个冬天的生命,永远停留在某一个冬天里——春天已经无法给那些枯槁的生命带来活力,他们只好把生命永远地停留在冬天里了。萝卜丝是秋天收获的萝卜做的,如今已是春分,我在即将到来的六月梅雨季里,再也无法吃到萝卜丝熬的粥了。一串冬天挂起来的蒜头种子,在年后本该种到地里的,我实在想不出它们为什么还在那儿。大概有两斤重的南瓜子,摊开晾晒在一张塑料布上,已经被老鼠糟蹋得不成样子。秋天穿的一件旧毛衫挂在一根钉在墙上的钉子上,被钉子戳出一个洞……我的目光一一跳跃过这些物件,像跳跃过我漏洞百出的日子。我转身回屋,已经听到雨滴敲打在邻居家屋顶的声音了,很快,雨便落到了我家盖着石棉瓦的屋顶上——我再也无暇顾及那串蒜头种子和南瓜子,以及那件温暖过我很多个寒冷日子的旧毛衫,那些被我遗忘的物件,很有可能,也会像我忘掉某些日子那样,被我永远忘掉了。雨很大,像很多人在我的头顶上方急促赶路。我家屋顶上盖的是石棉瓦——在我十九岁离家之前,一直盖这种瓦。这种用石棉纤维和水泥制成的瓦片,很多人家只用来搭盖厨房和牲口棚屋——雨下得大而持久时,劣质的石棉瓦便会被雨水慢慢渗透,人待在屋里,仰面朝天,能感受到有细如牛毛的雨丝飘到脸上,落在屋里的一切物件上。我无处可逃,摆出瓶瓶罐罐,接那些漏得比较大的雨水。十九岁之前,我在自己的家里淋了一场又一场雨。

其实早在两天前,我就知道要下雨了,我家后院用水泥打夯的一小块地面,在晴天里变得潮乎乎的,像被器物压了很久后突然挪开的地方,几只癞蛤蟆鼓着肚皮舒适地趴在那儿,肚皮紧紧贴住潮湿的地方。我便知道近日将会有雨水,潮得越厉害,雨就越大越久。村里有很多晴雨表,突然返潮的水泥地面,突然多起来的蚊子,突然跑进屋里的癞蛤蟆,都比电视上的天气预报准确得多。

雨下到半夜,我家里的所有物件摸起来都是一股生涩的潮湿,桌椅、碗筷、囤粮食的瓮子、衣物、蚊帐、被子。我躺在被子下,听着屋外倾泻而下的雨声,潮湿的枕被让我难以成眠。我年轻的躯体成为一床暖乎乎的被子,而被子成为一个冷冰冰的人,我用热乎乎的血肉和骨头温暖被子,仿佛它才是需要温暖的人。那时候我的骨肉多么结实,我以为她可以抵抗一场又一场雨水。我在黑暗中抚摸自己潮湿的脸和四肢,在倦意袭来时,拥着泛潮的被子沉沉睡去。

三十岁后,每逢要下雨,我的膝盖关节、腰椎和肩膀便成了晴雨表,它们以疼痛的方式告诉我一场又一场即将而来的雨水。年轻时渗透进我骨头里的雨水,我以为我走过那么多的路,流过那么多汗水和泪水,它们也该流干了。它们和时光变成一种岁月,慢慢渗透进我的生命里,在我的骨肉里疼痛。我忘记了它们,它们没忘记我。

每个季节更替,或者每个节气的变更,似乎都在雨水里进行。一场雨水下来,单衣换上夹衣,短袖变成长袖,那个季节就滑过去了。和人一样,人的一生发生改变的那些时刻,往往伴随风雨。我离家那天,也下着雨。石棉瓦梢变成一个个水龙头,那天的雨真大啊,整整下了一夜,家里的地面变得又潮又滑。雨来的时候,我们家柴火已经提前搬进厨房里码好,但柴火依然如我们床上的被服一样,摸过去有一股阴凉的潮湿。母亲天还没亮就起来,侍弄了半天,灶火只冒出一股熏人的烟火,连引火的稻草也返潮了。潮湿的空气夹杂呛人的烟味,我们全家人都被熏得泪眼汪汪的。母亲终于放弃给我做个蛋炒饭的念头,我空着肚子上路了。我记得那是八月末,雨水渐渐多起来,秋雨开始降临我们的村子。我刚师范毕业,要赶在九月一号那天到离家三百多公里的外县一所乡下学校报到。通往外县的班车每天一次,从百色出发,大概在九点半到十点之间途经我们县。没有更多的时间让我等雨稍微小一点再上路,它们好像要以滂沱的大势给即将踏上谋生之路的我一点警示或者忠告。母亲戴上草帽和雨衣,挑一担大概五十斤左右的大米。她用内里有一层塑料薄膜的化肥袋子装大米,以防大米被雨水淋湿。我几乎要和她吵起来,告诉她这样远的路程,这样大的雨水,这些米在路上会成为我的累赘。但她反反复复固执地说,外地人生地不熟,什么也没有,这米好歹能保证我有口饭吃。她大概把家以外的地方当成一片荒无人烟的凶险之地。她不知道她极力避免让我吃的苦,最后生活都让我一一吃了一遍。

从村东头出去的村道在雨水里变得泥泞不堪,我背着鼓囊囊的牛仔布袋——那个年代最流行的背包,里头装着我学生时代穿的衣物鞋袜,一套被套以及母亲给的一个护身符。她千叮咛万嘱咐,这个护身符无论何时都要带在身边。两根手指那样细长的小布袋,她用一根鲜艳的红绳子系着。后来,在我一次翻山涉水去家访时,护身符被汗水濡湿,贴在身上很不舒服,我从脖子上解开放进裤袋里,不慎遗失在异乡的荒山野岭间。

风吹雨斜,我和母亲站在路边等车,身上披挂的防雨布基本没能遮掩什么,一不小心,风便把一阵密集的雨水猛烈吹打在我们不小心露在外头的衣裤上。母亲不断变换担子的方向,试图找一个更好的角度让雨水少淋些。入秋了,秋季的稻谷还没收割,已经开始变得冰凉的雨水夹杂氤氲的稻香。可惜了,没能吃上晚稻,晚稻的米要好吃得多。母亲一连说好几次,对于迟迟不来的班车,她更关心我是不是能吃上饭。今早等不着明早再等。

她又说。她打着赤脚,深蓝的裤腿卷到膝盖上,披挂在身上的防雨布垂到她黑褐色的小肚腿。踩在路边污泥里的赤脚,这双脚没好好穿过鞋子——除了晚上洗脚和赶集,村庄人的脚一年四季都踩在田地的污泥里,它们和黄褐色的污泥一个颜色。母亲那双脚每根指头都分得很开,稳妥地陷在污泥里。肩膀上的担子再重,我也极少见她摔倒。她经历了那么多场雨水,在一场又一场雨水里赶路,插秧,收割,收拾家务,养育儿女,她早就练就了在湿滑的污泥里如何保持平衡,才不至于使自己失重。

班车终于在愈来愈紧的风雨里来了,我朝班车伸出手臂,车犹犹豫豫停下,并没打开车门。售票的是个长头发的漂亮姑娘,很审慎地隔窗问我们要去哪里,我连说了三次,她才打开车门——从未有人在这段路上车,去往那个遥远的边陲小县城。车上人很挤,母亲慌里慌张帮我把米袋搬到车上,两袋米垒在一起,一路上成为我湿漉漉的座位。

车门很快关上了,车缓缓往前行走,我看见母亲在大雨里跟随车快步走了几步,她举起一只手,想做一个电视里常见的再见手势,但她的手只是很拘谨地举到腰间,在那里摇了两摇,然后放下了。显然她并不习惯这样的告别方式,然而她不得不告别。人的一生都在和各种各样的人和事告别,直至最终告别自己的生命。她追着班车说了些什么,我看见她的嘴唇动了动,但大雨把那些话打湿了,话落到泥地上,我无法听见。那年母亲刚好四十岁,她的长女已经离开前往人生地不熟的异地去谋生了,我们在一场大雨里告别,我在一场大雨里开始走进成人的世界里。而今天我依然孑然一身,母亲已经是六十出头,我和她又经历了更多的雨水。

后来我才知道,天上落下来的雨水,它们打湿了我们身体发肤。而人生里还有另外一场又一场雨水,不管你身在何处,你都无从躲避。它们不仅打湿你的身体发肤,还会渗进你的皮肉,一年又一年打湿你的心。

那年我十九岁,一个人前往学校后边的深山里动员一个女学生回校。作为代课老师,我一个月的工资才一百九十二块,被学校扣押着,必须要把这个学生动员回校才能领取。这个地方刷新了我对恶劣环境的认识。我们家在县城郊区,平展的稻田一直延绵到天际。对于山的认识是在书里,印刷在白纸页上黑黝黝的山看起来有几分神秘,据说山上有熊和羽毛鲜艳的野鸡,有很多漂亮的野花和鲜香的野果。在我十九岁之前,我一直活在我们村里,因此物产丰富的山对我有极为强烈的吸引力。

这里的山没有熊和野鸡,鲜花和野果更像传说,遍地只有嶙峋的石头和见缝插针种下去的瘦弱玉米。那是深秋一个周日,秋季开学不久,我走上学校背面那座山的山道。山民总是用手一摇:不远的,翻过山就到,那个叫北大的村子。我不知道那村子为什么叫北大,天下人都知道只有帝都王城才有名满天下的北大。通往北大的山道几乎围绕整座庞大的山一圈,起起落落,若隐若现。山里深秋早晨雾大得能藏人,过了午后依然连片弥漫,你无法看清是否有阳光,到处是一片梦一样浮动的白。我一路走一路摇着手里的钥匙串,差点儿和迎面而来的山民撞了脸。

我走了整整三个小时四十分钟才到,这个冠名北大的只有十二户人家的弹丸之村,掩映在几蔸硕大的芭蕉丛中,每一户分得很开。十四岁的女学生在家门口像个妇人那样剁猪草,看见我出现在雾里,慌里慌张往身后的门洞喊妈,自己也飞奔进了门洞里。那是座木头搭建起来的吊脚楼,两侧已经倾斜的木板墙用几根粗大的木头顶着,当作墙壁的木板长短不一,围成一排上不遮顶的墙壁,墙壁和屋顶突兀出一大截空荡荡的空隙,白雾一团团涌进那一大截空荡里,冬天的寒风夏季的暴雨,估计也会涌进去落到屋里的。我记得看见那些白雾飘进屋顶下的空隙时,我打了一个很大的激灵。女学生扶着她妈妈出现在黑洞洞的门口,居然是个长相有点像王祖贤的妇人,一根粗大的辫子毛茸茸垂在胸前,笑起来时露出两个深深的酒窝。她的额头有一块暗黑色的还没痊愈的擦伤,而这并不破坏她姣好的容貌。

她们把我让进黑咕隆咚的屋里,从门背后拖出几条板凳,我的手抚过板凳,摸到一股熟悉而涩手的潮湿。

女学生扶着她妈妈坐下——十几天前,妈妈上山砍柴时踏空摔伤了,估计是骨折。她们用嫩芭蕉叶捣碎后放在火上烤,趁热敷到伤处。我问这样有效吗?她们笑笑。似乎是一种聊以自慰的治疗方式。女学生的父亲在她很小时外出务工意外离世,妈妈后来又找了一个人,这人没过半年就走了。我不是女学生的班主任,对她了解不多,印象最深刻的是她总是羞涩地笑,英语很差。女学生用竹篾盛来煮洋芋招呼我,她妈妈说家里的大米吃完了,稻谷得挑到镇上去碾,如今腿伤着,娃也挑不动⋯⋯那天我没和女学生的妈妈说回校上课的事情。雾一直没散去,是个阴沉的天,到了下午雾越发大起来,晒台上的木板被濡湿了,晾衣竿的底端有一排低低的水珠悬挂。到了这个时候,我知道太阳再也不会出来了。我们坐在四处漏风的房子里,聊山里的生活,每年只能种一季稻子,因为日晒不足和缺水,玉米种得不多,总是遭老鼠祸害,芋头还可以,卖不了,人人都种的。我说我的家乡能种两季水稻,猪鸡鸭狗都吃大米,平原地区的风雨比山里的大得多,迎面的风能把人吹走,大概是山里的高山草木把风雨挡住了⋯⋯

"我们那里建房子都是砖头,很结实。"我说,没说到我家盖石棉瓦的屋顶。我觉得在她们眼里,一个老师的家不应该是无法遮蔽风雨的,这会让人绝望。

我们聊着天,屋子里的雾气越来越呛鼻。四处渗透雾气的破房子和发潮凝滞的空气,使我突然恍惚起来,仿佛又回到下雨天家里湿漉漉的屋子里。我翻山越岭,努力逃离,我以为我走得足够远了,能把家乡的雨水遥远地留在身后,到达一个它再也无法触及的地方。我以为我已经躲开了湿漉漉那庞大的阴影,它却在另外的地方和我相遇了——它跟随我到了这里,变成潮湿而呛人的雾气,瓢泼在我心里。

回到学校后,我把情况和女学生的班主任说了。班主任是本地人,老婆和孩子也在学校后面的深山里,也许比女学生的家更遥远,淹没在另外一场更大的浓雾里。班主任摆摆手——他摆摆手,什么也没说。也许他想说点什么——我想他怎么可能会连一句话也没有?他可是班主任,但他确实什么也没说,他只是摆摆手。

我为什么会以为他该做点什么呢?我不是也什么都没做吗?

晚上,我在宿舍里又闻到呛人的气味。夜晚,山上的雾气终于抵达山脚,天地被大雾笼罩了。在这片山里,没有什么能躲得过这场浓重的雾,譬如我无法躲避过去的一场场雨水。我擎着一支蜡烛,到屋外去收回晾晒在外面的布鞋,蜡烛被水汽饱满的浓雾扑灭了,落在脸上的雾使人有被蚂蚁咬的感觉——屋外的雾比夜晚的黑还要浓稠。我站在雾气黏稠的黑夜望向宿舍门口,淡淡的灯光从屋门照射出来,我看见雾袅袅地飘进门里,在房间弥漫开来,落在我悬挂的几件衣物和蚊帐上,以及我充满房间的无以言诉的惆怅。

那天夜里,我的梦被一场浓雾纠缠,一栋四处豁开的木楼若隐若现悬浮在浓雾中,突然浓雾散去,我又在家里,屋外的滂沱大雨扑打在石棉瓦屋顶上,雨水渗透过被雨水泡软的石棉瓦,淋湿了我正在做的梦。我一会儿走在雾中,一会儿淋在雨里,四处奔跑想找一处可以躲避雨水的地方,终于疲惫不堪地醒来。我在黑暗中喘着气,拥紧被子,像黑暗中潜伏着什么危险的东西,我知道它们弥漫在我的房间里,那些从门缝和不太结实的玻璃窗钻进来的雾。靠近山脚下的宿舍外一片寂静,我听见窗口外的芭蕉叶子上有水珠滴落的声音,很响亮地打破夜的沉寂,像要叫一个人从噩梦中醒来。

我盼望第二天能来一场阳光或一场大风,驱散这场令万物潮湿和迷失的大雾。

然而一场更大的雾来了。第二天我刚起床打开门,听见很多脚步在浓雾里奔跑,一场喧闹在雾中传来,很快听到噩耗。我跑下宿舍台阶时,差点被湿漉漉的地面滑了一跤。我快速穿过浓雾,向喧哗的地方跑去。几个老师正在学校的桥头,把浸泡在桥下河里的女学生的班主任抬上来,人已没了气息,半蛇皮袋大米也被打捞上来了,在桥面上湿淋淋地淌着水。那是座没有栏杆的水泥桥,横跨一条三米来宽的清浅小河,连接学校和小镇。师生们每天通过这座简易的桥去镇上购买生活用品。有月亮的晚上,我也会来桥边站一站,桥下的流水清浅得无法盛一个圆满的月亮,摇摇晃晃地来一个波纹,月亮便碎了。人和老鼠有时也会在桥上遭遇,老鼠掉头通的一声跳进河里——它熟悉这条河,根本不担心河里的水会淹死它。但如今它却淹死了人。女学生的班主任额头有一个烂糟糟的伤口,被水浸泡得发白。老师们说他肯定是在桥上滑了一跤,跌下桥时额头撞在河下的石头上,人被撞晕了,又朝下趴在水里,导致窒息而死。我们望着桥面,企图寻找他留在这世上最后的脚印,然而桥面只是一片湿滑。夜里那场雾太大了,落在地上一层又一层,像一个阴谋一样覆盖住一切事实。

我们把女学生的班主任抬进了他的宿舍,连同那袋湿淋淋的大米。雾始终没散去,我们沉默不语坐着。直到中午,班主任的妻子带着两个孩子匆匆出现在浓雾弥漫的桥头。

他们通过桥头时,会有什么感应吗?雾会不会告诉他们一些什么?

班主任的妻子讷讷地从上到下抚摸湿淋淋的丈夫,仿佛他生命的元气藏在他身上某一处,她要把它找出来,让丈夫重新活过来。

"他昨晚大半夜才回到家,拿了米就走了。"妻子说,悲伤还没来到她的身上,她一定觉得眼前的一切像这场雾一样虚幻,"米都是我拿来的,每月都是我送来的,他半夜回家拿米干什么,这个赶命的。"说到命,她恢复了真实的知觉,搂着两个孩子号啕起来。

可是命已经没了。除了我,没人知道班主任为什么大半夜回家拿米。我望着门外的大雾,我该不该说,又该怎么说,这是谁的错?这场雾让天地万物都变得混沌了。我蹲下来,轻轻扶住班主任妻子的胳膊。我摸到了雾,它们使她硬挺的蓝靛袖子软耷耷挂在胳膊上,她温暖的体温透过袖子传到我的掌心里。一场比浓雾更大的悲伤迅速填满了我的胸口。我记起他一语不发地对我摆摆手,那时候我不知道他摆手意味着什么,现在看起来,真像他未卜先知的告别。他一定经历过很多山里的雾,譬如我在家里经历过无数场大大小小的雨水。他在雾里行走了那么多年,最终也没能走出一场雾,永远迷失在中年的一场雾里了。

他泡在水里的面孔湿润干净,额头上的伤口也被清水洗干净了,他安详而静默,也许他觉得完成了一件挂心的事情了。

我再也没去桥上站过,皓月当空,那桥空寂地横在那里,而我落寞地站在台阶上透过皎洁的月色凝望它。每次踏上那座桥,我都放轻脚步,害怕打扰一个沉睡的灵魂。一年半后,我离开了那座学校,走时是放暑假。太阳很早就出来了,博大的光明照耀山里的每一个生灵。一个光阴灿烂的季节。没有太多的行囊,而我步履沉重。在山里一年多,我经历了为数不多的几场雾,它们和光阴一样,沉甸甸地叠加在我的肉身和生命里。站在桥上,我的心已经几欲滴水般潮湿。

二十七岁时,我在一座小城市里有了一个再也不怕雨水和浓雾的坚固房子。房子在六楼上,是一栋不算大的建筑中的一户。左邻右舍没什么往来,关起门来安安静静过日子,楼道里终日静悄悄的,照射进楼梯的阳光明了又暗,光阴在我们看不见的地方如水流逝。我喜欢这样的安静和平淡,我喜欢人与人之间有些淡淡的距离。我一点一点地装修房子,墙壁,地板,卫生间。门和窗一定要用最结实的材质,它们能将我安稳地保护在雨水和尘雾之外。

我希望在我的房子里忘掉经历过的一场场雨水和尘雾,我希望我能活得轻松一点。

就在我好不容积攒下一笔门窗费时,母亲给我打来电话,说她的妹妹,我的姑姑要来(我父亲是入赘,因此我把母亲的父母叫爷爷奶奶,母亲的妹妹变成姑姑)。

"不要理她,各人的日子各人过。"母亲最后强调。

我在两天后的黄昏接到了坐七个小时长途车才到的姑姑。自从来到这个外县,我有差不多五年没见她了,她衰老得让我难以置信。她实际上只比我大十来岁。我把她接到我窄小的宿舍里,她看了一眼我拥挤的住处,眼泪一下子流下来。她絮絮叨叨地说姑丈得了肝硬化腹水,没钱了,实在没钱了,能借的都借了,家里的亲亲戚戚,只有我一个人在外头领工资。她没说要和我借钱,大概她看到了我鸽子笼般阴暗而潮湿的宿舍,她不知道我正在装修房子。她只是哭,仿佛她内心正在下一场暴雨,雨水从她的双眼流出来。

我煮了鸡蛋面条当作我们的晚饭,我们还没吃完,母亲的电话又打来了,很严厉地警告我不要借钱给姑姑,要享我的福也得她先享。她絮絮叨叨,她的父母一向偏心姑姑,从未对她有半点体恤,让她吃尽了苦头。我突然就朝母亲大声嚷起来,然后挂了电话,我哭了——我记起老家里渗水的石棉瓦屋顶,那些下雨的夜晚,我被潮湿的被子弄醒一次又一次。我总是想着攒一笔钱寄回家,给家里换上更坚固的瓦片,却因为种种原因未能如愿。好几年没回家,我不知道家里是否还盖着石棉瓦。我记起山里一场场混沌的大雾,走在雾中,它们总是濡湿我的面目和心事,它们钻进我的门窗,飘浮在我的梦中,把那段日子也打湿了。也记起那座桥,在一场浓雾中酿造了一场难以忘怀的悲剧。如今,我认为能为我遮挡风雨的家门窗还依然洞开……

我也想起了在我九岁到十岁半那一年半时间,母亲因为和父亲吵架,很唐突地离家出走,而父亲整日酗酒,我和尚未上学的弟弟几乎沦为孤儿。已经出嫁的姑姑在过节时,总是骑着自行车给我和弟弟送来过节的吃食,有时是糍粑,有时是发糕,有时是两只喷香的鸭腿。热气腾腾地包在芭蕉叶子里。每到过节时,我便带着弟弟来到水利桥头,等待骑自行车的姑姑朝我们飞奔而来。母亲不知道这些,也不知道这些在我生命里的意义。

那天傍晚,我在宿舍外流了很久的泪。暮色四合时,我看见一弯浅月悬挂在城市的上空,远远地传来孩子们的打闹声和街上的喧嚣声,而我却仿佛置身旷野的暴风雨中,我张皇四顾,旷野无遮无拦……

第二天,我把门窗的装修费给了姑姑,她急匆匆上了班车,仿佛她身后有一场风雨在追着。我站在车下,她隔着窗户又对我流泪,抹泪的细瘦手腕让我想起她骑着自行车风风火火朝我和弟弟奔来的模样——那时候姑姑多么年轻,饱满的乳房像一团火在她的胸口荡漾。她总是迫不及待地剥开芭蕉叶让我和弟弟吃各种各样的节日糯米,好像等在晚风中的我们已经饿了很久。我朝她挥挥手——我希望能尽快送走这一段岁月,不管姑父的病如何。病和命运是相连的,关于命运笼罩着的事情,我们无能为力,我们无法拒绝人生里注定的一场又一场悲伤。

姑姑在秋天走,我在春天第一场雨水来临前,住进了坚固的房子里。我在房门上贴了一张守门神,以为从此以后至少可以不再担心有风雨的夜晚,无论它们如何肆虐,它们再也惊扰不到我沉睡中的梦。然而另一场梦却来到我夜晚的睡眠里,我总是梦见风雨飘摇中的老家,那些石棉瓦屋顶不翼而飞了,只剩下几面光秃秃的墙壁。雨水从黑沉沉的夜空中,直接猛烈扑打到我沉睡中的脸上。还有一场场缥缈的大雾把我的睡眠撕扯得七零八落的,我在雾中奔跑,雾一场接着一场,整个世界模糊不清,我怎么也跑不出,怎么也找不到通往光亮的路口。忽然来到一座桥上,摔了一跤——梦就醒了。我像个窒息的人,捂着快要跳出胸口的心脏大口喘气。我在黑暗中慌张抚摸身上,被子,枕头,抚摸床头的水泥墙壁,碰到柔软温暖的被子和坚固的墙壁,我慌乱的心跳才渐渐平稳下来。

我在坚固的房子里,稳妥地操劳我的一日三餐,虔诚地度过一年四季。夜晚,我锁好门窗,把白天走过的路和做过的事情仔细想一遍。我常常会发现我每天总会遗漏一些事情没做完。早就该去看望的一个曾经帮助过自己的老人还没去看望。今天在路上看见一个人,很面熟,但怎么都想不起他是谁。我的颈椎已经疼痛了一段日子,它时常会让我突然两眼一黑,得好一阵子才能慢慢看清眼前的水杯,我早就应该去拍个片子,看它们正在承受什么样的折磨。这些我都无暇顾及。其实一整天我也没干成什么大事,有时候我花整整一个早上擦洗抽油烟机,小半天整理杂物房。到了下午,忽然来一阵风,扑打房间的窗户,我看见窗帘被掀开了,便走到窗户边,想把窗户关得更稳妥。我往窗外一望,楼下有个刚学会奔跑的小孩正追着一股小旋风跑,跑过花坛,水池,拐过楼角,小旋风把他引到了楼的背面,小孩不见了。一会儿从楼的一端却跑出来一个半大孩子,手里举着一只鲜艳而硕大的风筝。我一时愣在那里,不知道这是真实还是幻觉。或许我看不见的楼那边有一帮孩子在玩耍,跑出来的那孩子不是跑进去的小孩?余下的小半天,这件事一直困扰着我,我在恍惚里迎来一阵更紧的风,然后是一场不大的雨,这一天便过去了。你看,我什么也没干成。没干成一件心安理得的事情,也没干成问心有愧的事情。我把白天的事情想了个遍,带着一些遗憾和落寞沉入睡眠了。我觉得这一天所做的事情不足以让我拥有一场好梦,噩梦也不该来惊扰我。

然而有雨又有雾的梦常常来到我的睡眠中,我弄不明白,它们是如何穿透我家坚固的墙壁和紧锁的门窗找到我。城市这么大,楼房那么多,路上又有那么多诱惑,它们是怎么锲而不舍地找到我的家,爬上六楼来的?我怀疑它们早就沉潜在我的心底,像一些旧的伤疤,疼痛过去了,我以为我早就忘掉,但那疼痛其实变成了那道疤痕,隐伏在我的身体上了。它们无须跋山涉水,只要白天来一阵风,夜晚它们便如约而来。

母亲老了,她年轻的时候喜欢穿颜色鲜艳的衣服,她还喜欢烫头发。我一直都不怎么明白她,我们之间有很多巨大的生疏。如今她老了,终日穿一件暗灰色的短袖,冬天到了,她就在短袖外套上同样是暗灰色的毛衫。那些年轻时穿的鲜亮的衣物,曾经让我暗暗羡慕和愤恨。我不知道她后来是怎么处理掉那些衣物的。母亲总是想各种办法靠近我,向我重复述说养育我的艰辛。她觉得我该结婚生子了,然后在我的家里有她一个房间,她帮我带带孩子,和我说一些家长里短的事情,像其他老人那样度过她的晚年。

她似乎忘掉了她年轻时常常任性出走的事情,常常以威胁的口气扬言再也不要我们姐弟俩的事情。她能把身后的家,以及家里的孩子轻而易举地放下,抬脚就走,像干完地里一件活儿,甩甩手就回家了。那时候她一定没想到,随便一阵风一场雨就把她吹老了。

人真是奇怪,越上年纪,越喜欢回想童年的事情,不管童年是金色还是一片灰色,一不留神,就走回去了。面对商店里一条孩子的花裙子，一双小巧的小皮鞋，一把花雨伞，甚至看见一位年轻的妈妈一脸溺爱地牵着孩子，我就不由自主地走回童年。

我总是忘不掉和弟弟紧闭门户待在家里的那些夜晚。我们心惊胆战地倾听刮过石棉瓦屋顶的大风的声音。那些风真大啊，把经年的灰尘也吹落了，门似乎总是要被风吹开的样子。家里没有一只看家护院的狗，连逮老鼠的猫都没有。我们没吃晚饭。接着雨也来了，雨里总会有许多似是而非的声音，比如一声长长的叹息，像是谁在生命的尽头落下的最后一口气，你辨不清这是真的还是幻觉。这些风雨里的声音常常使我们稚嫩的心脏加速跳动，恐惧便从骨缝里爬出来。我们僵着身子待在昏暗的电灯下，连呼吸都不敢大声。

有一天晚上，弟弟突然发起了脾气，他像个大人般踢倒一把椅子，还摔碎了一只碗，然后哭了，我怎么也哄不住他。我焦虑地倾听门外，我的家在村子的最西边，往外去是一个一到冬天就干涸的池塘，通常不会有人在夜晚走到我们家门前。我们家的院子在夜晚像旷野的庄稼般寂静。弟弟一直在哭，我无法明白是什么突然落到他的生命里，让他有了这场突然而至的悲伤。

而他挂在稚嫩脸上的泪水，却打在我心上。我想，这该是来到我生命里的第一场雨水，它们过早地来临了，以致我毫无招架之力，轻易就打湿了我的心。往后的岁月，接着来了一场又一场雨水，我的心就从来没干过。

后来我才知道，心不像一件衣服，晒晒就干了。

(原载《民族文学》2018年第11期)

牛 车 出 动

许 辉

古代人们出行,有多种方式,最普遍的自然是步行,而步行的方式由于原始,又最简便易行,节省资源,抬脚就走,停脚即住,任何一个肢体健全的人,都可以采用,所以一直到二十世纪七八十年代,步行还是很寻常的出行方式。那时候我在农村插队,在省城上大学,十公里以内的中短距离,因为缺少交通工具,不用考虑的方式就是步行。在所有的时代,除却休闲养性,徒步出行都是资财有限、地位不高的表现。孔子由于当过相当于卿大夫一类的官职,按照当时的礼规,他出行的方式,就不能乱来了,因而他拒绝了颜渊父亲卖车的要求。

孔子时代供人们出行的车大都是马拉车,因而马与车总是连在一起用的。而拉货运输时人们则使用牛拉的车。马拉的战车据说到战国时才大量使用,但《论语》里已经多有这样的记载了:"子曰:'道千乘之国,敬事而信,节用而爱人,使民以时。'"(《论语·学而篇》)孔子说:"管理一个有千辆战车的国家,要敬业诚信,节俭并关爱下级,用民宜于农闲时。"这说明孔子时代马匹已经是战车的标配了,或许那时战马的数量还有限,因而配置战车并不显得那么容易。

牛拉的车又叫大车,这种叫法直到二十世纪六七十年代还在淮北农村使用。大车的车厢和轮子均由密度很高的实木制成,车厢和车轮各关节点还用铁制的铆钉牢牢地固定住,因此很沉,让马来拉是拉不动的;牛有蛮力,可也需要几头牛才拉得动。牛车很沉,信息量也很大,它一出动,半个庄子都听得见,轰轰隆隆的;到了地里,它的实木轮压强大,软一点的地里它就进不去了;它的速度更慢得出奇,从生产队里到公社有三四里地,派牛车去运煤,轰轰隆隆的,半天才能有一个来回;但在那个时代,有这样的交通工具,已经不是一件容易的事了。牛车在汉朝以后也常供人出行使用,据《史记》记载,汉初由于穷困,将相都有乘牛车上下班的。再后来,牛车变成了客货两用车,既拉人,也载货,在基层使用得越来越频繁。

古代的交通工具还有羊车,由于羊的拉力小,因而多在平坦的地方轻载出行。魏晋南北朝时的宫廷中十分流行羊车,后宫的妇女们出游,由做工讲究的羊车任意拉去,在宫中,走到哪里,玩到哪里。羊车在淮北农村虽然不普遍,但偶尔也能见到,河堤上,土路上,一位老汉,或一对老年农民夫妇,坐在公羊拉的羊车上,悠然而过。

底层又有一种独轮车,西汉时已经发明出来了,叫一轮车,它全身都由木制,战争时运粮草,一两个人就能运作起来,既方便灵活,也很有效率。二十世纪六七十年代淮河流域农村挖河,独轮车还是主力运输工具,前头一个人或两个人用绳拉,后面一个人撅着腚往前推,正应了那句俗语,"小推车,不用学,全靠屁股磨得活",真是很智慧,很形象的!独轮车最显风情的,是淮北平原的春天:一个男人推着独轮车,车上高高地坐着一个扎纂的小媳妇,在同样是高高的河堤的杨树林里穿行;坐独轮车是个技术活,由于独轮车只有一个轮子,因而不容易走直,不是向左偏,就是向右倒,因此推车的男人就得把屁股磨得很灵活,以便保持独轮车的平衡,这样一来,坐在独轮车中间高处的小媳妇,身姿就必得显出妖娆,喝醉了似的,随着独轮车左扭右晃,在河堤下远远地望去,那真是平原上绝无仅有的一种风情!

(原载 2018 年 11 月 28 日《中华读书报》)

中 国 文 章

胡 竹 峰

《牡丹亭》题外

　　元朝五世十一帝,九十八年,诗词文章无甚起色,杂剧大放光芒。东京瓦肆勾栏各种伎艺的演出本子,因为关汉卿、王实甫、白朴、马致远、郑光祖的改编或者创作,气象一新。其后明朝,谈到剧作,汤显祖最为我所喜。汤显祖的好,好在满园春色关得住,一枝红杏不出墙。

　　汤显祖出身书香门第,早有才名,三十四岁中进士,做过官,政绩斐然。隔了几百年,我对此几乎一无所知。我所喜欢的,还是人家的文章学问,更喜欢那一本《牡丹亭》。

　　《牡丹亭》全名《牡丹亭还魂记》,改编自话本小说《杜丽娘慕色还魂记》,故又名《还魂记》,这些名字皆不如"牡丹亭"三字春意缠绵。看《杜丽娘慕色还魂记》如睹画美人,看《牡丹亭》如睹真美人。画美人亦好,但无真美人之罗袜生尘,更无真美人之活色生香。《牡丹亭》的好,好在活色生香。

沈德符《顾曲杂言》说,《牡丹亭梦》一出,家传户诵,几令《西厢》减价。《牡丹亭》是汤显祖得意之作,曾言"吾一生四梦,得意处唯在《牡丹》"。四梦者,《紫钗记》《牡丹亭》《邯郸记》《南柯记》。

汤显祖耽于梦。夜气方回,鸡鸣枕上,痴人说梦,慕繁华,爱热闹,系怀闺阁,无事记梦,写出了一场热闹的大梦。汤显祖百年之后,曹雪芹也爱梦,一场《红楼梦》更宏大,更波澜壮阔。《金瓶梅》亦是梦,烟花春梦,浮生若梦。

"得意处唯在《牡丹》",实则得意处唯在《牡丹亭》洋洋一卷好文字。汤显祖落墨有种正大的好,不偏不倚,是大风之声,是大雅之言。好得浩浩荡荡,好得横无际涯,好得气象万千。明清一代,小品盛行,格调上来了,局面往往狭窄。汤显祖下笔有楚声,即屈原的风气。不独屈原的风气,纵横捭阖不失史家气派,行迹又有文人爽朗洒脱状,自高处平易近人。

男欢女爱、吹拉弹唱、饮食日常、人情世故,在汤显祖笔下如日似月。《牡丹亭》造句尤为和风丽日,无怨愤,无哀伤,读来清嘉婉媚,不似牡丹,更近碧荷芳草。《牡丹亭》是日影,风动日影,水流日影。

《牡丹亭》有喜悦有深情有心动,描尽男女相悦之悦男女相亲之亲,高情的相遇,缱绻千古。我读《牡丹亭》,觉得不枉然。世间男女有高情厚意,如梦如幻,带着夏夜的清露,读来喜不自胜。汤显祖是古往今来第一大情种,《牡丹亭》题词有一番明人所无的魏晋风度:

情不知所起,一往而深,生者可以死,死者可以生。生而不可与死,死而不可复生者,皆非情之至也。

汤显祖晚年潜心佛学,自称"偏州浪士,盛世遗民",说"天下事耳之而已,顺之而已",以"茧翁"自号。有人作茧自缚,可叹。有人终其一生作不出茧,无所可缚,亦可叹也。

贯华堂的书香

青岛那条街忘了模样,那家书店也忘了模样。只记得一排大樟树在街口的拐弯处,书店藏身在树影里,更记得书架上那一套中华书局一九七五年《贯华堂第五才子书水浒传》,隶书题签,封面图案如豹影如古纹如树叶。一翻开,旧纸页与铅印字的气息扑面而来。下午时光,街市喧嚣声不时入得店内。快二十年了,那书香一直不散。老版本不好遇了,书缘亦姻缘,三分天注定,强求不得。去年存得一套宣纸影印版,到底圆了旧梦。闲来无事,翻寻检索为之叹息。

贯华堂是金圣叹的书斋名号,又敞亮又响亮。金圣叹常常在贯华堂设座,召徒讲经,经名《圣自觉三昧》,稿本自携自阅,秘不示人。每次升座开讲,声音洪亮,顾盼伟然。一切经史子集,笺疏训诂,与夫释道内外诸典,以及稗官野史、九彝八蛮之所记载,同在舌下。座下四众一时颠倒,顶礼膜拜,堂主人拊掌自豪。

金圣叹绝意仕进之后,更名人瑞,每日里除了和朋从谈笑之外,静坐在贯华堂内,读书著述为务。

读书著述为务是书生之志也是书生之噩。

金圣叹少年时参加乡试,考题是:西子来矣。提笔写:开东城也西子不来;开南城也西子不来,开西城也西子来矣,吾乃喜见此美人矣……考官阅卷大怒,在考卷上批到:美人来矣,可惜你一个秀才丢矣!

其后虽一考再考,不忘戏谑之心,终遭逐黜。金圣叹说:"今日可还我自由身矣。"有人问"自由身"三字出于何书,他说:

酒边多见自由身,张籍诗也。忙闲皆是自由身,司空图诗也。世间难得自由身,罗隐诗也。无荣无辱自由身,寇准诗也。三山虽好在,惜取自由身,朱子诗也。

自由身后,金圣叹落得超脱落得自在,访友诗云:

> 访君无一事,不遇亦悠然。
> 野菜绕门出,小虫当户悬。
> 昼厨寒有鬼,童子倨如仙。
> 我亦便归去,关窗独自眠。
> 心境闲适,恬然而自足。

袁枚《随园诗话》卷一第七则,论及金圣叹,说他好批小说,人多薄之。然其《宿野庙》一诗清绝:

> 众响渐已寂,虫于佛面飞。
> 半窗关夜雨,四壁挂僧衣。

佛面、虫子、半夜雨、僧衣四壁,寂寞入骨秋意也入骨。暮秋时节穿过一扇月亮门走进小庙,花树微茫,朱栏寂寞,水榭无语,虫子在佛像前飞舞,施施然近身拜佛,窗外天阴欲雨……《随园诗话》持论,聊备一格。古人轻小说,重诗文,怪不得袁枚偏见。金圣叹的见识与性情实则多在批注小说上。《贯华堂第五才子书水浒传》仔细看了,得了纵横家与兵家的法则,比李卓吾的评点高出不止一头。金圣叹解衣盘礴,谈笑间处处是机锋,李卓吾到底拘谨。

李卓吾是一个学者,对人世还有迂腐的见解。金圣叹也迂腐,但他了解生活,活泼泼的心性与鲜淋淋的才华突破了学问的桎梏。

金圣叹将《水浒传》中受招安、征战方腊等内容删去,增入卢俊义一梦,梦想梁山头领悉被嵇叔夜捕杀,虽损了原作的完整,有人觉得"昏庸得可以",到底有独到之见,割股去瘤,非常人所能为也。

金圣叹删《水浒传》也删《西厢记》。金批本砍掉了第五本,以"惊梦"终结全篇,使大团圆的结局变成震撼人心的悲剧,眼界实在高人一等。

金圣叹评庄子、屈原、司马迁、杜甫、施耐庵、王实甫,神游千古,心心相映,其间自浇块垒,常有沉痛处。更难得有文人气,有兵家气,亦不乏谋略家的眼光,把玩、俯瞰、纵览。"吾特悲读者之精神不生,将作用之意思尽没,不知心苦,实负良工,故不辞不敏,而有此批也。"金圣叹此语锵锵。

金圣叹好以曾点自居。曾点之行迹,《论语》有零星记录。有一回,孔子让学生自况其志,子路、冉有、公西华各有一番功业,曾点在一旁鼓瑟,余音方了,才缓缓说道:暮春时节,着春衫,约四五好友,六七少年,至城西沂水沐浴,去抵城中舞雩台,吹风晒日,一路高歌,兴尽而归。孔夫子悠然神往,喟然叹曰:吾从点也。

孔子一生周游列国,以入仕治国为务,并不能与曾点歌咏而归。金圣叹性情疏宕,好闲暇,大半生游荡在水边林下,与酒友痛饮达旦,与诗人则摩诘沉吟,遇武人则耍枪弄剑,遇辩士高谈阔论,遇棋客布局对弈,遇道士谈玄,遇僧人言佛。此等样范难免让后人向往,周作人早先写作曾受金圣叹影响,林语堂年近不惑仍日见陷没圣叹文风,以致被讥为病亦难治。好在并非恶疾,此病不治无妨。

金圣叹的墓地在苏州,破败萧条,一路前寻如翻阅一本残书。这是多年前的事了。

王国维先生

王国维的三段境界论给人抄烂了,有人说毛泽东三段词亦可谈境界:"此行何去?赣江风雪迷漫处。命令昨颁,十万工农下吉安。"此第一境也。"四海翻腾云水怒,五洲震荡风雷激。要扫除一切害人虫,全无敌。"此第二境也。"往事越千年,魏武挥鞭,东临碣石有遗篇。萧瑟秋风今又是,换了人间。"此第三境也。在这里,我姑且以鲁迅的诗试谈学问三境界:

躲进小楼成一统,管他冬夏与春秋。此第一境也。
吟罢低眉无写处,月光如水照缁衣。此第二境也。
芰裳荇带处仙乡,风定犹闻碧玉香。此第三境也。

前几天见到王国维《人间词话》手稿,毛笔字写在小笺上,蚕豆大小,一颗颗墨色如新,看得见诚恳,看得见功力,也看得见才华,写得标致极了,文气极了,只是福气似乎少一些。福气多了,老先生不会拮据如此,老先生更不会跳湖。王国维执笔,转折处有看得见的执拗,作文做学问执拗一点好,做人执拗了容易损了命途。

客居台湾的旧王孙毓鋆,说起爱新觉罗家族的溥心畬说得沉痛。毓老说溥心畬溥老爷子是个烂好人,纯净得不得了,画画写字之外什么都不会。太太死了丫头扶正,天天欺负他,吃也吃不好,卖画都要经她手。毓老当面骂溥先生:"咱们先朝怎么能不亡?皇族中净出了你我这样的货色!"皇族有那样的旧王孙,偏偏文人士子里有王国维这样的硬骨头。

五十之年,只欠一死,经此世变,义无再辱。

死因成谜,争议快一百年了,谁也不能说服谁。生无从择选,死抑或宿命。二十世纪的北京,有几个人选择了水。王国维之前有梁济(梁漱溟之父),之后有老舍。陈寅恪先生将王国维比喻成自沉汨罗江的屈原,认定他是殉情。静安先生到底书生,皇族里蝼蚁如云,他从容赴死。陈寅恪还说静安先生所殉之道,与所成之仁,均为抽象理想之通性,而非具体之一人一事。这样的道理暂且感受不深切,张岱的自题小像倒像是写给我的一样,真喜欢,喜欢其通透,喜欢其畅达:

> 功名耶落空
> 富贵耶如梦
> 忠臣耶怕痛
> 锄头耶怕重
> 著书二十年耶而仅堪覆瓮
> 之人耶有用没用

王国维的书看了一些,看不懂,那些学问于我到底远了,但遇到了还会翻翻。纯净的书生一脉,值得敬重值得拜读值得供养。坊间有闲人将王国维学术研究以外的文章编了本《人间闲话》,友人买来送我,这一次认真读了,读进去了。王国维的语言文白相间,今日看来,仿佛看古庙墙上的壁画,斑斑驳驳都是故事都是寓言。《人间闲话》比《人间词话》丰富——人的丰富。

> 挥戈大启汉山河,武帝雄才世讵多。
> 轻骑今朝绝大漠,楼川明日下洋河。

这是静安先生的读史诗,有老杜风味。我知道王国维喜欢杜甫,《文学小言》道:"天才者,或数十年而一出,或数百年而一出,而又须济之以学问,助之以德性,始能产真正之大文学。此屈子、渊明、子美、子瞻等所以旷世而不一遇也。"木心说《道德经》宜深读,《离骚》宜浅读。《道德经》若浅读,就会讲谋略,老奸巨猾,深读,会练成思想上的内家功夫。《离骚》若深读,就会爱国、殉情、殉国,浅读,则唯美。

文化上我大抵亦属遗民,文笔涵养不及静安先生一丝半毫。和王国维怀揣一纸遗书自沉昆明湖的惨烈相比,我的人生安稳得多。没有幻想,不抱希望,乐于平凡。做学问不刻意求精,写文章不指望闻达。闲来案头灯下的片楮散墨,不过是一种归属,一种怀念,一份痴想罢了。提笔清风明月,诗酒品茗中怡然自若,这样的人生安妥。

豆绿与美人霁

那几天,雨丝绵绵,阴寒不散,云从小姐约我看朋友新收的一批旧物。昼短夜长,不求甚解,读了几本旧书,从《太平广记》到《聊斋志异》,又信手翻开了《阅微草堂笔记》《夜雨秋灯录》,不觉漏尽更残。雨声越来越密集,半夜三更,蛰伏在泛黄的纸页间,怀旧越怀越深。

云从小姐面前的红茶袅着香气。粉面红茶,红茶衬着粉面,越发艳若桃花,倘或不知究竟,我还以为迈进了《儿女英雄传》的世界。一个陈旧的楠木箱子收着几十件瓷器和古钱,还有几本册页,两卷挂轴。我打开一幅,工笔豆绿牡丹,青豆一样的颜色映着窗外的细雨。云从小姐悄悄站在一边细细看着,豆绿牡丹下那双丹凤眼更添了几分古典的媚韵,还有一丝出自大家的贵气。

"我祖父手上藏过于右任一百多幅字,于先生是我们家女婿。"云从小姐淡淡地说,微微翘起的嘴角露出一丝倔强,转眼又轻声道,"可惜后来全烧了,"顿了顿,跟着说——"破'四旧'。"

那年头,人如蝼蚁,况且物乎。呜呼。

我想象一百幅于右任书法投身火海的情景。尘世难容神物。神物但随祝融去,只留灰烬在人间。

尽管"惟有牡丹真国色,花开时节动京城",我还是觉得牡丹太俗。周敦颐似乎颇有微词——"自李唐来,世人甚爱牡丹"这里面是有情绪的。

描在宣纸上的几朵豆绿,一看惊艳,二看静心,再看,喧嚣不在,几欲一心如洗。濂溪先生倘或见了,亦会喜悦吧。

一件康熙年间的笔洗,黄布包裹着,着实养眼得很,据说是御窑烧制的铜红釉。尤其那美人霁,色调淡雅,幽幽的豇豆红中一抹浅色绿苔,真可谓"绿如春水初生日,红似朝霞欲上时"。拿手摸去,冰凉中尽是温润。都说旧物养人,这样的笔洗简直尤物,放在案头,比红袖添香更多了风雅,更不输风流。

回来的路上,起风了,吹乱云从小姐的头发,一刹那,愈见灵秀。我只记得"豆绿与美人霁",梦耶,醒耶。我还记得《水浒传》的开篇是这么写的:

  试看书林隐处,几多俊逸儒流。虚名薄利不关愁,裁冰及剪雪,谈笑看吴钩。

辛弃疾《水龙吟》说得更好:

  把吴钩看了,栏杆拍遍,无人会登临意。

最坏的,无人会登临意。最好的,还是无人会登临意。

游 荡 记

三 祖 寺

下午在办公室无所事事,办公室里不办事容易无所事事。今天无公事,就做点私事,我的私事无非作文。

昨晚读散文《五祖寺》,废名说:"我喜欢写五祖寺这个题目。"五祖寺的题目美,三祖寺的题目也美。

我的家乡没有大寺庙,遗憾得很。中国寺庙里有中国人的生活,这生活是精神的,当然还有世俗的。冯梦龙的话本、汪曾祺的小说,写到的寺庙都不是方外净土,简直比红尘还红尘。寺庙有庄严处,庄严的是法相。寺庙也有滑稽的地方,譬如有求必应,差不多就是游戏了,这游戏是一个人身体与内心的较量。

一个人的宗教意识战胜了生活现实,他是快乐的。上次去一居士家玩,居士已经很老了。她一点都不怕老,也不怕死,说死是解脱,死是美好的轮回,这让我觉得美。让我觉得美的还有:乡下老妇人跪在寺庙的蒲团上,对着木偶或者泥塑或者铜像喃喃自语,求五谷丰登,求合家团圆,求人财两旺,求多子多寿,求老头子的脚痛赶快好起来,求小孙子的疝气赶快消停。

如果没有佛教影响,中国民间世俗里巫气只怕要多些。佛教无我,或者说忘我,佛教是一元世界,不二法门,佛教伟大无私。

小时候喜欢去寺庙里玩,很小的土庙,孤零零供一尊神位。十来岁的时候,去过一趟安庆迎江寺,那是我当时见到的最大寺庙,可惜年纪小了,记忆不深刻。后来再去迎江寺,可惜年纪大了,看不到新鲜的东西。

老家离三祖寺六七十里。我很小的时候,有人走路去三祖寺,有人骑车去三祖寺。有个叫水霞的女人,走路去过,骑车去过,每次回来,高兴地谈论三祖寺,给别人看求来的签文。真希望有一天我也可以骑车去三祖寺,像他们一样去玩。家里的大人似乎对此兴趣不大,印象中没有谁谈论过有关三祖寺的事情。

有一回,水霞又和几个邻人去了三祖寺。我在屋前的沙子岗上坐着等他们回来,坐到夕阳下山,坐到暮色四合,心里有点孤寂了,他们还没有回来。第二天,人都笑话水霞,说她这一次脚走路走肿了。

去外婆家的小路上,晴朗的时候,可以看见天柱山的主峰,三祖寺在天柱山脚下。后来上学了,念到"南朝四百八十寺,多少楼台烟雨中"的句子,忽然想起三祖寺也是南朝的寺庙。慢慢地,差不多将三祖寺忘了。再后来,我离开了家乡。

每次回家归途,汽车路过三祖寺的山门,车上总有人指指点点,又想起三祖寺,每每扭头去看。有几次睡着了,坐过了地,没能看成。现在想想,并没有看到什么,无非瞟几眼掩映在树木下的山门。那酱红色的庙门,有些岁月。一个少年,摇晃在进山的车子上,一车子烟草的气味,一车子身体的气味,一车子车子的气味,一车子聊天的声音,一车子嗑瓜子的声音,一车子打电话的声音。少年沉默着,看看三祖寺,看看路边流过的水,看看车子甩远的桥。

有一年在天柱山游玩,走过三祖寺,摸了摸门,到底没有进去。不知道为什么不想进去。年纪大了,寺就是寺,庙就是庙,庵就是庵,堂就是堂,无非一座房子。

快到三十岁才去三祖寺。春天三四月里,还是薄凉天气,朋友约我去潜山,吃过饭,想起三祖寺,去逛了逛。在寺里随便走走,满心枯寂,以为可以拾得一个很大的喜悦,岂料没有。朋友认识庙里的和尚,和尚送我几本经书,还送了两枚供在菩萨法座前的苹果。坐车上吃苹果,心想,算是到过一回三祖寺了。

水霞去世多年了，死时不到四十岁。外婆也去世多年了，享年七十有七。

后来我见了三祖寺的住持。一起吃饭、聊天，说了两个小时的话。我没有告诉他小时候喜欢三祖寺，也没有告诉他，现在对三祖寺漠然得很了，对很多事都漠然得很了。

游石林记

独木不成林，独石亦不成林。密石成林，人称石林。

石林只有两种颜色，乱起的黑石和石缝里的绿树。那些石若古墨，墨分五色，一时缭乱。

蓝天在上，头顶的云一团团密集，白而虚，阳光落下也一片白。树簇簇乱生，一片光罩着，越发苍绿，绿而静。有两株树连成一体，自石缝长出，以为它们永无出头之日。抬头一看，生生高过四周石头半截。阿弥陀佛，我们是同门。

石林之林佶屈聱牙，半圈走下来，像读了一卷《昌黎集》。韩愈说周《诰》殷《盘》，佶屈聱牙。实则他的诗文也佶屈聱牙。

石林之石骨骼嶙峋，远看有兵家气，一身不平。兵戈乱起，向天呐喊。

石隙错综，沟壑复杂，择一缝而入，愈进愈深，走一圈又回原地。

石隙错综，沟壑复杂，择一缝而入，愈进愈深，无路处豁然洞天。

一尊胖石若佛，一尊皱石如仙，一尊怪石似兽，一尊瘦石像笔，手抚其上，祈祷石笔赐人好的命运，笔健人也健。人来了又走，人皆拿手摸那石的突兀处。经年积月，石闪闪发亮，像涂了蜡，生出文气来，略有竟陵派文章的意思。与一尊石看久了，恍惚浮起刘侗《帝京景物略》的辞章。

在石林寻幽探路。安宁，宁静，静寂，寂寞，寞然，然后怀古——有石头像龚贤笔下的焦墨山水,在无上清凉世界里寂寞。阿弥陀佛,我们是同门。

入口处有人叫卖杂物,阳光忽烈,我们离开。行百步,忽闻桂花香。时在七月炎夏,幻境乎。

此石不孤,此行不孤。同游石林者,彝人包倬。

登长城记

此时此地,如果有雪,是有意思的。雪正在下或者已经停了,雪落长城或者雪盖长城,都是有意思的。墙头一片雪中,有墨色有留白。倘或雪开始融化,大块的黑衬着大块的白,更有意思。

秋日无雪,秋阳似霜。

来京十余次,今日初登长城。上得城头,或远望,或近观,若有思,若无思。城已易砖易石,山也易树易草,登临客易了一天天一年年无数。

残垣废台极美,美在沧桑上。枯荣盛衰,城有了生命。长城如龙,山起则龙升,山落则龙降,往复盘旋如藤架,不知其首不知其尾,或无首无尾耶。人在城墙上,又在城墙下。城墙在山之外,山在城墙之外。

山在城墙上,城墙又在山上。山是城墙,城墙也是山。攀登时一步步数着脚下的台阶,不多时眼乱如麻,于是重数,数不胜数,眼乱心也乱,只得作罢。

走过一个烽火台,又走过一个烽火台,觉得那楼台近在眼底,上得前来,前方又见一烽火台,一座连一座,不知何处是尽头。呆坐良久,思忖并无尽头。忽然解脱,下山吃午饭去也。这一天是二〇一七年九月二十九日。

小 册 页

下笔有种

读书万卷,下笔有种。亲到其处,始觉有种之妙。世人但知有神之妙,识得有种之妙者,尤其不易也。

若失自身

读人家好文章,觉得说的都是自己想说的话,若失自身。若失自身,仿佛前世。

酒话

无酒不成席,我当然也喝。今年饮酒十二场,天增岁月人增寿,唯酒量不增。多喝易醉,往往做不得事。尧舜千钟,孔子百觚,子路十榼,李白斗酒,古之圣贤无不善饮。我本布衣,三杯即乱,明年决定戒了。

熟也罢生也罢,官也好民也好,无论男女老少,不分贫贱富贵,多吃菜少喝酒,认饭不认人。买酒费钱,喝酒伤身,此事两厢无益。座上皆是客,相逢茶一杯,正可谓君子之交。酒少喝或不喝,对谁都好,对我好,对你更好。以此告四方友朋,也警示自己。时在二〇一七年十二月三十一日。

凉

寒日飘雪,天气大凉。雪凉如壮锦万丈,辽阔有兵家气,霜凉像是一方水墨小品,文弱有书生气。最爱墨凉,盛夏时一挺徽墨在手,幽幽清凉沁人。

二〇一八年一月三十一的月蚀

大雪初霁,白光染尘,夜晚犹散微亮。月色与雪地互映,天地隐然有珠玉气。夜七时四十八分,月下现一黑晕,点点蚕食。小女五岁,楼头惊呼,出入窗口厅堂,雀跃报讯。不多时,月剩一弯钩,如狼牙,洁莹可爱。小女不忍入睡,频频问讯。开帘卧床遥望,月牙古铜似旧画,泛红光,渐渐阔大,一月皆红。

吾乡人以日为公,以月为婆。日不能直视,月则可赏玩。月食更可赏可玩。小室灯火清荧,辄于此间得天象佳趣。

立 春 大 吉

昨夜睡眠甚佳,精神大好。今日外出,一路步行,像小时候春节拜年。阳光下积雪缓化有冰融释然之意。空旷的街道上有喜气,喜气也正是春意。

今年二月初四立春,立是开始,春乃萌发蠢动,阳气动,阳气是生长之气。立春之后,百草苏醒,一片吉庆。人生多歧,多些吉庆好。吉庆平安,万事如意,那是造化。

立春日吃春卷。春卷以菜籽油炸至金黄色,香美松脆。

静 有 神

今日除夕,宜静不宜动,镇日房门未出。静养神,心神。静迎神,喜神。在家包荠菜饺子,故家的荠菜故家的猪肉故家的鸡蛋,形极劣,然滋味甚妙。一口红黄一口绿意,更有一口如意一口旧时岁月。

春 迟 帖

南方自不必说,皖地柳条疯长,北国春迟,三月过半,院内树芽寸长而已。饭后散步、晒太阳。近日微恙,正午阳气旺,可增身体元气。见一大喜鹊,极肥硕,黑羽蓝翅白腹,顾盼生雄,隐隐王气在焉。又见一红嘴蓝鹊,尾雉近尺长,机敏之至,树间跳跃如松鼠。稍一近身,即惊飞而别。

不　扫

落叶不可扫,残花不可扫,茶渍不可扫,其美在残在落在斑驳在无可奈何。屋舍不可不扫,不可勤扫。三日不扫,和光同尘,自有清净。

两　株　树

非亲到其处,不知《秋夜》一文记实。八道湾鲁迅旧居的院外有两株树,一株是枣树,还有一株也是枣树。院内有两株树,一株白丁香,还有一株白丁香。《鲁迅全集》二十卷,《野草》月华光洁。

旧居无俗韵,多文气多茶气多酒气多意气。此地宜喝茶,宜饮酒,宜对坐,宜闲聊,宜著述,宜翻书,宜回忆鲁迅,宜回忆知堂。

前院有两个人,一个周树人,一个胡竹峰。后院也有两个人,一个周作人,一个还是胡竹峰。

春　食　记

春食之美在春。春为青阳,春为发生。春者,天之和也。春,喜气也,故生。春天的食物,生机勃发,欣欣向荣,让人心旷神怡。只是太短暂了,仿佛春眠。

春字在甲骨文里从草从木,草木春时生长,中间是屯字,似草木破土而出,土上即刚破土的胚芽,寓意春季万木生长。故春食第一美者,草木也。甜豆、豌豆、水芹、莴苣、油菜、菠菜、香椿、笋、瓠、韭、枇杷、樱桃、茭白、荠菜、马齿苋、蕨、马兰头、枸杞头、榆钱、野蒜、槐花……

梅花闲笔

梅树下闲逛。有些花开始露出残相了,他年的花不是今年的花,他年的人亦非今年的人。花下坐着,有风吹来,拂乱地上的花瓣,拂落树上的花瓣。花瓣悠悠荡荡,飘在头发上,有一片贴在脸颊,湿润新鲜。花瓣在空中飘飘摇摇,水面纷扬扬一白,红色的鱼银色的鱼黑色的鱼跳起,啪地落下。人定在花雨中,真真觉得落花似雨。莫名伤感了。

夕阳下

夕阳下,柳絮微红,忽然想吃一碗炒河粉。

居中原时常吃炒河粉,掺牛肉、豆芽、青菜、鸡蛋。油不可多,多则腻,油不可少,少则干。

太阳西矣,炒河粉三块五,邻座喝啤酒的男人脸色酡然。

离开郑州已经八年,八年没吃过炒河粉了。

逛 山

夏日酷热。凌晨与友人逛山,天上星火闪烁,地下萤火迷离。到得山顶,已是后夜,下山至半途,又逢一对逛山人。夜深不识其貌,约知年五十以上,既知风月无边,也知闲人不独我两个。

茶 相

一杯嫩翠像春阳穿过松枝。茶极嫩,想起柳树新芽。三十岁后喝绿茶,最好其色。秀色可餐,一杯绿茶是我的晚饭。好绿茶之色,好红茶之香,好黑茶之味。昨夜喝安化黑茶,不温不火,不燥不热,低眉有观音相,落喉之际,隐隐见金刚相、童子相、水墨相在焉。

牛羊马

张中行先生叔父家养得一黄牛,性情温顺,难得记性好。行翁幼年和几个孩子去姑母家,二十里外的距离,大人牵牛送到村外岔路上,牛自己会认路。一路摇动,孩子们在牛车上东瞧西看,打打闹闹,还可以下车去掐花草,牛走得慢,几步就追上了。一众人在姑母家吃过午饭,依旧让牛送回来。

老马识途,老牛亦识途。张家黄牛识得二十多里的村路,真奇牛也。

张中行先生坐过的牛车,我没坐过。岳西没有牛车。小时候倒是经常以牛当马,纵横山野。水牛力健,几山几趟跑下来,不见丝毫倦意。

骑牛者不独我辈,李聃出关,骑的也是牛。后世奉李聃为道家始祖,大概觉得骑牛失了威风,改口说所骑者乃是兕。《山海经》上记载,兕是神兽,状如牛,苍黑,额心有一根独角,天下将盛才出现。我觉得李聃骑牛更好,牛有一份家常,《道德经》是家常智慧。

小时候放过牛,山里草多,各家的牛在山头觅食。牛渴了,径自在溪边饮水。山里树多,人坐在荫下看书,十分阴凉。

我家的牛是长角水牛,性情温顺,水草吃得饱时,自行归栏。我却以为牛走丢了,急赤白脸好一阵惊慌,回家发现牛在栏里摇着尾巴,一边空嚼一边眨眼,态颇自得。

有邻人家水牛性极暴躁,两牛拼力,硬是抵得双角折断了才过,那牛满山乱跑,遇沟过沟,草木让路,无人敢挡。

牛招牛蝇蚊子,尾长莫及。牛自有办法,卸下桩,在泥水坑里打几个滚,全身都是泥浆,牛蝇就无可奈何了,山蚂蟥也叮不进去。

水牛会游泳，小时候放牛过河，人骑在牛背上，牛的四条腿全浸在水里，只有它的背和昂起的头部露出水面，悠然划过。

牛在过去乡下是极贵重的财物，耕田犁地，少它不得。人对牛如养妻儿，纵是打骂，也舍不得下重手。每每过了农忙，祖父总要熬几升黄豆给牛进补。偶尔家里吃玉米馍，祖父舍不得吃，藏几个在衣襟里送到牛栏里。

《枕草子》上说画起来看去更好的东西：松树、秋天的原野、山村、山路、鹤、鹿。清少纳言忘了牛和马，牛马画起来更好看。金农多次画马，俊逸不可名状，真好丹青也。唐人韩滉的《五牛图》，神气磊落，画中的五头牛从左至右一字排开，各具姿态，品种有异。牛科里品种不少，有心人可以写一本《牛谱》，可媲美宁戚《相牛经》。

《枕草子》里《扫兴的事》有一条是：虐待牛的饲牛人。我作批：贼杀才，何止扫兴。

春秋时候，齐景公与儿子嬉戏，景公叼绳扮牛，其儿牵走而行。是为孺子牛也。春秋之前有人说：鸡栖于埘，日之夕矣，羊牛下来。这情境我读到快二十年了，鸡进了窝，夕阳不断西沉，纷纷下坡的那些牛羊啊。

乡下春节时候在牛栏猪棚照例贴有"五谷丰登""六畜兴旺"的字样，红纸、黑字、竖排。五谷是泛指，说法不一，一切粮食皆可谓之五谷。六畜者，马牛羊猪狗鸡。马驾车，牛耕田，羊产奶，鸡生蛋，犬看户，猪产肉。六畜兴旺，五谷丰登，才是岁月静好。

岳西人家养马的少，养羊的也不多，牛鸡狗猪，几乎家家户户饲养。

鱼羊为鲜，鱼鲜，羊鲜。羊为畜肉中最鲜者。猪肉浊腻，牛肉粗重。羊憨厚善良，乃六畜中健朗君子，脏话里有蠢猪笨牛猪猡蛮牛之类,带不上羊。羊同祥,秦汉金石多以羊为祥,吉祥写作吉羊。上古诸多器物,常见吉羊一词。吉羊者,好羊、善羊也,即羊长得又肥又壮。

羊成为礼祭青铜器着力表现的吉物,四羊方尊上即有四只羊与四条龙同在。见过不少汉雕石羊,其线型有汉风。汉风里有一种威严,气度凝端,正大。

岳西人家养羊也差不多是在祭祀上使用,所谓猪羊上祭。上祭礼毕,猪肉作为待客用。我的记忆里,羊经常埋了,人嫌羊膻,真是暴殄天物。偶尔有人讨得整羊回去,放辣椒粉红烧。那羊除了辣之外,别无他味,也是暴殄天物。

岳西的羊略瘦略膻,橘生淮南淮北不同,一方水土一方风物。内蒙古的羊肉自不必说,河南陕西的羊肉膏腴清香,皖北的羊肉以盆盛之,俨然重器。有一年去江苏太仓,其地羊肉不输内蒙。羊肝羊眼羊尿羊腿,一样样吃来,不亦快哉。藏书羊肉也好,厚味不足但清香有余。

汉画像砖上不少杀猪宰羊的宴饮场面,看得人神畅。羊肉鲜嫩无比,吃得羊肉是福气。岳西人过去不吃羊,近年大多数人都爱吃了,口味上开放了是进步。

中国古代以牛羊为贵,直到明朝,羊肉才跌了下来。万历年间,羊价廉于猪。《金瓶梅》五十六回,常二找西门庆借钱,踌躇半日,西门庆借了十二两银子,说是"那日东京太师府赏封剩下的十二两银子"。《红楼梦》中刘姥姥告贷,凤姐说:"可巧昨儿太太给我的丫头们作衣裳的二十两银子还没动呢,你不嫌少,先拿了去用罢。"全袭《金瓶梅》此回。常二拿钱回家,常二嫂骂他"出去一日,把老婆饿在家里",连忙上街买了米和一大块羊肉。回家时,常二嫂在门口接道:"这块羊肉,又买他做甚?"常二笑道:"刚才说了许多辛苦,不争这一些羊肉,就牛也该宰几个请你。"寻常人家的柴米油盐,不染半点雪月风花。

小时候有邻居养过两只羊。放羊简单,用一长绳系住,拴在稻田里或者山上,羊食量小,吃得几把草禾即饱。一帮孩子偶尔拿些新嫩的水草喂它,那羊胆怯,待人离得远了才敢进食。野山羊不是这样,它们胆子大。我们那儿野山羊多,有黑色的白色的红色的棕色的野山羊,放牛时经常遇见它们觅食,人走得极近时一溜跑开。跑得几步远,拿眼直勾勾丢过来,挑衅似的。

牧羊的地方远远就能闻到膻腥气,风从那边吹来,咩咩的羊叫让人觉得羊就在周边。

牛静时好看,静静地吃草饮水归栏,态度安详。马非得跑起来,越快越好,奔马之美只有奔马有。在草原上见过群马飞奔的场面,山洪奔泻一般呼啸着汹涌而过,雄浑的马蹄声如战鼓,悲怆苍劲的嘶鸣叫喊在马群里碰撞,那些红的马白的马黑的马前呼后应,披毛撒蹄,壮观之外,还有铁血金戈气。

马驰率风,风跟着马,马带着风,马鬃立起来,马尾也立了起来,神骏锐气不可方物,所向披靡。

过去有邻人腿脚不便,养一白马代步,行在路上,极侧目。那白马通身纯白,因为白,英雄气之外也有脂粉气。

鲁北集上有马市,说是马市,实则牛羊猪狗皆有。我偶尔没事去马市看看,专门看马。牛羊之类与马站在一起,秽气顿生。只是马市上好马不多,那马立着,木木然,有萧索气,大概是自知将沽,折了豪迈的缘故吧。

《隋唐演义》上说秦琼卖马,黄骠马不肯出门,晓得要卖他的意思,把两只前腿蹬定这门槛,两只后腿倒坐将下去。此书旧时读过三两遍,尤爱秦琼穷途落魄儿章。褚人获下笔草草,此处却着力以工笔勾画,读来引人眼热。我出身贫寒,当年四处流浪,少不得以秦琼自观,小说里瓦岗寨与单雄信程咬金诸位很觉得可亲。

程咬金迹近李逵,却不拿斧头朝人多处砍,单雄信不输关云长。《酉阳杂俎》里所载单雄信将枣树砍伐作为枪杆,造一重达七十斤的枪头,称为寒骨白。寒骨白三字极好,比鸡骨白峭拔。孟元老《东京梦华录》里又把单雄信尊为神灵,民众为他立庙,并祭祀他。可见英雄虽败,其人不倒。

说起马,我在黄河边一马场骑过一次。枣红色的马,高且长,纵身而上却不敢纵马驰行。笔下文字不好得,马上天下更不好得,不如"骑驴过小桥,独叹梅花瘦"来得清淡。

骑马时,得用腿夹住马肚子,久而久之,大腿内侧无赘肉。刘备住荆州数年,见髀里肉生,慨然流涕。刘表见怪,刘备回道:"吾常身不离鞍,髀肉皆消。今不复骑,髀里肉生。日月若驰,老将至矣,而功业不建,是以悲耳。"老骥伏枥,志在千里。固然豪迈,也着实悲凉。

拳毛䯄、什伐赤、白蹄乌、特勒骠、青骓、飒露紫,此皆唐太宗之骏马,其名甚奇。红玉辇、紫玉辇、平山辇、凌云辇、飞香辇、百花辇、照业白,此皆唐玄宗之骏马。玄宗时代,世尚轻肥,人如此,马亦如此。时人常将马鬃剪成花瓣形,三瓣者为三花马,五瓣的叫五花马。

项羽马名"骓";关羽"赤兔马";刘备的马叫"的卢";张飞性情暴躁,马名却文雅,叫"玉追";曹操骑的马为"绝影",意思是此速度之快,连影子都跟不上;李自成的马名为"乌龙驹",同为骁勇之誉。

旧小说里的神仙,似乎没见有骑马的,张果老骑驴,姜子牙骑四不像,太上老君骑牛,文殊菩萨与太乙真人骑狮子,西王母骑虎,普贤菩萨的座驾是象,地藏菩萨骑谛听,观音骑金毛吼。大抵是马上没有闲情,损了仙格吧。

(原载《天涯》2018年第5期)

码　头

连　亭

码头上的等待

　　有人说,那是个经济飞速发展的时代。有人说,那是个灵魂跑丢的时代。

　　然而,不管外面的人怎么说,我们的码头依旧在那里。

　　我一日日看着面孔和我相似的乡亲,脸上挂着不同的悲喜,在码头上来来去去。

　　这儿的风,吹了很多年了。这儿的水,也流了很多年了。吹了太久的风,面孔总会染上风霜的。流了太长的水,总有几滴凝成盐分过高的泪。

　　除了生死没有什么大不了的事。父亲常说,想好好活,就要想法子把船划过险滩激流去,别的都不要想,想也想不来。儿时的我,并不理解这句话,当我的心被岁月淘洗之后,才明白这样的话最坚强的人方能说出。

大河上船来船往,人们在水上忙忙碌碌地讨生活,码头永远是等待的模样。它静卧在河流一旁,深陷在山村里,也许是因为它看到的,比风和流水都多,所以它显得深沉、静默,愿意把一切都交给时间,交给从不停息的风和奔流远去的水。

站在码头上,人总觉得苍茫,因为远处的风,也因为近处的水。

无论晴还是雨,码头上总有很多人。既在劳作,又在等待。他们的心中,都有个未归人。有的是丈夫去了外面,有的是孩子去了外面,有的是父亲去了外面。他们一日日地在岸边翘首以盼,就像码头在等待船只泊进河湾。

那天,我在码头上看见达美急匆匆地跑向正修理船身的阿全,说了点什么,随即阿全扔下河边的一切,向家的方向奔去。他们的身后,是暗下去的黄昏和雾蒙蒙的码头。

阿全的老娘死了。人们闻讯纷纷从田间地头赶来,从码头河上赶来。这些人,平日里始终是分散的,隐藏在山沟田坳里,即使说话也隔着很多树,唯有死亡才将他们聚集一处,也唯有死亡才能让他们理直气壮地哭一场。

他们哭完,随即投入忙碌,丧仪的事太多了,人人都得分担。负责买菜的是青壮汉,记簿的是德高望重辈,洗碗筷的是妇人,摆桌椅的是十来岁的孩子……只有哭丧婆一直在哭。

天色越来越暗,似乎一场大雨就要来临。达美缩在角落里,嘶哑的哭声搅得她心烦意乱。她不得不关心丧礼以后的事情,因为那更牵肠挂肚。阿全会和别的青年一样远走高飞吗?这是他盼望已久的事情吧。

没有哪个年轻人不想去外面闯一闯。终日窝在这渔村,打鱼、种地、砍柴,有什么盼头呢?人总是要有盼头的,譬如挣大钱、坐飞机、看万里长城……这些,都要从码头坐船顺着大河出去才能实现。而阿全长这么大,去得最远的地方只是离家最远的那块地而已。

阿全的爹一辈子都想着出去。怎奈过早娶了媳妇,媳妇又过早生了孩子,一家子的人离不开他,一家子的活也离不开他。阿全八岁那年,爹一次夜航就没回来。那夜,他并未捕鱼,而是把船划到无人的水域,独自喝了大半夜的酒,掉到河里淹死了。母亲成了寡妇,含辛茹苦把他养大,他总该有点出息,阿全这么跟我们说。

爹是迫不得已,阿全之前也是迫不得已,然而现在不同了,母亲已不再是牵绊。

乘船顺着河流而去,到大城市闯一闯,这似乎是由来已久的传统。很多年轻人纷纷抛下渔船和锄头,成功地离开了。留下的人,时常遗憾地看着河流远去的方向,眼里满是神往和失落。

丧礼过后,我几次在码头上看见达美和阿全。有时是在晨曦的微光中,有时是在黄昏的余晖里,他们商量着离开的事情。"真希望和你一起走,你是对的。""我挣了钱就把你也接去。"

临行前,阿全去拜访他的叔叔,也就是我的舅舅。舅舅住在山上,那儿有一个山庄,一座木楼,一个院落,一道篱笆。篱笆外,舅舅的果园和田地一直铺展延伸到两座山的脚下。

阿全对舅舅说要去城里时,舅舅老迈的眼睛瞬间红起来。他的兄弟吃水死了,老妻几年前也死了,膝下没有一儿半女。"果园和田地我都干不动了,你要是愿意,就过来帮忙打理,等我死了,都是你的。"舅舅说。

阿全没有接受。在那一场特殊的对话里,我看到了阿全的坚定,也看到了舅舅的孤寂。年轻人不愿意在船上消耗一生,也不愿意在田地里消耗一生。

从码头上船,到了六里桥换乘飞艇,上岸后换乘巴士,再乘坐几个小时的火车,就是阿全要去的地方。阿全出发后,达美变了,一天到晚地计算他的行程,不再帮我整理鱼线。不仅阿全走的那天她不帮我,此后的很多天她也不帮我。很多年后我才知道,那是因为她的全部心思都已经在做一件事:等待。

码头上的等待是漫长的,很有可能没有终点。在想象中,愈走愈远的人,在朦胧的黄昏,行走在那闪着灯的路牌下,露出一张极近又似乎极远的脸,变得越发不可捉摸。

而码头上,还吹着那些山风,不知从哪里来,又去向何方。码头下,还淌着那些水,不知从哪里来,又去向何方。对于码头,风知道多少,水知道多少?风来水往,船来人往,只有码头被留在原地,不动声色。

很多年后我才明白一个道理:对于码头,除了等待,没有更好的姿态。没有泊船,码头就不再是码头。

于是,在每天相同的时间里,在那些悲欣交集的日子里,人们在码头上起航,在码头上落帆。人们不停地离开码头,又不断地回到码头,中间的迂回,或许就是一生。

不知何时起,我也成了码头上一名面目模糊的等待者,带着一种茫然未知的心情,日复一日年复一年地向岸边走去。

在码头上,我遇见很多相似的面孔,每一张面孔都在隐藏自己的内心。我只能看见眼中捉摸不定的祈愿,那是命运设置中让我们彼此相认的标记。在码头上,有太多的故事没有被说出,有太多的人已经被遗忘。

码头上的烟火

村庄被一条大河包围,村庄的一切都靠这条河孕育。河流是村庄的起源,村庄是河流的积淀。村民是河流的子孙,河流是村民的基因和密码。河流的历史,比任何一个村民,比任何一座村庄,都更绵长、更悠久。它对每一座村庄的爱,对每一个人的爱,都犹如流水对河床的眷恋。我爱这条河,它不仅途经我的童年,而且深入我的血脉。

河流一个优美的转身,带出一个码头,码头的延伸,是一个绿树掩映的村庄。村庄的来历,我这小辈说不清了,码头的来历,我这小辈也不得而知。打出生起,这里的水养着,这里的米喂着,从里到外都是这儿的烟火气息,走到哪儿人都看得出我是这地儿的。

站在船上从河里望这村子,只见平平的码头上去是个缓坡,依地势而起的房子多在此处,每家每户前又必有桃杏;再上去就是山,矮的像馒头,高的像芋头,遍野葱翠;山坳间是田地,杂种玉米、豆子、稻谷等作物。

凭水依山,这是村庄的风水。从码头上山村的路,如逶迤的长蛇。河边的码头,泊着乌篷船。船下行时运山货土产,上行则运盐及其他工业产品。临码头有一条河街,临河一面房子多一半着陆,一半在水。楼下设吊脚,楼上房檐雕花,吊着玉米棒子和辣椒。楼里的人家,临窗随时可见宽阔的河面流水汤汤。

商店、肉铺、油行、盐栈、衣庄、扎纸店,装点着这条河街。虽然商店只有几家,肉铺不过四五个,衣庄也才两三处,扎纸店独独一户,但在我的眼里,它们是无穷无尽的世界。商店除了日常用品,兼收购和转卖木耳、蘑菇等山货,因此来往的人多而杂。肉铺虽是两家沿街对户摆摊,但相处和平,每家每天杀一头猪,足够整个码头和村庄所需。衣庄,陈列着绚烂的布匹,吱扭吱扭的机杼声令人想到草间的虫鸣。只有扎纸店让人既好奇又害怕,店主是个老头子,扎的纸物件专供死人,平日里纸马纸人摆在店里店外,等着办丧的人家来买。老头子越忙,死的人就越多,小孩们因此觉得他吓人。

当我还是个看见扎纸老头就怕的小孩儿时,在大人眼里,我有的是闲暇,可到了码头与河街,我总觉得时间不够用。码头在大人脚下,不过五分钟就能从这头走到那头,然而一窝沙土就能让我玩半天,要是发现个蚂蚁窝,又要看半天。河街就更费时了,虽不过一二里路长,却用上我一整天才能逛完呢。要看的东西太多,商店、油行、珍子家、旺儿家、达美家……要说的话也太多,和麻子说说知了,和松哥说说渔获,问珍子妈几个故事的来历,讨七奶奶要花绳的编法……这一二里河街走起来就迂回了,更何况街边的人家担水时总是洒出桶,地面常年湿湿的,走起来就更慢了。

我在达美家的商店逗留时间最久。她家的吊脚楼,朝街的一面挂满南瓜、红辣子、熏鱼、猪条子,临河的一面摆了一排桌椅,供下棋、喝茶、观社戏而用。河上有龙舟戏时,二楼是最佳观台,彼时店里也最热闹。平日里,她家也不乏喝茶消磨时日的主顾,多是无事的老头们。她家的柜台呢,对我来说简直是百宝箱,什么都有,爆米花、小丸子、泡泡糖、梅花饼、茶鸡蛋、打水枪、小汽车、彩气球、火柴炮、烟、酒、茶、花粉、酱料……

她爸爸既开店又兼营理发,一把剪子,一把推子,一把刮胡刀,就包了整个码头的发型。我在她家赖着不走时,常常可见一些又黑又圆的脑袋,带着农民的几分傻气,任由达美爸爸刀刮剪推;也常见一些不安分的小孩,由大人按着仍摇晃着脑袋,哭喊着剪毕,后脑勺总留着一小撮儿,此地的风俗曰"爹娘牵",身体发肤受之父母,留着这一撮儿,就留着根系。

她妈妈既管卖货又管修鞋,一双烂得不能穿的胶鞋,找她敲敲打打、缝缝补补,又能穿上一阵子。她的工具也不稀奇,奇的是一双手,像码头上的很多女人一样,又准又狠。每日只见她当街坐下,用小小的钩子、镊子、铁钳、钉子,叮叮当当,敏捷的手指穿过来绕过去,烂鞋就成了好鞋。

达美呢,身穿绣花蓝布衣裳(达美妈妈做的),青黑色麻裤,扎个麻花辫子,坐在柜台后面。那时的她,可真不是个麻利的姑娘,笨手笨脚的,常常拿错客人要的货,端茶时又老是打翻茶杯洒了水,跟个没魂的人似的。也难怪,阿全离开有段时日了,传回来的消息却少之又少。我缠着达美买糖,她不是少拿了,就是多拿了,哎,真是个傻姑娘。

那些喝茶的老人儿,面庞老得很难看了,见到我总是笑眯眯的,拍拍长凳让我坐下,少不了胡诌乱侃,将他们年轻时的光辉事迹,或是祖辈的故事传说,一股脑儿地倒出来,说到兴头处,就吊起嗓子唱几句歌儿。若说世上什么人不会发愁,就是这些老人和我这样的小孩呢!

河街集市,最是热闹。三日一集,十日一市,边地贸易,繁茂而简单。方圆几里的村民,挑着鸡鸭禽蛋、瓜果蔬菜、烟草桐油、木耳蘑菇及其他山货,到河街上等人来采买。买主都是坐大船来的外客,从村民手里收购山货往外运销,同时也给码头运来所需的盐、花料、洗衣粉、洗洁精、农药等等。没能向船客出手山货的人家,就压低价钱转给河街上的商店,商店再转卖给外客。

货船到来时,我们这些小孩争着跑到码头去看,身前身后跟着或肥或瘦的看家狗。贴着商标的"雕牌""立白""大比大""敌敌畏",一箱箱地从船上卸到岸上,村民就拿着山货来换,或者花钱买。散场时还剩的货,船主让水手运到商店,由店家负责买卖。坦胸赤膊的水手,生得身小臂长,看着只比我大十八岁,或是沿河村镇人家的孩子?

船商采购时,我跟在后面,看他们挑挑拣拣,讨价还价。整个河街的山货,都由他们随心所欲地划品次、定价格。间或有村民嫌价压得太低,不愿出手,到了傍晚也得服软,只这一两个买主,没办法。而且再过一会儿,船商就离去了,他们总像流星般来去匆匆,再不让步就要一无所获地回到家里,而被他们耽搁一天工夫的田地,必定会怪他们斤斤计较。

在码头上,有时我们会遇到跟船来的游客,他们中偶有一两个对我们的长相、肤色、发饰、服饰好奇,争相拍照。这时候,因为没有穿上最漂亮的衣服,没来得及洗把脸,手和脚都是泥巴,我们总是扭捏而局促。真渴望多拍一些啊,可当他们用相机把照片展示给我们看时,我们的心凉了下去。照片中,那些可怜兮兮的娃娃又脏又丑,难过瞬间击垮我们,我们低着头心有不甘地跑开了。很久以后,传来一些照片获奖的消息,我们听了既喜又惑,喜的是获奖的照片印着自己的样子,惑的是自己的样子印成纸片能获奖。

有时我爬上墙头,居高临下地看被雨水浸染得发黑的衣庄。这些擅长纺织的人家,都有一个心灵手巧的主妇和一两个皮肤黝黑但长相喜人的姑娘。织女和丝线的故事,从来都是岁月最细密最繁复的部分,一日日地搓麻,拆线,织布,上色,从春到秋,从冬到夏,缠绕中隐秘的心事化成平平展展摊晒在竹竿上的壮锦,阳光下它们多么绚烂壮观啊!而层层叠叠的壮锦背后,除了吱呀的机杼声,还有轻轻的叹息声,从那低低的屋檐下传来,倦了的织女,彼此遥遥地谈着天,布匹的价钱,棉纱的价钱,鸡的发瘟,猪的发瘟……

午间或傍晚,织女们停下活儿,走出院门,来到河边,洗她们被颜料染得失去本色的手。河边只有风声和水声,织女们看着绸缎般的流水感到惬意。于是她们选一块干净的石头坐下来,很自然地就说起了话。她们在丝线中沉溺太久了,到了河边话就更多了,谈的却还是织布的花样啊、布匹的上色啊,偶有人说起心事,不禁让人感到漫漶似的美丽和忧愁。

有时我从墙头下来,被收破烂的货郎吸引,傻傻地跟着他一圈又一圈地绕着村子走,只因他的单车架上有雪糕、唐僧果糖、竹蜻蜓等等。他边推着车子,边摇着他的小铜锣,一腔一调地吆喝着,"买雪糕咧,两毛一根的雪糕咧——"小孩们纷纷拿出收集的破铜烂铁、鸭毛鹅毛,循声跑到货郎这里来。很快,旷日持久的收藏，换了雪糕、果糖、小玩具。之后，有的边扎巴扎巴地吃边欢欢喜喜地回去了，有的则像我一样跟在货郎的后面，一圈一圈地绕着村子走。

有时跟在货郎后面，猛地就在一条山路碰上送葬队伍，只好远远地站在一边，看他们咿咿呀呀地哭过去。看着看着，我不免觉得恍惚，仿佛这些哭声无端端地提醒了我什么，我说不清，却真真切切地感觉到了。看着看着，仿佛队伍走去的路，开始变得冗长、邈远，而最终每一个人都得上路。

恍惚是短暂的，从那条路走开，我又兴致勃勃起来，飞快地跑向河边。死了人，村里必有人到码头放花灯，满河的一闪一闪的光亮，我岂能错过。

日落西山，黑夜弥漫，那死者的亲人就开始放灯。灯，自然是扎纸店的老头扎的，他虽面相吓人，手却真的巧，莲花灯、南瓜灯、玉米灯、橘子灯、白鹤灯……一盏盏地从亲人的手送入河中，船上的人就自觉地熄了灯，把舞台留给渡魂的花灯们。

码头上，陆续来了不少人，小孩居多，或站着，或蹲着，只看灯不说话。太静了，河岸就添了几分肃穆的气氛。那高起来的月亮，也有了些凄美的颜色。月光潋滟的河面，花灯渐多，飘飘荡荡的，似有什么正驾着灯儿往不知名之处而去。这时候，河就不单单是河，它成了往生之所。亡者托着河灯，最后一次看看为他送行的人，再借着这光照亮天堂之路。天那么黑，路那么远，没有比闪着亮的灯，更能寄托生者对亡者的哀思和念想了。

那么多的灯，就那么放着，兴许是怕亡者不够用吧，所以那些人家能多放都尽可能地多放。看客自然也愿意人家多放，灯越多，越好看呢！河水潺潺，花灯浮动，渐渐地就漂向一处，这盏拥着那盏，那盏碰着这盏，推推搡搡的，却没有一盏翻水。风一吹，一齐晃动，亮闪闪的，宛若河流幽幽的眼睛。

河水远去，花灯也幽幽地远去，一盏一盏小小的灯火看不见了。只有月亮还高高地照着,暗示着天地永恒而人世很短,看灯的人就慢慢回去了。只有灯还在看不见的地方漂漂荡荡地亮着,没有了观众,显得孤寂、凄清。随着火种的耗尽,花灯就一个一个地灭了,整条河就只剩下黑暗,不知亡者,找到去往彼岸的路了吗?

凄凉的河灯之夜过去,第二天码头仍是生气勃勃的人间。清晨妇人们吱呀一声打开柴门,呼呼啦啦地飞出了鸡鸭,癫癫狂狂地蹿出了猪狗,翅膀扑扑闪闪的,屁股摇摇晃晃的,扎进树林滚下河滩去。原先蹲着人的地方,这早上跑着打响鼻的猪狗,原先漂着花灯的河面,如今浮着白花花的鸭鹅。紧接着,妇人开始做早饭,烟从烟囱里钻出,婀娜婉转地飘到树梢上,逶迤蛇行地钻到竹林间,飘飘忽忽地荡在河面,山川就都沾了烟火气。不久,进湾的船笛响彻码头,渔船满载而归,光着屁股的孩子们拎着鱼篓奔下河滩,新的一天就这般嘹亮地开始了。

生活啊,就像泊在河湾里的渔船,随着永不停歇的浪花,一浮一沉,一沉一浮,世世代代,无休无止。

远方的想象

逢年过节会有外出的人回到这个被他们称为故乡的地方。这些人多半穿着光鲜的衣服,花起钱来眼睛眨都不眨,我后来知道,他们只有回家过节这么会儿才这么漂亮大方。阔气的样子在当年引起不小的震动。

打工仔向光屁股的男孩们展示衣兜里花花绿绿的钞票,豪气冲天地把小毛票分发给他们,然后整个码头的人都知道打工仔有钱了。

达美家的茶客们也对此津津乐道。出去的都是闯天下的好汉,要挣大钱的,茶客们怀着钦佩之情谈论好汉们,在兴奋的交谈中虚构了许多辉煌的故事。尽管他们从未远走高飞,说起远方来却有板有眼。摩天大楼,时装模特,卡拉OK,奔驰宝马,亿万富翁,长长的街道就像海市蜃楼,行人个个银行卡里都存着巨款……

对于远方的想象在这个码头蔓延开来,沾上的人都像酒鬼沾上酒一样,成了瘾。达美也不例外,甚至比任何人都深陷其中。守在店铺的她,平时对什么都心不在焉,对茶客们的话却听得仔细。她盘算着,这会儿阿全应该找到体面的工作了,挣了钱就能把她一起接出去了。

她越来越喜欢店里那台黑白电视播放的画面,开着轿车行驶在高速路的商人,人头攒动的十字街,珠光宝气的豪华商场……她还从一个游客那里弄到一张地图,小心地在上面划出线路,标出城市的名字和位置。久而久之,她对公路、铁路的线路烂熟于心,甚至能精确地在白纸上画出它们。

只有一个刚从外面回来的精瘦小个子,对村民关于远方的想象不以为然。他衣衫普通,穿着和我们一样的自制麻布裈子,脸庞削尖锐利,神情憔悴落寞,也从不在河街上大手花钱,看上去在外面并未交到好运。也许是因为他人微言轻,也许是大家不希望美好的想象被他破坏,所以都尽量避开他,他对远方的批判也从未有人听进一言半语。虽然人人都知道没有什么事是容易的,但是这个码头需要一点关于远方的寄托。

新　　生

父亲以前常乘船往返于码头与外城,间断地带来一些外部的消息。譬如镇上有了彩色电视啦、洗衣机啦、电冰箱啦,而比镇更远的消息却没有。他只能为那些在码头上站得太久的人,从邮局带回一些被水浸染得模糊的信。这些识字或不识字的人,却为此深深地感激他。

1998年春,父亲突然在大河边安顿下来。那一年,他带着我在河滩上转来转去,寻找一个上平下斜的石洞。他们想要生个儿子很久了,辗转奔波多年,母亲的肚子终于有了迹象,他们需要一个隐蔽的住处迎接这个超生子。父亲把石洞的沙面挖平,铺上干爽的细沙,细沙上架起木板床,再把扎成屏风似的甘蔗叶沿着石洞斜面围成一面挡风的墙,靠江的一侧留一道小门,门面用竹篾编织而成,一拉一扣,开关自如。

父亲带着母亲住进了石洞,我天天都从外婆家跑出,小心地避开别人,到离码头有些距离的石滩看他们。三月的河滩,小草已经爬满沙面,野花次第开放,一盏一盏地在草地上摇曳。石洞不远处的一窝蜜蜂,繁忙地寻花采蜜,嗡嗡嗡——多么甜香的春天啊!我在沙滩上拔草编指环,挖沙捉虫子,玩得不亦乐乎,偶尔蜜蜂飞向我跟前的花朵,我晃一晃手,它们就飞走了。安静地坐在石洞旁的母亲,肚子里孕育着一个小小的生命,我们都等着他来到这个鲜花盛开的河滩上,来到这个万物竟发的春天里。盼着盼着,在一个不经意的傍晚,他就提前到来了,整整早产一个月。

那天,我和父亲去地里种甘蔗,外公外婆也在树林里砍柴,只有母亲一人待在石洞里。傍晚父亲从甘蔗地回去了一趟,我一个人在地里又是蹲又是跳地摆甘蔗,又忙碌又寂寞,直到天黑时父亲才到地里接我。

那天的月亮已半圆了,像一片切好的哈密瓜似的高高地挂在甘蔗林的上空。细细的土路啊,又弯又长,我们赶着牛车一颠儿一颠儿地前进着,突然父亲把我揽在怀里,神秘而幸福地说:"你有弟弟了。"

到了河滩我才知道,黄昏时母亲一个人在石洞里生下了弟弟。而她是如何在羊水破后,一个人在石洞的木板床上忍受剧痛,发出只有河水才能听到的呻吟和喊叫,我则不得而知。我只知道母亲拿水果刀割断的脐带,虚弱而疼痛的母亲没能把割断的脐带扎紧,导致弟弟四岁时肚脐眼还是鼓鼓的,像个充满气体的小球儿。

那把水果刀连同木板床,被欢喜的父亲扔在了河边。他们带着新生儿来到码头上,宣告延续香火的任务已达成。迎接他们的,是外公外婆欣慰的泪水,以及河湾逐渐停歇的橹声。

新生儿的消息很快传遍码头,人们对此的反应惊奇地一致。人们说,阿娈在河边生下孩子,这不是什么稀奇的事,喜的是老三终于盼来了儿子,躲躲藏藏的日子总算到头了。的确,大河两岸像父母这样的夫妻太多了,为了生个儿子,过着飞鸟般的生活。

母亲生下弟弟的第十二天,依礼父亲要在码头摆流水席,俗称"十二宴",但终究没有。他们这一代人,对于村庄的老风俗,想遵守的就遵守,不想遵守的就不遵守,不像老一辈那么坚持了。

流水席,长长的一字排开的桌椅,整齐地摆在码头上,乡亲们轮番入席,主家轮番上菜,高声谈笑、大碗喝酒。席间,总有几个姑娘唱酒歌劝酒,少则一大碗,多则一排八大碗的"高山流水""八仙过海",喝得人连连讨饶。自酿的糯米酒,度数不高,香甜爽口,一道酒下来,人也不醉。要的,是那豪爽的热闹劲儿。父亲不想豪爽,他的腰包太瘪了。

父亲不属于码头,他只是从码头带走一个女人,留下一个女儿。还没满月,父亲带着母亲和弟弟乘船离开了。我跟船送他们到镇上,第一次从那么远的距离回望码头,第一次在不是码头的地方吹着从码头吹来的风,当时我想,码头的土多厚啊,不知要多少年才堆积而成。

水路迢迢,我见到了大人口中说的大大小小的带水村庄、人来人往的镇子、繁闹的街市。前路茫茫,父亲要去的地方,几个小时的车程才到,那是个有托儿所、幼儿园的城镇,那儿的小孩都被关在铁栅栏里读书。

　　回首往事,父母对我叮嘱的话已忘记,岸边的村庄和橘园,却明晃晃地留在记忆里。

　　河岸上的一切,因为河的缘故,总是妩媚的。船行水面,宛若游龙,水手歌呼而前,欸乃声声。一棵棵不过三米高的橘树,成片地种在岸上,绿叶丹实,烂漫照眼。芦苇和草滩水鸟特别多,时而掠水飞去,消失在苍茫烟浦里,别有一种辽阔的优美。

　　隔一段水路就有一个村庄,庄上多油坊、碾米坊、祠堂,黄墙青瓦,映碧和谐。到了一个码头,一个浣衣女孩等在岸边,只见一个年轻水手从船舱中捉出几条鱼,匆忙递给女孩,船行远了,水手还冲岸上喊,"回去炖了给娘吃,你也多吃点",估计是兄妹。又到一个码头,远远地就看见三个十岁左右的女孩子挤着站在一处,一只手高高举起朝我们挥着,一只手挽着装满红橘子的篮子,船靠近时,她们将橘子一个一个地抛到我们船上,水手佯装生气赶妹妹回家去,回头却得意地捡起橘子。若在哪个码头看见陌生的渔家靓妹,水手们就活泼起来,渔歌就变成了情歌。

　　水手们在水上来去自如,这让我羡慕。他们长到十几岁,随便踏上一条船,自由就握在手里。他们的父母、妻女、情人,守在河边的某一处房子里,他们却天天无牵无挂地漂在水上,吃鱼,吃虾,乐得做个"水上人"。见的世面多,眼界和心胸也比岸上的人开阔,即使说话粗鲁,经了水的润泽,便只剩动人的故事和妩媚的传说。

　　这和岸上的庄稼人,多么不同。庄稼人的根生在田地里,心眼也在田地里,日子细细的,性子软软的,数着季候照料山塘橘园、瓜田菜圃,风来雨去就是一生。他们行动时,像一头迟缓的水牛,不动时,又像一根打歪的木桩。

我就是那被父亲打在码头的木桩,永远心如飞鸟身如槁木。

车站临别,我依依不舍地亲着弟弟这个新生儿的小脸蛋。他多么可爱,又多么幸运,他的童年,将是一个有父母相伴的童年,他清澈的眼睛,将见证充满新生的城市,他会在那儿长成一个明媚少年吧。

返回码头,只剩我一个,不免凄凉伤感,来时的妩媚此时已黯然失色。船只泊进码头,传来死人的消息。

死　亡

村里的人,有的是突然死掉的,仓促得谁也没来得及准备;有的是一点一点死掉的,先是这儿,再是那儿,慢得似乎所有人都知道他正在老死。村里的五爷属于后者,码头上的福娃则属于前者。

福娃的爹在城里,所以他像我一样,总是在河边乱耍。他会淘沙、捉螃蟹、捞螺蛳,最喜欢的是钓鱼。河里有各种各样的鱼,蓝刀、鳜鱼、剑骨、枪鱼、辣锥子、甲鱼、鲇鱼、草鱼等等,那么多的鱼,福娃连一尾两指宽的蓝刀都钓不上,更别说草鱼、鳜鱼了。

我送父母那天,福娃破天荒地交了一次好运。在芦苇深深的地方,不到一袋烟的工夫,就有一条鱼咬钩了。是条大鱼,足足有三十多斤重,斤两赶上大半个福娃,力气则比福娃还大,活生生地把不愿放手的福娃连人带竿拖到水里,人与鱼在水里折腾几回,不知不觉水就没过头顶。

被捞起的福娃,直挺挺地躺在码头上,肿得跟个水泡似的。福娃的娘哭得撕心裂肺,她实在想不到这个蠢娃,能被一条鱼拖了去。若说不是水鬼作祟,好端端的一个娃儿,怎会到深水里去扑腾呢?

乡亲们纷纷赶来看福娃,围在一处,唏嘘感叹。汉族施行一胎政策,她家就福娃这么个孩子,乡亲们惋惜地说。

由于是早夭,又是凶死,福娃只能用一具薄白茬棺材装了,埋在鬼岗上。没有丧仪,只有扎纸老头送的两匹纸马。福娃家没钱,也不能配个女娃娃成冥婚。草草下葬后,福娃妈也没放河灯。这女人心被疼坏了,心肠就硬起来,昏天黑地哭了七天七夜后,就跟男人坐船远走他乡。她受够了这儿的山风,也受够了这儿的流水,她的泪流干了,冷着两只眼背离这水淋淋雾蒙蒙的码头,从此再也不回来了。

福娃被孤零零地留在鬼岗上,没有丧仪,没有河灯,也没有祭扫。他是和我们一块光着屁股玩泥巴的福娃啊,没娘给他放河灯,我们就决定给他跳"面面舞"。

我们跟织女借来颜料,跟木匠借来模具,动手做送神面具。我们做的面具丑死了,只因我们没有傩师那般好手艺。我们还用绳子串起贝壳、水晶石制成项链和脚链,跳舞时挂在身上发出叮当的悦耳声。我们把颜料往身上涂抹,戴上假面出发时,达美来了,手里拿着一个巨大的假面和一只小巧的铜鼓。她的假面好看极了,带有一种诡异而通神的笑。

达美成了领舞,我们绕着码头和河街狂跳,一直跳到山脚下。铜鼓声震天,我们疯狂地扭着,面具七扭八歪而又夸张地笑着,项链、脚链汇成一片喧哗的声浪。没有人阻止我们,也没有人为我们喝彩,我们就那样狂热而寂寞地跳着。

河街传来骚乱,几个人大声叫嚷,原来是五爷没了。我们停下舞步,扔掉面具,跟着人群往五爷家走去。

五爷是一年前回到码头来的。他的一双儿女都在大城市里发达,前几年接他出去享福,他风风光光地去了,这一年非要回到这穷乡僻壤来。他回到村子,也不去达美家的店喝茶,也不在码头钓鱼,只爱坐在扎纸老头店门前说话。

他对老头扎的纸物件赞叹不已,金山银山、八抬大轿、高头骏马、宽宅大院,活灵活现,煞是好看。五爷喜欢跟扎纸老头谈论那边的事,扎纸老头懂得这些老人的心。他们在乎码头的老规矩,生怕儿孙们忘记了,就自己操心那边的事。

"我那两个孩子,离开码头久了,这儿的规矩全不知道,我的事啊,得托付小老弟你啰。我走的时候,你得给我扎个烟杆儿,一双软布鞋,全季儿的庄稼果实、瓜苗菜叶,一整套的锅碗盆瓢,还有别的过日子的物件,你都给我扎些个,到了那边我离不开这些……"五爷说着,扎纸老头应着,一个秋冬就过去了。

扎纸老头给五爷梳洗穿戴时,五爷的一对儿女一边站着,对这乡里的风俗既无奈又无措,一切全由扎纸老头操办。悬挂白幡、设堂供奉、焚香化纸、迎宾酬客、搭棚摆桌、请念经和尚、请吹打班子、请风水先生、请刻碑石匠……扎纸老头一样样布置好,对得起五爷的嘱托。

从五爷家奔回河街的纸店,老头赶紧进屋拿出家伙来扎,紫金的屋、黄的轿子、粉紫的马、橙红的橘子、金灿灿的南瓜、黑布鞋、青烟杆儿、黄的稻穗、绿的辣椒、金的碗、蓝的盆……

扎着扎着,老头想起五爷一整年跟他说过的话,抬头望望五爷以前常坐的凳子,泪珠子就一滴滴地落下来。老一辈的人儿一走光,扎纸店的营生就要到头咧……

可不是嘛,所有的死亡都不是单个的事件,或引发一串眼泪,或纠缠一个故事,或关涉一种文化,或牵扯一段历史。一个人走了,他所关联的那一部分就跟着走了。

尾　　声

阿全离开两年了,约定接达美的期限早已过去,这不免让人觉得他忘了码头和码头上的人。

深秋,我和达美上山看了一次舅舅。山庄依旧阔大,只是杂草丛生。橘树依旧挺拔,只是果熟烂在枝头,没人吃也没人买。这样的橘园,在大河两岸是不是越来越多?舅舅比以前更老了,像一只冷漠而孤独的鸟,耷拉着一张满是皱纹的脸,透着失望无奈的神情。这样的老人,在大山深处是不是越来越多?

荒草杂乱的庭院潮气很大,一只孤零零的母鸡在一堆粪肥边啄食。台阶长满青苔,木门已然剥蚀。而屋里,桌椅、碗筷、杯盏、茶壶胡乱摆放着,沾满油垢,墙面尽是斑驳的霉点。屋主人的日子,跟园子里烂在枝头的橘子一样,散发着酸臭味。

我们拘谨地坐在矮凳上,生怕弄脏衣服。舅舅将一只水壶装了大半壶水,放到炉子上烧。他请我们吃篮子里的红橘子。我们问他想不想阿全回来。

他说,想他做什么,有什么好想的,他出去自有他出去的道理,这地儿的人也自有这地儿的活法,各有各的路,各有各的命。我听了觉得也对,心里的那块土变厚实了,若是哪棵梦想的种子落下来,说不定也能生根发芽,长成参天大树。

从山庄回来,我和达美不再谈论阿全。只是有的茶客久不久会说一句,"将来的某一天他会回来的,会走进这家店铺,亲一亲达美这个姑娘的。那时就是衣锦还乡,荣归故里。"

达美听后,不再置评。她端茶很稳当了,记账也变得又快速又准确。她慢慢积累起经营店铺的经验,要订购什么货,哪些东西还有库存,什么货卖起来很快,什么东西堆在架上几年也无人问津,什么货该放在什么架上,怎么给客人推荐商品……

当天色黑透,茶客一个接一个离去,一个也不剩时,她闩上大门,开始整理杯盏和烟灰缸,接着检查茶壶还剩多少水,然后收起账本,最后清理垃圾拿出去倒掉。

这时码头空阔无人,渔船都已出航,孩子们都乖乖地待在了家里。达美久久地站着,望着被月光照得发白的河水。她想起传说中曾有一位姑娘,沿着河岸一直往下游去,为的是追寻她爱的人。

这样想着,达美笑了,眼儿就看见了那岸边透红的橘子。

不知这些饱胀了的东西,是否觉得她被困在了这里,青春和爱情都被搁浅了呢?

(原载《民族文学》2018年第12期)

对岸的师父

此　称

　　站在坡上的人已经走了,只留下一个令人心痛的消息!
　　他走后不久,天空恰如其时地下起雨来。田地里昂向天空的麦穗,也低下了沉重的头颅,之后,我只听见雨声越来越大,雨珠滴落在屋顶的木瓦上,似乎有成千上万的生命,绝望地坠向大地。
　　我把正厅里的火盆打翻了,又去把茶桌上的酥油茶壶砸到地上,壶嘴被砸歪了,剩在里面的茶水满地溅开。睡在桌下的小猫醒了过来,以为有食物掉落下来,猛地蹿到我的脚下,抬起贪馋的头颅看着我,我抬起右腿,使尽力气踢开它,它被我踢到墙上,惨叫一声后,可怜兮兮地从窗口溜到外面的雨水里。还不能解气!又想不到更好的发泄方式,只好抬腿用力踢打粗壮的木柱,不过几下脚趾钻心地疼,似乎有血从鞋里渗出。
　　最后,我实在太累了,瘫坐在地抱头哭着,哭着哭着,愁情还在,眼泪却没了,双眼非常干涩,用手背搓揉,都弄不出一滴泪来,哭声也失去煽动力,像一只半死的病鸡,继续哭闹下去显得有些尴尬或做作。但我无法突然收场,一定要让家人明白,我此刻确实悲痛欲绝。要让他们害怕我会疯了,让他们害怕我会死去。

那天我去山上捡菌子,山上下了一天的雨。我和同村的人一起,雨水滂沱时,在高大的杉树下生火取暖,顺便把捡来的菌子烤着吃,大家拿各自的糗事和艳史开着玩笑,感觉非常快乐,让人渴望能在雨水里一直待着。等雨势渐小,又埋好火堆钻进林子里,继续在雨水和泥泞中寻找菌子。

身体又一次被淋透了,顺头而下的雨滴钻进胸里,钻到后背,钻进单薄的布裤里面。挪步前都要构思,怕要承受没有必要的不适。我尽量不让湿透了的裤子沾到皮肤,利用步伐让裤子与皮肤隔开。

爬完一座山坡后气喘不已,但又不敢站着休息,年长的人说,被淋透后,无论如何都要保持走动,不然会更难受,休息时间过长,甚至可以致命。

我就这样挪步回家,太阳没有落山之前,顺利来到家里了。村里的天居然晴着。

那天家里只有爷爷和妈妈。她已经为我烧旺了炉火,并在火炉上为我熬了一锅热气腾腾的米粥了。我享受着米粥,跟他们聊一些在山里的见闻——早上上山时,邻居卓玛脚底打滑,摔在一棵栎树旁边,没有受伤,裤子却被树枝扯破了;同学扎西没有被雨淋湿,到了山上后,他就在山崖下生火坐着,他打算等雨停了再去捡菌子,但雨下了一天,他也在火堆旁边坐了一天,所以今天他毫无收获;二哥又在赌博了!我们到了山顶时,他和他的伙伴们才从村里出发。等我下山时,看见他们在一个山洞里打哈金,二哥表情不悦、爆着粗口,好像又输了钱。

"我有点累,明天不想去捡菌子了,想休息两天,可以吗?"我对妈妈说。

"早该休息了,都是你自己要去捡。明天我请你哥哥杀只鸡,好好休息两天吧。"

"外面是不是有人在喊我家?"爷爷竖起耳朵对向窗口。

我趴到窗口确认时,确实有人在喊我的名字,没人应答时,他又喊我妈妈的名字。

我跑到门外跟他对喊道:"大哥,听见啦!有什么事?"

"你的……到啦!雨太大了,我就……"

"什么?雨太大啦!我听不见,你再说一次。"

"……书到啦!雨……我。"

"我真的听不见,你再大声一点吧!"

"你的通知书到啦!你考上了第一中学,3月1号要报道,雨太大了,我通知书先不送过来啦!"他歇斯底里地喊道,我终于听清楚了。

"知道啦!辛苦你了。"说完后,一股愁绪涌上心头,但我还是带着这个消息进去了。

我把我考上一中的事情说给妈妈。妈妈说:"别说这事了,好好休息吧。"说完后,我看见她满脸忧愁,低着头把放着毛球的竹篮拿到前面,开始捻起毛线来。

小学升学考试已经过去两个月了,大家都在猜测各自的分数,有些同学,不信能考上中学,有些同学相信自己能考上。只有我,既无法确定自己能够考上,也无法相信即便考上了,家里能供我去读。这两个月,我的心情非常复杂。

"求求啦!我想去读。"我说。

"你看家里一分钱也没有,不仅我家,整个村子多数人家都没钱,怎么供你呢?一年上千呢,就算我们有心借,能借的人也没有。"妈妈眼里有泪花。

我其实早就知道,即使我们考上了,家里也没法供我们去读。

我低着头,瞄向爷爷,他也低着头,默不吭声。我看向妈妈,她表情凝滞,心不在焉地捻着毛线。正在这时,邻居的一位叔叔跑到我家了,他先用激动的语气向我表示祝贺,说村里读书人少,你能考上重点中学是全村人的荣幸。他离开前向我透漏,邻村的卓玛同学已经收到通知书,跟你是一个学校,她家已经决定供她去读了。

我终于耐不住了,用哀求的语气跟家人说:"让我去读嘛,我会好好读书。"妈妈的回复一成不变。

"家里羊那么多,卖掉一些就可以供我了。"

"你能找到买主的话,当然可以去读。"妈妈说得不无道理,那些年我们有太多珍贵的东西,却没有任何渠道可以换成金钱,可恶的金钱。

"你们可以向二舅去借嘛,等我毕业了可以双倍还他。"

"二舅哪来的钱啊,他前面回家时,没发现他在为钱发愁吗?"妈妈说。

"我不管!一定要供我去读,我一定要去读,如果你们没法供我,我就死给你们看!"

"儿子,安静点,家里的所有东西都给你,你也想不出办法,确实没能力供你。"妈妈说得决绝。

那时我想继续读书,并不是因为如饥似渴地向往知识,像现在一样,我并不清楚知识究竟指的是哪些东西,它能给我的生命带来什么,通过知识,我能避免什么、得到什么。我想去读书,只是因为想跟小伙伴们玩,想与邻村的卓玛一起玩下去,我太喜欢她了,我难过时她会前来安慰,我发飙时她会躲去一边,等我想跟她玩时,她又笑脸相迎。有时我装病,她会在一边急得不行,所有这些太让我喜欢她了。如果不能继续跟她在一起,活着有什么意义呢？我觉得我无论如何要去读。

"我一定要去读！"我哽咽着对妈妈说。妈妈的回答比先前还要决绝，我跟她一起绝望了。

不知道哪来的怒气，我突然好想砸坏整个世界！先是火盆遭殃，之后是酥油茶壶以及可怜的猫咪和无情的柱子。我胡闹，是要检验家人的底线，我想通过这种方式让他们亮出底牌来，看他们是否真的供我不起。但即使我要上吊，那时家里确实想不出办法供我继续读书。我的眼泪流干了，终于发觉自己的胡闹是徒劳的，开始可怜起在一旁默不吭声、低头沉默的母亲来，虽然她不哭，但感觉她比我更悲伤。

我太累了，不是因为整日在山里采菌子，而是下山之后发生的一切。

之后我睡了好几天。母亲怕我睡坏了，把做好的饭菜放到我枕边，我为了气她，故意不吃，摆出一副要死的样子。她离开房间后，我狼吞虎咽吃了下去，然后继续装死。她会把空碗盘收回去，重新做饭给我送来。

我醒来时已经是正午了。默算了一下，我好像已经睡了四天，其间我做了很多梦，醒来后什么都记不起了，太混乱。

热辣的阳光照进我的房间里，我听见几只布谷鸟在远山鸣叫着，窗外的田野里，有人在拿着锄头翻地，声音饶有节奏，我甚至听见秋风吹拂麦地，发出温柔的响声，劳作的人们有说有笑，幸福地割下金色的麦子。我第一次感受到了来自田野的美感和温暖。

大闹一场后，我感觉自己心情舒畅，开始理解母亲了。她如果有办法供我，她一定会毫不犹豫的。但那时，我家和村里的多数人家一样，真的没有金钱，那时候，村庄与金钱绝缘，要水果有水果，要蔬菜有蔬菜，要粮食有粮食，要牛羊有牛羊，要美女有美女，但就是没有金钱，我也不知道是怎么回事。母亲如果可以卖血,我相信她会去卖血供我,但去哪里卖血呢?

我终于想通了,我要全力做活,让全村人对我刮目相看。我要挽起袖子下到麦地里,及时割下成熟的麦穗,我要在春天时,播下所有闪光的种子;我要拥抱温厚的土地,不管刮风下雨,都是我的收获日。我终于想通了,我要成为一个幸福的农民。

我起床洗脸后,拿上一把镰刀走向田野,除了爷爷,全家人都在田里做活,个个汗如雨下。见我来到,个个神情诧异,似乎亲见神灵下凡,弄得我有点不知所措。

"我要跟你们干活了!"我友好地说道。

爷爷坐在田垄边休息,一见到我,他就向我走来。他用手摸了一下我的头,然后说道:"放下镰刀吧。我带你去见鲁荣爷爷。几天之后,你又可以读书了!"

我蒙了,不清楚爷爷的意思。我以为爷爷想了什么办法,可以送我去县里读书了。因为通知书上写着,鉴于路途遥远,边远考生可以延迟一个月入学,难道幸运之神真要来到?但我激动不起来了,我好不容易说服自己走向田野,镰刀把柄温润,拿着还怪舒服呢!我没有回答,也没有去割麦,待在一边默不作声。爷爷也没有跟我交代清楚他的意思。

第二天,哥哥扛着一把锋利的斧头,深入林地砍回一截白桦木来。中午时,他把那截白桦木扛在肩上,毕恭毕敬地放进自己的木工坊里,然后从古旧的木箱里取来手锯、刨子、凿子,开始鼓捣起来,我不知道他要做什么。平时去山里砍好木头后,可以用一根皮绳拴住一头,拖拽着带回家里,省时省力。到家里时,木头脱尽外皮,被石子硌伤得不成样子。但这次哥哥像迎接圣人一样把木头扛回家里,我觉得有些奇怪。

我正要跟哥哥攀谈时,爷爷从里屋走了出来,他右手拿着一饼被干树皮包好的酥油,左手拿着一条洁白的哈达。他对我说:"走吧,带你去见鲁荣爷爷。"

"见鲁荣爷爷干吗呀?"我问道。

"你要继续读书啦!快去吧。"

我跟从爷爷来到鲁荣爷爷家,他家的土狗脱了铁链,凶猛地向我奔来,我迅速从一旁拿起一块石头砸去,正好砸到狗头上,那只土狗惨叫几声后,夹着尾巴逃了过去。鲁荣爷爷走出家门,看见被狗吓到的爷孙俩,连忙道歉,说脱链已有两天了,一直没来得及拴上,实在是不好意思,如果咬伤了你俩,这狗必死无疑。爷爷说,无惊无险,不怪狗,不怪狗。

到了里屋后,爷爷开门见山地说了:"鲁荣师父,前面也跟您说过的。我家没条件继续供他读书。想让他跟你学藏文,以后做一个'安确',就算不成,也希望您先教教他。"

我才恍然大悟,原来爷爷说我可以继续读书,不是要把我送到县里的中学去读,而是要跟着鲁荣爷爷学习诵读经文。也就是说,我要跟从鲁荣爷爷做一名"安确"。

"安确"可吃香啦!几村人排着队来邀请你前去念经,不仅受人敬重,而且能拿到不菲的报酬。"安确"是村庄的精神领袖,但凡遭遇精神困境的人,都会来找"安确"求解。村子里,每年要做的法事和祭祀活动可多了,规模大的人们去寺院邀请僧人,小一点的都会找"安确",比如祭祀活动啦、念经啦、择吉日啦、为经幡"开光"啦,都会找"安确",这是一个光荣的事业,只有幸运的人才能成为一名合格的"安确"。

再说了,鲁荣爷爷不仅在我们村子里出名,他在方圆百里的几十个村里都很出名,因为他不仅会念经,还会看藏历、正骨、配制草药、传统绘画、设计佛塔、铁匠、养蜂,他简直无所不能。每天前来找他的人络绎不绝。谈不上异常激动,但我确实挺开心的。

"好呀好呀,前面不是说好了嘛,如果他没去学校读书,我就要招他为徒。"鲁荣爷爷看着我,毫不犹豫地说道。我爷爷把手里的酥油和哈达敬献给他,要鲁荣爷爷该打则打,该骂则骂,实在不行,放弃便是。

拜师仪式算是完成了,鲁荣师父叫我第二天前来学习,他先要教我基础藏语拼读,等我掌握了拼读规则,就可以直接学习诵读经文。等学会诵读几部经文后,就可以跟着他到处念经去了。他不仅要教我念经,还要把他掌握的一切教授给我,希望我有缘能够传承他的衣钵。他让我清楚地看见了未来,我受宠若惊,不知要如何感谢他的恩宠,只有低下头,双手合十表示感谢。我和爷爷激动地回了家。

到了家里时,哥哥把一个长方形的木盒子交给了我,盒子还上了绛红色的漆,还没干透,漆味刺鼻。哥哥说:"这是你的'书盒'。"

"明天鲁荣师父会给你经书,你要把经书放到这个木盒里。切记不得损坏经书,因为学完了要完好交还过去,这是规矩。"爷爷说。

我才知道这是书包!经文的印制方式不同于我以前见过的装帧方式,字句是横着排版的,每一个独立页面都是长方形,所以我们的"书包"只得用木头来做了。如果用布料来做,真不知道书页会被揉成什么样子。这个"书盒"还有很多用处,比如暴躁的老师惩罚学生时,会用这个"木书盒"打你的头,气急败坏时,经常会把木盒打裂了。我听爷爷说,鲁荣师父招收过不少徒弟,多数人被书盒打回家里了,没能成事;"书盒"还便于翻页诵读,读完的页面规整地放到盒盖上,永不混乱;还有,你可以背着这个"书包"乱跑,也不怕损坏里面的经书。当然,它质量上乘,你学完所有东西,它不仅不会破旧,反而会越来越有光泽,美感十足。

哥哥说那天他还上山去找了刺猬毛。他把两根细长的刺猬毛装在书盒里。

"刺猬毛象征敏锐、聪慧、尖利。你学藏文时,用它指着字句,会事半功倍的,你的领悟力会提高,你的记忆力会提高。"爷爷补充道。

第二天开始,我就跟着鲁荣师父学习藏文拼读规则了,学得还算顺利。师父每天都会鼓励我,不仅没有打过我一根指头,还搞得我学习藏文是为了他好似的,每次我学完归家时,给我塞很多食物,还温暖提醒我明早要按时前去。说我是他最中意的弟子,只要我愿意学,他愿意把一切教授给我。

有一段时间,我跟他学习描画花草。我画得非常糟糕。正在沮丧时,师父右手提着两桶油漆,左手拿着几支画笔和漆刷交到我手里。

"我家经堂里的壁板还没上漆,你拿着这些帮忙画一些图吧。"我没吱声,也没拒绝,木然接过这些工具后,来到他家经堂里,自以为是地在壁板上画了两对花瓶和几朵狰狞的花朵。

等我画完时,才发觉师父已经站在一旁,他说:"画得很好,但要注意对称,传统绘画里的很多东西,美感都基于对称,只要你懂得这个规则,其实画画也并不艰难。"

鲁荣师父也不是全年都出外念经,他要分担家里的活路,夏天时上山放牧、冬天时到江边牧羊,我会跟着他到处走,他上山放牛时我跟着他,他到江边放羊时也跟着他。很多人说,鲁荣师父脾气不好,经常会发脾气,但对我一次都没发过脾气,顶多是他在放牛时,气急败坏地殴打调皮的奶牛,但等他挤完牛奶后,又会和颜悦色地教我藏文。

我学完了《皈依颂》《大白伞盖经》《普贤行愿品》《度母经》《兜率天百尊》等基础经文后,觉得自己快要赶上师父了,经常不自觉地傲骄起来。师父温和地说:"别急,别急,还远着呢。"他问我了解《皈依颂》的内容吗?我当然一无所知。师父虽然正字法厉害,但出于传统,他只教我作为一个"安确"该学的东西——只诵读不释义。就是说,我只会快速诵读,但我不知道我读的是什么内容。师父答应我以后会给我释义。

但是,一头毛驴,一头可恶的、造孽的毛驴让我中断了学习。

我正在学习《地神忏供》,这是进阶课程,学完了,我就可以应邀去念经,可以拿到报酬了。每家每户都会邀请"安确"诵读《地神忏供》。生活太繁忙了,人们无法长年按照教义和星象去行事,难免积下很多有违天理、不合时宜的事情。但是,诵读几天《地神忏供》,就可以消除所有罪过。比如,一月折草、四月捕鱼、七月屠宰、十月动土,都是不合时宜的、不合天理的。诵读《地神忏供》,就是向大地致歉,忏悔自己给大地和世界造成的所有伤害。学完这部经,我就可以为民消灾了!我学得比先前更要刻苦。

我正坐在路边诵读着,时不时抬头看看羊群有没有从山里归来。这是邻居的田地,妈妈要我前去看羊,因为田地的围栏不牢,我家的羊从山里归来后,径直走向邻居们的田地里,把长势良好的庄稼践踏得不成样子,所以我家每天都要有人前去看羊。那段时间,我边看羊边学习念经。

念到一半时,我看见有几只山羊正要入侵邻居的田地,急忙把书盒放到一边后,跑去把羊赶往山里。等我把羊赶回山里,放心地走回来时,我看见那头该死的毛驴正在啃着我的经书。这是一部手抄经书,是师父的师父为他留下的。古旧的藏纸上,那些漂亮的字迹美若天书。我慌忙跑到驴跟前,这畜生已经把经书啃坏了一半,还在理直气壮地啃咬着,丝毫没有罢休的意思。我拽着还没放进驴嘴的页面,想要从可恶的驴嘴中解救出神圣的经书时,那驴死活不肯放嘴,还在心安理得地啃咬着。我看经文已基本没救了,便不再拉拽。但我的怒气上来了,痛恨眼前这头造孽的毛驴来了。我拽住它凌乱的鬃毛,用一根尼龙绳把它拴到门口的柱子上,然后用一根粗大的木头暴打起来。刚开始,毛驴没有反应,木头打在它身上,似乎是在给它按摩似的。这让我更气了。我更疯狂地暴打着,最后,驴驴终于呻吟了、倒下了,我才收了手。

但因为手抄经书被驴啃坏了,第二天,我没敢按时去师父家学经,我不知道该怎么交代!我不想在师父面前提起一头愚蠢的毛驴。于是我从家里出发后,在半路玩了一上午就回家,家人以为我已经完成功课了。但连续一个月,我都没有去师父家学经。直到有一天,师父亲自找上我爷爷,问起我连日逃学的缘由时,爷爷也不明就里,气冲冲地找到了我,我把事情解释清楚了。

翌日,爷爷又带上一饼酥油和一条哈达,拽着我前去师父家。

"毛驴犯了错,小孩不懂事。请师父继续教他。"爷爷把酥油和哈达放到茶桌上。

师父停住正在摇动着的经筒。面无表情地看了我一下后,说道:"经书可以再找,时间不会等人。"

我爷爷又连忙为我道歉。说鲁荣师父,当然是这个世界上最善良的人。

师父要我第二天开始继续前来学习。他说:"再学两天,你就学完《地神忏供》了,正好邻村有一家人邀请我去念诵这部经,我会带上你一同前去。"我很高兴,终于出师了。

师父继续说:"今天之后,你就要把自己当成一名'安确','安确'也有很多规定,一不能偷盗施主的钱财。二不能敷衍读经。读经很累,有时候,没有道德的人会跳页诵读,这种便宜是要遭天谴的。你会挣到钱,但永远不能向施主要价,不管你读了几天,有多累,施主给几百块你要坦然接受;施主只给你一块钱你也要欣然接受,这是'安确'的生存之道。如果做得好,你会受人尊敬、衣食无忧、内心平和。"我若有所悟地点着头。

"这次是你第一次正式去念经，一定要认真对待。到了那边，我再教你相关仪轨，你会觉得很有意思的。这次过后，以后有人要读这部经文时，你就可以独立完成了。"鲁荣师父语重心长地对我说道。

母亲为我找来干净的衣服，要我洗好头发，穿上新鞋，体面又干净地完成第一次工作。她还上山为我烧香祈福，祈请四方神灵保佑我，让我成为一个光宗耀祖的"安确"，成为这个村子不可或缺的智者。等我学成了，我家门口将人流如潮，人们会前来邀请我去念经，去做祭祀活动，去为亡者度灵，去解救那些被神灵和命运捐弃的有情众生，让他们找回丢失的信心和希望。

清晨，我等着师父叫我同去时，一名哥哥跑来找我了。

"你想不想去城里读书？"他神秘地问道。

"怎么可能去县里读书呢？是哪个学校？"

"有一批县上的艺术家来我们村子录制原声音乐，他们说如果有对藏文感兴趣的孩子，他们可以介绍到县里的公益藏文学校，全部都是免费的，叫普利藏文学校。我跟他们介绍了你，如果你想去，马上就可以去。"他说。

我低下头，沉思了很久，但那时我才十五岁，想不到更长远的东西来。过了一会儿后，我说："我想去！"我想不起当时想去的理由，就像我现在不能理解自己想回去的理由。

我跟家人协商好了，决定前去县里读书，他们说如果学好的话，我可以进入国家单位工作。我有点向往！那是不是意味着我有机会永远幸福、快乐？我激动得忘了善良的鲁荣师父。

几天后，我出发了。二叔送我去县里。我们从村里出发时，村里的男女老少都在为我送行。年老的奶奶们手里捧着一篮子的鸡蛋，争先恐后地交到我手上，要我做个好人。有些从衣兜里掏出皱巴巴的零钱塞进我手里。到最后，我实在拿不过来了。

就对她们说:"我没法拿啦!你们回去吧,谢谢你们。"

我和二叔来到江边时,鲁荣师父在牧房前挤奶,二叔上前说了我的情况。师父说:"他爷爷跟我说过。"我不知道该说什么好,我想起自己的失约。师父专注地挤着牛奶,我过去站在他旁边,低着头,手心冒着汗。这几天,我没有去找过师父说出我的想法,也没有征求他的意见。

"到了那边要努力!"师父双眼盯着母牛的奶头,冷冷地说道。

"师父,我走了。"我怯怯地说,内心沉重。他专心挤着牛奶,没有回话。

我和二叔蹚过一条河,连日降雨,河流汹涌。对岸的师父,还在不慌不忙地挤着牛奶。

我和二叔走出村子了。

(原载《民族文学》2018年第12期)

受人尊敬、衣食无忧、内心平和。"我若有所悟地点着头。

"这次是你第一次正式去念经,一定要认真对待。到了那边,我再教你相关仪轨,你会觉得很有意思的。这次过后,以后有人要读这部经文时,你就可以独立完成了。"鲁荣师父语重心长地对我说道。

母亲为我找来干净的衣服,要我洗好头发,穿上新鞋,体面又干净地完成第一次工作。她还上山为我烧香祈福,祈请四方神灵保佑我,让我成为一个光宗耀祖的"安确",成为这个村子不可或缺的智者。等我学成了,我家门口将人流如潮,人们会前来邀请我去念经,去做祭祀活动,去为亡者度灵,去解救那些被神灵和命运捐弃的有情众生,让他们找回丢失的信心和希望。

清晨,我等着师父叫我同去时,一名哥哥跑来找我了。

"你想不想去城里读书?"他神秘地问道。

"怎么可能去县里读书呢?是哪个学校?"

"有一批县上的艺术家来我们村子录制原声音乐,他们说如果有对藏文感兴趣的孩子,他们可以介绍到县里的公益藏文学校,全部都是免费的,叫普利藏文学校。我跟他们介绍了你,如果你想去,马上就可以去。"他说。

我低下头,沉思了很久,但那时我才十五岁,想不到更长远的东西来。过了一会儿后,我说:"我想去!"我想不起当时想去的理由,就像我现在不能理解自己想回去的理由。

我跟家人协商好了,决定前去县里读书,他们说如果学好的话,我可以进入国家单位工作。我有点向往!那是不是意味着我有机会永远幸福、快乐?我激动得忘了善良的鲁荣师父。

几天后,我出发了。二叔送我去县里。我们从村里出发时,村里的男女老少都在为我送行。年老的奶奶们手里捧着一篮子的鸡蛋,争先恐后地交到我手上,要我做个好人。有些从衣兜里掏出皱巴巴的零钱塞进我手里。到最后,我实在拿不过来了。

就对她们说:"我没法拿啦!你们回去吧,谢谢你们。"

我和二叔来到江边时,鲁荣师父在牧房前挤奶,二叔上前说了我的情况。师父说:"他爷爷跟我说过。"我不知道该说什么好,我想起自己的失约。师父专注地挤着牛奶,我过去站在他旁边,低着头,手心冒着汗。这几天,我没有去找过师父说出我的想法,也没有征求他的意见。

"到了那边要努力!"师父双眼盯着母牛的奶头,冷冷地说道。

"师父,我走了。"我怯怯地说,内心沉重。他专心挤着牛奶,没有回话。

我和二叔蹚过一条河,连日降雨,河流汹涌。对岸的师父,还在不慌不忙地挤着牛奶。

我和二叔走出村子了。

(原载《民族文学》2018年第12期)